木越治 責任編集

江戸怪談文芸名作選

第四巻

動物怪談集

〈校訂代表〉近衛典子

国書刊行会

目次

凡例

一　本巻には、『雉鼎会談』、『風流狐夜咄』、『怪談記野狐名玉』、『怪談名香富貴玉』、『怪談見聞実記』の五作品を収める。『雉鼎会談』は立教大学図書館蔵本、『風流狐夜咄』『怪談記野狐名玉』は国立国会図書館蔵本を用いた。『怪談名香富貴玉』は大阪市立中央図書館蔵本を底本とし、挿絵は国会本を利用、『怪談見聞実記』は今治市河野美術館本を底本とし、挿絵は国会本のほか一部善本である河野美術館蔵本・目白大学図書館蔵本を用いた。それぞれの原文に本文校訂を施した。

二　収録する作品のほとんどがこれまで未翻刻であることに鑑み、校訂においては、原文の面影を残しつつも、読者に理解しやすく、親しみやすい本文づくりを心がけた。

三　二の方針に基づき、以下のように本文を作成した。

1．漢字

イ　原文の漢字を適宜仮名に開き、また、仮名が続いて読みにくいところは漢字を当てるなどの処置を行なった。

ロ　旧字体は原則として新字体に直した。

ハ　異体字・当て字等は、原則として本来の字に直した。

2．仮名

イ　仮名遣いは、おおむね底本通りとし、歴史的仮名遣いに統一することはしていないが、底本内で不統一な場合は揃えるよう努めた。
ロ　送り仮名も適宜補った。また、ルビの一部を送り仮名にした場合もある。
ハ　踊り字は、漢字を重ねる場合の「々」以外は用いていない。

3．ルビ

底本には多くのルビが付されているので、基本的にはそれを生かすようにしたが、送り仮名にしたり、頻出するものや読み誤るおそれのないものについては省略したりした場合がある。

4．句読点・段落

イ　句読点は、原文にあるものを生かしつつ、読みやすくなるように、適宜、取捨・付加した。
ロ　原文には段落がないが、読みやすくなるように、適宜設けた。
ハ　会話・心内語には適宜「　」等を補った。

四　解説のうち、書誌に関しては、可能な限り簡略にした。

五　本書には間々、人権上好ましくない語彙の使用が見られるが、本書の資料的価値に鑑みて、それらの語彙も底本通り翻刻することとした。読者諸賢には、這般の事情をご理解の上、繙読をお願いしたい。

雉《ち》鼎《てい》会《かい》談《だん》

近衛　典子＝校訂

藤貞陸編
前編
玉海堂梓

序

雉《きじ》、鼎《かなへ》に雊《な》き、牛《うし》、庁《ちやう》に倒《たふ》る怪《くわゐ》を見てあやしまざれば、その怪おのづから壊《やぶ》るる、徳《とく》にかつ事あたわざるなり。怪と妖《よう》とすこしくかわるか。怪や、見《み》る時は壮士《さうし》も恐怖《きやうふ》し、聞《きい》ては児女《じぢよ》も雀躍《じやくやく》す。ここに一書《いつしよ》有り。匱《はこ》にかくれて世にしらざる事久し。是《これ》なん藤田《ふじた》某《なにがし》、愛女《あいぢよ》に譲《ゆづ》らんが為に自書《じしよ》自画《ぐわ》せるの草稿《さうかう》なり。篇中《へんちう》、詞《ことば》の花《はな》、筆林《ひつりん》に匂《にほ》ひ、鵆《ちどり》の跡《あと》、硯《すずり》の海《うみ》に深《ふか》し。

予、不思議《ふしぎ》にしてこれを得て、雪《ゆき》の夜《よ》、雨《あめ》の朝《あした》、座右《ざゆふ》に友とする事、年あり。書肆《しよし》玉海堂《ぎよくかいどう》、その旨を聞《きい》て、ひたすら梓行《しかう》せん事をのぞむ。かかる功《こう》を秘《ひ》して世にとなへざらんも作者の妄執《まうしう》ならめと、新《あら》たに訂考《ていかう》して前後二篇《へん》とす。それ、三士《し》、鼎《かなへ》に座して語《かた》れる俤《おもかげ》をしたひて、雉鼎会談《ちていくわいだん》と題する事しかり。

東都府南蓬廬裡群牛

中古《ちうこ》雑話《ざつわ》雉鼎会談《ちていくわいだん》　前集《ぜんしう》

藤貞陸編

巻之一

発端《ほつたん》

愛レ鼠《ねづみをあいして》失二道徳一《どうとくをうしなふ》　三文字談　摂州

夢レ蘭《らんをゆめみて》産二美女一《びじよをうむ》　帆掛船談　伯州

巻之二

嵯峨野俳仙《さがののはいせん》　鷹の羽談　山州

武蔵野神童《むさしののじんどう》　三文字談　武州

巻之三

男変レ女《おとこおんなにへんず》　帆掛船談　奥州

女嚼レ夫《をんなおとこをくらふ》　鷹の羽談　総州

巻之四

猿怨《さるのあだ》猴情《さるのなさけ》　三文字談　三州

蜂楽《はちのたのしみ》蜂患《はちのうれへ》　帆掛船談　奥州

巻之五

義死《ぎし》孝女《かうじょ》　鷹の羽談　下総

雉鼎会談後集五巻　近刻

発端

武蔵野誓願寺《せいぐわんじ》は江城《こうじやう》の東北《とうぼく》にして、仏法繁昌《ぶつぼうはんぜう》の地なれば、境内《けうだい》ひろく木立古《こだちふり》て、物《もの》ごとに殊勝《しゆせう》なり。貞享年中《ぜうけふねんじう》、順慶和尚《じゆんけいおしやう》、増上寺の壇所《だんじよ》より入院《じゆいん》したまひし時《とき》、三月ばかり侍りしに、九月末《ながつきすへ》の六日、残智坊《ざんちぼう》が寮《りやう》に武士《もののふ》三人入来《いりきた》りて、暁《あかつき》出《いづ》る月を待《まつ》に、燈《とぼしび》を中にして鼎《あしがなへ》の形《かた》に座《ざ》せり。小さきわりご、ささゐなど引き散らしたるも、いとわびぬるわざと心ありて見えし。

さて終夜《よもすがら》物語するを聞けば、あやしき事《こと》のみながら、また「さも有《あり》つべきものよ」と思ふにつけて、いとおもしろかりければ、次《つぎ》の間にうづくまりて一つ一つ書記《かきしる》すをば、この人《ひと》々は知らざりけり。

されば、そのことがらをも見まくほしく覚へて、ひそかに障子《せうじ》のすきまよりさしのぞくに、一人は帆掛船《ほかけぶね》の紋付《もんつけ》て年五十余《よ》の人なり。南《みなみ》にむかひて座《ざ》したるは、折敷《おしき》に三文字《さんもんじ》の紋《もん》にて、およそ七旬《じゆん》に過《すぎ》たる人なり。縁《ゑん》の柱《はしら》に添ひて居《い》たるは、鷹《たか》の羽《は》の紋着《もんき》て六十路《むそじ》ばかりと見えし。いづれもさる侍《さむらい》とおぼしきにつけて、その姓《せい》に思ひあたれば、まづ帆掛船《ほかけぶね》は伯耆《はうき》の名和《なわ》の紋《もん》なり。折敷に三文《さんもん》字《じ》は予州《よしう》の河野《かうの》、鷹《たか》の羽《は》は筑紫の菊池《きくち》。「是《これ》なん、後醍醐《ごだいご》のいにしへ、おのおの無二《むに》の宮《みや》がたにて、度《ど》々の軍《いくさ》に名《な》をあげし人々の末葉《ばつよう》にやあらん」と昔しのばしく、しぜんにその功尊《こうたつと》くおぼへければ、「かりにも偽《いつは》りを言わざるものよ」と、信《しん》をとつて聞居《ききい》たるに、かの人々のいわく、

「そもそも武士《ぶし》の身《み》の一生《いっせう》が間《あいだ》、不思議《ふしぎ》にあふ事、珍しからぬ所《ところ》なり。各《おのおの》われら一代の怪談《くわいだん》して慰まん。但《ただし》一期《いちご》の間、さのみ不思議《ふしぎ》は多からぬものなれば、身《み》の上の事《こと》はさてのみ言葉少なし。人の語り伝へし怪異《けい》も、古きは『おとぎ婢子《ばうこ》』などいふがごとくして珍しからず。近きころ聞《きこ》へたる物語、世《よ》にふれざる珍事《ちんじ》を語《かた》らん」

とて、その詞《ことば》をたくみにす。

三士《さんし》の物がたり、凡百《およそもも》に及べども、或《ある》いは大きにけやけき事、また至つてすさまじきをば、これを除く。その故《ゆへ》は娘にゆづらんがためなれば、多く女のことのみをあげたり。もし是世《これよ》に漏れなば、よしや笑草《わらいぐさ》の枯残《かれのこ》りて履下《りか》の芥《あくた》ともなれかし。

親の思ふこころの森のことの葉はかくこそ残せ水ぐきのあと　貞陸

雉鼎会談巻之一

○愛レ鼠失二道徳一《ねづみをあいしてだうとくをうしなふ》

三文字の紋つけたる人のいはく、

「そもそも世《よ》の中《なか》の戯言《たはれごと》、おほかた偽《いつは》りあるものなれば、あやしき物語《ものがたり》も何《なに》とやらん、はばかりありといへども、われら三人が中《なか》に、なに事か恥《はづ》べきなれば、秋《あき》の夜《よ》のながき徒然《つれづれ》、眠《ねぶ》りをさます笑《わらひ》草《ぐさ》の種《たね》を蒔《まき》なんや。

されば世《よ》の中に無益《むやく》のもの、あまたある中に、ことさら鼠《ねづみ》なるべし。いでや兼好法師《けんこうはうし》が筆《ふで》のすさびにも、国《くに》に盗人《ぬすびと》、家《いへ》に鼠《ねづみ》といへば、なくてもよからんもの。されば無益《むやく》のものと思ふにつけて、さる事《こと》思ひ出《いだ》せり。

寛文改元《くわんぶんかいげん》の年林鐘《としりんしやう》のころおひ、いささかの用《よう》ありて津の国《くに》にまかりし難波《なには》の浦《うら》づたひ、あし屋の里《さと》、いにしへはさしも名所《などころ》にて歌人《うたびと》も心をのべしあとなれども、今《いま》は田家《でんか》のいやしき地《ち》となり、むかしを残《のこ》す形《かた》もなし。されど山のすがた、海《うみ》の面《おも》、ふるき梢《こずゑ》のけしきまで、さすがにそのかみをしのぶ便《たよ》りとなれば、何となく物あはれにおぼへて、おろかなる口ずさびを述ぶる。

　よしあしはいにしへ今としらねども難波かわらぬ浦にぞありける

とすさびすてて、その所にしる人のあればたづね行《ゆく》に、はや日くれぬ。いづくのほどにやあらんと求むるに、人家《じんか》とをく行《ゆき》まどひぬ。

その夜《よ》は小雨《こさめ》ふりて、いと暗かりし。松風すさまじく、海《うみ》も鳴《な》り、山もうごくばかりなるに、いづくよりいで来《きた》るともなく、我行《わがゆく》さきに立《たち》てあゆむものあり。「あやし、何《なに》ものやらん」とおもひて、懐中《くわいちう》より火《ひ》うち取出《とりいで》、すりつけあかして是《これ》を見れば、墨染着《すみぞめき》たる法師《ほうし》なり。その丈《たけ》八、九尺もあらんぞかし。「いかさま人間《にんげん》にあらず」と思ふより、追《お》ひつきて、

「いかなるものぞ」

と詞《ことば》をかけければ、この法師《ほうし》きつと見かへる。その眼《まなこ》まどかなる事、瑮《りつ》々たる階玉《かいぎよく》のごとし。「さてこそ」と心得《こころへ》て刀《かたな》に手をかくれば、たちまち走《はし》りて山かげに入ぬ。

「くやしや、うちもらしぬる事よ」と心《こころ》よからずあゆみ行《ゆけ》ば、漸《やうやく》人里《ひとざと》に出たり。灯《ともしび》のかげ、かすかに見ゆるかたにたよりて、

「その何がしといふ人《ひと》やある」

と尋《たづね》ければ、

「その人は、この下《しも》の町《まち》なり」

と教ゆ。いと嬉《うれ》しくもとめ行《ゆく》に、はたしてかの人《ひと》の家《いへ》にいたりぬ。かくと訪《おとな》ひければ、主《あるじ》はやく聞《きき》つけ立出《たちいで》、

「いかにしてここには尋来《たづねきた》るぞ」

といざなひ入《いり》ぬ。いと久《ひさ》しくて、逢《あい》ぬる事をよろこび語《かた》りなぐさむ。

主《あるじ》のいはく、

「此比《このごろ》、ここに怪異《けい》なる事の侍るぞかし。この所《ところ》の北《きた》の郷《がう》に、鼠法師《ねづみほうし》といふものありし。道心堅固《どうしんけんご》にして徳あるものなりしが、不思議《ふしぎ》なる事にて、さる頃《ころ》死したり。それが幽霊《ゆうれい》、化《け》してこの辺《へん》の家々《いへ》に入来《いりきた》り、人をわづらはしむるなり。おこと、ここに逗留《とうりう》し、必《かなら》ずその怪事《くわいじ》に逢《あい》たまはん。こころゐて臥《ふ》したまへ」

といふ。

「あやしき事をもきく物《もの》かな。その法師《ほうし》は何《なに》ゆへ死《し》して、さやうに人《ひと》にあだをばなしぬるぞ。子細《しさい》、語《かた》れかし」

といへば、主《あるじ》、

「さらば、語りてきかせん。この所の北《きた》の郷《がう》に、一音《いちおん》といふて堅固《けんご》なる道心《どうしん》ありしが、いつの頃《ころ》よりか鼠《ねづみ》をよくよび愛す。人来《きたり》てのぞめば、よびて見せんとて米《こめ》をまき、手《て》をならすに、さも大《おほ》きなる鼠《ねづみ》ひとついでて、これを喰《くら》ふ。一音、その鼠にむかひて、

『おのればかり喰《くら》ふべからず。あまたの鼠《ねづみ》に食《は》ませよ』

といへば、かの鼠《ねづみ》、物《もの》かげに走り入《いり》ぬ。しばらくあれば、その数《かず》五、六十もあらんと思ふさまざま

の鼠いでて、その米《こめ》を喰《くら》ふ。のちには主《あるじ》が衣《ころも》にまつわり、かしらのうへ、肩《かた》のあたりに上りて飛び狂《くる》ふ。見《み》る人いと興《けう》とし、さて米《こめ》を喰《くら》ひつくせば、

『はや、入れ』

といふに、残《のこ》らずここかしこの物《もの》かげに入《いり》て、いとしづかなり。いかなる術《じゆつ》とも知《し》らず。この事聞《こときき》伝《づた》へに人来《きた》るほどに、鼠法師《ねづみほうし》と名《な》を得《え》て年月をおくるに、もの乏《とぼ》しからず住《すみ》ける。

ある時《とき》、浴《ゆあみ》せしに、湯殿《ゆどの》のうへにて鼠《ねづみ》のとつぐ声をききて、煩悩《ぼんのふ》のきづな、いまだ離れぬ迷《まよ》ひにや、さしも堅固《けんご》なる道心《どうしん》、いささか心を動かしければ、おぼへず漏精《ろせい》し、たちまち邪婬《じやいん》の戒《いまし》めを破《やぶ》りけるこそ浅《あさ》ましけれ。それ、邪正《じやしやう》は一如《いちによ》といへども、常《つね》にきべつにして、正《しやう》はもとむるに遠《とを》く、邪《じや》はもとづくにやすく、なす事はやし。是《これ》、人間欲界《にんげんよくかい》のならひなり。かかる懈怠《けだい》をうかがひて、道《どう》心《しん》をさまさんと魔魅《まみ》のはかるところなれば、一音《いちをん》が日《ひ》ごろの徳術《とくじゆつ》、この時《とき》に尽きぬるこそ浅《あさ》ましけれ。

されば、睡眠《すいめん》の心しきりにして枕《まくら》にかたぶきけるに、いづくともなく二八あまりの女性来《によせうきた》りて、とぼそにたたずむ。その形《かたち》ゆふにやさしく、瑩《けい》々たる珹玉《せいぎよく》の碧盤《へきばん》に光《ひかり》あらたなるがごとし。一音《いちおん》あやしみ、

『いかなる御事にや』

と問へば、女性《によせう》しとやかに寄り添ひ、

『みづからは、この辺《ほとり》にすむものにて候が、かざしの花《はな》、たなごころの玉《たま》と愛せしひとりの子《こ》を、この庵室《あんじつ》にあつまる鼠《ねづみ》どもの、寄《より》て喰《くら》い殺し侍るぞや。その悲しみ、いくばくとかおぼす。うらみ深ふして、蒼海底《そうかいそこ》をつくすに猶《なを》たらず、仇高《あだたか》ふして、碧天《へきてん》のうへをはかるとも過《すぐ》べからず。あはれこの敵《かたき》をとりてたびたまはば、何事か御心にそむき申べき』

と、花《はな》のたもとをうちおほひ、さめざめとくどかれ、ともにあはれを催《もよほ》し、おぼへず墨《すみ》ぞめの袖《そで》をしぼりながら、

『それはさて、にくき鼠《ねづみ》どもの仕業《しわざ》かな。御心《こころ》やすかれ。いちいち打殺《うちころ》し侍《はべ》らん。今宵《こよい》は夜《よ》もふけたり。ここにとどまり給へ』

と、そぞろ心にいざない入《いれ》、さよの枕をかはしまの、水もれぬ中とかたる間《ま》に、やごゑの鳥《とり》もつげわたる。

『いとまたび候へ。いまのあらまし、かならずたのみ侍る』

とたちわかるるとおもへば、夢《ゆめ》さめぬ。

一音《おん》、夙《つと》に起《おき》て、茫然《ぼうぜん》としてわきまへなし。いつものごとく、訪来《といく》る人《ひと》にむかひてこの事をかたりながら、ひたすら物《もの》ぐるはしく息《いき》あらかりければ、よりくる人もいとおそろしく思ひて立《たち》さりぬ。

日くれければ、『さりとも鼠どもをうち殺さん』とたくみて、ここかしこ設《しつら》ひ、いつものごとく手《て》をならしければ、あまたの鼠《ねづみ》いで来《きた》る。時分《じぶん》よくはからひて扉《とびら》、畳《たたみ》の下《した》に追入《おひいれ》、おし殺し打殺《うちころ》し

けるほどに、残《のこ》りずくなに逃げ失《うせ》ぬ。その中《なか》に白黒《はくこく》の鼬鼠《けいそ》《まだらねずみ》ひとつうち殺《ころ》したり。二、三十、ひとつ糸《いと》につなぎて柱にかけ置《おき》、気《き》つかれければ、うちやすみぬ。

　またその夜《よ》の夢《ゆめ》に、いぜんの女性《にょせう》きたりて、

『かたじけなき御事《こと》かな。にくしとおもふ敵《かたき》をば、御働《はたらき》にて失い候。いまは、うらみ晴れてこそ候へ。過《すぎ》し夜《よ》の御なさけ、または一念懺悔《いちねんさんげ》の功力《くりき》にて、畜類《ちくるひ》の科《くわ》をまぬかれながら、此界《しかい》にすむ身《み》に侍らず。かへすがへす御なごりこそ惜しけれ』

と、泣く泣くたち出《いづ》るを、

『今《いま》しばし』

と袂《たもと》にすがらんとすれば、たちまち白き鼠《ねづみ》と成《なり》て、くさむらの中にかくれぬ。

　一音《おん》、茫然《ばうぜん》として立《たち》たる所に、俄《にはか》に物音《ものおと》さはがしくして、北《きた》のかたより凱歌《ときのこゑ》どつとあげて、さはやかによろふたる武者《むしゃ》二、三千騎《き》かけ出たり。党《とう》をわけてもの言ふをきけば、

『鼴鼵《ようすい》《きねづみ》東方《とうはう》にして居《きよ》《いゐ》を犯《おか》せ。鼦鼶《てうかく》《のねづみ》南走《なんそう》《はしり》して道路《どうろ》《みち》をよぎれ。鼱鼩《はくじう》《みづにすむねずみ》西臨《さいりん》《にしにのぞむ》して橋《はし》を落《おと》せ。鼥䶃《ほくじん》《やまねずみ》北進《ほくしん》《きたにすすみ》して山にいたれ。鼯《ご》《むささび》は火を放《はな》て。土《ど》鼹鼢穀《ゐんしゆんこく》《うごろもちけら》地をうがて。鼸鼠《けんそ》《たねづみ》畔《くろ》を崩《くづ》せ。鼢鼭井辺《きんしやせいへん》《いもりいのほとり》して竇樗《とうがく》《おとしあな》せよ。蝙《へん》蝠空《ぷくそら》をかけよ。貂鼠《りす》樹《き》にいたれ』

など下知《げち》して、一音を真中《まんなか》にとり込《こめ》たり。『こは何事ぞ』とおどろき逃げんとするに、もるべきかたなし。おそろしさ言ふばかりなく、手《て》をあはせ、

『ゆるし給へ。何事の科《とが》も覚へず候』と泣きさけべば、その中に大将《たいせう》とおぼしき黒白班《こくびやくまだら》に鎧《よろ》ふたる武者《むしゃ》すすみ出て、

『⿰鼠番⿰鼠回《ばんけい》《まだらねづみ》ここにあり。をのれ、よく物をきけ。我《われ》年ごろ約《やく》せし女の、他《た》へ嫁《か》したるが憎さに、ひそかに是《これ》を害《がい》す。その母、なんぢをたのみて歎《なげ》きかこつに、さしも堅固なる道心《どうしん》をさまし、邪婬《じゃいん》の戒《いまし》めをやぶるのみか、年頃なんぢが徳《とく》を感じてその庵室《あんじつ》にあつまる所の鼠は、福《さいはい》をあたふる媒《なかだち》なり。是《これ》らあるがゆへに、人出入《でいり》て、もの乏《とも》しからず住む身の、浅《あさ》ましき煩悩《ぼんのふ》のやつこにたぶらかされ、我《われ》をはじめ一類《いちるい》をあまたうち殺《ころ》す。この科《とが》、いかんが逃《のが》れん。はじめ我《われ》に約《やく》せし女の、他《た》へ嫁《か》したるは、是《これ》、もとむる科《とが》なり。それを殺せし我《われ》は、そのあだを報ふ所なれば、誤《あやまり》あらず。しかるを、汝《なんぢ》、また我が一類《いちるい》を殺す。この報ひ、など無かるべき。今思ひ知らせん』

と、大勢《おほぜい》を下知して、やがて縄《なわ》をかけ、

高《たか》き梢《こずへ》に引上げ、手んでに槍《やり》をもちて突くと思えば、そのまま夢《ゆめ》さめたり。

胸《むね》さわぎ、汗《あせ》のながるる事、川瀬のごとし。是《これ》より、いよいよ物狂《ものぐる》はしくなりて走り出《いで》、この事を独言《ひとりごと》にののしり歩行《ありく》ほどに、人の見笑《わろ》ふ事、はじめ鼠《ねずみ》見に入《いり》来《きた》るよりも、猶《なを》おびただし。

ある時一音《いちおん》、人のおほくあつまりたるを腹立《はらたち》て、をのれが庵室《あんじつ》に火をつけ、仏《ぶつ》像供具《ぞうくうぐ》を焼きたつる。里人おどろき馳せ集《あつま》り、火を打《うち》けし、一音をとらへて所の守《かみ》にうつたふる。その罪科《ざいくわ》、のがれざる所なれば、これを誡《いまし》め、やがて磔《はりつけ》にかけられたり。

それより、その法師《ほうし》が亡魂《ぼうこん》、化《け》して人の家々に入来る。是《これ》を見る人、たちまちになやみ臥すなり。今宵《こよひ》はことにくらき夜《よ》なれば、かならず来《きた》りなん。心得て臥給《ふしたま》へ」

と語《かた》るに、いぜん道にて見し法師《ほうし》の事をいひ出、

「さらば、こよひは寝《いね》ず、待ちて見ん」

とて、主《あるじ》と二人酒のみ、しづかにまつ所に、夜《よ》ふけ、人定《しづま》りて物音《おと》しけり。「さてこそ」と心をつくるに、ありし法師なり。墨染《すみぞめ》の袖《そで》、朱《あけ》にそみて、いとすさまじきさまなり。奴婢《ぬび》《つかひもの》の寝《いね》たるあたりによる所を、そばにたてたる弓《ゆみ》とつて、はたと射《い》る。あやまたず、ひだりの耳《みみ》のわきに、のぶかにたつと思《おも》へば、はしり出て失《うせ》ぬ。火をともしてあたりを見れども、何事もなし。

夜明《よあけ》て、河原《かわら》おもてに出てみれば、いぜんかけたる磔《はりつけ》、なかばとろけながら、その木にあり。衣もちぎれ肉《にく》も烏喰《からすくら》ひたれども、かうべの形《かた》はいまだあるに、左《ひだり》の耳《みみ》のわきに矢《や》のたちてあり。見れば、わが射たる矢《や》なり。不思議《ふしぎ》なる事なり。

かくて里人あつまり、

「是《これ》、執念《しうねん》なれば、塚《つか》をつき、あだを恩《おん》にて報じ弔《とぶら》はば、かさねてわづらひあるべからず」

とて、やがてその辺《ほとり》にうづみ、その村の僧《そう》をよびて、そとばを立《たつ》る。戒名《かいみやう》を有果離〓大徳《ゆうくわりすいだいとく》とかきたり。このゆへにや、そののち幽霊《ゆうれい》なしとなり。これ、わが現在《げんざい》の怪事《くわいじ》なり」

と語れば、人々感じあへり。

○夢レ蘭産二美女一《らんをゆめみてびぢよをうむ》

帆掛船《ほかけぶね》の紋《もん》つけたる人のいはく、

「それがし生国《せうこく》は伯州《はくしう》にて候。そもそも伯耆《はうき》の大山《だいせん》と申すは、聞きも及びたまふらん、すさまじき魔所《ましよ》なり。その梺《ふもと》はるかに在家《ざいけ》あり。

ここに佐々木《ささき》元儀《げんぎ》といふもの、もとはさる侍《さぶらひ》なりしが、世《よ》の交はりむつかしとて髪《かみ》かりすて、楽《らく》身《しん》と成て乏《とも》しからず住《すみ》けり。妻《つま》を求めていと珍しかりしに、この女房、蘭《らん》の香《か》を好みて常《つね》に詠《ながめ》けるが、ある時うたた寝《ね》の夢《ゆめ》に、老尼《らうに》来りて蘭一《らんひと》もとを与ふ。女房《にようぼう》、是《これ》を得てその花ぶさをつまみ口に入るるに、味《あぢわ》ひはなはだ厚味《かうみ》にして、甘露《かんろ》を舐《ねぶ》るにしのびず、ひたすら舐《な》めとらかすに、腹《はら》しだいに張りて、大きなる事産月《さんげつ》にのぞむ妊婦《にんぷ》のごとし。身も苦しく覚へて夢《ゆめ》さめけるに、蘭《らん》もなく腹《はら》も何事なし。

それより懐妊《くわいにん》して十月《とつき》を苦しみ、一人の女子を生めり。夢の占《うら》にまかせて、その名《な》を蘭《らん》とぞよびける。成長するに従ひて、見目よき事、あたかも玉妃《ぎよくひ》が天性《てんせい》なる形、瑊《かん》々たる珇玉《しぎよく》のごとし。父母《ちちはは》の寵愛《ちやうあい》はなはだ深し。

かくて十三歳になるままに、なをその姿ゆうゆうとして、見聞《みきく》人恋慕《こひ》はずといふ事なし。媒《なかだち》を求《もと》めておくる玉章《たまづさ》は呉牛《ごぎう》の車《くるま》にも積みつべし。しかれども露《つゆ》ばかりのいらゑもなく、つれなきのみにうち過《すぎ》ぬ。

この娘《むすめ》、教ゑざるにしぜんと手跡《しゆせき》よく、和歌の道も心憎《こころにく》かりけり。常《つね》はただ鏡《かがみ》にむかひて我顔《わがかほ》をのみ眺めて、ひとり打《うち》ゑみ媚《こび》をなす。父母《ちちはは》もひそかに見るに、「いかさま、ものごころあるにこそ。

さもあらば、いづれの人の子なりとも聟《むこ》にせん」と聞こゆるに、我《われ》遅れじと言ひ寄る人、その数いくそばくともわかず。されどこの娘、さらに縁《あん》を結ばず。つねに住《すみ》ける室《しつ》の壁《かべ》に、一首《しゆ》の歌を短冊《たんざく》におして、父母、縁の沙汰する時は、この短冊にうちむかいて物《もの》も言はず。いかなる歌《うた》にやと見れば、

めもはるに野なる草木は多けれどわがむらさきは求めざりにき

父母この歌の心を考《かんが》ふるに、「よばひわたる人、野《の》なる草木のごとく多くとも、我が心にかなふ紫《むらさき》の色はなきものよ、と詠《よ》めるなるべし」と感じて、「さもあれ、今《いま》の世に在中将《ざいちうぜう》が風雅《ふうが》なるみやび、脇屋式部大輔《わきやしきぶのたゆふ》が優美《ゆふび》なる姿《すがた》もあらば、いかなる人の子《こ》なりとも聟《むこ》にせんもの」と、心にかけて過《す》ぐる程《ほど》に、ある時娘《むすめ》、鏡に向かい、我顔《わがかほ》をつくづくうち眺めて、

さくとてもあだしうき世の春ならめ我のみきつる花の衣手

と、世の見目かたちよき人をあだ草《くさ》の名《な》もなき花とし、「羅綺《らき》にだもたへざる誠《まこと》の花《はな》の色香《いろか》は、我《われ》のみならめ」と、自《みづか》ら鏡《かがみ》の中のおもかげに惚《ほる》る心、天性生《てんせいむま》れえたる見目を慢ずる所高ければ、魔魅《まみ》のうかがふ所《ところ》にや、俄《にはか》に心浮きたち、庭前《ていぜん》に出て梢《こずへ》を眺め、すずろに見ぬ世《よ》の人《ひと》の恋しき心地《ここち》して立《たち》たる所に、虚空《こくふ》より大鳥ひとつ飛来《とびきた》りて、この娘をかいつかみ、雲井《くもい》はるかに飛び失せぬ。

父母《ちちはは》おほきに驚き、手《て》を挙足《あげあし》をすりて慕へども、さらに行がた知らず。悲しみたとへんにものなし。泣《なき》あかし啼暮《なきくら》し日《ひ》を重ぬるに、いやましに恋《こひ》しく、その住《す》みし跡《あと》に残る調度《てうど》などを見るにも、

いとど思ひの数《かず》添ひて、中々につれなき命《いのち》を恨《うら》みかこち、今《いま》は身《み》もつかれ食事絶《しょくじたへ》てうち臥しぬ。

かくて七日におよぶ日《ひ》、いまはこの世《よ》のものとも思はねば、「せめて仏に花《はな》たてまつりて、その人《ひと》の菩提《ぼだい》を弔《とむら》はん」と起き出《いで》けるに、いづくより来《きた》りけん、かの蘭女《らんぢょ》、庭に立ちけり。父母《ちちはは》はやく見つけ、嬉《うれ》しさ言ふばかりなく、走り出《いで》て左右《さう》より抱《いだ》き入れ、ややものも言はず泣き沈みぬ。娘も涙《なみだ》にむせびて、やうやう顔をもたげ、

「あまりに御歎《なげ》き深きゆへ、許されまいりて候へども、悩める身《み》となり候へば、つゐにはなかき別《わかれ》となり侍らん。会者定離《ゑしゃじゃうり》のならひなれば、必《かならず》くへさせ給ふまじ」

と、おとなしやかに聞《きこ》ゆるにぞ、いとど胸割《さ》くばかりなり。父母泪《ちちははなみだ》のひまより、

「過《すぎ》しころ鷲《わし》にとられ、いづくへ行《ゆく》。いかなる病ひを受けしぞや」

と泣く泣く問ひければ、

「それは申さじとは思へども、いまはの身《み》となり候へば、おほかた語《かた》り申すべし。さてしも過《すぎ》しころ、大鳥に抱《いだ》かれ、高き山深《ふか》き森《もり》の中《うち》に入《いる》に、大きなる人のあまたいたりて自《みずか》らをもてなし、さまざまの美味《びみ》を得させ、また慰めんとて連《つ》れ行《いく》に、虚空《こくう》を過《すぐ》る事、陸地《ろくぢ》を行くがごとし。いろいろさまざまの結構《けっこう》を見る。何事《なにごと》も望むに叶《かな》わぬといふ事なし。しかれども父母《ちちはは》の歎きたまはん悲しさ、忘るるひまもあらざれば、ただうちしほれ涙ぐむを見て、『今は是《これ》までぞ、父母に対面《たいめん》せよ』とて、ここに送り捨て侍るなり。さて悩める身となり侍る事は、申すまじ」

と、衣引《きぬひき》かづき音もせず。その着《き》たる小袖《こそで》はみな露《つゆ》しづくにしこり汚《よご》れければ、着せ替へて、父母《ちちはは》ともに添ひ臥しいたわる。心の内のやるかたなさ、たとへを取るにものなし。

かくて、悩む事七日にして、つゐにしぼめる花のごとし。いまはの時《とき》、父母の手を取りて、

秋に吹く風のあららぎ散りながら香ばかり残るあとをしぞ思ふ

と詠《えい》じて、眠《ねぶ》れるがごとくなりにけり。父母《ちちはは》の愁傷《しうせう》なかなか言葉もなし。ともに消《きへ》なんと歎焦《なげきこが》るるも、いとことわりなり。かくてもあるべきにあらざれば、その夜《よ》、近《ちか》き寺に送りて煙《けぶり》となす。

なを悲《かな》しみにたへずして、夫婦《ふうふ》ともに墨染《すみぞめ》の身《み》となり、その墳《つか》のもとにわづかなる藁《わら》屋ひき結びて、歎《なげ》き弔《とむら》ひしに、いつとなく墳《つか》のうへに蘭一《らんひと》もと生《おひ》いで、匂《にほ》ひことに気高《けだか》かりしかば、父《ちち》母猶《ははなを》なつかしみ、是《これ》をとりて仏前《ぶつぜん》に供《くう》じ、泪《なみだ》ながらに弔《とむら》ひあかし暮らしけるが、またの年の秋《あき》、夫婦《ふうふ》同じやうに悩

みつきて、三日過ぐる暮れに、つゐに死にけり。住僧《じうそう》、末世《まつせ》の不思議《ふしぎ》なりとて、蘭女《らんによ》が墓《はか》に一つに葬《はうむ》り、念頃《ねんごろ》に弔《とむら》ひけり。

この元儀《げんぎ》、もとは佐々木六郎左衛門とて、我《われ》親しき朋友《ほうゆふ》なりし。さる事ありて致仕《ちし》をやめ、剃髪《ていはつ》の身となりぬ。女房《にようばう》は池田《いけだ》の家人《けにん》、松尾《まつを》何がしが子なり。蘭女《らんによ》幼かりしころは、我《われ》いだき愛《あい》せしぞかし。元儀、髪剃り捨てし時、

うつせみのからきうき世を逃《のが》れてし春秋《はるあき》知らぬ身ともならばや

と詠みしも昔になりぬ。これ、わが一期《いちご》の怪談《くわゐだん》なり」と語りし。

雉鼎会談一之巻終

雉鼎会談《ちていくわいだん》巻之二

○嵯峨《さが》野俳仙《ののはいせん》

鷹《たか》の羽《は》の紋着《もんき》たる人のいはく、

「それがしは、はるかな筑紫《つくし》の者なれば、いまだ都《みやこ》を見ざりし時《とき》、王城《わうじやう》の地《ち》を踏まで果てなん事、口惜《くちおし》く覚へければ、一年《ひととせ》思ひ立ち、京《きやう》に上りぬ。三条通《じやうどをり》にあい知れる者のありければ、頼りてそこに逗留《とうりう》す。旅《たび》の疲《つかれ》やうやく心を助けて、さらば聞及《ききおよ》びにし名《な》どころ見ばやと思ひて、案内《あんない》をも求めず、人に問ひ問ひ、そこそこ眺めわたる。九月下旬《げじゆん》の頃《ころ》、高雄《たかを》の紅葉《もみぢ》見んと立越《たちこへ》たり。まづ山に登りて木末《こずへ》の秋《あき》をうそぶくに、何《なに》となくけしきだちたるさま、筑紫《つくし》には事変わりぬる心地《ここち》しておもしろかりければ、折《おり》ふしの心《こころ》に浮かびたるままに一句《く》を口ずさぶ。

雌羽《めどりば》もさらに高雄《たかを》のもみぢかな

雄《を》の字《じ》を助けん為《ため》に、紅葉《もみぢ》の雌羽《めどりば》に重なれるも、さらにこの山の手柄なりと、巧みにしたる句なれば、いかさまにも言ひかなへたりと、少しく高慢《かうまん》の心きざしける故《ゆへ》にや、いづくより来《きた》るとも見へぬに、ことがらすさまじき法師《ほうし》、忽然《こつぜん》といで来りて、

「よきかなや、なんぢ俳人《はいじん》なり。我は是《これ》、山崎宗鑑《やまざきそうかん》なり。いにしへ桑門《さうもん》にして水《みづ》を汲む時《とき》、痩《や》せ衰へたるすがたを御覧《ごらん》じて、やごとなき人の御句に、

　宗鑑《そうかん》がすがたを見れば餓鬼《がき》つばた

と宣《のたま》ひしに、我《われ》とりあへず、

　のまんとすれば夏《なつ》の沢水《さわみづ》

と付《つけ》たりしを、いまだ有財苦《うざいく》の心《こころ》ありと、世人《よひと》のあざけりに残《のこ》る。およそ句《く》は巧みに付けたれども、桑門《よすてびと》の心には浅《あさ》ましとや聞こゆ。

　そもそも誹《はい》は和歌《わか》の一体《いったい》なれば、よくよく風情《ふぜい》を思慮《しりょ》すべし。歌のすがた、昔よりさまざま変わりたるごとく、誹《はい》もまたさらなり。すがたはいろいろに変わり行《ゆく》とも、心は古今不易《ここんふゑき》なるべし。すでに我、『犬菟玖波《つくば》』撰《ゑら》みしより後《のち》、誹諧《はいかい》はいやしきやうに思《おも》へる輩《やから》もあるなれど、さならず。俗談平話《ぞくだんへいわ》をもて、鬼神《きじん》をも感《かん》ぜしめつべきもの、歌におさおさ劣るまじをや。

　しかるを、まふけて誹言《はいごん》にかかわる輩《やから》、その頃《ころ》より多《おほ》かりし。殊更当時《ことさらとうじ》の俳諧を見るに、大《おほ》きに古制《こせい》にたがへり。発句《ほっく》ならびに月花《つきはな》の定座《じゃうざ》などは宗匠貴人《そうせうきにん》に譲《ゆづ》りて、初心《しょしん》は中《なか》々すまじき事《こと》なるを、点《てん》とる事を争ふゆへに、月花三点増《てんまし》などといふ事をきはめて、悪《あ》しき句にても花月の字《じ》さへ言ひ入ればよしとて、みだりに朱長の点《てん》をむさぼる。さるによつて、賞翫《せうぐわん》の心《こころ》つゆばかりもなし。ことに『表《おもて》八句は立句《たてく》にせばや』、『裏《うら》うつりの句一句し給《たま》へ、それに続きて言ひもて行《ゆか》んに、跡《あと》にて表《おもて》を

ば立つべし』、などと言ひののめく輩《やから》、誠《まこと》に誹賊《はいぞく》と言ふべし。付句《つけく》ののり、なじみといふ事も忘れて、かねて作《つく》り置《おき》たる句をそこかしこ見つくろひて、今案じ得《あ》たる顔《かほ》つきして言ひは出《いだ》せど、更《さら》に前句《まへく》に付《つけ》たる姿《すがた》はなし。かの、『上手《じやうず》の付句《つけく》は他人《たにん》の仲よきがごとし、下手《へた》のは親類《しんるい》の仲悪《あ》しきに似《に》たり』と宗祇法師《そうぎほうし》の悲しみけんも、今は他人《たにん》の仲悪《あ》しきやうにぞなり行《ゆき》ぬる、浅《あさ》ましと思《おも》ひ知らずや。

ここに嵯峨《さが》のほとり常盤亭《ときわてい》といふやかたに、不思議《ふしぎ》の賢女《けんじよ》、をのをのこの道《みち》を興行《こふぎやう》す。いにしへより和歌《わか》は女帝《によてい》后妃《こうひ》をはじめ、いやしき下《しも》つかたまでも、女の詠《よ》める言の葉多《おお》し。されば今の世《よ》にも女詠《ぢよゑい》の名誉《めいよ》あるぞかし。しかれども誹諧《はいかい》を翫《もてあそ》ぶ女《おんな》少なし。いはんや達人《たつじん》をや。しかるに常盤亭《ときわてい》の賢女《けんぢよ》、各《をのをの》しかも名人《めいじん》たり。なんぢ、猶《なを》この道《みち》を修行《しゆぎやう》せんとならば、嵯峨《さが》に至るべし。あなかしこ、いざなわん」

と言ふ。その時《とき》それがし、

「抑《そもそも》、山崎の宗鑑《そうかん》と聞《きこ》へしは、いにしへの誹仙《はいせん》たり。今まで長らふべきにあらず。またこの道《みち》の名人《めいじん》と聞《きこ》ゆるその常盤亭《ときわてい》の賢女《けんぢょ》は、いかなる人の息女《そくじょ》ぞ。かたがた不審の所なり」

と言へば、

「されば我《われ》、この道のみに限らず、よろづに清らたるを慢《まん》じて、自然に天狗《てんぐ》道《どう》に入《いり》ぬ。さらに人の目に見《み》ゆる物ならねど、なんぢが好ける心《こころ》にいざなわれ、今現《あらは》れたり。また常盤亭《ときわてい》の賢女《けんぢょ》、父母親類《ちちははしんるい》みな当時《とうじ》いますがる、やごとなき人なれば、その名《な》を顕《あらわ》しがたし。よしや嵯峨《さが》にいざなひて、不審《ふしん》を晴らすべし」

と誘引するに、とかくの詞《ことば》なくうち連るると思へば、やがて嵯峨《さが》に至りぬ。

「ここなん、常盤亭《ときわてい》」

と言ふを見《み》れば、萱《かや》の軒端《のきば》古《ふ》りて片折戸《かたおりど》したるやづまなり。

「こなたへ」

とて、庇《ひさし》の傍《かたは》らにいざなふ。

はるかに奥なる座《ざ》を見やりければ、立待《たちまち》ごろの月の面影《おもかげ》、容色《ようしよく》たぐひなき、同じ年ばかりの女性《によせう》五人上座《ぜうざ》して、その次に、いまだ都の富士を二十《はたち》ばかりに重ねて、今四《よ》つ五《い》つも過《すぎ》けんとおぼしき女房《にようばう》二人、また同じ頃《ごろ》なる少人《せうじん》弐人、いづれもえならぬ姿なるが、座《ざ》を差し向かいて、すでに上《ぜう》座《ざ》なる女性より発句《ほつく》いづる。その吟声《ぎんせい》けだかくして、ことにうるはしかりけり。やがて末座《ばつざ》なる女房立《たち》て、その句を詠草《ゑいそう》にうつして吟《ぎん》ずるに、心狂《けう》ずるばかりなり。ほどなく脇《わき》の句、また第三の句付く。次第に付くる句のはしり、いづれを聞くも感に堪《た》へて、おのれを忘れ、座中に走り出《いで》なんばかりに心すずろぎぬ。

またたくばかりのひまに歌仙興行《かせんこうげう》終《おわ》りければ、

「いざや帰らん。長居なせそ」

と引き立つるに任《まか》せて、うち出《いで》ぬ。

道すがら、その句その句の心を語り合ひて過行《すぎゆく》に、清涼寺《せいりやうじ》の門の前に至つて、

「是《これ》よりいとま申すべし」

と言ふ声《こへ》に振り返《かへ》りて見《み》れば、いづくに失せけん、見《み》へずなりぬ。寺《てら》にや入《いり》けんと寺中《ぢちゆう》をたづね求むれども、かつてなし。あやしく思ひながら、京《きやう》に帰りぬ。

またも嵯峨を見まくほしく思ひしかども、世《よ》のわざに紛れて心《こころ》ならずうち過ぎぬ。

筑紫に帰《かへ》りて、またの年の秋《あき》、また都《みやこ》に上るとて、まづ嵯峨《さが》に赴きてゆかしき常盤亭《ときわてい》を尋《たづね》れども、あとかたもなく成《なり》て草《くさ》高く、虫《むし》の音《ね》ならでは、ことおとなふものもなし。いかに成《なり》ぬらんと問ふべき人もあらざれば、すごすごと京《きやう》なる宿《やど》に至りて、日数を経《ふ》るままに、北野《きたの》に詣《まふ》でんと心ざして、立ち出《いで》ぬ。

筑紫より上りて不知案内《ふちあんない》なれば、道行く人に問ひて北野《きたの》に至り、御戸代《みとしろ》を拝《はい》して、それよりここかしこにかけ置《おき》し世人《せじん》の筆《ふで》、連誹《れんぱい》の句を打詠《うちなが》めけるに、拝殿《はいでん》に美童《びどう》一人、軸《ぢく》付きたる巻物《まきもの》を開きて眺め居《い》たり。何やらんと、よそながらさし覗《のぞ》けば、少人《せうぢん》、それがしをつくづく見《み》て、

「わどの、好士《こうし》たり。この一軸《ぢく》を参らすべし」

とて、我《われ》に得さす。思ひよらざる心地《ここち》しながら取《とり》て、

「和君《わぎみ》、いかなる人にや」

と問《と》へば、

「桐《きり》の井《い》の李籬《りり》」

と答へて階をおり、松原《まつばら》のかたへ行《ゆく》。

「しばし」

と言へども、立ちも帰らず、人まぎれに失せぬ。

あやしく思ひて、得させし巻物《まきもの》を披《ひら》き見れば、去年《きよねん》の秋《あき》、嵯峨《さが》にて興行《こうぎやう》ありし歌仙《かせん》の巻《まき》、おのおの名《な》を記せし懐紙《くわいし》なり。女の文字つきたるは、かの五人の女性《によせう》、二人の女房《にようばう》なるべし。女の文字なきは、二人の少人《せうじん》ならん。その中に李籬《りり》と見ゆるは、いま名乗《なのり》し桐井《きりのい》にや。不思議《ふしぎ》いふばかりなく、読《よみ》て見るに、

稲妻《いなづま》のいくつに折れて草《くさ》の上　桜妃《おうひ》
しらぬ雫《しづく》に山《やま》の井《ゐ》の月　桃嬰《とうい》
たつ程《ほど》は屏風《びやうぶ》をひらく秋風《あきかぜ》に　梅姝《ばいしゆ》
ぽたりと落《おち》る軒《のき》のにんにく　李⿰女登《りちやう》
我影《わがかげ》の我《われ》から寒《さむ》き鏡《かがみ》とぎ　梨嫡《りてき》
何《なに》を見留《みとめ》て犬《いぬ》ふたつ行《ゆく》　棠娓《とうび》
ウ
乗物《のりもの》に下ケ札《さげふだ》のつく払《はら》ひ物《もの》　娯杏《ごきやう》
蠅取黐《はいとりもち》の水《みづ》にきたなき　柴牛《さいぎう》
ほととぎすねぶたき声《こへ》は持《もた》ぬなり　李籬《りり》
餅《もち》を睨《に》らんで通《とを》る山伏《やまぶし》　二妃
たまたまは旅《たび》と思《おも》ふて有馬《ありま》の温泉《ゆ》　二嬰
男の跡《あと》はたたかずに居《い》る　二嫡

親《おや》の日に思《おも》ひそめたる悔《くや》しさは　娓二
袴《はかま》畳《たた》んでけふも過《すぎ》けり　姝二
つくづくと線香《せんかう》たてて神祭《かみまつり》　嬁二
碁《ご》を崩《くず》す時《とき》月おぼろなり　嬰三
下谷《したや》から花《はな》のかがみの水《みづ》を汲《くむ》　妃三
春《はる》まだ浅《あさ》き大こんの味《あぢ》　娯二
ナ
藪入《やぶいり》のどれへも笑《わら》ふ馬《むま》の上《うへ》　牛二
底《そこ》はづかしき物《もの》はうらなひ　籬二
織殿《おりどの》は足《あし》の先《さき》より旭《あさひ》さし　嬁三
勅使帰《ちよくしかへ》れば風《かぜ》はしる空《そら》　姝三
神主《かんぬし》のほくほく老《おひ》てきれいなり　妃四
熨斗目着替《のしめきがへ》て我音《わがをと》をきく　籬三
緑青《ろくせう》のけぶる岩根《いわね》の秋《あき》の水《みづ》　嫡三
成程《なるほど》うごく遠山《とおやま》の鹿《しか》　牛三
名月《めいげつ》を色《いろ》々に見《み》る世《よ》の中や　娯三
髪《かみ》の痒《かゆ》さにとどく笄《かんざし》　嬁四

琴《こと》の緒《を》に文《ふみ》をはさんで忘《わす》れけり　娓三
流《なが》るるやうに祈《いの》る傾城《けいせい》　嫡四
さればとて毒《どく》にもならぬ寒玉子《かんたまご》　姝四
何《なに》を申すも京《きやう》の献立《こんだて》　嬰四
数《かず》たらぬ百万遍《ひやくまんべん》のいかならん　牛四
今《いま》はの際《きわ》にくれる證文《せうもん》　娯四
ちればこそとはいひながら庭《には》の花《はな》　娓四
元結車《もといくるま》にもゆるかげろふ　籬四

三十六句一字《じ》も変わらず、その時聞覚《ききおぼ》へしままなり。その巻《まき》、よく見れば、女筆《にょひつ》にていと美し。今《いま》に我《われ》、秘蔵《ひぞう》せり。その後《のち》、いかに尋求《たづねもとむ》れども、その女性《にょせう》、少人《せうじん》、かつて知れず。これぞ我一期《わがいちご》の怪事《くわいじ》ぞ」

と語られし。

○武蔵野神童《むさしののじんどう》

われ人、一生にあやしき事は、さのみ多からぬものなれば、身の上の怪談《くわいだん》はこれまでなり。さて人《ひと》の語り伝へしも、古きは大かたの草子に出《いだ》したれば、今さら言ふに及ばず。近代《きんだい》いまだ世人《せじん》の聞《きき》ふれざる事を語《かた》るべし。

ここに、武蔵国《むさしのくに》むかいの岡《おか》に、元徳法師《げんとくほうし》といふ隠遁者《いんとんじゃ》ありけり。そのもとは、岐阜中納言《ぎふちうなごん》の御内《みうち》に軽《かろ》き奉公《ほうこう》せしものなり。世の中よろづむつかしとて、かしらおろして人に許され住《すみ》けるほどに、親しき友三、四人が外《ほか》、さらにまた異人《ことひと》にもむつまず、昼夜《ちうや》、酒酣《さけたけなは》にして語りなぐさむ事《こと》、年久《としひさ》し。

ある時、いつもの友《とも》あつまりて、四方山《よもやま》の物語ありけるが、一人のいはく、

「この頃《ごろ》世《よ》に沙汰する衛士《ゑじ》といふは、古今《ここん》の美童《びどう》なり。庭前《ていぜん》の花を眺むるに、青紫紅白《せいしこうはく》、その顔《かほ》ばせにうつりて明鏡《めうけう》のごとし。扇《おふぎ》をつかへば光《ひか》りあたりに散りて、さながら電《いなづま》をなすと言へり。そもそも、昔より美童美女多しといへども、かかるためし、未だ聞かず。あはれ、一目見まくほしきものかな」

と言へば、また一人がいはく、

「古《いにしへ》より今に至り、容貌世にすぐれたるものありといへども、さほどに明鏡いなづまをなす事《こと》、未だなし。いかさまにも、その衛士《ゑじ》は妖《ばけもの》とこそ思《おぼ》ゆれ。いづくにも出会《であ》へかし。本性《ほんせう》を糺《ただ》すべきものを」

と言へば、始めの男《おとこ》聞きて、

「世《よ》に妖《ばけもの》といふは何ものぞ。狐狸《きつねたぬき》の人を化《ば》かすといふは、常《つね》に心《こころ》がけなくうつけたる者、これに気《き》を奪《うば》はれ、たましひを抜かるるゆへぞかし。夜陰の道《みち》を行《ゆく》に、松杉の動くを鬼神《きじん》と見《み》、芭蕉葉《ばせうば》のそよぐを負《お》はるるやうに後ろこそばゆき、是《これ》みな臆病《おくびやう》より、おのれが心、おのれを化かすなり。されば、衛士《ゑじ》と聞《きこ》ふる美童《びどう》、化物《ばけもの》と知らば、行《ゆき》て糺《ただ》さんや」

とあざわらへば、

「なんでう糺《ただ》さざらんや」

と、言葉あらそひ言ひ募《つの》り、その住所《すみどころ》は武蔵野《むさしの》の、草《くさ》より出《いづ》る望月《もちづき》の、駒《こま》の尾花《をばな》が末を分け、そことも知らずたづね行《ゆく》。

八月十七夜《や》の月くまなく更《ふ》けわたるに、渺《びやう》々たる野中に分け入《いり》、「いづくかその栖《すみか》ならん」と窺ひ求むれども、それとおぼしきものもなし。去程《さるほど》に、酒《さけ》も血気《けつき》も宵《よい》の論《ろん》、さめ行《ゆく》ままに心《こころ》すごく、「益《えき》なき言葉あらそひかな。このまま帰《かへ》らんも口惜《くちおし》。もし妖《ばけもの》あらば、慥《たしか》に聞け。佐々木《ささき》主鈴《しゆれい》よしすゑ、この野《の》に変化《ばけもの》ありと聞《きい》て、退治《たいじ》せんが為《ため》に来《きた》りたり。いでよ、手《て》なみを見せん」

とひとり言《ごと》にののしれども、千草《ちぐさ》にすだく虫《むし》の声《こへ》、荻《おぎ》の葉わけの風ならでは、ことおとなふものもなし。

せんかたなく立帰らんとせし所に、いづくともなく、えならぬ薫芬《かほりふん》々として、思ほへず心を動かすばかりなり。あやしや、かかる野中《のなか》にこのかほり、あるべき事ともおぼへず、天《あま》の香久山《かぐやま》ならば空の香《かく》来るとも思ふべきに、是《これ》は渺《びやう》々たるむさし野の、紫のゆかりも遠く、目もはるにかりそめの人家《じんか》もなし。「誰《た》が空灶《そらだき》のくゆる香ぞ、また花吹く風のかほりか」と心ひかれてたたずむ所に、尾花高茅《おばなたかがや》、かげ深きあなたに、和歌を吟《ぎん》ずる声《こへ》聞こゆ。

「思ひきや千草がすへをわけ入《いり》てあやしき月のかげを見んとは」

いとど奇異なる思ひをなし、茅《ちがや》がもとを掻《か》き分け掻き分け求めゆくに、ひときは草深《くさぶか》きかげに陥《くぼか》なる所あり。さしのぞき下《した》を見れば、柴《しば》ひき結びたる庵あり。「すはや」と思ひ、葛《くず》かづらに取つき、下がりて下に至りて見れば、容貌美麗《ようぼうびれい》の児《ちご》、年の程《ほど》こよひの月の頃ほひなるが、机《つくえ》にうちもたれ、光一入《ひとしほ》ますみの鏡《かがみ》、銀漢《ぎんかん》高く澄める空に、うそむき居《い》たる有様《ありさま》。見るに心まどひ、踏む足《あし》も覚《おぼ》へず臆したるが、やや近づきて、

「そも、いかなる御事にや、かかる草《くさ》ぶかき野中に、ただ一人のみ住給《すみたま》ふぞ」

と問へば、児《ちご》うち笑みて、

「たまさかにすまんとすれば秋の月雲かかる身のむつかしのよや

秋《あき》の夜《よ》は定めなきものなり。月かげ澄みわたるかと思へば、やがて雲《くも》おほひかかる。そのごとく、世《よ》の中に住みなさんとすれば、様々の障《さはり》ありてむつかし。かるがゆへに、世を離れてこの武蔵野《むさしの》の人気《ひとけ》まれなる所に住むなり。

さて、我《われ》は衛士《ゑじ》と云《い》ふものなり。衛士とは、みかき守《も》り、かがりたく内人《うちんど》なり。されど、それに

はあらず。それをただ、わが名に付きたるものなり。世に生《むま》れて、人の思ひをかなへざらんも木石《ぼくせき》なり。また、かなへんとすれば、あまたにゆき満《み》てず。所詮《しょせん》むつかしの世《よ》やと思ひ捨て、この野を隠家《かくれが》として、慈童《じどう》がいにしへを偲ぶ。思ひきや、千草が末《すへ》をかきわけて、あやしき月のかげを見たまふ事、誠《まこと》に不思議《ふしぎ》の機縁《きゑん》なれば、よもすがら語《かたり》なぐさみ給へ」

と、手づから酒肴《さけさかな》を取り出《い》ですすめけり。思はざる設《まう》けに心ほれぼれと成《なり》て、

「仰《おおせ》はそむかじ」

などとて、ひた呑むほどに、大きに酔《ゑい》てけり。

「さてもそれがし、不慮《ふりょ》に詞《ことば》の論《ろん》言ひ募りて、妖《ばけもの》の有家《ありか》を見《み》んと、ここにたづね来《きた》りぬ。抑《そもそも》、「世《よ》に衛士《ゑじ》と聞《きこ》ふるは人間《にんげん》にあらず」と言へば、ただ妖怪《ようくわい》とこそ思《おぼ》ゆれ。この武蔵野に住むとばかりにて、誰《たれ》見し人もなし。今和君《わぎみ》を見《み》るに、容貌世《よ》に越へたまへば、人恋《こい》しのぶその思《おも》ひ、あまたに行満《ゆきみ》てず。

かるがゆへに、世《よ》をむつかしく、この野にかくれ住《すみ》給ふを、人の言ふものならめ。そも、いかなる御事ぞ、さらにわきまへなし。ありのままにあかし給へかし」

と言へば、児聞《ちごきき》て、

「それ、妖《ばけもの》といふは狐狸《こり》《きつねたぬき》臭《けつ》《ねこにたり》㲋《し》《たぬきににたり》の類《るい》のみにあらず、世、もつて多き所なり。まづ公家《くげ》としては、朝《てう》に仕《つか》へて政道《せいどう》私なく、我国《わがくに》のならはし第一なれば、敷島《しきしま》の道もつぱらにたしなむべきに、今の風俗《ふうぞく》これにそむき、かたちは月卿雲客《げつけいうんかく》なれども、その道を心《こころ》にかけず。たまたま御《ご》会《くわい》に臨む時《とき》、むつかしき題《だい》を得れば、「当座《とうざ》なりがたし、逐《おつ》て奏《そう》すべし」などとて恥《はぢ》をわきまへず。かくのごとくの輩《やから》、自然に詠《よ》める歌《うた》の悪《わる》さ、いにしへの姿《すがた》にくらぶれば、鶏腸草《よめがはぎ》といふいやしき草《くさ》の、菊《きく》に似《に》たるがごとし。是《これ》、よく公家《くげ》、殿上人《てんじやうびと》に化けたる凡俗《ぼんぞく》なり。

また武士《ぶし》に言はば、弓馬《きうば》の道専《もつぱら》として、行儀を乱すべからざるに、その嗜《たしなみ》を忘れ、つかの間も

放つべからざる太刀《たち》、刀《かたな》には袋をおほひて遠ざけ、丸腰《まるごし》に成《なり》て外面《そとも》へ出、傾城《けいせい》に遊《あそ》ぶ時は是《これ》を預《あずけ》取られ、赤はだかに成《なり》て臥《ふ》すままに、急火《きうくわ》の難《なん》、不慮《ふりよ》のわづらひあるにも、「刀《かたな》よ、腰の物よ」とありて惑ふ、是《これ》また、武士の化物《ばけもの》なり。

僧《そう》は、猶《なを》あさまし。身には金襴《きんらん》をまとひ、紅紫の色衣《しきゑ》に高ぶれども、心は鬼畜《きちく》の無慙《むざん》として、破《は》戒無慈悲《かいむじひ》の害心《がいしん》をふくみ、人にこびて施物《せもつ》をむさぼり、世の目を盗みて女犯《によぼん》に迷《まよ》ひ、柔和忍辱《にうわにんにく》を忘れて怒《いかり》をなし、法語《ほうご》にかこつけて偽《いつわり》を述ぶる、是《これ》、よく狼犬《らうけん》の妖《ばけ》たるなるべし。

また儒者《じゆしや》を言はば、書籍《しよじやく》を懐《ふところ》にして、口さかしく才覚を吐けども、心さらに賢《けん》にあらず。聖《せい》を知らず、文字不足にして、理《り》をわきまへず。しかも物知り顔に慢高《たか》ぶり、面相《めんそう》悪しくして人を下目に見なす、是《これ》また、儒の化物《ばけもの》なり。

さて神職《しんしよく》に言はば、その神のはじめ、その起こりをよくただして利罰《りばつ》を仰《あふ》ぎまつるべきに、禰宜《ねぎ》神主、さらに是《これ》をわきまへず。まづ国常立《くにとこたち》のみことの、形もなく、色もなきといふ事を知らず。はじめ二柱《ばしら》の神より五柱の神生《む》まれて、後《のち》の二柱より形さだまるといふを明《あき》らめず、ただ、天の逆鉾《さかほこ》は天よりさし下ろして、大海《たいかい》をさぐりて国を求め出《いだ》し、その国《くに》のあまりに小さくて吾恥《あがはぢ》なりとて「吾《あ》恥《はぢ》の国」と名づけし、などとばかり覚へて、秘密《ひみつ》の伝《でん》を得ず。祭れば祭る事、ぬかづけばぬかづく事とのみ思ふゆへに、神の威《い》おとろへ、神通利生《じんづうりせう》の不思議《ふしぎ》なし。五月蝿《さばえ》を祓《はら》ふゆふつけ鳥《どり》、嫁《とつ》ぎを知らせし嫁訓鳥《かくんてう》、あるひは神籬《ひもろぎ》を供へしおがたまの葉《は》などといふ事をも、かつて知らざる神職《しんしよく》、是《これ》また乱心《らんしん》を進むるなかだち、女わらべをたばかる盗賊《とうぞく》、ただ藁《わら》にて作《つく》る形代《かたしろ》の、よく化《ば》けたるものならん。陰陽師《おんようじ》、山伏《やまぶし》、またかくのごとし。

次《つぎ》に医師《いし》、その道を知らず、なんぞ功《こう》あり顔《がほ》に鼻《はな》うごめかし、匙《さじ》採る手品《てじな》さへいかめしく見すれども、さらに病症《びやうせう》をわきまへず。かるがゆへに薬種調合《やくしゆてうがう》、違乱《いらん》して、人を殺《ころ》す。あるひは乗物《のりもの》して、忙しきさまにもてなせども、人のもとに至りては長居《ながい》し、浮世《うきよ》ごと語り、酒のみ、連歌、俳諧、碁《ご》、将棋《せうぎ》、謡物《うたいもの》に日を暮《くら》す、是《これ》また、医師の化物《ばけもの》、蜘蛸《ちせう》《くもたこ》の莜《いもがら》に疵《きづ》を摺《す》るよりも劣りたり。

その外《ほか》、農工商《のうこうせう》みな、おのれが業《わざ》を忘《わす》れ、遊女《いふじよ》、博奕《ばくち》に月日を費やす、これ、夏の蟬《せみ》の春秋を知らぬ例《ためし》、蛆《おながうじ》の虻《あぶ》に変《へん》ずる類の化物《ばけもの》なり。

さて、女の装《よそを》ひを繕《つくら》ふは常《つね》の習はしながら、これまた妖《ばけもの》なり。色黒く醜《みにく》きに、眉作《まゆつく》り、紅白《こふはく》の粉《ふん》に顔ばせを彩《いろどり》、花やかなる衣装《いせう》をかざり、ほのかなる香りに心を奪《うば》へば、男はよくひかるるものなり。是《これ》すなわち、貴賤賢愚《きせんけんぐ》ともに化《ば》かさるる。かるがゆへに、上《かみ》、これに迷へば政《まつりごと》たがい、国乱れ、家を失ふ。下《しも》、これに婬《たはけ》ては身を滅ぼし、あだを求む。これ、よく人をそこなふ妖《ばけもの》なり。

次に児《ちご》、また女の形をうつして、智識《ちしき》を惑《まど》はす。それ、世始まりしより、男女和合の道、陰陽《いんよう》の道理なるに、いつの頃《ころ》より美童《びどう》を愛《あい》す事始まりて、もろこしのかしこき帝《みかど》、智識詩学《ちしきしがく》の輩《やから》、我朝《わがてふ》には伝教《でんぎやう》、弘法《こうぼう》、渡唐帰朝《ととうきてう》より是《これ》を広め、天子にこれを寵《てう》し給ふもあり、武将《ぶせう》にこれを愛すもありしかば、世、もつて是《これ》をもてあそぶ事となり、僧俗《そうぞく》共にこれを好《この》む。今、御身も衛士《ゑじ》といふ化物《ばけもの》ありと聞《きい》て、このむさし野に尋《たづ》ね来りぬ。よしや我は男色の化物《ばけもの》なりと知るべし。わどの、はるかの先祖《せんぞ》、道誉《どうよ》入道が将軍義詮《せうぐんよしあきら》をないがしろにし、細川の清氏《きようじ》を嗤《あざむき》し時は「近江狐《ぎつね》」とうたはれ、都《みやこ》を落《おち》し跡《あと》に酒肴《しゆかふ》をのこして楠正儀《くすのきまさのり》をはかりし時は「古狸《だぬき》」と言はれし、佞妖《ねいよう》の化物《ばけもの》なり。わどの、今、我色《わがいろ》にはかられ、無明の酒に酔《ゑい》て太刀かたなを忘る。侍《さむらい》の剣刀《けんとう》に離るる、すなはち神《たましひ》を失《うしな》ふに等《ひと》し。是《これ》、おこと、武士に化《ば》けたる兎猿《とゑん》なり。よくよく得度《とくど》して武道を忘るべからず。明《あけ》なば帰《かへ》りて、友とする人々にも示すべし。我《われ》またおなじ人間《にんげん》なれば、人の命を失ふ妖《ばけもの》にあらず。されば、我を見んとてはるばる来《きた》りたまふものなれば、情《なさけ》の色はあるべし。猶《なを》酔て、草《くさ》の枕《まくら》の露《つゆ》けきに夢むすび給へ」

と進むる。

主鈴《しゆれい》、呆然としてわきまへず。いつの間に失せけん、腰の物もなし。ただほれぼれと眠《ねぶ》る間に、夜明け、日のあたるに目さめてあたりを見れば、児《ちご》いづくへ行けん、庵《いほり》の内には異香薫《いきやうくん》じ、残りたるばかりなり。驚き起上《おきあが》る所に、元徳法師を先として、友だちども尋来《たづねきた》り、

「いかに」

と問へば、はじめよりの有増《あらまし》、ゆめ現《うつつ》のやうに語る。人々、奇異《きい》の思ひをなし、

「さては、利生の神道を示《しめし》たまふものなり」

と、各《おのおの》ふかく感心《かんしん》す。失せにし腰《こし》の物も、そのまま草の中にありければ、求め出《いだ》して、うち連れ帰《かへ》

りぬ。まことに不思議《ふしぎ》の次第なり。

夜はもへて昼は消えつつむさし野の野守のたく火衛士ならなくに

と詠みしも、この児《ちご》の歌《うた》なりといへり。夜は里に出《いで》てあそび、昼はこの野に隠れ住む。容貌不双《ようばうふそう》にして、顔ばせ玲瓏《れいろう》と光《ひか》り、雪《ゆき》のはだへ清《きよ》らかにして、とめざるに異香薫《いきやうくん》じ、情《なさけ》深くして人に善をすすめ、貧しきものに財《ざい》をほどこす。父母はたれと知りたる人もなし。神《かみ》にあらず、化物《ばけもの》にあらず、不思議《ふしぎ》の児《ちご》なり。

ある人のいはく、筑波《つくば》へまふでしに、男女川《みなのがわ》のほとりにて、かやうの児《ちご》に行あふ。

「わが住《すむ》かたにて、碁《ご》を見《み》よ」

といざなふままに、うち連れゆく時、深く恋慕の心をかけしゆへにや、霧《きり》たちまちおほひ来《きた》りて、児見《ちごみ》へず。やうやう麓《ふもと》に帰《かへ》りしとかや。

「仙術《せんじゆつ》を得《え》たる人にやあらん」

と言ひし。

雉鼎会談巻之二

雉鼎会談《ちていくわいだん》巻之三

○男《おとこ、》変レ女《おんなにへんず》

上杉景勝《うへすぎかげかつ》、奥州《おうしう》にいたりて後《のち》、いささか所為《しよゐ》あるよしにて、藤田能登守《ふぢたのとのかみ》一族二百余人《よにん》、会津《あいづ》をたち出《いで》、夜を日につゐで御所《ごしよ》に参《まい》り、その企《くわだて》のおもむきを訴ふる。これによつて御馬《おんむま》向けらるべきに定《さだま》りて、能登守《のとのかみ》をばとどめおかれけり。

家の子に多門《たもん》といふもの、能登守会津《あいづ》を出《いで》し時《とき》、いかがしてありけん、ただ一人残《のこ》りたり。この事聞《きく》とひとしく、あとを慕ひて出けれども、直江山城守《なをゑやましろのかみ》が法度《はつと》厳しく、なまめきたる姿《すがた》、人《ひと》見とがめ怪しむるほどに、白川までも出《いづ》べきやうなく、進退度《ど》を失いしが、ひとまづ身《み》をかくし時節《じせつ》を待ちみんと思ひ、会津山のふもとに年頃《としごろ》あひ知れる、心安坊《しんあんぼう》といふ遁世者《とんせいしや》のありけるを頼《たの》みて、しのびけり。今年やうやく十四歳《さい》になりければ、つれづれにたへず、常《つね》に笛《ふへ》を吹きて心を慰めけり。

ある時、法師《ほうし》、用《よう》の事ありて里《さと》に出《いづ》るとて、

「一人寂しくましまさん。是《これ》を友《とも》として、暮過《くれすぐ》るまで待たせ給へ」

とて、一瓢《いつぴやう》を携へおきぬ。

さて、暮れわたるままに、笛《ふへ》とり出、音《ね》も妙《たへ》に吹《ふき》すましたるに、庭《には》の隈笹《くまざさ》の上に靫《うつぼ》のやうなるも

の来《きた》りて、感《かん》に堪へたる風情《ふぜい》にて聞《きき》いたり。「怪しや、何といふものにや」と、笛《ふへ》を吹《ふき》やみて月かげにうかがひ見れば、そのおもて犬よりも短く、色《いろ》は朽ち葉のごとくして、眼《まなこ》まろく口ひろく、紅《くれない》の舌《した》をひらひらと出してしづまり居たり。形は猿《さる》の毛《け》のやうにて、足《あし》も見へず、ただ靫《うつぼ》にことならず。

「不思議《ふしぎ》なるもの哉《かな》。酒《さけ》など好くべきにや。呑ませてみん」と思《おも》ひ、ひさごより茶碗《ちやわん》にうつしてさし出しければ、さし寄りて是《これ》をのむ。近くしてよく見れども、猶《なを》うつぼのごとくなり。さて、みな呑尽《のみつく》して後、くま笹《ざさ》をはひ分け、失せけり。庭に下り立ちて笹をかき分け見れども、いづくへ行きけん、見へずなりぬ。

かくて、庵主《あんじゆ》の法師《ほうし》帰りて、

「いかに寂しくましましけん。何事も候はずや」

と問ふに、

「かかるもの、寄て来《きた》り候へ」

と語《かた》れば、

「この庵室《あんじつ》に、さやうの化物《ばけもの》なし。もしは、野槌《のづち》などいふものが、笛《ふへ》によりて来《きた》るにや。夜陰《やいん》の笛《ふへ》、心得たまへかし」とぞ申しける。

さて、直江山城守《なをへやましろのかみ》が最上《もがみ》を攻めんとて、大軍《たいぐん》を引具《ひきぐ》しておし通るに、軍兵《ぐんびやう》、庵室《あんじつ》に立入《たちいり》、水《みづ》など乞ふとて、多門《たもん》をみな怪しみ見る。もしや見知《みしり》たるもの有りて、からめ行《ゆき》なば、悔《くゆ》るとも甲斐あらじと、庵主《あんじゆ》の法師《ほうし》、ひそかに裏《うら》の口より出して、

「軍勢《ぐんぜい》の通《とを》るほど、山《やま》の峠にしのびましませ」

とぞ進めける。

多門《たもん》、山《やま》に入て、楢《なら》の葉《は》しげりたる下《した》に彳《たたず》みけるが、あやしく笛《ふへ》に好きければ、ここらにて思ふままに吹きみんと、袂《たもと》よりとり出し、音《ね》もすみやかに吹きすさびけり。かかる所に、えならぬ匂ひ、しきりなり。「不思《ふし》議《ぎ》や、山中《さんちう》にあるべき事ならず」と、音《ね》を止め、あたりを見れば、後ろにやごとなき女性《によせう》、忽然《こつぜん》と立《たち》たり。「こはいかなる事」と驚けば、

「みずからは、このふもとに住むものにて候が、「軍勢《ぐんぜい》の通らんほど、山の峠にしのべ」と父母《ちちはは》の仰《おほせ》により、分け入り候に、笛の音《ね》おもしろく聞え侍るゆへ、し

たひ参りたり」

と言へば、

「さては我も同じ事ぞかし。山中《さんちう》のつれづれ、もろともに慰まん」

と手《て》を取れば、女《をんな》もたをやかに寄り添ひ、おぼろ月夜《づきよ》の名《な》対面《だいめん》、思ひもかけぬ山かづら、苔《こけ》の筵《むしろ》をひじきもの、不思議《ふしぎ》の契りを結びけり。

　かかる所《ところ》に、心安法師《しんあんほうし》出来《いできた》り、

「軍勢《ぐんぜい》、はや通《とを》り過《すぎ》たり。庵室《あんじつ》に帰《かへ》り給へ」

と呼ばるる声《こへ》に驚き、女は椌《うつぼぎ》の中に隠れければ、法師《ほうし》、多門《たもん》をいざなひ行《ゆく》。いかばかり名残《なごり》は惜しけれども、かくといふべきやうもなく、そのかたをかへり見て、後髪《うしろがみ》に引かれながら、やうやう庵《あん》室《じつ》に至りけり。

　その夜、俄《にはか》に陰茎《いんけう》痛みいでて、夜すがら悩みければ、法師《ほうし》心苦しく、夙《つと》に起《おき》いで里に行《ゆき》て、薬を求め、さまざまにいたはる。かくて腫《はれ》うづきけるが、日数ありて、陰茎《いんけう》、嚢《のう》ともに落ちたり。あさ

ましと思へども、せんかたなし。落《おち》て後《のち》は痛まざりければ、悩《なやみ》心よく成《なり》て、落《おち》たるあとを見るに、かたち変《へん》じて女《をんな》に成《なり》しこそ不思議《ふしぎ》なれ。「こはいかに」と驚き、我《われ》にもあらぬ心地して歎《なげ》きわぶ。

法師《ほうし》も奇異《きい》なる思ひをなし、

「変生男子《へんぜうなんし》とは説かれたれども、男《おとこ》の女《をんな》に変《へん》ずる事、いまだその例《ためし》を聞かず。何さま前世《ぜんせ》の因果《いんぐわ》なるべし。かく女体《によたい》となり給へば、庵室《あんじつ》にとどめがたし。いたわしさは限《かぎ》りなけれども、いづちへも便《たより》あらんかたへ行給《ゆきたま》へ」

と言へば、

「仰《おおせ》、ことわりにて候。さりながら、いづく行《ゆく》べきかたもなし。たまたま男子《なんし》と生《む》まれて、まだ十五にも足らずして浅《あさ》ましき女体《によたい》となる事、罪のほども知られて候。男《おとこ》の身《み》にてだに、かく流浪《るろう》のさまなり。いはんや女《をんな》と成《なり》て、いづかたにか頼るべき。邪心《なまじい》になまめきて思はぬ恥《はぢ》を受けんよりは、世《よ》を早《はや》ふせんにはしかじ。このほどの御情《なさけ》は生々世々《しやうじやうせぜ》忘るまじ。五障三従《ごせうさんじう》の身《み》となり候へば、後《ご》世《せ》のほどもはかられ候。一樹一河《いちじゆいちが》のよすがも、他生《たせう》の縁《えん》にてこそ候へ。この上の御情《なさけ》に、後《あと》よく弔《と》ひてたび給へ」

と、すでに自害《じがい》に及ばんとす。法師《ほうし》、をしとどめ、

「御心《こころ》のうち、さこそと推《を》し量《はか》り申したり。ただ今きつと思《おも》ひ出せし事の候。里見安房守殿《さとみあわのかみどの》に存じたる者の候へば、頼みて見候はん。安房《あわ》へ参《まい》りたまひて、宮仕へし給はば、またよき事も候べし。

たとひ便宜《びんぎ》よくて、能登守殿《のとのかみどの》へ帰り参《まい》り給ふとも、御かたち変わりたまへば、ありのままにのたまふても、世に珍敷事《めづらしきこと》なれば、よも誠《まこと》にはし給ふまじ。さるほどならば中々に、くやしき名《な》をも負《お》ひ給はん。とてもかくても因縁《いんゑん》なり。里見殿《さとみどの》へ参り給へ」

と進めければ、

「げに、この上は、我《われ》ながら例《ためし》すくなき事なれば、いかになりなん身《み》の行衛《ゆくゑ》、長らへ見んも思ひ出なり。仰《おおせ》のごとく、能登守殿《のとのかみどの》へ、何《なに》の面目《めんぼく》に参《まい》るべき。ともかくもこの上ながら、しかるべく頼《たの》みまいらする」

と言へば、

「御心《こころ》やすく思しめせ。何とぞ才覚《さいかく》めぐらさん」

と、笈《おひ》をしつらひ、その内《うち》に入れ、羽黒山伏《はぐろやまぶし》に出立《いでたち》、上杉の陣《ぢん》の前を通るに、さしてとがむる人なければ、何気《なにげ》なきていに打《うち》すぎ、白川《しらかわ》の関《せき》をも越《こえ》て、夜《よ》も休まず急ぐままに、安房《あわ》の城下《じやうか》に着きぬ。

とある宿《やど》をかりて、笈《おひ》をば奥の局に置き、

「まづ、あるじに対面《たいめん》せん」

と言へば、女房《にようばう》言ひ次ぎて、年《とし》五十ばかりの男出《おとこいで》たり。眼《まなこ》ざしいやしからず、もの言ひ立《たち》ぶるまい、世の常の商人《あきびと》とは事《こと》変はりたれば、「いかさまにも、さる者《もの》の果てなんどにや、是《これ》を便りともなるべきもの」と思ひければ、盃《さかづき》さし、近づき寄りて、

「あるじの事《こと》がらを見るに、ただ人にあらず。いかさま氏《うぢ》つたなからぬ人と見まいらすれば、頼《たの》もしく存《ぞんず》るなり。愚僧《ぐそう》、まことは羽黒《はぐろ》の山伏《やまぶし》にあらず。会津山《あいづやま》の麓《ふもと》に、心安法師《しんあんほうし》といふ桑門《よすてびと》にて候が、不思議《ふしぎ》の事にて、人を助けんと、笈《おひ》に入れて是《これ》まで来《きた》りたり。別の子細《しさい》にあらず。里見殿《さとみどの》へ奉公《ほうこふ》に出《いだ》しまいらせんと思へども、言ひ寄るべきかたなし。御身《み》を頼み申すなり。しかるべき御内《みうち》の人《ひと》によりて、御館《おやかた》へ出《いだ》し給はれかし」

と言へば、あるじ聞《きい》て、

「それはいかなる人にて候ぞ。事《こと》により、手引き仕《つかまつ》るまじきにもあらず。まづ、その人見申さでは」

と言ふ。心安《しんあん》「いかがあらん」と思ひしが、とかく見せでは叶《かな》ふまじと、笈《おひ》の内《うち》より出《いだ》せば、あるじつくづく見《み》て、

「容貌美麗《ようばうびれい》なる御よそおひ、少人《せうじん》かと見れば、何《なに》とやらん女性《にょせう》の顔ばせなり。いかさま是《これ》は、この頃破戒無慙《はかいむざん》の僧法師《そうほうし》ども、女《おんな》をかかへ月代《さかやき》そり、髪《かみ》を直して少人《せうじん》に作りなし、女犯《にょぼん》にしのぶたぐひか。もしさもあらば、頼まれがたし。むげに浅《あさ》ましく候」

と気色変《けしきへん》じて言へば、心安《しんあん》、

「さればこそ、不審《ふしん》あるべき所なり。この上は、ありのままに語《かた》り申さん。是《これ》は藤田能登守《ふぢたのとのかみ》の家の子、多門といふ人にて候が、能登守会津《あいづ》を出られし時、あとに引《ひき》おくれ、せんかたなく愚僧《ぐそう》が庵室《あんじつ》

に頼り給ふに、直江山城守《なをへやましろのかみ》が最上《もがみ》を攻めんと大軍《たいぐん》を率ゐ、おし通る。軍兵《ぐんびやう》、庵室《あんじつ》に入《いり》、水《みづ》を乞ふ。もし見知りたる人もあらば、いたづらに搦捕《からめとら》れなん、しからば浅《あさ》ましき事なりと思ひ、ひそかにうらの扉《とぼそ》より出《いだ》して、山《やま》の峠に忍《しの》ばす。さて軍勢通《ぐんぜいとを》り過《すぎ》てのち、いざない帰《かへ》りしが、その夜《よ》よりにはかに陰茎《いんけう》痛み、堪《たへ》かぬる。愚僧《ぐそう》、里に行て薬をもとめ、さまざまいたはるに、日数やうやくありて、茎囊《けいのう》ともに落ちたり。それより痛みなく、癒《い》ゆるままに、女《おんな》のかたちと成《なり》ぬ。

「かくては法師《ほうし》のもとに一日もとどめがたし。いづちへも行《ゆき》給へ」と申すに、「行《ゆく》べきかたもなし。とても浅《あさ》ましき女体《によたい》を受け、命ありてもせんなし、自害《じがい》せん」との給《たま》ふを、「是《これ》、不思議《ふしぎ》の因縁《いんゑん》なれば、またいかなる事かあらん。しばらく長らへて、身《み》の行末《ゆくすへ》を見給《たま》へ」といさめて、是《これ》まで具したり。

奇異なる事にて候へば、まことしからず思ひ給はんづれども、あらゆる仏神《ぶつしん》をかけて偽《いつわり》ならず。まだいとけなき人にて候ぞ。御なさけ候ひて、いかさまとも身《み》を助けたび候へ」

と言ふ。

時に多門、あるじにむかひ、

「僧《そう》の物語のごとく、我いまだ年足らずといへども、弓矢《ゆみや》の家に生《むま》れ、油断《ゆだん》すべきにあらねども、能登守《のとのかみ》、会津《あいづ》を出《いで》しは、事《こと》、急《きう》なり。我《われ》に告《つげ》知らせし人もなし。聞《きく》とその儘《まま》、跡《あと》を慕ひて出《いで》しかども、はや上杉、領内《りやうない》厳しく人を改むるゆへ、まぎれゆくべきやうなく、よしや時節を待ちてこそと思ひ、年頃《としごろ》知れる人なれば、この僧を頼みて会津山《あいづやま》の麓《ふもと》にしのびけるに、直江《なをへ》が軍兵《ぐんびやう》、庵室《あんじつ》に入り来る。

「見知れる人もありなん。しばらく後《うしろ》の山《やま》に隠れてあれかし」

と僧《そう》ののたまふにまかせ、裏《うら》の扉《とぼそ》より出《いで》て山《やま》に入《いり》、楢《なら》の葉《は》しげりたるもとにたたずみぬ。

一人つれづれわぶるあまり、常《つね》に好《すけ》る事なれば、笛《ふへ》を取《とり》いで思ふままに吹《ふき》すさびしに、えならぬ匂《にほ》ひ頻《しきり》なり。「怪しや、山中《さんちう》にあるべき事ならず」とあたりを見れば、やごとなき女性《によせう》、忽然《こつぜん》とうしろに立てり。

「いかなる人ぞ」

と問へば、

「この麓《ふもと》の者なるが、『軍勢《ぐんぜい》の通《とを》らんほど、山に忍《しの》べ』と父母《ちちはは》の仰《おおせ》により峠に入しに、おもしろき笛の音《ね》、聞ゆる所したひ来《く》る」

よしを言ふ。

「さては我《われ》も、さのごとし、もろともに慰《なぐさ》ん」

と寄り添へば、女《おんな》もみやびやかなる気配、思はぬ契《ちぎ》りに語《かた》りなぐさむ。

かかる所に僧《そう》の来《きた》りて、

「軍勢《ぐんぜい》、はや通《とを》り過《すぎ》たり。庵《いほ》に帰《かへ》り候へ」

と呼び給ふにおどろき、女《おんな》はうつぼ木《ぎ》の内に隠れぬ。

かくともえ言はで、うち連れ庵室《あんじつ》に帰《かへ》りしに、その夜《よ》より陰茎俄《いんけうにはか》に痛《いたみ》出て堪《た》へがたし。僧《そう》、里《さと》に出《いで》て薬を求め、さまざま労《いたわ》り給ふに、日数ありて、茎嚢《けいのう》ともに落《おち》たり。笛をば山《やま》に取落としたれども、悩みに労《ろう》して思ひも出《いで》ず。

さて落たる跡《あと》、女体《にょたい》をなしていと浅《あさ》まし。かくては僧《そう》のもとにあるべきにあらず、いづく行べきかたもなし。「所詮《しょせん》、身《み》を失はばや」と言へば、僧《そう》のさまざまなだめ給ふにより、またいかならん行《ゆく》すへもと、まかせて是《これ》まで参りたり。かく恥《はぢ》をも包まず申す上は、便《たよ》りとなりてたび給へ」

と、袂《たもと》をしぼり語《かた》りければ、あるじ聞て、

「さては能登守殿《のとのかみどの》の御一族《ごいちぞく》にてましますかや。まことに珍しき次第《しだい》なり。さてその女《おんな》より以前《いぜん》に、怪《あや》しき事は候はずや」

「さればその以前《いぜん》、僧《そう》の留守《るす》なるつれづれに、笛《ふへ》とり出《いで》、暮過《くれすぎ》るまで吹きすさびしに、庭《には》の隈笹《くまざさ》の上《うへ》に靫《うつぼ》のやうなるもの来《きた》りて、笛《ふへ》を聞く。怪しく思ひ、笛《ふへ》をさし置《おき》、もし酒《さけ》など好けるにやと、瓢《ひさご》より建盞《けんさん》に移してさし出《いだ》せば、指《さし》よりてこれを呑み、やがて笹《ささ》のかげに這《は》ひ失せぬ。僧帰《そうかへ》り給ふに是《これ》を語れば、「野槌《のづち》などいふものにや」とのたまひし」

と言へば、亭主《あるじ》打《うち》うなづき、

「もろこしのりくわんが例《ためし》なきにしもあらず。いかさまその妖怪《やうくわひ》、化《け》して女《おんな》となり、わざとに契《ちぎ》り正体《せうたい》を奪ひしものなり。里見殿《さとみどの》へ参り給ひても、あなかしこ、その事をば語《かた》り給ふべからず。さて髪《かみ》の伸びんほど、この宿におはしませ」

と懇《ねんごろ》に申せば、法師《ほうし》もよろこび、

「ひとへに頼み申す」

とてうち休みぬ。

さて、夜《よ》明けければ、旅脛巾《たびはばき》して出《いづ》るとて、くれぐれたのみ置《おき》、多門《たもん》にも宮仕への庭訓《ていきん》よくよく言ひふくめ、暇乞《いとまこひ》て会津《あいづ》へ帰りぬ。庵室《あんじつ》に至りてしばらく休みけるに、いづくともなく異香薫《いきやうくん》ずる事はなはだし。「不思議《ふしぎ》や、聖衆《せうじゆ》の来迎《らいごう》か」と立ち出、そのかたにのぞみ行《ゆけ》ば、山の峠なるうつぼ木《ぎ》よりぞ薫《かほ》りける。「さては楊柳観音《やうりうくわんおん》にてましますか、末世《まつせ》の奇特《きどく》、有《あり》がたや」と内《うち》を見れば、うつぼのやうなるものあり。「是《これ》は多門《たもん》が笛《ふへ》によりし妖怪《ようくわい》ならん、希有《けう》のものかな」と引出《ひきいだ》せば、死《し》して肉《にく》とろけ、皮《かわ》ばかりに成《なり》たるに、多門が秘蔵《ひぞう》せし笛を呑みて、眼《まなこ》も盲《しひ》たり。匂《にほ》ふ事、麝香抔《じやかうなど》のごとし。かかるもの里《さと》に出《いだ》さば、あわただしき人ごころ、あらぬ事に言ひなさんもよしなしとて、谷底《たにぞこ》にうち捨《すて》しは、げにも出家《しゆつけ》の心《こころ》にぞありける。笛《ふへ》も、「怪《あや》しきものが呑《のみ》て、もし毒《どく》もやあらん、多門《たもん》がもとへも送るまじ。世人《よひと》にも取らせじ」とて、是《これ》も打《うち》くだき、渓《たに》へ投げたり。

さて、多門は安房《あわ》にて月日をおくるに、もとより女体《によたい》に成《なる》ほどの不思議《ふしぎ》なれば、髪《かみ》も日《ひ》を経ず伸びて、美しく結《ゆ》ひなしたり。

「今《いま》は心《こころ》やすし。やかたへ申し入《いれ》なん、御《ご》手跡《しゆせき》などめでたくましまさば、一筆《ふで》あそばされ候へかし。申しよるべき詞《ことば》の種《たね》にて候」

と言へば、

「さもこそ」

とて、

　行《ゆく》すへをまかする水《みづ》のひたすらにたのみかけたる君にぞありける

「頼《たの》み」は田《た》の実《み》なり。「ひたすら」は田《た》にある引板《ひた》に言ひ掛けたり。「まかする水《みづ》」は、田《た》に添水《そうず》とて筧《かけひ》して水《みづ》をかくるなり。「たのみ」をいわん為《ため》に「ゆく末《すへ》」と置き、やがて「まかする水《みづ》」と受け、「引板《ひた》」と続け、「田《た》の実《み》」と結びたり。体《てい》はすべて田《た》のことばにして、心《こころ》は「行末《ゆくすへ》を君《きみ》にまかせてたのむ」と述べたり。あるじの男《おとこ》、なのめならず思《おも》ひて、やがて里見殿《さとみどの》の御内《みうち》なる、塚越《つかごし》の何某《なにがし》を頼みて言ひ寄りければ、歌《うた》の心《こころ》は知らねども、手跡《しゆせき》の美しさ、女性《にょせう》にはめづらしとて、すぐにやかたへ参《まい》り、かくと申しければ、安房守《あわのかみ》、取《とり》て見《み》給ひ、歌《うた》の心《こころ》、筆《ふで》の器用、そぞろにものゆかしくなりて、

「それ、とくいざなへ」

との給へば、塚越《つかごし》、急ぎかの男《おとこ》を呼びて、

「早速《さつそく》の御機嫌《ごきげん》なり。まづ、それがしが方《かた》まで供《ぐ》して参《まい》れ」

と言へば、男悦《おとこよろこ》び、宿《やど》に帰《かへ》りて、

「はや事《こと》ととのひて候。まづ塚越《つかごし》のもとまで御入《おいり》あれ」

とて、とるものも取《とり》あへず誘《さそ》ひゆけば、待得《まちえ》たる程《ほど》ぞかし、やがてやかたに供《ぐ》して行《ゆく》。

里見、一たび見そめしより、心《こころ》ざし深かりければ、八千代をこめし玉《たま》つばき、変はらぬ色《いろ》を常《つね》にして、常花亭《ぜうくわてい》と額《がく》かけたる別殿《べつでん》に移して、寵愛《てうあい》はなはだ深し。もとより心《こころ》は男子《なんし》なれば、何事《なにごと》もさかしかりければ、良きをすすめ悪しきをいさめけるほどに、家《いへ》の為《ため》国の為、人こぞりて是《これ》を誉《ほめ》、沙《さ》汰《た》しあへり。

ある時《とき》、鑁阿寺《ばんなじ》より、池《いけ》のかきつばたを桶《おけ》にいけて、使僧《しそう》あり。住持《じうぢ》の自筆《じひつ》にて、

むらさきの我衣手《わがころもで》をかきつばた君《きみ》がためにはおしまざりけり

紫衣《しゑ》は僧《そう》の位《くらい》なれば、杜若《かきつばた》の色《いろ》濃きをなずらへたり。されば、君《きみ》がためにはわが衣《ころも》の袖《そで》を裁《た》ちても惜しまぬ心《こころ》にて、盛《さかり》の花を切《きり》ておくるとなり。「衣手《ころもで》をかきつばた」と続けたるは、「袂《たもと》をかく」といふよしなり。「裁《たつ》」といふを「掻《かく》」とは、国《くに》ことばにや。里見、多門をよびて、

「この歌《うた》の返《かへ》しせよ」

とあれば、やがてかきつばたの五もじを句《く》の上に折《おり》て、

かくばかり　きし花衣《はなごろも》　露とだに　はたおしまじな　たてまつるてふ

「かくばかり」は、かくのごとく、着《き》し紫衣《しゑ》なれども、露《つゆ》ほども惜しまず奉《たてまつ》る事、浅からずと、喜

べる心《こころ》なり。「はた」は爰《ここ》にては、はたして、将《まさ》になど、かつて惜しまぬ心なり。誠《まこと》に当座《とうざ》の器用《きよう》、感声浅《かんせいあさ》からずとて、いよいよ愛深《あいふか》かりけり。

されば、毎度《まいど》の軍《いくさ》にも、かく女体《にょたい》となりて戦場《せんぜう》の供《とも》せざる事を浅《あさ》ましく思《おも》ひ、

「男《おとこ》のかたちに作《つく》りて出《いで》なん」

と言ひしかども、里見ゆるし給はねば力なく、とどまりて、便宜《びんぎ》ごとに文《ふみ》して安否《あんぴ》を問ひ奉《たてまつ》りける。衷心《ちうしん》、他《た》に異なれば、秘蔵の寵愛《てうあい》まことに深かりしに、老少不定《らうせうふぜう》の世《よ》のならひ、わづかに四年《よとせ》の奉公《ほうこう》して、十七歳《さい》の秋《あき》、気海《きかい》の下に腫物出《しゆもついで》きて、療治《りやうぢ》を尽くせども叶《かな》はず、終《つい》にむなしく成《なり》けり。里見殿の愁傷《しうしやう》、なかなか言葉もなし。法事《ほうじ》なども、いとねんごろに取行《とりおこな》ひたまひぬ。はじめ怪《あや》しきものにちぎりしゆへに、この腫物《しゆもつ》も出《いで》きしにや。

多門が事は世人《よひと》知らで、その身《み》もとより深く包みて、ついに語らず。宿《やど》せし男もさるものなれば、洩《もら》さず。まして心安法師《しんあんほうし》は、めづらし顔《がほ》に人《ひと》に語らんも浅《あさ》ましとて、さてのみ打過《うちすぎ》ければなり。されども、「おのれが草《ぐさ》」と名づけてさまざまの事《こと》を書きたる中《なか》に、有情非情《うぜうひぜう》の生《しやう》を変へ、形《かたち》を変ずる類《たぐ》ひをあげて、そのついでにこの多門《たもん》が事を詳しく記しおきしを、法師《ほうし》死《し》して後《のち》に、ある人もとめ出して深く秘蔵《ひぞう》して持《もち》しを見《み》し、とて語りけるを聞《きき》しなり。

うつぼのやうなるものは蛇《へび》などの化《け》したるにや、それが椌《うつぼぎ》の中《なか》に入て死したるは、人と契りしゆへか、また笛《ふへ》を呑みたるゆへに腹《はら》破れしにや。笛《ふへ》をばなにゆへ呑みけるぞ。多門があやしく好《すき》て吹

きしものなれば、その音《ね》に執念残《しうねんのこ》りしにや。また死《し》したりとは見へしかど、人《ひと》に契《ちぎ》りしゆへ、解脱《げだつ》して生を変へけるものか。とにかくにあやしき事なり。

○女《おんな、》嚼《おつとをくらふ》レ夫

木《き》村長門守重成《むらながとのかみしげなり》が家人《けにん》、長沼《ながぬま》の何《なに》がし、長州《ちやうしふ》の勘気《かんき》をかぶり、上総国《かずさのくに》に下《くだ》りて住《すみ》ける。最愛《さいあい》の娘《むすめ》一人ありけり。みめかたち世《よ》にすぐれければ、のぞむ人多《おほ》かりけり。父母《ちちはは》たのしくおぼへて、かれはかくあり、それはとありとて、人撰《あら》びに年経《としへ》て、十七歳《さい》までいたづらに過《すぎ》ぬ。

なを人いひよるほどに、おなじ国《くに》の郷士《ごうし》に、松井《まつい》の何がしをむこがねして、やがてよび入《いれ》けり。連理《れんり》の枝《あだ》の上《うへ》に比翼《ひよく》の翅《つばさ》をかさね、三月《みつき》ばかり過《すぎ》けるに、松井痩《まついやす》る事日々《ひび》にけうとく、色青く心《こころ》おもげに見《み》へければ、人《ひと》々あやしくおもひしに、はたして枯木《かれき》の倒《たふ》るるごとくに死《しに》たり。

かくて日比《ひごろ》たちければ、また人《ひと》いひよりて、となりの国《くに》より佐野《さの》といふもの聟入《むこいり》してげり。さるものは日《ひ》々にうとく、松井《まつい》がおもかげは夢《ゆめ》だにも見ず、最愛甚《さいあいはなは》だしかりしが、七日《なぬか》過《すぐ》るあした、佐野《さの》、逃げて我国《わがくに》に帰《かへ》り、門《もん》に守護《しゆご》の札《ふだ》などをして息《いき》つぎゐたりけり。

もとより恋《こひ》したふ人《ひと》おほければ、佐野《さの》がうせたるを幸《さいは》ひに、また青木《あをき》それがし、手《て》だてして入《いり》ぬ。是《これ》また契《ちぎ》り深かりしが、三日ありて、いささか思ひいでし事あるよしにて、武蔵《むさし》へ行《ゆき》、二たび帰《かへ》らず。

かくて暫《しばら》くむこがねの沙汰《さた》もなかりしに、ある人、日下部《くさかべ》といふものを媒《なかだち》して入《いれ》ぬ。これまたむつまじかりしに、半月《はんげつ》ばかりありて悩《なや》みつき、終《つい》にうせたり。

是《これ》より、なを男《おとこ》もたでは叶《かな》ふまじと聞《きこゆ》るままに、父母《ちちはは》もとかくやむ事を得《え》ずして、また、江原《ゑばら》の何《なに》がしを呼入《よびいれ》けり。是《これ》も十日ばかりありて後《のち》、髪《かみ》きり文《ふみ》をのこして、おもひ入る事あるよしに出家《しゆつけ》してげり。

かくあれば、父母《ちちはは》もあやしみおもひて、縁《ゑん》のさたなく成《なり》しに、また、足利《あしかが》より田原《たはら》の弥太郎《やたらふ》といふもの、その眉目《みめ》を聞及《ききおよ》びて、さまざまこしらへ、むこに成《なり》ぬ。是《これ》は何事《なにごと》もなきにや、一年ばかり住しが、くれ行年《ゆくとし》の半《なかば》、卒《にはか》に病みいでてむなしく成《なり》けり。

その後《のち》はむこの沙汰《さた》も打絶《うちたへ》けるが、あくる年夏《としなつ》の頃《ころ》、相模《さがみ》の国《くに》より臼部右衛門《うすべゑもん》といふもの望《のぞ》み来《きた》り、婚姻《こんいん》の儀式《ぎしき》ととのひて、その夜半《やはん》ばかりに、大《おほ》きにおどろきたる気色《けしき》にて閨《ねや》を飛出《とびいで》、

「あな恐ろし、はや是《これ》までなり」

とて扉《とぼそ》打やぶり、逃げうせぬ。父母おどろき、いかなる事ぞと起出《おきいづ》れば、むすめ、

「今は、はづかし。男、いづくへかやらん」

と、髪《かみ》ふり乱《みだ》し追《お》ふて行《ゆく》。父母《ちちはは》もともにはしり出《いで》けるに、え追《おい》つかざりけり。

娘《むすめ》は桐生《きりう》といふ所《ところ》にて臼部《うすべ》に追《おい》つき、うしろより両《りやう》の肩《かた》に手《て》をかけ、かしらを喰《くら》いさくに、血《ち》すさ

まじく散つて、紅《くれない》の糸を乱せるごとくなり。終《つい》に男をば、喰《くら》い殺《ころ》してげり。

この所《ところ》にふるき井《い》あり。大《おほき》なる撞鐘《つきがね》、落ちて沈みたり。いつの比《ころ》より落ちけん、横《よこ》にまろびて、竜頭《りうづ》のかた、なかばは東《ひがし》の横《よこ》あなのうちにかくれたり。水《みづ》あせるときはよく見ゆるなり。いぼあらあらと、もの恐ろしきさまなり。むすめ是《これ》を見て、「この井こそ、よき住所《すみどころ》なれ」とて、やがてとび入、その鐘《かね》のうちにかくれぬ。かかる所に、父母《ちちはは》やうやう走来《はしりきた》り、このよし所《ところ》の人《ひと》の言ふにぞ、かなしき身《み》をもだへ、なくなくその井をさしのぞき、念仏《ねんぶつ》など唱《とな》へて、せんかたなく立帰《たちかへ》りけり。

その後《のち》、時代《ときよ》はるかに過《すぎ》て、藤代内《ふじしろない》記《き》といふ少人《せうじん》、この里《さと》を通《とを》りしに、井のもとに、言ふばかりなくあてやかなる女性《にょせう》、すごすごとたたずみしが、内記が顔《かほ》を、目《め》も放《はな》たで見おくる。内記も、

「あやし、かかる所に、いとやごとなき女性《にょせう》の、ただひとりイ《たたず》む事よ」と思

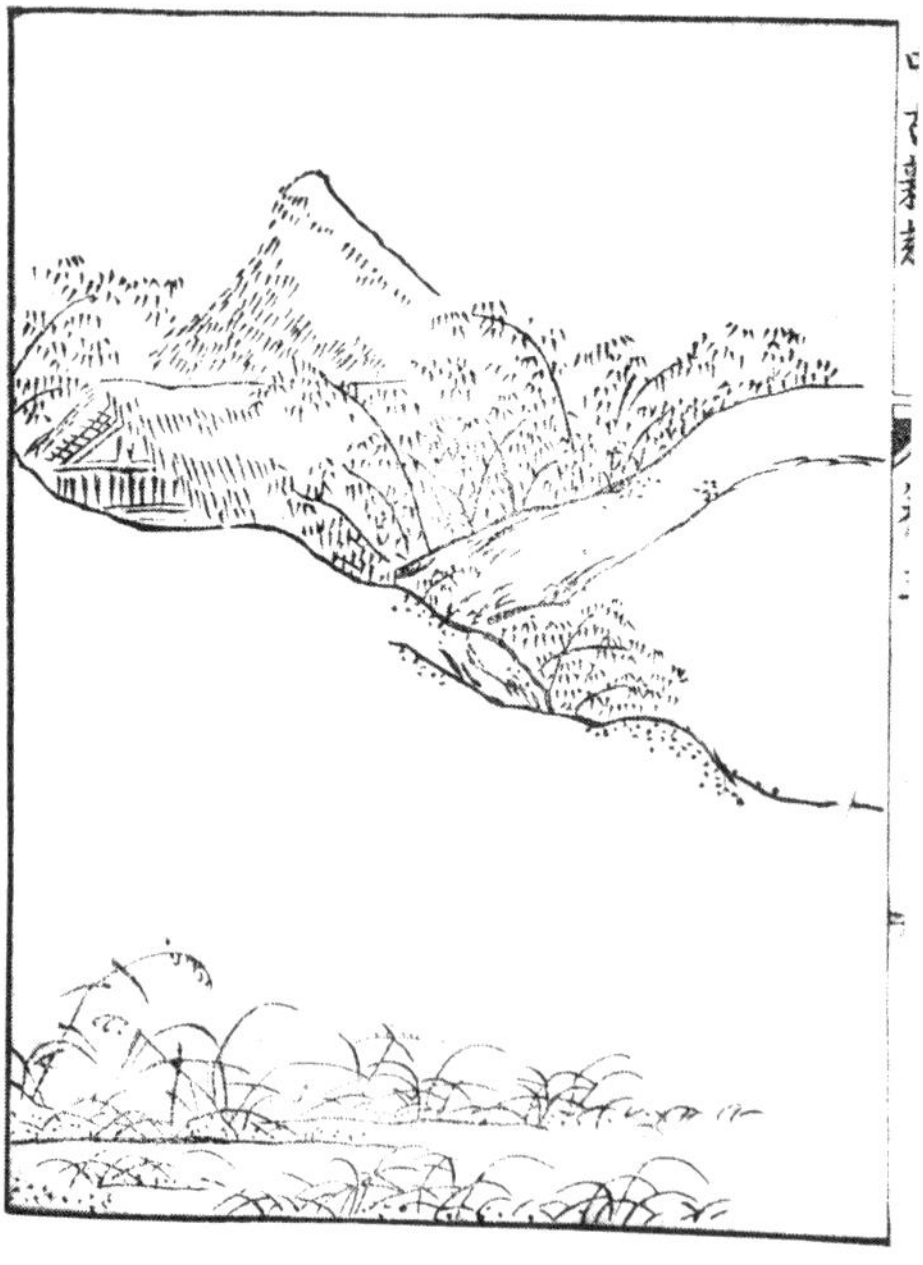

ひながら、見《み》る見る行過《ゆきすぎ》ぬ。はるかになれば、女《おんな》は井《い》の内《うち》に入《いり》ぬ。

「さてこそ、あやしきものよ」

と言ひて過《すぐ》る所《ところ》に、僧《そう》一人、あとより来《きた》りて、

「少人《せうじん》は、あの井のほとりにて、あやしき事ばし見給ふや」

と問ふ。内記《ないき》、あらましを語れば、

「さては、わどのの事にて侍らん。ただ今《いま》井の辺《ほとり》を通《とを》り候ひしに、女《おんな》の声《こへ》して、「ゑゑ、思ひかけしを、わざものを差したるゆへに、ものだにも言はで、すぎし事よ」と聞《きこ》へし。そもそも、いかなる剣《つるぎ》をか身《み》にそへ給ふ。あいかまへて、はなち給ふな」

と言ひて過《すぎ》ぬ。内記《ないき》、いとど不思議《ふしぎ》におぼへて帰《かへ》りぬ。

差したる刀《かたな》は津田越前守助広《つだゑちぜんのかみすけひろ》、脇差は助広《すけひろ》がいまだ受領《じゆりやう》なき時《とき》のそぼろにて、おなじ作《さく》のものを差したるが、是《これ》に恐れけんとぞ思わる。新作《しんさく》のものなれども、わざよければ、かく言ひけん。誠《まこと》に

腰《こし》の物《もの》は武器《ぶき》の第一《だいいち》なり。心得《こころへ》あるべき事ぞかし。

「そもそも、このむすめ、かくあまたの男《おとこ》を、いかなれば失いしぞ」

と尋《たづ》ぬるに、その比《ころ》逃帰《にげかへ》りし者どもの語りしとかや。婚姻《こんいん》ととのひて寝《いね》けるに、夜《よ》ふけて男の身《み》をねぶる事、頭《かしら》より足《あし》のうらまで、夜直《よただ》やむことなし。ある時《とき》は夜半過《やはんすぐ》るころおひ起出《おきいで》、庭《には》に至《いた》りて泉水《せんすい》にひたり、その水《みづ》をのむ事、さながら蛇形《じやぎやう》のごとし。その面相《めんそう》ことにすさまじ。かかる事を見ては、日《ひ》ごろの恋慕《れんぼ》もさめて、みな逃げうせけるとかや。こらへて契《ちぎ》りしものは、みな病みて死《しに》けり。父母《ちちはは》も、のちにはかくと知りながら、さすがに子《こ》なればいとおしみ思ひて、さまざまいのり加《か》持《ぢ》などして聟《むこ》どりしけれども、猶《なを》やまず。もと蛇生《じやせう》にてやありけん。あやしき次第《しだい》なり。

雉鼎会談巻之三終

雉鼎会談《ちていくわいだん》巻之四

○猿怨《さるのあだ》 猴情《さるのなさけ》

三河の国矢矧《やはぎ》の里に、阿純《あじゆん》入道といふものありし。流人《るにん》のするゐにて藤原なりけり。男女二人の子をもてり。兄《あに》は治部《じぶ》太郎とてその頃《ころ》十九歳に成《なり》、妹《いもと》はりつとて十七歳に成《なり》けり。

ある時、太郎、猿投山《さなげやま》に入《いり》て猿《さる》をとらへ来《きた》り、宿《やど》に繋《つな》ぎをきて養《かひ》もてあそぶ。入道がいはく、

「鷲取山《わしとりやま》の獮《さる》は神使《しんし》なり。飼《かふ》事あるべからず。猿投《さなげ》の神罰《しんばつ》はいともかしこし。いそぎ本の山に放《はな》すべし」

と制《せい》すれ共《ども》、太郎その命《めい》を用《もち》ひず。なを是《これ》を遊興《ゆうけふ》とす。芸能《げいのふ》をおしゆるに、その業《わざ》を得《え》ざれば、これを打擲《てうちやく》してはなはだ苦しむる。

妹のりつ、あまりに悲《かな》しみて、ある日、兄《あに》が他行《たこう》せしひまにつなげる紲《なわ》をときて、

「はやくもとの山に北《にげ》ゆけ」

とてゆるしければ、猿よろこびたるけしきにて、かいうせぬ。

太郎、暮に帰《かゑ》りてありし所を見るに、猿あらざれば、大きに腹《はら》をたて、

「いかさま、父か妹がなわをときて、いなせけるにこそ」

といかり狂《くる》ふ。猶《なを》とらへずはあるべからずと、その夜は腹たちながら、うちふしぬ。明くれば猿投山にゆき、終日求《ひねもすもと》めありくに、猻《さる》かつてちかづかず。ただ高き梢《こずへ》、岩の上などにあつまりいて、笑ふ風情《ふぜい》なり。太郎、やすからず思ひければ、いかにもして捕らへんと、峯にのぼり谷にくだりて身をあがく程《ほど》に、終日《ひねもす》食事せざれば、甚《はなは》だ飢《う》へたり。今は猴《さる》を捕らへんとはせず、菓《このみ》を求《もとめ》んとのみ尋《たつ》ねありきけり。

　とある大木に栗おほくなりて見へければ、うれしく思ひ、その木のもとに至り、あがらんとするに、手がかりの枝もなく、足をふむべき便《たよ》りもあらざれば、いたづらに瞻《まも》りゐたり。かかる所に年経《へ》たる大猴《さる》ひとつ、木《こ》ずへつたひにその木に渡《わた》り、声《こへ》をたてければ、いづくより集まるともなく、おほくの狖《さる》ども寄りきたり、山中みな狷《さる》に成けり。太郎、「いかがせん、太刀風におどして追《おい》ちらさんや。また何事をかする。しばらく事のやうを見ばや」と思案してたちたるに、猨《さる》ども梢《こずへ》にのぼり、毬《いが》をゆすり落せば、下なる猱《さる》ども、それをわりて実をとり出し、皮《かは》を剥《むき》て太郎にあたへけるにぞ、「さては我飢《うへ》を扶《たす》くるものなり」とうれしくて、その栗をひた喰《くい》ければ、飢たちまちやみて飽満《はうまん》しけり。かくて腹脹《はらふくれ》けるままに、木《こ》のもとにかい臥《ふ》しぬ。

　いたく眠《ねぶ》りたるひまに、玃《さる》ども集《あつま》り太刀をとりかくし、衣装《いせう》を剝《はぎ》て臝《あかはだか》にし、尿《いばり》をしかけける程《ほど》に、太郎目覚《さま》し、大きにいかり狂《くる》ひて太刀をさがせども、なし。衣装《いせう》をたづぬれどもあらざれば、ただつかみ殺してもの見せんと走《はしり》まわれども、なかなか逃《にげ》ちり、梢にのぼりて捕らへられず。ここかしこの巌《いわを》、木の枝《えだ》にあつまりて笑《わら》ふ事、粟《あわ》に群《むれ》たる雀のごとし。太郎、あがきくたびれて喉《のど》かはきければ、渓《たに》にはしり下水《したみづ》を飲まんとむかいけるに、水鏡《みづかがみ》にうつる我面《わがおもて》を見れば、色赤くして、さながら猿のごとし。身には毛生《おひ》て既《すで》にその類《たぐ》ひに成《なり》たり。もの言わんとするに、かなはず。せんかたなみだにくれて立たるに、さるども寄りて手をひき、山おくにつれ行ぬ。

父の阿純《あじゆん》は、太郎が夙《つと》に立いで、暮けれども帰らざれば、「いかなる事ぞ」と、その夜はいねもやらず思ひあかし、あくれば急《いそ》ぎ猿投山《さなげやま》に立越《たちこえ》、茂《しげ》りたる中をわけ入り尋《たづ》ぬるに、さらに見へず。とある巌《いわを》のかげに太刀と衣装《いせう》のあるを見つけ、「さてはむなしく成《なり》しにや」と千行《せんかう》万行の悲涙《ひるい》袂《たもと》をひたし、泣《なく》々それを取持《とりもち》たちかへり、歎《なげ》きこがる。妹のりつ、「さればこそ神罰《しんばつ》たち所なり」と悲しび伏ししづむ。されども、「死し給《たま》ひなば屍《しかばね》あるべきに、是《これ》は何様《なにさま》、狂乱《きやうらん》してかく裸《はだか》に成《なり》、うせ給ふにや。もしそれならば、いまだ命あらん」と、せめてのたのみに父をなぐさめ、その日もくれぬ。

入道はそれより病つきて、十余日なやみける。山に入て終日霧《ひねもすきり》にあたりけるにやと、さまざまいたはりけれども、次第におもりて、終《つい》にむなしくなりけり。律《りつ》、いとど悲《かな》しみにふして、ともに絶《たえ》なんとぞ見へける。一人仕《つか》へぬる老女《らうじよ》、とかくして死骸《しがい》を寺におくり煙《けぶり》となし、むすめもろともに骨をとり納て、なくなく家に帰り、ものがなしく日を送る。

「今は尼ともならばや」

と言ひもだゆれども、老女とかく制《せい》してさまざまになぐさめ、ものうき月日をおくりけり。

光陰《こういん》うつりやすく、やよひの日かげ長閑《のどか》なる頃《ころ》、庭《には》の花をながめてつれづれわぶるに、父の事兄が行衛、おもひ出て涙袖《なみだそで》を絞《しぼ》りければ、

たらちねのなき身となれば花にだになみだ置らん露ならずしも
ものいはばとはまし物をさくら花わがこのかみの行衛いかにと

この二首を短冊《たんざく》にうつし桜の枝につけたるに、いづくより来《きた》りけん、白毛《しらげ》の鴘《まし》、梢《こずへ》にのぼり、是《これ》を取て庇《ひさし》に飛《とび》あがり、行かたなくうせけり。律《りつ》、あやしみ思ひて庭《には》に立出《たちいで》見れども、見へず。希有《けう》なる事よと思へども、求《もと》むべき方もなければさてやみぬ。

程《ほど》へて後、五十《いそじ》ばかりの女房、乗物《のりもの》して、介副《かいぞへ》の侍《さむらひ》二人具したるが、かどに乗物《のりもの》すへて、やすらひたり。律《りつ》は折ふし庭《には》に立て花をながめ、

うらやまし時あればこそさくらめどおもふに袖の雨ぞいとなき

花は時をたがへず、かかる霖雨《ながあめ》にもうつろはで咲く事よと思へば、雨はふらで空《そら》は長閑《のどか》なり、袖《そで》のひぢまさるは、もの思ふ涙ぞかし。されば時ありて咲く事のうらやまし。我はいたづらに時を得ず、くちはてぬべしと、世をうらみて詠みしなり。桜《さくら》をむすびて、「さくらめ」といへり。「いとなき」はいとまなきなり。あはれなる歌のさまなりし。

かかる所に、かどにやすらひし乗物の内より短冊《たんざく》取いで、婢《しもべおんな》にもたせて、「この歌の返しやしたまふ」

と言ひ遣《つか》はしけり。律《りつ》、外面《そとも》をみれば、ゆゆしきさまなり。「いかなる御方ぞ」と問へども、ただ、「さる人」

とばかり答ふ。その短冊を取てみれば、

やえやちよゆくへの春をおもへただまだときそめぬ花の下ひも

まだ人にまみへず、下紐解《したひもとき》そめぬ身なれば、行末をたのみ思へ、八重八千代の春とさかへなん、といさめてよめる歌か。「花」といはんために「やえやちよの春」とおけり。心はゑんのうたなり。めでたきさまながら、身には思ひよらねば、「何とか返しせん」と、やや分《わ》きかねけるが、さてのみも打ちをきがたく、

ひとへだにまだときそめぬ花の紐のいかなる世にか八重むすぶべき

「ひとへだにまだ解《とき》そめぬ」とは、我にひとしき縁《えん》だにもいまだ結ばず、下紐とく事もなきに、何として八重さく花の縁をむすぶべきぞ、思ひもよらぬ事よと、身を卑《ひ》して詠《よ》めるなり。使《つかひ》立ち帰りて、主の女房にまいらすると見へしが、やがて乗物《のりもの》かきあげて、東をさして過行《すぎゆき》ぬ。律《りつ》、はるかに見送《おく》りて、不思議《ふしぎ》ながらにうち過《すぎ》ぬ。

そののちありて、女房あまた侍《さむらひ》具して来《きた》り、錦繡《きんしう》につつみたる乗物さしよせ、「とく召《めさ》れ候へ」

とかしづく。律《りつ》、思ひもよらず、「いかなる事ぞ」とあきれいたり。あまたの中に、五十《いそじ》ばかりの

女房、短冊とり出、

「いつぞや御返しの歌、御覚こそ候はめ。是《これ》は北畠殿よりの御むかいにて侍るなり。近曽《さいつころ》、白毛の猿が二首の短冊を持て国司の庭に参りて、花の枝につけおき、かいうせぬ。あやしみ取て見たまひ、かぎりなくあはれに手跡《しゆせき》の美しきなどと感じたまひしが、やがて人しれぬ御物おもひとなりぬ。遍《へん》昭《ぜう》が歌のさまは絵にかける女を見てとこそ侍れ、是《これ》は似せ絵のおもかげにもあらず、ただやるかたなき御心のあまり、「もしや、近きあたりにかかる人のいます、たづねてみよ」との仰《おほせ》に、人々、美濃、尾張の中をもとむれども、さらに御心にかなふべきかたも見へず。みづから物まうでのついでにこの国に来《きた》り、不思議《ふしぎ》に君を見たてまつり、つぶさに語りまいらせしに、いぜん白毛の猿がもてこし御手跡《ごしゆせき》、すこしも違《たがは》ざれば、いとど御思ひにたへかね給ひ、「たとひいかなる人の子なりとも、具してまいれ」との仰《おほせ》にて、かく御迎《おんむか》ひに参りたり。八重八千代の花の下紐《したひも》、今《いま》こそ解《とき》そめたまはめ」

と、しきりにとりもてなせば、召仕《めしつかひ》の老女《らうじよ》も、

「これはめでたき御事」

と、ともに立さわぐ。

律《りつ》はただ夢のここちにて、輿《こし》にたすけのせられ、憂かりし栖《すみか》をいでて国司のもとに入ければ、あい見ての後の心、比翼連理のかたらひ、驪山《りざん》の昔もかくや、とぞ知られぬる。

日かずやうやく重《かさな》りて、五月五日、端午のことぶきとて、上下ざざめきわたる。「父母いますがりし時は、かく祝日には、まづしき中にも歌をよみ、詩をつくりて、憂きをなぐさめたまいしぞかし。みづから、今ゆゆしき身となり、千僧万僧の供養も心のままなれば、終に上品《じやうぼん》上生《じやうしやう》の台《うてな》にいたり玉ひて、いかばかりよろこび給ふらめ」と、仏前に供物をささげ、なき世の孝をあらはす。かかる所に、

「御祝ひの猿引《さるひき》、参りて候」

と申す。国司、

「めづらしき人に見せなん、こなたへ召せ」

とあれば、やがて御座敷に出る。律《りつ》、この猿を見るにも、「兄の太郎、猿投山《さなげやま》にて狖《さる》をとらへ来てかひ給ふを、父上せいし給へども、用ひ給はず。その苦しみのふびんさに、ひそかに紲《なわ》を解《と》きいなせしが、兄の行衛もしらず、生きてやましいます、死し給ひしにや」と思ひいでてなつかしきに、この猿、律《りつ》を見るより頭《かしら》をたれ涙をながして、さらに舞ふ事なし。猿引はらをたてて打たたけども、猶泪《なをなみだ》に沈《しづ》む。「あやし、いかなる事ぞ」と人々不思議《ふしぎ》をなす所に、この猿、御まへなる硯にゆびをさす。「さては望みにや」と、硯をさし出せば、やがて筆をとり、料紙《れうし》にかきつくる。

「我、むかしはさしも若むらさきの藤のかど、ひらくる春をまつ身なりしに、はからざるに猿投山《さなげやま》に入て猿をとらへ、宿所につなぎて苦しむる。おことあはれみて、わが他行のひまに解《と》きいなせし

に、我、猶捕《なをとら》へんと、また山に入ぬ。おほくの猿、集《あつま》りて我をわらふ。くちおしく思ひて追《おい》ありくままに、はなはだ飢たり。かかる所に狖《さる》ども、菓《このみ》をむきて我にあたふる。「さては我飢《わがうへ》を扶《たす》くるものなり」とうれしくて、ひた喰《くひ》ければ、大きに腹《はら》ふくれたり。睡眠《すいめん》しきりなれば、木のもとにしてまどろむ。その隙《ひま》に猿どもあつまりて、太刀をとりかくし、衣装《いせう》をはぎて尿《いばり》をかくる。是《これ》に目さめておきあがるに、羸《あかはだか》にしてあたりに物なし。無念甚《はなは》だしく追《おい》ありくに、咽《のんど》しきりにかはく。谷におりて水をのまんと望みて、我影《わがかげ》を見れば、たちまち猿に変《へん》じて、今かくのごとし。是《これ》、猿投の神罰《しんばつ》とこそしれ。

おことの解《と》きゆるせし猿は、その慈《じ》悲心《ひしん》を感《かん》ぜし白猿《はくゑん》となりて、いぜん二首の短冊、その媒《なかだち》となり、おこと今さかへ給ふ事、渠《かれ》その恩《おん》を報《ほう》ずる所なり。かくめでたき身となり給ふを見るにも、いとうれし。我はまた因果《いんぐわ》にくるしむ所、あわれみ給へ。

つらなれる枝にはなれし身となれ

ばうきをましらのなかぬ日ぞなき

「つらなれる枝」は連枝《れんし》とて兄弟《けうだい》の事なり。さるは木枝をつたひて自在をなすを常とす。されば兄弟をわかれて木にはなれし猿なり。「ましら」は狖《さる》の名なり。うき事を増すといふ詞なり。あわれによくよめる歌なり。呂律《りよりつ》姫へまいらする。治部太郎」

と書きたる。筆のあと、いにしへに変わらねば、律《りつ》、是《これ》を見るより、いとあさましと伏《ふ》ししづめば、信雄《のぶを》の卿《きやう》もあわれをもよふし、

「この上は我に得させよ」

と、おほくの価《あたい》を出して是《これ》を買取る。

さて、猿投山に奉幣《ほうへい》神楽を奏《そふ》し、神罰をなだめ、鳳来寺《ほうらいじ》の僧《そう》を請《しやう》じ、庭上に檀《だん》をかざり、太郎猿《ざる》を経《きやう》にまとひ、一七日がほど祈《いの》り加持《かぢ》して、因果懺悔《いんぐわさんげ》の法説《ほつせつ》をしめすに、猿、檀上にていたく眠《ねぶ》る

事、さながら死《し》したるがごとし。かくて満ずる日中、種《しゆ》々諸悪趣《しよあくしゆ》、地獄《ぢごく》鬼畜生《きちくせう》、生老病死苦《せうらふびやうしく》、以漸《いぜん》悉令滅《しつりやうめつ》、真観清浄観《しんくわんせうぜうくわん》と誦《じゆ》する時、眠《ねぶ》れる猿かつぱとおき、檀上より飛おるるを見れば、不思議《ふしぎ》や化襹《けし》《けすけごろも》変𩏐《へんいき》《へんずるかわごろも》してたちまち解脱《げだつ》し、もとの治部太郎と成《なり》ければ、律《りつ》、うれしさ、走《はし》りより、互《たが》ひに手に手をとりくみて、よろこびの涙《なみだ》せきあへず。

かくありがたき御誓《ちか》ひ、今は剃髪染衣《ていはつせんゑ》のかたちと成り、いよいよ因果のことわりを観じ、来世上品《じやうぼん》の台《うてな》にいたり、九族《きうぞく》ともに仏果を得んと、すなはち鳳来寺の弟子と成て観念の窓《まど》に心をすます。是《これ》、しかしながら神慮《しんりよ》の御ちかひ、誠《まこと》に有がたきためしなり。律《りつ》はめでたくさかへしが、信雄《のぶを》亡《ほろ》びたまひて後、今はうき世の夢さめぬと、やがて尼に成り、鳳来寺のかたはらに庵《いほり》むすびて、父母の菩提《ぼだい》、国司の跡《あと》、ねんごろに弔《とむら》ひ、道心堅固《どうしんけんご》におこなひすまし、二十余年の勤行《ごんぎやう》おこたらず、めでたく往生ありしとなり。

○蜂《はちの》　楽蜂《たのしみはちの》　患《うれへ》

みちのく白川の関は、往古《おうご》よりの名所なれば、歌人も心の種うへて、ことばの林しげりたる奥にさしもぐさ、おほくのねがひを叶へんと、悲願《ひぐわん》あらたなる観世音菩薩、ここにうつしあがめ奉る。その守業《じゆげう》を満願寺《まんぐわんじ》といふ。春はいろいろの花咲みだれ、常盤《ときは》の松もみどりをあらはし、百千《ももち》の鳥の囀《さへづ》りも他に異《こと》なる詠《ながめ》あり。夏は松風すずしく、琴瑟時調《きんしつじてう》のひびき耳にすみて、岩もる雫《しづく》までいと清し。秋は紅葉錦《こうえうにしき》をさらし、尾花がすへになく虫も哀《あわれ》を催《もよを》す夕べの露、風の玉ぬくけしきも猶《なを》折からの心をさそひ、冬は木の葉のむらしぐれ、ぬれぬ袂をしぼるらん、あるは降りつむしら雪に、照《てり》そふ月の影《かげ》までも、ながめにたへぬ名所なり。

ここに逢隈《あぶくま》川のほとり、搦目《からめ》といふ所に、元顒《げんこう》といふ隠遁者《いんとんじや》あり。年頃、満願寺の住持に行《ゆき》て、常にむつまじくぞありける。ある時、訪《と》ひまふでけるに、酔に和して午睡《ごすい》《ひるね》をもよふす。そばに二重の硯箱ありしを枕として、障子のもとにかたぶきぬ。いたく眠る事二時《ふたとき》ばかりなり。そのあいだ、夢を見る。

虎の皴《かはごろも》のやうなる衣装のうへに、うすき褠着《ひとへぎぬき》たる人、来りていざなふ。何心なく打つれ行に、満願寺の南の庭を過て、山のとうげにいたりぬ。ここにてかの人のいはく、

「元顒、いまだ似我《じが》国の都を見たまふまじ。ともなひまいらせん」

とて、さきに立て行。大きなる樟樹《くすのき》のもとに穴あり。「これ、あやしむ事なかれ」と袖を引て入《いる》。元顒、背をくぐめ、足をつまだてながら、まかせて入《いり》ぬ。半町ばかり行と思へば、さしも広き所に出たり。午日蒼天《ごじつそうてん》に隈《くま》なく、砂の道金《こがね》をまじへ、川水しづかにながれて清浄《せうぜう》たり。おのづからなる巌《いわほ》のすがた、緑《みどり》をあらそふ梢のさま、ほのぼの吹来る風までも、ゑならぬ薫《かほ》りおとづれて、心の雲も晴れわたる。そも、是《これ》は費長坊《ひちやうぼう》が行し壺中《こちゆう》の国か、または亀の背にある蓬萊宮《ほうらいきう》かと、心も空《そら》に浮

き立ちて、遥《はるか》に向《むか》ふを見れば、楼門堆《うづたか》き大廈《たいか》あり。番の武士、いづれも剣を横たへ、数人なみ居たり。元顥《げんかう》、恐怖《きやうふ》して行きやらず。案内《あない》の人、袖を引て、

「あなかしこ、恐るる事なかれ」

とうち連《つ》れ入るに、かつてとがむるものなし。東の小門を過ぎて、大広間に至る。ここにも各並《おのおのなみ》居《い》たり。元顥おそれながら連《つ》るるにまかせて、殿中を過ぐる事、凡《およそ》十余間《よま》ありて、広《くわう》々たる座につかしむ。案内の男、傍《かたへ》の御格子《みかうし》開けて、内に入る。ややありて美麗《びれい》の児女《じによ》、茶菓をもて出《いで》、名香をかほらしむ。

　以前の男立ち出《いで》、

「ただ今、蝎王《かつわう》、臨幸《りんかう》」

と申す。元顥、また恐懼《きやうく》す。

「さてのみ有るべし。恐るる事なかれ」

と座を定むる時、赤き冠《かぶり》、黒綾《くろあや》に金糸《きんし》の織紋《おりもん》、うすやうの襖《うへのきぬ》着たるが上段に座せば、次第にならぶ客数十人、あるひは黒地に赤き紋、黄なる紋、あるひは青地《あをぢ》の羅《うすもの》、黒織《くろおり》の狩衣《かりぎぬ》、さまざまの装束《せうぞく》したるが、おのおの剣を腰にさしはさみて、左右に連《つら》なりぬ。座定まつて、以前の男、謹《つつし》んで、

「搦目《からめ》の元顥、昇殿《しやうでん》」

と奏すれば、大主祝着《しうぢやく》の詔《みことのり》を給《たま》ひて、やがて宴杯《えんはい》をすすむる。玉盌《ぎよくへん》かたむけて元顥に給《た》ぶ。おづ

おづ這《は》い出《いで》て是《これ》を給《たま》ふに、その味《あぢわ》ひ甘露にして舌喉《ぜつかう》をうがち、心胸《しんきやう》せいせいたり。種《しゆ》々の珍肴奇核《ちんかうきがい》、さらに名も知らざる羹味《かうみ》のかず、ただ不老不死の霊薬《れいやく》かと、心も涼《すず》しく覚へたり。酒宴数刻《すこく》に及べば、大主笏《しやく》を挙《あ》げて、

「元顒《げんかう》、賞翫《しやうぐわん》」

とある時、左右の客《かく》、一度《ど》に立ちて拍子《ひやうし》を合はせ、元顒《げんかう》が前後左右に舞曲《ぶきよく》す。その唱歌《しやうか》みな似我似我《じがじが》と聞えて、二時《ふたとき》ばかり舞《まい》うたふ。おもしろさ言ふばかりなし。

そのとき一人の老女、袚《うすぎぬ》もて出《いで》、元顒にかづけたり。何とわきまへたる心地もなく、ただ酔《あい》に和《くわ》して、倶《とも》に笑いうたひながら我身を見れば、黒く黄《き》なる紋ある衣《きぬ》に、うす色の綾《あや》を袘《うはおり》たり。さては我も客《かく》の交《まじわり》に成《なり》たるよと心うれしく、ともに立ちて舞ひうたふ事数刻《すこく》なり。舞曲畢《おはつ》てをのをの座につく時、帳《ちやう》のうちより容色美麗《ようしよくびれい》の女性《によせう》立出たり。えならぬ薫《かほ》りほのぼのと、見るに心もくれはどり、あやしき思ひに成りにけり。時に大主《たいしゆ》のいはく、

「これ、我寵愛《てふあい》の娘《むすめ》、蠆妃《はんび》なり。すなはち汝《なんぢ》にめあはせん。今より後、この国に逗《とど》まつて政《まつりごと》を行《おこな》ふべし」

とあり。元顒《げんかう》、うれしさ言ふばかりなし。その時、おのおの取きらめきて、やがて別殿《べつでん》にうつす。最愛《さいあい》はなはだ深くしてその年を送るに、一人の男子生まる。その名を蠮《えつ》と号《なづけ》て養育《よういく》なのめならず。

かくて三とせを過《すぐ》す時、俄《にはか》に物さわがしくして、秋津洲《あきつす》の大敵《たいてき》寄せたりと、螺《かい》吹き鳴らし兵仗《ひやうじやう》を

取て馳せ集《あつま》る。勢《せい》、凡数《およそす》千騎《せんき》なり。元顒おどろき、南殿《なんでん》の楼《らう》にのぼれば、螌妃《はんぴ》、蝘《えつ》をいだきてともに至る。東の山の尾さきに白雲《はくうん》のはた薄《すすき》、暴風《のわき》をまきて、ちぐさが野辺、みな敵軍《てきぐん》となる。大将山《さん》青令《せいれい》、紫糸《むらさきいと》のきせながに、もへぎ匂ひの腹巻《はらまき》し、諸卒《しよそつ》を下知《げち》して寄来《よせきた》る。味方にも蜂兵数《ほうへいす》千騎《せんぎ》、剣《けん》をひつさげひつさげ駆けいで、東西南北に飛乱《ひらん》してふせぎ戦《たたか》ふ。寄手《よせて》の中《うち》より鬼蛭《きしつ》といふ兵《つはもの》、数百騎をしたがへ南楼《なんらう》の後ろより押し寄せ、短兵急《たんぺいきう》に攻め上る。元顒《げんかう》、驚《おどろ》きさはぎ、味方《みかた》を招けども、みなおもての軍《いくさ》はげしければ、ここを防《ふせ》ぐ兵《つはもの》少なし。さるほどに、鬼蛭《きしつ》が剛兵《がうへい》、楼中《らうちう》に乱れ入り、螌妃《はんぴ》をばあへなく刺し殺《ころ》し、蝘《ゑつ》をかい抱き走り出《いづ》る。元顒、大きに怒《いか》つて追ひかくるに、檻《おばしま》を踏み外して、まつ逆《さか》さまに落つると覚《おぼ》へて、夢《ゆめ》たちまち覚めたり。

あたりを見れば、満願寺《まんぐわんじ》の東《ひがし》の廊下《らうか》、二重《にじう》の硯箱《すずりばこ》を枕《まくら》としたるままにて、時《とき》はやうやく未《ひつじ》のはじめなり。胸《むね》さはぎ、汗ながれて、やうやう枕をあげ、心を

静め是《これ》をあんずるに、「何《なに》さま妖怪《ようくわい》のおかす物ならめ、さもあれ、不思議《ふしぎ》の次第かな。まさしく南の庭《には》ぞかし。いかさまにも怪《あや》しきものあるべし」と、やがてそのかたに望《のぞ》みゆけば、はたして大きなる樟《くすのき》あり。そのもとを見れば、ひとつの窟《あな》あり。わたり、やうやく鞨《かつ》鼓《こ》の胴《どう》の周《まわ》りを過《すぎ》ず。その穴《あな》より蜂《はち》あまた出入りて、虚空《こくう》に飛び行《ゆき》飛び帰り、あるひはあたりの草木《そうもく》にとまり、椌《うろ》に入りて鳴く声、みな「似我似我《じがじが》」と聞《きこ》へて、夢中《むちう》の舞曲《ぶきよく》のごとし。

　かかる所に、あまたの蜻蛉《とんぼう》むれ来《きた》る。青き山蜻蛉、樟樹《しやうじゆ》に至る。赤きあり、斑《まだら》なるあり、白きあり、黄《き》なるあり。やがて、蜂の宿りし草木を追《おい》たて、その子をとり喰《く》らはんとす。あまたの蜂、これを防ぐ。その中にひとつの鬼蜓《おにとんぼう》とび来《きた》り、南の枝《えだ》にありし巣《す》をうがち、ひとつの蠮《こばち》を取る。蝱《おやばち》これを取らせじと争《あらそ》へば、とんぼう、尾をもつて是《これ》をうちふせ、その子を取つて行《ゆく》。元顒《げんかう》つらつら見

るに、是《これ》、夢中の怪事《くわいじ》なり。

まづ、似我国《じがこく》と聞《きこ》えしは、則《すなわち》、似我蜂《じがばち》の穴《あな》ならん。王蠍《わうかつ》といひしは、これ蠍《くまばち》、その大主《たいしゆ》たり。蠜妃《はんぴ》は蠜《めばち》、蟁《あつ》はこばちなり。いろいろの織紋《おりもん》、赤き冠《かぶり》うすき襖《うへのきぬ》、みな蜂の文《ふ》のまだらづくところ、その羽《は》などにや。我《われ》にひとつのきぬを着せて「似我似我《じがじが》」と歌《うと》ふ、是《これ》すなわち、「我に似《に》よ」となり。蜂は、さまざまの虫《むし》を取来《とりきたり》て穴《あな》に入れ、「似我似我《じがじが》」と唱《とな》へて子になすといへり。甘露《かんろ》の漿醴《こんずれい》槡《そう》は、蜂の液蜜《よだれみつ》などにや。また、秋津洲《あきつす》の大敵《たいてき》は、是《これ》とんぼうなり。日本は蜻蛉《とんぼう》の形したる地なれば、秋津洲といへり。山青令《さんせいれい》、すなわち山蜻蛉《やまとんぼう》なり。青くして紫《むらさき》なるものなれば、もへぎにほひの腹巻《はらまき》と見へつらん。また、鬼蛭《きしつ》と聞《きこ》へしは、鬼蛭《おにとんぼう》ならん。さまざまの甲冑《かつちう》、みなこれ蜻蛉《とんぼう》の文《ふ》なり。防ぐ蜂兵《はうへい》は、あまたの蜂なり。螺《かい》吹くと聞《きこ》へしは、蜂のぼうぼうたる声《こへ》なるべし。おのおの剣《けん》をふると見へつるは、尾《を》にある所の針《はり》ならんぞかし。南楼《なんらう》はこの南の枝《ゑだ》なり。穴より出《いで》て、是《これ》に巣《す》をもとむ。是《これ》、はじめ別殿《べつでん》にうつせし所ならん。

「あさましや、我《われ》、夢裏境界《むりきやうがい》に、蜂窟《ぼうくつ》に入て契《ちぎ》りをなし、すでに蜂《はち》にならんとせし事よ」と、腹悪《あ》しく覚へければ、「この塚《つか》を掘《ほり》くづし見ばや」と思《おも》ふ気《き》ねん出来《いでき》て、急《いそ》ぎ、搦目《からめ》に帰《かへ》り、人をかたらひて、ひそかに住持《ぢうぢ》に忍《しの》び、山の後ろより廻《まわ》りてこの木を掘らしむ。岩《いわ》をくだき根《ね》をうがちて、やうやう三日にうち倒《たを》す。その下に、石碑《せきひ》の形したる大石あり。銘《めい》のやうなる文字あれども、さだかに見へず。この石を押し起こして、山下《さんか》に落としたり。

さてその下を見るに、広《くはう》々たる穴《あな》あり。さしのぞき内を見れば、その廻り五尺余《よ》もあらんとおぼしき蜂《はち》の巣《す》あり。とびぐちを入れてこれをうがちければ、大風、はざまを起《おこ》る音《おと》して、数千《すせん》の蜂むれ出《いづ》る。赤きかしら、金色《こんじき》まだらなる蠍《おほばち》、そのたくましき事、あたかも燿炎《ようえん》の燃《もへ》いづるがごとく、勢《いきお》ひあたりを払《はらつ》て飛び出《いづ》る。黄《き》なるあり、黒き、青き、まだらなる、さまざまの蜂《はち》飛びちつて螫《さす》ほどに、さしもの人夫《にんぶ》ども、螫《ささ》れて転倒《ころびたふれ》にげ行《ゆく》を、あまたの蜂《はち》おつかけ、さんざんに刺しふする。からき命、やうやう我身ともなく覚へて、をのれをのれが栖《すみか》によろぼい帰りしに、偏身腫瘻《へんしんはれうづき》ていたく悩みけるが、三日を経ず、みな死《しし》たり。雇われし者《もの》どもさへ、かくのごとくなり。ましてや言はん、元顥《げんかう》、五体ことごとく螫疼《ささただら》かされ、眼《め》もさし瞀《つぶ》され、搦目《からめ》まではやうやう帰《かへ》りしが、大きに悶苦《もだへくる》しみ、終《つい》に哮死《ほへじに》に死《しに》けり。

後《のち》に満願寺《まんぐわんじ》の住持《ぢうぢ》これを聞《きき》て、その石《いし》を見るに、いかさま上古さる人のなき跡《あと》のしるしならんと思ふより、湮《まみ》れたる土を洗落《あらいおと》し、生《むせ》る苔《こけ》をかきはがして見れば、おくり号《な》はなくて、一首《しゆ》の歌をきりつけたり。

心としなにとどめん水もなき名もしら川にながれくちにき

とばかりにて、名もあらざれば、「いづくの人か、ここに来て、かくて果てけん」と、あはれにも、また、悟るべき歌の心ぞと、感涙《かんるい》肝に銘じければ、急ぎ元のごとくにおさめ、蜂《はち》の巣《す》もそのままに穴に入れ、樟《くすのき》をも元のやうに起こし植へ、三日読経供養《どくきやうくよふ》して行《おこな》ひけるゆへにや、その後は何事もなかりけり。その樟《くすのき》、近きころまではありしを、須賀川の者望み来て、伐《きり》けるとかや。

さても、元顥《げんかう》、

「ねぶりのうちに蜂ひとつ来て、耳、鼻のあたりを這《はい》まはりし」

と、満願寺の小僧が言ひつるが、そのあいだの夢にやありけん、怪しき事なり。

雉鼎会談巻之四終

雉鼎会談巻之五《ちていくわいだんかん》

○義死孝女《ぎしかうぢよ》

竹河右近将監《うこんのせうげん》がむすめ、蒲生《がもう》五郎左衛門が妻となり、その腹《はら》に男子生《むま》る。この子を胎《みごも》るべきはじめ、母の夢《ゆめ》におそろしき天狗山伏来《きた》りていざなふ。何ごころなく出《いで》行くに、いづくと知らぬ広き野にいたる。ここにて山伏のいはく、

「この野は浅茅《あさぢ》色づきて、いとおもしろし。一首《しゆ》詠みたらば、後の世までの財《たから》を授《さづ》くべし」

と言ふ。「いかがある人」と思ひながら、そよぐ茅《ちがや》に向かいて、

浅茅生《あさぢふ》のおのが葉色は朽《くち》ながらおもひいでしぞほゐにはありける

山伏感《かん》じて白き玉をとり出《いで》、袂《たもと》のうちに入る、と見て夢覚めたり。

「不思議《ふしぎ》なる次第かな」と歌《うた》の心を案ずるに、さらに思ひよらず。「浅茅生《あさぢふ》の小野」とつづけて己《おの》が葉色の朽ちたるに言ひなし、「おもひいでし」「ほゐ」とは、積もる思ひの穂《ほ》に出《いで》たる心が朽ても本意《ほい》なりと言へるにや。たとへば草の春もへ出《いで》、夏茂り、秋穂に出《いで》、花咲きて、やがて冬枯《ふゆがれ》になるとも、それまでの思ひを逢て語らば本意なるべし、と詠める恋の歌の心なり。「我が身、さらに深き恋せし事なし。もとより両夫にまみへざる心なれば、いつの日、誰を見初て思ひかけしよすがも

なし。ただし穂は草葉はらみてあらはれ出《いづ》るなれば、子を持つべきいはれにや。それも若き身なれば、あながちに子を願ふ心もあらざるに、不思議《ふしぎ》なる夢かな」と思ひ案じける。

「よしや、あとかたなき事を夢のごとしと言へば、心にとどむべきにあらず」とうち捨てけるに、その月胎《はらみ》てこの子をうみけるにぞ、「さては夢の告《つげ》あるべし。白《しろ》き玉、すなはち男子《なんし》なり。常《つね》に筑波を信じけるゆへ、かたじけなくも権現《ごんげん》の授《さづ》けたまふ所なり」と、本意に思ひ出《いで》しより、いよいよ難有《ありがたく》ぞ覚へける。あさぢの歌の徳なればとて、その名《な》を浅次《あさじ》郎《ろふ》とぞ呼びける。後《のち》に思ひ合はすれば、をのが葉色は朽ちながら、菩提《ぼだい》の種《たね》の本意《ほい》になりけるこそ、奇異なる夢想《むそう》なれ。

この子五歳《さい》の春《はる》、父《ちち》の五郎左衛門、用《よふ》の事ありて総州《そうしふ》に立越《たちこへ》しに、千葉《ちば》新左衛門といふものと不《ふ》慮《りょ》に口論仕《こうろんし》出《いだ》し、山の辺《べ》といふ所にて出《いで》あふ。千葉《ちば》を討《うた》せじと荷担《かだん》のもの十余《よ》人はせ来《きた》り、蒲生《がもふ》を真中《まんなか》にとりこむる。五郎左衛門もとより思《おも》ひ切《きつ》たる事なれば、さらにひるむ心《こころ》なく、ちかづくもの六人切りふせ、走りかかつて千葉がまつかう、したたかに打《うち》つけたるに、かねて用意《ようい》の出立《でたち》頭巾《づきん》の下に甲《かぶと》を着《き》たれば、太刀《たち》そむけて肩先《かたさき》にあたる。肩《かた》にも鎖《くさり》を掛《かけ》たれども、勇力《ゆふりき》にうたれてづんど切《きり》こまれ、やにはに伏しけるを、二の太刀うたんとせしに、荷担《かだん》の者《もの》四方《しはふ》より鎗《やり》にて突《つき》つくる。蒲生《がもう》、素肌《すはだ》なれば、あまたの鎗《やり》に突《つき》伏せられたり。千葉は深手にて絶入りしを、やうやうと心をつけ宿所につれ行き、さまざま療治を尽くしければ、疵《きず》、次第に痊《いへ》て、死すべき体にはあらず。

このありさまを見し僧の、陸奥《みちのく》に越して蒲生の家を尋ね、委《くわ》しく語りけるにぞ、妻の歎《なげ》き言ふば

かりなく、五歳なる浅次に向かひて、

「汝《なんぢ》、おとなしく成《なり》て、父の敵《かたき》をうて。下総にて、千葉新左衛門といふものぞ」

と、泣く泣く言ひ聞かせけるこそあはれなれ。浅次、おさな心にも、いと口惜くや思ひけん、しなへを取つて庭に走り出《いで》、樹《き》の枝をさんざんに打て、

「かよふに敵を討《うつ》べし」

と言ひけるこそ、「誠《まこと》に父が子なれ」と、やさしくも頼もしくも、いとど涙ぞ進みける。打たれて木の葉のはらはらと落ちければ、行脚《あんぎや》の僧、

「千葉《ちば》こそ、ほろほろと滅びて候へ」

と、涙の中にたはぶれ、

「今は御歎きをとどめ給ひて、亡き人の追善なし給へ」

と、持仏堂《ぢぶつだう》に香花《かうげ》を手向け、弥陀経《みだきよう》一巻《くわん》読誦《どくじゆ》すれば、女房も念仏となへ、

「南無幽霊出離生死頓證菩提《ゆうれいしゆつりせうじとんせうぼだい》」

と回向《ゑかう》し、さて僧に曜飯《ろはん》すすめ、布施《ふせ》まいらせ、

「命長《なが》らへなば、またこそ御尋にあづからめ。この子成長の後、敵《かたき》を安く討ちなば、御知らせの恩をば報じ申すべし」

と、涙と共に聞ふるにぞ、僧も墨染の袂《たもと》をしぼり、念比《ねんごろ》にいとま乞て立出《たちいで》ぬ。

それよりひたすら敵を討《うた》ん事のみ心にかけ、子の成長を待つこそ久しけれ。譜代《ふだい》の奴婢《ぬび》二人がかひがひしくいとなみして、過ぐる月日を歎きながらに積もりて、浅次すでに十四歳に成《なり》けり。「今は総州に立越《たちこえ》、敵《かたき》に尋ねあいて本望を達すべし。母上をば、汝等《なんぢら》二人よくよく守り参らせよ」と、すでにその用意せし所に、母、かりそめの風の心地に悩《なや》みつきしが、次第に重《おも》りけるほどに、足をそらにして医師《いし》を頼み、さまざま療治を尽くせども、その甲斐なく十余《よ》日が程《ほど》にはかなくなりければ、千行万行《せんかう》の悲涙たとへんかたなし。

かくてもあるべき事ならねば、野辺のいとなみ取り行《おこな》ひ、大統寺《だいとうじ》といふ寺におくりけり。浅次、父なき跡《あと》の母のみ頼つるに、是《これ》さへまた年若くして世をはやふしければ、いつしか孤《みなしご》となりて、頼むかたにはただ奴婢《ぬび》二人がはごくみに月日を過《すぐ》しけるが、「今は百か日もたちぬ。このうへは総州《そうしう》にたち越《こへ》、敵《かたき》の行衛《ゆくへ》を尋《たづ》ぬべし。はるばるの旅行《りよかう》、路《みち》のほども不知案内《あんない》なれば、下人を供《ぐ》すべきなれども、あとに女一人捨て置きなば、いとなむ便《たより》もなく、浅ましくならんも情《なさけ》なきに似たり。よしや、ただひとり忍び出《いで》ばや」と思ひ定め、文《ふみ》ひとつを残す。

「われ、父母にわかれて無常《むぜう》を観《くわん》ずるおりふし、奇瑞《きずい》の霊夢《れいむ》を蒙《かうむ》りぬ。されば出家せんがため、都、誓願寺におもむくなり。二人が年月の心ざし、生々世々《しやうじやうせぜ》忘《わす》るべからず。家財雑具《かざいぞうぐ》みなあたふる所なり。二人夫婦となりて世をいとなむべし。三とせが程《ほど》にはめぐりあわん」

と書きて硯の上に置き、夜半ばかりに忍び出《いで》、そことも知らず行くほどに、白川の関路《せきぢ》に着《つ》きぬ。

ここにて道行く人にあひて、

「下総《しもふさ》へは何とか行き侍《はべ》る」

と問《と》へば、

「この海道をそなたへひたすら行き給《たま》へ」

と教ゆ。さてははるばるの行路《ぎやうろ》、踏みならはぬ足《あし》なれば、かけて血ながれ、次第次第に痛みける程《ほど》に、今は行きなやみ、いかにともせんかたなし。

かかる所にすさまじき天狗山伏来《てんぐやまぶしきた》りしが、この有様《ありさま》を見て、

「いたはしの御事や、容色《ようしよく》美麗の御姿《すがた》にて、かかる徒路《かちぢ》の旅心《たびごころ》、さこそ苦しみましますらめ。いかなるいはれにて候ぞ。いづかたへも送りまいらせん」

と念比《ねんごろ》に申せば、浅次いとうれしく、

「是《これ》は人をたづねて下総《しもふさ》におもむく者にて侍《はべ》るが、踏みならわぬ道芝に身心ともに疲れて、いかにともせんかたなし。あわれみ給《たま》へ」

と聞ふるにぞ、

「それこそ御便《たより》に成《なり》まいらせん」

と、笈《おい》を下ろし、その中に入れ、飛ぶがごとく下総に至り、佐倉《さくら》といふ所の在家《ざいけ》の辺《へん》に降ろし、

「それがしは是《これ》より筑波山《つくばさん》へ参るなり。かさねて御目にかかり申さん」

とて、かい失《う》せぬ。

「さては権現《ごんげん》の御めぐみ」と伏し拝み、それより在家のほとりたたずみ、宿《やど》借るべきかたをうかがひ求むるに、小《こ》柴垣《しばがき》きれいにしたる庵室あり。しをり戸のなかば開きたるに、内をさしのぞけば、六十ばかりの僧、園生《そのふ》の草花眺めていたりしが、早くみつけ、

「いとうつくしき少人の用ありげに彳《たたず》み給ふは、この辺《ほとり》目なれぬ御すがた。いかなる御方にてましますぞ。一樹《じゅ》のかげによる事も他生《たしやう》の縁とこそ候へ。御宿などの御望ならば、やすきほどの御事なり。御入りあれかし」

と言へば、浅次うれしく思ひ、やがてうちに入り、

「是《これ》は人をたづねてこの国に越えたり。しばらく旅《たび》の疲《つかれ》をたすけたまへ」

と聞《きこゆ》るにぞ、僧いよいよいとおしみ思ひて懇《ねんごろ》にもてなしけるままに、ここに日数を過《すご》しけり。

ひつじの歩《あゆみ》、ひまの駒、つながぬ船の行やすく、秋さり冬過《すぎ》て、あらたまの年たちかへる春霞、たなびく空のうららうららと睦月《むつき》すぎ、きさらぎ末にうつれば紅梅のさかり一入《ひとしほ》に、初桜《はつざくら》めづらか成《なる》をながめんと、この庵室《あんじつ》にたち入《いる》人あり。あるじの僧、兼て用意にや、様々の設《まふけ》などして興をもよふす。浅次、「いかなる人にや」と、もののひまよりのぞき見れば、いざよひごろの月のでしほ、かつらの眉にほやかに、むばたまの黒髪《くろかみ》、白雪の初元結《はつもとゆひ》にたたみあげ、花づくし縫《ぬい》ちらしたる振袖のゆらへ長きが春風に薫《かほ》りて、やごとなきよそほひ、今の世にはあるべきともおぼへぬ女性なり。三五の春の朧月《おぼろづき》、世のあわれもやや思ひ知るころなれば、いとめづらかに瞻《まもり》ゐけるが、小新発意《しんぼち》を招《まね》きて、

「あの女性《にょしゃう》、いかなる人の子ぞ」

と問ひければ、

「あれこそ山辺刑部左衛門《やまのべぎやうぶざゑもん》殿の御息女にてましますなり」

「名をば何とか申す」

「小勝《こかつ》君と申なり」

「その宿はいづくの程《ほど》ぞ」

「あれなる樅《もみ》の木の見へたる屋形にて候」

「さてはうれしくも、よく教へたり」

と、畳紙《たたうがみ》とり出《いだし》、

「是《これ》まいらするぞ」

と取らせければ、小僧悦び、

「何ゆへ、かく問ひ給ふ」

と云《い》ふ。

「されば、われ歌の友あらざれば、あの女性《によしやう》よみ給はんに、知る人にならん望みなり」

といへば、

「かたのごとく歌はよく詠みたまふなり。御母上はとく失せたまひ、ひとり姫にて、つれづれと暮らし給ふを、父御《ちちご》いとおしく思ひ給ひて、おりふしの心なぐさめにこの庵室《あんじつ》へ越しまいらせたまふなり。あるじの僧、つねに山辺殿へ囉斎《ろさい》にまいり給ひて、むつまじければなり」

と、畳紙《たたうがみ》の返礼に、問わぬ事まで語りて、座敷へまた出にけり。

浅次、「さてはくわしく聞《きき》たり。いかにもして近づかん」と心をつくし居《い》たるに、あるじの僧、硯《すずり》、料紙《れうし》に短冊《たんざく》とりそへ持《も》て出《いで》、

「いつもの御秀歌《しうか》、うけ給はりまいらせん」

と、女性のまへに置《おく》。小勝《こかつ》打ゑみ、

「このほどは心もつれに歌もうかまず候へども、けふのおもひ遣《やり》に腰《こし》をれの一首、なくてもかなふまじければ」

とて筆をとり、園生《そのを》の花に心をよすると見へしが、やがて、

　年ふとも変わらぬ色をなを見せよわか木のさくら花のまにまに

年はふるとも色は変はらで今若木《わかぎ》のごとく、うるはしく咲けといひて、下心は、その花のやうに、人のかたち年老《おひ》ても変わらぬものならば楽しからめ、とうらやみしなり。おもかげの変わらで年の積もれかしといふ心をとれり。恋《こい》を季《き》にとるは本歌取《ほんかどり》の作法《さほう》なればなるべしと、あるじの僧《そう》ことに感《かん》じて、

「さてさて、いつもながら一しほの御秀作《しうさく》、御手跡《しゆせき》も去年《こぞ》よりは、ことにつのらせ給ひて、いと美しさよ」

などと誉《ほめ》て、

「あの枝《えだ》につけ給《たま》へ」

といへば、若《わか》き女房《にようぼう》、立つて桜《さくら》の下枝に付たるに、紅《くれない》の短冊《たんざく》なれば、花にあらそひて殊《こと》に詠《ながめ》ぞまさりける。


浅次《あさじ》、次《つぎ》の間《ま》に聞《きき》居たるが、「さもあれ、いかなる歌《うた》をか詠《よ》みけん、見まくほしさよ」と、柴垣《しばがき》のもとにおりたち、ひそかに見ばやと思へど、春風《はるかぜ》にひらめきて文字《もじ》さだかに見へざれば、いとど心くるしく、身を忘《わす》れ垣間《かきま》なかばもれ出《いで》、風の絶間《たえま》絶間、是《これ》をよむに、紅《もみ》の裏《うら》ぎぬ吹《ふき》かほりて見へければ、小勝あやしみ、庭《には》にたち出《いで》うかがひ見るに、浅次、短冊《たんざく》よみ得《え》て、ありし所に立帰り、むらさきの短冊《たんざく》に一首《いつしゆ》を書《かき》て、また小新発意《しんぼち》を招き、

「あの花の枝《えだ》に付けよ」

と言ひふくめければ、やがてもて出《いで》、おなじ枝にぞ付けにける。小勝《こかつ》、立寄《たちより》見れば、

　ちぎりにはなを年ふらめおもかげの変はらぬ色を花のまにまに

我歌《わがうた》の心は、老木《おひき》の桜《さくら》も花は若《わか》やかにうつくしければ、さのごとく、身に年は積もるとも、かたちは猶《なを》変はらで、今の俤《おもかげ》を花のまにまに願《ねが》ひてよめり。その言葉《ことば》の縁《えん》をとりて、契《ちぎり》のすへには猶《なを》年ふるこそたのしけれ、姿《すがた》も心も変はらぬ色は花のごとくにして、と懸想《けさう》によめるこそ、心ゆかしくおぼゆれ。墨継《すみつぎ》、かなの走り、いとやごとなきかたにこそ。「猶《なを》その姿《すがた》、よく見まくほしき事よ」と、小柴垣《こしばがき》のかたに心をつけて、立ちも去らずやすらひたり。浅次もあやにくなる心にまた立出《たちいで》、萩《はぎ》の

袖垣《そでがき》そでふれて、言はぬばかりの互《たが》ひのいろ。女はせきくる思ひに顔《かほ》うちあかめ、花に空目《そらめ》の風情《ふぜい》まで、猶《なを》あてやかに見へければ、主《あるじ》の僧《そう》、心して座敷《ざしき》をたちぬ。

女、今は憚《はばか》る所なく、ふたつの短冊《たんざく》、枝《あだ》ながら手折《たおり》て、後ろ髪にひかれながら元の座敷《ざしき》に立帰る。浅次も今はたまらず、小萩《こはぎ》が垣《かき》をあらはれ出《いで》、

「紫《むらさき》の朱《あけ》を奪《うば》ふとこそ申せ、何《なに》とて朱《あけ》のかたに紫《むらさき》の短冊《たんざく》をば奪はせたまふぞ。その朱《あけ》、ともにこなたへ給《たま》はらめ」

と、縁《あん》の元までしたひよる。女はいとど胸とどろきの橋《はし》のいたま、引はなちたる心して、浮きぬ沈みぬ思ひの色、

「こがれ出《いで》たる紅《くれない》は、お望《のぞみ》ならばまいらせん。ゆかりのふかき紫《むらさき》は、こなたに止《とど》め申すよ」

と、たはぶれの時うつるほどに、あるじの僧《そう》、また座敷《ざしき》へ出《いづ》る。

浅次《あさじ》おどろき、隠れんとするに所なく、顔《かほ》うち赤《あか》め、さしうつぶく。女もせめてせんかたなく、ほそき柱《はしら》に顔さしよせしは、焼野《やけの》のきぎすの風情《ふぜい》なり。あるじの僧《そう》、さすがに心ありければ、浅次を座《ざ》に呼《よび》て、

「是《これ》は、この庵室《あんじつ》に去年《こぞ》の秋《あき》より逗留《とうりう》の人にて候が、よく歌を詠み給《たま》ふなり。少人《せうじん》の事なれば、何《なに》か苦しからん。今日《こんにち》の御とのゐに御なぐさみましませ」

と申すにぞ、互《たが》ひの心のうれしさ、今は憚《はばか》る所なく、終日《ひねもす》なぐさみて、暮れぬれば屋形《やかた》より迎ひの

人来《きた》り、ものさはがしく成《なり》て、すでに別れに及《およ》ぶ。互《たが》ひに心は契《ちぎ》りぬれど、誠《まこと》の色のあらざれば、逢《あふ》てあわざる恋の題《こひ　だい》、ものがなしくぞ思ほゆる。浅次、立ちまぎれに袖《そで》を引《ひい》て、

　まてよ君かせぎのかよふ道しあらばこへざらめかも山の辺《べ》のおく

「かせぎ」は鹿《しか》なり。そのかよふほどの道だにあらば、たとひいかなる山の奥《おく》までも越《こへ》なん。かならず待て、といへり。小勝が父《ちち》の名字を山辺《やまのべ》といへば、それを詠み入《いれ》たり。小勝、取あへず、

　音《おと》づれをたのみかけひにつたへてし待つかひあれや竹川の水

「たのみかけひ」とは田の筧《かけひ》なり。頼《たの》みをかくるに寄せたり。筧《かけひ》の水のごとく絶《たへ》ずおとづれなば、すへは竹川のふかき仲となるべしとなり。筧《かけひ》は竹にてしたる樋《ひ》なれば「竹川」と寄せたり。是《これ》も、浅次が名字《めうじ》を問《と》ひし時、敵《かたき》をねらふ身なれば、蒲生《がもふ》をかへ、母方《ははかた》の竹河を名《な》のりしゆへ、それを詠み入たり。

かくて迎いの人にいそがれて、庵《あん》を立出《たちいづ》る。あるじの僧《そう》も、「けふの御なぐさみ、ことなる事も候はず」と、外面《そとも》までおくり出《いづ》る。小勝《こかつ》もねんごろに礼《れい》をのべ、浅次も互《たが》ひにいとま乞《ごひ》してわかれにけり。

さて、夜《よ》ふけぬれば、浅次、ひそかに庵《あん》をしのび出、その宿《やど》はくはしく小新発意《しんぼち》に問《とひ》おきたり。さこそ待つらんと心いそがしく、足ばやに行《ゆく》に、樅《もみ》の木見へて程《ほど》ちかければ、走《はし》りよりて塀《へい》にとびつき、樅《もみ》につたひて庭《には》におり、小勝《こかつ》が閨《ねや》、くわしく教へし事なれば、左へまはり、かさ松の脇《わき》なる

垣《かき》を越《こへ》、右に井のあるかたへの檜垣《ひがき》をくぐりいでければ、やり戸みな鎖《さ》したるに、尺ばかりに鎖《さ》し残《のこ》して、障子《しやうじ》ひとへ立てたる内に灯《ともしび》のかげかすかに見へければ、「是《これ》こそ閨《ねや》よ」とうれしくて、縁《えん》の上にいたりて伺《うかが》へば、女はそれとも知らず待ちわびて、ふくさ物ぬひたる針《はり》を灯《ともし》のかさに刺し捨てながら、

片糸《かたいと》のあわをたのめに待《まち》けらしいつはりすぐる人によるとて

「あわを」とは片糸《かたいと》を縒《よ》りあわせてもろ緒《を》にするをいへり。それを「逢《あは》んをたのみに」と寄せたり。「いつはり」は針《はり》なり。針に糸を通すを「すぐる」といへば、「いつはり過《すぐ》る」と続けたり。物縫《ぬ》ふに待針《まちばり》といふものあれば、待《まつ》心によせたり。「おもしろき歌の心かな」と、浅次《あさぢ》、外面《そとも》にて是《これ》を感《かん》じ、いかに待ちわびけんと、

おだまきのもつれし道を尋ねこしいつはりならぬ心見ずやは

「おだまき」は賤《しづ》の女《め》が績《う》む苧《を》をいへり。もつれし時は糸口をうしなふ。それを尋《たづぬ》るは心苦しきものなり。さのごとく、かよひ路《ぢ》に心をつくせしを詠めり。この道に難所《なんじよ》はあらざれども、庵《あん》をしのびいでてこれまで来《く》るは、山垣こゆるよりも心苦しきていなり。身を苦しめてしのび来るを、いつわりならぬと見ずやといへり。是《これ》も針に寄せたれば「見ず」といへり。世に愛《め》でていふ「みす」なり。

小勝これを聞ひて、「さては、とくより来り給ふよ」とうれしくて、傍《そば》なる女房に目くばせすれ

ば、やがて障子《しやうじ》を明《あけ》ていざなふ。かねて用意なれば盃《さかづき》もて出、千歳《ちとせ》をかはして寿《ことぶ》きぬ。さて「春の夜のみじかきに」と女房しとねを勧むれば、千世を一夜の長まくら、八声《ごへ》の鳥も心せよ、夢も結ばず語るまに、東雲《しののめ》ほのぼの明け行《ゆけ》ば、人目の関をはばかりの、森のねぐらの朝烏《あさがらす》、しきりに別《わかれ》を勧むれば、名残《なごり》の床《とこ》を起《おき》いでて、またいつの日と川しまの、水もれぬ仲を引わかれ、袖と袖とに成《なり》にけり。

それより後《のち》は、ひたすら通《かよ》ひ来て、契る日数《ひかず》かさなり、卯月のすへにうつりゆく。

ある夜かたりけるは、

「かく不思議《ふしぎ》にふかき仲と成《なる》こと、まことに一世ならぬ縁ぞかし。されば、われ身に思ひあり。本意をとげなば、おことを父御《ちちご》に申しうけ、憚《はばか》りなく契《ちぎ》るべし。もしまた、あやまつて失《う》せなば、たとひこの世はうすくとも、来世《らいせ》はかならず無量寿《むりようじゆ》とちぎらん。人の世のはかなき中にも、ことさら武士《もののふ》の身ほど定めなきものはなし」

とうち解《とけ》てかたれば、小勝《こかつ》、顔うちあかめ、

「あじきなき事を聞《きき》まいらするものかな。御身に思ひありとは、いかなる御事にてましますぞ。本望をとげんとは、敵《かたき》ばし持たせたまふか。さもあらば、みづから女にこそ生まれたれ、一ねんの矢《や》さき、岩うつ波《なみ》の身をくだき、おなじ修羅《しゆら》にしづみ候はん。さて、いかなる御思ひにてましますぞ、くはしくかたりて聞《きか》させ給へ」

浅次《あさぢ》、大事を語らんもさすがにつつましけれども、ふかき仲のせつなる心、あながちに問ふ事のいとおしさに、

「されば、わが父《ちち》は蒲生《がもふ》五郎左衛門とて、みちのくに住《すみ》しが、われ五さいの春とかや、この国の千《ち》葉《ば》新左衛門といふものに討たれ給ふよし、行脚《あんぎや》の僧《そう》が伝へしより、母上、我が成長を待ちて敵《かたき》を討てと教へ給《たま》ひしに、我十四歳《さい》、去年《こぞ》の夏、母《はは》はむなしく成《なり》給ふ。今は身ひとつなればとて、この所にたづねわたり、千葉名字《めうじ》の人もや有るとつねづね心にかくれども、さらにその名字をきかず。今にも聞《きき》出しなば、名のりて鬱憤《うつぷん》をはらすべし。もしあやまつて討たれなば、ながき別れとこそならめ」

と語れば、小勝《こかつ》ははつと胸うちさわぎ、「あさましや、わが父こそ千葉の新左衛門。その敵《かたき》あるゆへにぞ、山辺《やまのべ》の刑部左衛門とは名のり替《かへ》たまふなる。さて、いかにせん。いとしき人の年月つもる思ひ、それを晴らさんとすれば、父をうしなふ不孝《ふかう》の第一。また、父上に知らせて助けんと思へば、二世のちぎりをむなしく、さしもかわせし仲を忽《たちまち》うしなはん。たとひ深くつつむとも、つひにはそれと知られなん。よしなき人に馴《な》れ初《そ》めて、かかる思ひをする事よ」と、やるかたもなき心の内、不覚の涙にしづみしが、「よしや、わが身をうしなひて、父上をたすけまいらせん」と思ひ直して涙をおさへ、

「さては敵《かたき》のあるゆへに、御心をつくし給ふかや。年月の御苦しみ、思ひやられていたわしや。さ

て、心つきたる事こそ候へ。この日比《ひごろ》、父上のむつまじき酒の友《とも》とて、折ふしごとに来る人の侍《はべ》るが、千葉《ちば》名字とききき候。この人、左の肩先《かたさき》に大きなる疵《きづ》あるよし。もしそれにても候はんや」

浅次《あさぢ》聞《きき》て、

「嬉《うれ》しくも語《かたり》給ふものかな。たしかにその者、まぎれなし。それは今宵《こよひ》も来《きた》るにや」

「さればこそ今宵も参《まい》らんとの案内《あんない》、昼《ひる》より侍《はべ》りしぞ。酒たけなはに及《およ》びては、いつもとどまり、朝《あした》にかへり侍《はべ》るなり。寝《ね》るときは顔《かほ》かしらつつみて臥す、と聞《きき》候。御心をしづめてよく討たせ給ふべし。討《うち》給ひなば、物音に父上おき出《いで》給ひなん。それを制しまいらせん為なれば、今宵はみづから父のかたに寝《いね》申べし。人々出あふほどならば、御身をよく隠し給ひ、しづまりて庵《あん》に帰らせ給ふべし。時《とき》うつり候へば、みづからは父《ちち》のかたへ参《まい》り侍《はべ》らん。事よく遂《と》げ給ひなば、明日の夜、めでたく会ひまいらせん。今宵のほどの別れは、つかの間の事よ」

と起きいでしが、しきりに心ぼそく胸《むな》さはぎ、涙をはらはらと袖にかけ、

「事遂《と》げ給《たま》はんはまのあたりなれども、もし、ことやし損じたまはんかと、やすき心も候はず。それを思へば、何とやらん、かねて名残《なごり》の惜しきやうにこそ侍《はべ》れ」

と、行《ゆき》もやらずたたずみて、
　いつはとは時《とき》しわかねどこよひしもことにわかれのおしまるるかな
浅次《あさじ》も、年月の念力《ねんりき》や、わがし損ずべきとは思《おも》わねども、いかなる非運《ひうん》にか、かへつて討たれなば、

言ひがいなく不孝《ふかう》のいたり、また、いとしき人のふかく歎《なげ》かん事よと思へば、猛《たけ》き心も友千鳥《ともちどり》、泣きくどかれ、せんかたなく、

あすの夜のくるればやがて逢《あ》ふものをなどてわかれのおしきこよひぞ

小勝が一かたならぬ涙を、浅次《あさじ》はただ、我身《わがみ》し損ずべきかとかねて歎く、とのみ思ひければ、

「さのみ案じ給ふなよ。中々し損ずまじ」

と言ひなぐさめて、やがて別れけり。小勝は今を限りと思ひければ、また立ちかへり、

「かの人、今宵《こよひ》も来《きた》りたり。いつも北なる座敷《ざしき》に臥《ふ》す。夜半過《やはんすぎ》なば、ひそかにしのびて討ちたまへ。それまでは、しづまりておはしませ」

とて出にけり。

さて、父《ちち》が方《かた》にゆき、

「今宵は風すさまじく、御ねざめも物すごくましまさん。酒きこしめされて、御心よく御休みおはしませ」

と、みづから酌《しやく》とりて勧めけり。父《ちち》もいと心よげにして、親子の中の戯《たわれ》ごと、是《これ》をこの世のなごりとは、後《のち》にぞ思ひ知られぬる。

さて、

「夜《よ》もふけ候へば、御休みおはしませ」

と、小勝はかたはらにたち入、文ふたつ書きしたため、父が方への文をば、そばに臥したる小わらはが枕《まくら》のもとに捨ておき、浅次《あさじ》が方への玉づさは、我《わが》もとどりに結びつけ、顔《かほ》かしらつつみ、北《きた》なる座敷《ざしき》に行き、西枕《にしまくら》に臥し、今や今やと待つ、心のうちこそあわれなれ。

夜半過《やはんすぐ》るほどに、浅次《あさじ》、時分《じぶん》よしと身かろく出立《いでたち》、教への座敷にしのびよる。悪業《あくごう》の虎《とら》に追《おは》れて千丈の淵《ふち》に落ちんとするに、岸《きし》のひたいの草に取つけば、黒白《こくびやく》ふたつの月の鼠《ねずみ》、その草《くさ》の根《ね》を喰らふ、下《した》には毒蛇《どくじや》うき出《い》で、落《おつ》るをまちて舌《した》をふる、無常《むじやう》の諭《たとへ》にくらべたる、小勝《こかつ》が今の命かな。浅《あさ》次《じ》、臥所《ふしど》にしのびより、くらまぎれにさぐり見れば、げにも、顔かしらつつみて臥したり。疑《うたが》ひもなき敵《かたき》ぞと、枕《まくら》をはたと蹴《けつ》て、

「なんぢは千葉《ちば》の新左衛門よな。蒲生《がまふ》五郎左衛門が一子、浅次郎、年来のあだを報はんため、今この所にめぐりあふ。恨《うらみ》の太刀《たち》を受けて見よ」

と、胸のうへに乗《のり》かかれば、少しはたらかんとする程《ほど》こそあれ、「得たり」とかしらをつかんで、首を頓《やが》てかき落としけり。十六歳《さい》の若楓《わかかいで》、卯月廿六夜《うづきにじふろくや》の暁《あかつき》、無常《むじやう》の嵐《あらし》に散り行しは、哀《あわれ》なりける次第かな。

次《つぎ》の間に臥したる女房、この物音《おと》におどろき、声《こへ》をたてて呼《よば》はるほどに、父《ちち》をはじめ方《はう》々よりおき出《いで》、鎗長刀《やりなぎなた》と立さはぐ。浅次《あさじ》、首《くび》をば振袖《ふりそで》の内《うち》に入《いれ》、かたはらに立かくれたり。さる程《ほど》に、みな北《きた》の座敷《ざしき》に走りより、きぬ引のけ見れば、

「こはいかに、小《こ》勝君《かつぎみ》にてましますが、御くびは見へたまはず」

と言ふこそあれ、父、大きに驚《おどろ》き、血眼《ちまなこ》に成《なり》て女房どもをにらみ付け、

「何者《なにもの》のしわざぞ、おのれら、知らぬ事あらじ」

と、身をふるひて怒《いかり》をなす。


かかる所に、小童《こわらべ》、枕《まくら》もとなる文《ふみ》を見つけ、いそぎ来たり。父、あやしみ開き見れば、

「それ、父母《ちちはは》の恩《おん》は高《たか》ふして天をかぎり、深《ふか》ふして海《うみ》をつくす。報《ほう》じても報じがたし。されば、みづから御身にかはり、先だちまいらする事、孝《かう》に似《に》て、且《かつ》、不《ふ》孝《こう》のわざなり。しかれども、何とせんかたなく、かく斗《はか》らひ申たり。殺《せつ》の報《ほう》、殺《せつ》の縁《ゑん》、われ人を失へば、人また我《われ》を害す。因果《いんぐわ》のめぐる事、車輪《しやりん》のごとし。ひととせ、蒲生《がまふ》を討たせ給ふゆへ、その子、成長《せいてう》して仇《あだ》を報はんとねらふ。


ここに、竹河の浅次《あさじ》郎《ろう》とて、歌《か》道《どう》に名誉《めいよ》の少人、近曽《さいつころ》、浄入法師《じやうにうほうし》が庵室《あんじつ》にて、花につけし短冊《たんざく》の縁、恥《はづ》かしながら見《まみ》えまいらせ、親《おや》のゆるさぬ中垣《なかがき》の、ひまを伺《うかが》ひ通《かよ》ひ来《き》て、睦《むつま》じく成しままに、敵《かたき》あるよしを語《かたり》給ふ。「いかなる人にや」と問ひまいらすれば、父上《ちちうへ》の名字《めうじ》をのたまひしより、胸せまり、浅ましや、この事しらせ申して助けまいらせんとすれば、深《ふか》き仲をたちまち失ふ。また、つつまんとすれば、年月その人の心づくし、よしや、わが身を失《うしな》ひて心のまことをあらはさんと、たくみて臥《ふし》たる似《に》せすがた、その人の手にかかりまいらする。何事も因果《いんぐわ》のめぐる所と思しめせ」

と書て、おくに、

くやむなよさだめなきよの春の風《はるかぜ》つぼめる花もおつるならひに
父、大きに悲歎《ひたん》して、しばらく伏ししづみけり。浅次《あさじ》、物かげにてこれを聞き、「なむ三ぼう、あやまりけるよ」と胸打さはぎ、「今は、命ありて何かせん」と顕《あらは》れ出、「是《これ》は蒲生《がまふ》が子なり。さても浅ましき事をもしつるものかな。御心の内、さこそとおしはかり申たり。この上は、いかにもはからひ給へ」

と、袂より首取出す。父はとかくの詞もなく、いそぎ包みし絹《きぬ》をとき見れば、朧《おぼろ》にうづむ春の月、おもがはりには見ゆれども、さすがまぎれぬ恩愛《をんあい》の、父がこころのやるかたなさ。浅次《あさじ》、涙にかきくれて、

「むざんやな、此《この》ほどの心づくし、我、本望を達しなば、おことを父御に申請け、憚《はばかり》なく契らんと、かはせし事もいたづらに、神ならぬ身の浅ましや。そも、いかなるいはれにて、かくまでは巧《たく》みしぞ」

と、膝の上に抱きあぐれば、髻《もとどり》に玉づさ有。あやしみとりて見れば、

「かりそめに見候へまいらせしより、虎ふす野辺、鰐《わに》すむ淵《ふち》までももろともに、とこそ思ひまいらせしに、いかなる前《さき》の世の因縁にや、今はと思ふ事もなく、この世のちぎり、蕣《あさがほ》の花のうへなる露よりも、もろき身ときへ行事《ゆくこと》、何《なに》ゆへとか思しめす。宵の間の御物語、敵《かたき》をたづね給ふよし。「誰《たれ》ぞ」と問へば、我父なり。浅ましや、年月の御思ひ晴らさせまいらせんとすれば、父を害す。

父を助けんとすれば、さしもかはせし仲をうしなふ。わくかたなき心のほど、御をしはかりも浅くやは。よしや我身を失《うしな》ひて心の色をあらわさんと、似せすがたに死をのぞむ。御手にかかり申す事、この上の喜びなり。御心変はらずは、またの世の契りをこそ」

と書て、

　いろも香もしる人の手に折ときは花のこころよいかにうれしき

千葉、涙をおさへ、

「つらつら事を案ずるに、もとこれ、我《わが》なせし罪なれば、おことに恨《うらみ》さらになし。最愛《さいあい》の子をうしなひて、何をたのみにながらふべき。我、わどのが父の敵《かたき》なり。また、我子をわぬしの手にかけ給へども、是《これ》また我《わが》つみよりなす所なれば、御身のふかく思ひ給ふ小勝《こかつ》がためにも、我はあだ。この上は、我首《わがくび》討つて、おことの父に手向《たむけ》給へ」

と、押し肌脱《ぬ》ぎ刀をぬく。浅次つぶさに聞て、

「尤《もつと》もなり。去《さり》ながら、よくよく物を案ずるに、これ、殺《せつ》の報殺《ほうせつ》の縁《えん》、われ、厚恩《こうおん》の父をわどのに討《うた》せ、御身また、最愛の子をわれに討《うた》る。因果のめぐる事、かくのごとし。この上は、父の敵《かたき》なればとて御身を討つべきにあらず。我はただ思慮《しりよ》なくして、さしも交《か》はせし女をうしなひし事、みづからのあやまりなり。女心にさへ道を思ひ信《まこと》を見せし巧《たくみ》、我におひてはづかし。かかる人をさきだてて、片時もながらふべきにあらず。追つき、おなじ迷途《めいど》にて契らん」

と、肩《かた》脱ぎすて刀をぬく。この争ひに時うつれば、卯の花月のみじか夜、ほのぼのと明《あけ》わたりぬ。

かかる所に庵主《あんじゆ》浄入法師、けさは山辺の心ざしの日とて、囉斎《ろさい》のため夙《つと》に起て来りしが、この有《あり》様《さま》におどろき、急ぎおしとどめ、

「いかなるいわれぞ」

と尋《たつ》ぬるに、ありし次第、具《つぶさ》にかたれば、法師涙をおさへ、

「いたはしや女性《によしやう》、さりし比《ころ》、我庵室《わがあんじつ》にて慰《なぐさみ》給ひしが、その花いまだ若葉もおさおさしきに、無常の嵐に散り行《ゆき》給ふこそいとおしけれ。さて不思議《ふしぎ》の次第かな。御身、竹河と名のり給ふゆへ、その人とはかつて知らざりしぞかし。我こそ、おことの父の討れ給ひしを見て、行脚《あんぎや》の序《ついで》、みちのくに越へ、御身の母上に告《つげ》しらせし僧よ。その時、わどの五歳にて、ものの心もなかりしに、かく成長《せいてふ》ましまして敵《かたき》をたづね給

ふともしらず、去年《こぞ》の秋、わが庵室《あんじつ》にたよりて、継母《けいぼ》の仲とのたまふゆへ、よにいたわしく育み申せしが、女性《にょしゃう》、花による歌の縁、かくむつまじく成《なり》たまふとは、我夢にも知らぬ所なり。また、千葉殿はわが囉斎《ろさい》の旦那、敵《かたき》持たまふをば兼て知りたれば、名字を隠し給ふをも、かつて人にかたりし事もなきに、因果《いんぐわ》のめぐるところ、のがれなし。この上はおのおの死をとどまり、互《たが》ひに亡き人の菩提《ぼだい》を弔《と》ひたまふべし」

と教訓《けうくん》す。千葉がいはく、

「皆是《これ》、わがなす所の罪《つみ》なれば、この世にて因果の業《がう》をはたし、来世をやすく生まるべし」

と言ひもあへず、腹一文字《もんじ》にかききつて、

「いかに蒲生殿《がもふどの》、はや首討つて、父御に御手向《たむけ》たまへ」

浅次《あさじ》、この上は苦を見んも本意《ほい》なしと、やがて首討ち落し、討つ人も討るる人も一蓮托生《いちれんたくしやう》と回向《ゑかう》して、

「さて、我もおもしろからぬ世にあらんよりは、心ざしの人に追《おひ》つかん」と、すでにかうよと見へしを、浄入法師おしとどめ、

「たとひその人におひつき給ふ共《とも》、苦しみふかき修羅《しゆら》のちまた、かたる間もなき事ぞかし。身体髪《はつ》膚《ぶ》を父母よりうけ、その恩を報ぜずして愛着《あいぢやく》の念にひかれ、我と身を害《がい》したまはんは、まよひの中の迷なり。恋しき人にあわんには、安養極楽世界《あんようごくらくせかい》こそ、無量寿《むりやうじゆ》の契《ちぎり》なれ。今の横死《おうし》をとどまりて、出家染衣《せんゑ》のかたちと成り、弥陀誓願《みだせいぐわん》を頼み給はば、父母も浮かび、思ひ人も、ともに仏果にいたるべし」

とさまざまに諫言《かんげん》すれば、浅次、今はちからなく、

「この上、ともかくも」

と言へば、浄入よろこび、親子の死骸《しがい》ねんごろに取りおさめ、さて浅次《あさじ》をともなひ庵室に帰り、やがて剃髪《ていはつ》のかたちとなす。三五にみつる卯の花月、山郭公《やまほととぎす》も鳴《なき》そへて、ともにあわれやとひぬらん。浅次、仏前にむかひ、父母ならびに契りし人、またはおん敵も、もろともに同證仏果《どうせうぶつくわ》と回向《ゑかう》して、

　いまぞ知るうたるる人もうつ人も如夢幻泡影如露亦如電《によむげんはうやうによろやくによでん》

さて、そりこぼちたる髪《かみ》を小勝が墓《はか》にうづみて、

くろ髪《かみ》のあかでわかれし人なればかくてぞおくる後《のち》の世《よ》までに

髪《かみ》には垢《あか》あるものなれば、「くろ髪《かみ》のあかで」とつゞけて、あかぬ別《わかれ》をせし人なれば、かくのごとく剃髪《ていはつ》して、その黒髪《くろかみ》を後世《ごせ》までの契《ちぎり》におくるとなり。

その夜《よ》の夢《ゆめ》に、小勝、ありし姿《すがた》にて見《み》候へ、

めに見へぬ香にこそしらめ黒髪のあかで別れし後《のち》のちぎりは

うつり香《が》の目《め》に見《み》へずして残るごとくに、身はむなしく成《なり》ても心は残りて、のちの世《よ》までも契《ちぎ》らんとなり。浅次《あさじ》嬉《うれ》しく、懐《いだ》かんとすれば夢《ゆめ》さめたり。猶《なを》おもひに沈《しづみ》て、

あふと見る夢だにさても長からでとにもかくにもおしき人かな

かくて、歎《なげ》けどもかへらぬ道《みち》なれば、至誠心《しせいしん》に入てこそ同《おな》じ台《うてな》にも生《むま》れめと、深《ふか》く菩提《ぼだい》にいたりて、道心堅固《どうしんけんご》の浄鎮法師《じやうちんほうし》と名《な》をしられけり。この人、生《むま》るべきはじめ、母《はは》の夢《ゆめ》に城玉《せいぎよく》を授《さづか》りしは、真如実相《しんによじつそう》のしめしにや。緑《みどり》の髪花《かみはな》の衣《ころも》をひきかへて墨染《すみぞめ》の麻《あさ》の袂《たもと》と成《なり》しこそ、おのが葉色《はいろ》は朽《くち》ながら菩提《ぼだい》の道《みち》におもひ入て、本意《ほい》には有《あり》ける夢《ゆめ》の告《つげ》、一子《いつし》得度《とくど》すれば九族《きうぞく》天に生《しやう》ず。この人の母《はは》は常陸笠間《ひたちかさま》の人、筑波《つくば》を年頃《としごろ》信《しん》じて誠に他念なかりしゆへに、権現《ごんげん》、現在《げんざい》の業《げう》をはたし、後生《ごしやう》、善所《ぜんしよ》にみちびき給ふならん。

雉鼎会談巻之五畢

宝暦五年亥正月吉日

彫工　藤村善兵衛

書林　三河屋平兵衛
　　　藤木久市

風《ふう》流《りゆう》狐《きつねの》夜《よ》咄《ばなし》

網野　可苗＝校訂

往古昔《むかしむかし》、咄《はなし》の聞き初《そめ》は、うばが懐《ふところ》にて、ぢいと乳母《うば》とが芝洗《しばせん》たくの噂《うわさ》より、桃《もも》太郎が鬼《おに》がしまの敵《かたき》打《うち》は、いさぎよくよひ気味《きみ》団子《だんご》、こわごわながら幽霊《ゆうれい》ばなしを聞くうちに、豆衛門《まめゑもん》が色執行《いろしゆぎやう》が面白《おもしろ》く成りて、浮世の穴《あな》も見へすけば、抜道《ぬけみち》も拵《こしら》へおかぬ狸の穴《あな》の数《かず》々を尋《たづ》ね廻りて、狐の夜噺《よばなし》と題号《だいごう》して、御笑《わら》ひの種《たね》にもと、五《いつ》つの巻となしぬこそ於《お》かし。

豊田軒
作者　可候

正月吉祥日

巻ノ四

疱瘡神《ほうそうがみ》の迷惑《めいわく》

座《ざ》禅堂《ぜんどう》の昼寝《ひるね》の顔《かほ》

巻ノ五

人見《ひとみ》世《せ》の神信心《かみしんじん》

貧乏神《びんぼうがみ》の酒盛《さかもり》

智恵《ちゑ》にかわをきせて置《を》く大名《だいみやう》
かたぎ威光《いくはう》ばかりで理行は内々
知れたわろなり

見つけられた和尚《おしやう》の
振袖

薬代《やくだい》の逃道《にげみち》すぐならぬ世の
繰り言《ごと》を聞きて気の毒鬼《き》子《し》母《ぼ》神《じん》

呑みこんだ化け物稲荷
困窮《こんきう》の根《ね》をあげきやん
きやんと言わせたげな

○藪《やぶ》の中の順咄《じゆんばなし》

孔子、骨折りて釈迦《しやか》に取られ、医師、骨折りて鬼子母神《きしぼじん》に取らるる世の中、見れども見へず、喰《く》へどもその味はひを親鸞《しんらん》上人の教へにうちこみ、阿弥陀《あみだ》一体に凝《こ》り固まつたるへんくつ源左衛門《げんざえもん》といふ一向宗《いつかうしゆう》の願ひ人、親の譲りの家屋敷まで、御二十、御八日の冥加銀《みやうがぎん》に入れあげ、今はやうやく神田辺りの借屋《かりや》住居《ずまひ》。その日の煙さへ立ち兼ぬる身代にて、金百疋《ひやつぴき》の御髪剃《かうぞり》をいただき、世にありがたきは米、味噌《みそ》、薪《たきぎ》ばかりなり。

相店《あいだな》の儒者、神道者が折々異見すれば、頭に毛のある人の異見は用ひず、孔子でも俗と心得る男なれど、ひよつと王子の稲荷《いなり》の御利生《りしやう》を聞きて、午《うま》の日午の日は一度も欠かさず、三年以来の王子通ひ。道連れは片田舎の神道者、四方山《よもやま》のはなしの序《ついで》に稲荷の縁起《えんぎ》ばなしになりて、かの神道者が曰《いは》く、

「抑《そもそも》、稲荷大明神と申し奉るは、宇賀《うか》の御玉《みたま》をもつて大和の国に祝ひ初《そ》め、その後、伏見の郷《さと》、今の稲荷山に移し奉る。弘法大師、稲荷の神体を拝し奉らんとて起願あり。七日七夜断食《だんじき》にてこの社に通夜《つや》ありしに、願満のあかつきは如月《きさらぎ》初の午の日にありけるが、百歳にあまる神翁、稲を荷《にな》ひ現れ給ひ、

「我こそ稲荷大明神なり。五穀成就《じやうじゆ》を守るべし」

との給ふて、飛び去り給ふ。五穀成就の守護神なれば、稲荷様は福の神の親方殿なり。よくよく信心なされませ」

と言へば、源左衛門、聞き咎《とが》め、

「御はなしの中言なれども、我らは代々の町人にて、商《あきな》ひの利徳をもつて渡世をいたせば、商ひ繁《はん》昌《じやう》を守り給ふゑびす様が富《ふく》の神の大屋様じやと思ふて居ます」

と言へば、また傍《かたは》らに聞き居たる侍がたち出《い》でて、

「身は士官《しくわん》の者にて、弓馬合戦の道を嗜《たしな》む。相応に知行をとりて、妻子眷属《けんぞく》を育《はごく》みますれば、武運を守り給ふ摩利支天《まりしてん》様こそ福の神の番頭かと存ずるなり」

と、己が様々に家業の守護神をもつてまいれば、神道者も少しは倦《あぐ》みしていたりしが、

「さすがは家業」と急度《きつと》思案し、

「これはこれは、御歴々の御詞ともおぼえぬものかな。ただ今も申すごとく、稲荷様は五穀成就の御神なり。天地乾坤《けんこん》の間に住める人間、誰《たれ》か五穀を食せずして命をつなぐ者やあるらん。上壱人《うへいちにん》より万民にいたるまで、命ありての家業なり。人間の身の上に命ほどの宝はあるべからず。それゆへに稲荷様を命《ふく》の神の触頭《ふれがしら》と申すに、ちつとも非言《ひがごと》あるべからず。しかれども、「稲荷《いなり》」と書き給ふ文字には御銘々の職分によりて、少々心持ちあるべき事なり。

まづ、御公家《くげ》様は位《くらゐ》を重《をも》になさるれば、「位成《いなり》」の文字、至極《しごく》せり。御武家方では御威光《いくわう》をもつて国家を治め給ふが専要《せんよう》なれば、「威也《いなり》」の文字、的中《てきちう》なり。仏神に仕へる出家社人は容《かたち》も少し違《い》形《ぎやう》なれば、是《これ》は「違形《いなり》」と書くがよし。百姓衆はお定まり、「稲荷《いなり》様」がよさそなもの。町人衆はお話の通り商ひ名利《みやうり》が肝心《かんじん》なれば、「以名利代名人《いなりだいみやうじん》」と書かしやりませ。奉公人衆は一季《いつき》半季に出《で》替《がは》りすれば、物入り多く御損なれば、いつまでもいつまでも一つ所に「居也大名仁《いなりだいみやうじん》」をお願《ねが》ひなさ

れませ」

と、その業々《わざわざ》に理《り》を付けて講釈《かうしやく》すれば、

「是《これ》は尤《もつと》も至極じや」

と、皆々興《きやう》に入相《いりあ》ひのかねて聞こゆる藪の中にて、大勢の人声して賑《にぎは》ふ花の飛鳥山《あすかやま》、暮れに及びて楽しみ給ふは、誠《まこと》に春宵《しゆんしやう》一刻値《あたひ》千金の名残《なご》り、これなんめりと、立ちよりて窺ひ見れば、美麗《びれい》なる亭《ちん》座敷に大燭台《そくだい》を照《て》らさせて、正面に「世上珍節談《ちんせつだん》」と太筆《たつぴつ》に書きたる額《がく》を掛け、老若《らうにやく》大勢車座《くるまざ》に並み居て、さまざまの世上ばなし。

「亀蔵が大坂で味噌を付けたは、江戸の味噌を持ちて登《のぼ》り、大坂衆へ振舞《ふるま》はんとせしを、「その味噌は、わが身、付けていね」とぬり付けて戻《もど》された」

と言へば、

「それより時花《はやり》しは熊女、その跡役《あとやく》は猫娘、丹波《たんば》の国おくりには馬が惚《ほ》れて付きまとふを、大坂の道頓堀で見世物にして、銭金のもくざらへ。猿《さる》の角力《すもふ》が珍しいと思へば、その跡へは犬《いぬ》の三番三《さんばさう》、中村十蔵が年が寄ると中山文七が上手になる、小桜歌仙《こさくらかせん》が紙渡りが奇妙《きめう》じやと思ふ内に、小高菊松が上手《うはて》をする。年季野郎《ねんきやろう》ばかりが蛇《へび》を遣《つか》ふかと思へば、女の蛇遣ひを見世物に出《だ》して、大坂では乳のませた若旦那とお乳母《ちも》どのが心中する。京の桂《かつら》川では三十八の男と十四になる小娘が心中して大騒《さは》ぎ。大坂の山下三八は大松屋の手代と衆道《しゆどう》の心中。豊後節《ぶんごぶし》の道行《みちゆき》にする作者がない」

などと、我思ふ事ばかり口々にさへづる若鳥ども。

上座に扣《ひか》へし熊谷《くまがへ》弥惣左衛門、

「これこれ、あまりにやかましい」

と、上から出《い》でたる鶴《つる》の一声《ひとごゑ》、しつと音《ね》を干す小すずめ達は、ちうとも言わず控ゆれば、

「サアサア、珍節《ちんせつ》、見廻《みめぐ》り先生《せんせい》、皆様も御揃《そろ》ひなれば、順咄《じゆんばなし》の開口《かいこう》あれ」

と、否応《いやおう》ならぬ扇《あふぎ》の順盃《じゆんぱい》、辞《ぢ》するに及ばず押《を》しひらき、やがて咄《はなし》を始めらる。

○大黒《だいこく》を困《こま》らす子待《ねま》ちの田楽《でんがく》

咄《はなし》の当番《とうばん》は、浮世を三分五厘《さんぶんごりん》に見くだし、「この俵《たはら》二俵さへあれば万物は皆たりぬ」と悟《さと》り究《きは》めて、欲しい惜しいの欲《よく》をはなれ、朝《あさ》から晩までにこにこと笑ひ顔をはなさず、すこし色が黒いとて大黒天とあだ名せられ、浮世障子《せうじ》をおつぴらいて隠《かく》れのない福徳《ふくとく》稲荷、進《すす》み出て申さるるは、

「三廻り師《す》の御咄《はなし》の通り、近年、世俗の了簡《れうけん》違ひ耳に聞き、急度《きつと》お込《こ》りなり。跡の月の甲子《きのえね》に、何か江戸八百八町の武士も町人も、我がちにおれが所へ来て、

「近年打ち続《つづ》いて不仕合《ふしあわ》せで、勝手がどうもいかぬ程《ほど》に、どうぞ富貴《ふうき》になる様にしてくれ」

と軽薄《けいはく》に酒や餅をくれて頼むゆへ、ならふ事なら我らも富貴にしてやりたく、知面愚面《しめんくめん》もやつてみ

れども、御覧《ごらん》の通り、敷物にした俵《たはら》二俵より外《ほか》には、銭《ちやん》が壱、また、なすび中橋、不便ながらも仕方がない。今の人間の愚かさは、我ら古来より持ち来たりのこの小槌《こづち》で打ちさへすれば、銭も金もわき出るものと心得てをるそうなが、それはひいひい風車、今この辛《から》ひ世の中に、この槌《つち》で打《うつ》た位で、何《なん》として鐚《びた》ひらなか出ませうぞ。

安い言《こと》は遠州小夜《さよ》の中山の無間《むげん》の鐘さへ、今では「池に入りて、ない」といふて撞《つ》かさぬと聞きましたが、この鐘も名代の宝物なれど、今では撞かせても金がわかぬゆへ、池へはめて撞かせぬは、その名を惜しむ坊主が発明者なり。

我らが小槌もその通り、今この偽り多き世の中なれば、大方はわくまいと存《ぞん》じて、小遣《こづか》ひ銭に詰《つ》まつてせつない事は度々あれど、終《つひ》に一度も打《うつ》た事なし。古来より持ち来たりの道具なれば、寒中には手がこごへ、夏は蚊を追ふ邪魔《じやま》になれども、役目なればせう事なしに持《もつ》て居るばかりなり。われら了簡《りやうけん》薄く、あれらが願いにまかせて打《うつ》てみても、もし金のわかぬ時は道具の位も落ちて、むかしより言ひ伝へた方便が顕れて、我ら大しくじりとなりて、先生の釈迦坊にまで恥をあたへる様なものなり。当世の人間の愚かさは、何程貧乏《なにほどびんばう》しても、我らさへ頼めば金銀はわくものと心得て居ますそうなが、それはなすび中橋。

まづ七福神と呼ばれるものは、息災で口利《き》く内さへ、金銀と智恵才覚のあつた者は独りもなし。我らとゑびすは同じ穴の狐なり。智恵才覚があれば日本の主《ぬし》ともなる筋目なれど、鼻の下の小長いと釣り好きが邪魔《じやま》になり、俵二俵と鯛一枚の主《ぬし》となる。しかし、欲しいとも惜しいとも思はず、「これで万物は足りぬ」と悟りを極めて望みのないので、福の神なり。布袋師《ほていす》は禅宗《ぜんしう》の鉢《はつち》坊主、朝むく起きから汗水かいて貰ひためて、その日その日に菓子に取りかへ、残らず子供へ遣《や》つて退《の》け、明日《あす》へ貯《たば》う欲《よく》のないで、我らが仲間に入れ置くなり。福禄寿《ふくろくじゆ》は名がよいとて、世俗が押し込む仲間入り、寿老人《じゆらうじん》は長命を福と覚えし仲間なり。弁才天《べんざいてん》は蛇遣いの大引き摺《ず》り、毘沙門《びしやもん》があの顔で金才覚がなるものか。身代直す相談ならば、我ら頼むは無益なり。

それとも、是非ともに富貴《ふうき》したくは、士農工商、押しなべて家業を大切に急度《きつと》勤め、正直始末に溜《ため》るならば、大国天《だいこくてん》よりあはれみくだり、福有するは眼《ま》のあたり。福の神、他より来《きた》りて富貴にするにあらず、心より来《きた》りて七珍万宝《しつちんまんぼう》を授け給ふ事なり。貧乏《びんぼう》神、外《ほか》より来《きた》りて貧者にするにあらず、心より来《きた》りて貧しくする事なり。貧福《ひんぷく》、げに心にあると知るべし。無益の驕《をご》りに金銀を費《ついや》し、四にも八にもいかぬ段に、「頼みます、頼みます」と、この方へばかり言ふて来る、不届とや言わん、たわけとや申さん。言語道断、憎さも憎し、不便《ふびん》にもあり、前方に気をつけて驕りをみずは、今そんな切ない目も仕《し》をるまいに、あの様に貧乏してもまだ本の了簡《りやうけん》は出ず、金貸《かねかし》を恨《うら》んだり、神仏のめぐみがないと、己《をの》がたわけで使い捨てた事は打遣《うつちやつ》て、ややもすれば、我らがゐこひいきで金持ちばかりを守る様に心得、真直《まつすぐ》な仏神を疑《うたが》ふやうな浅智《あさち》なれば、忠ある家来は追《を》ひ出《い》だして高利金の世話でも焼き、色里博智《ばくち》を勧めかくる貧乏神を寵愛《てうあひ》し、我と我が手に落《をと》し穴《あな》へ落ち入る事、浅ましき事どもなり。その根生《こんじやう》にて我らを祈る事、甚《はなは》だ無益《むやく》の至りなり。かかるたわけゆへ、甲子《きのえね》をまつれば福《ふつき》になると心得て、かわいやなけなけの着物を曲げて、田楽《でんがく》、菜飯《なめし》の趣向《しゆかう》をくわだて、ここの大黒が奇妙《きめう》の、彼処《かしこ》の弁天がよいの、本所の運箱がきくのと、買いあつむる費《ついへ》はいくばくぞや。

尤《もつと》も売人には福の神なれど、買人には貧乏神なり。先月の甲子《きのえね》にも、さる摺切先生《すりきりせんせい》が俄《にはか》に富貴になりたがりて、智恵浅草の欲深《よくふか》坊主に甲《きのえ》子《ね》の祭《まつ》り様《やう》を尋ねられしに、坊主は福徳の三年目、大黒ここに甲子《きのえね》と祝ひ、礼金千疋《せんびき》前金に取り込み、うそはつき次第、堀の水は飲み次第、遠慮未練もありがたそうに突出だす。

「まずは大黒天は富貴を守る神なれば、甲子《きのえね》に当たる日に新規《しんき》に升《ます》をこしらへて、その升に黒米一升食に焚《た》き、直《ぢき》にその升に入れて備《そな》ふるなり。神酒《みき》そなへは勿論《もちろん》、七色菓子、二股《ふたまた》大根、清《きよ》らかにして

献づべし。さて大黒尊天は賑《にぎ》やかなる事を好《す》き給へば、大勢客《きやく》を呼《よ》びあつめて、どんどんとさわぎて祭《まつ》り給へ」と、かねて好物の壺へすぽんと取り込まれ、

「別《わき》てありがたき御教《をしへ》なり」

と、内へ帰りて女房にまで吹聴《ふいてう》し、ぞくぞくとして嬉しがるを、神棚より見て居る我らが気の毒さ、物前節季《ものまへせつき》の苦《く》をまつる、その不便《ふびん》さ、既《すで》に棚《たな》からおてうとしました。

何かその日になると女房子供の一丁羅《いつちやうら》をとばしをつて、酒肴を夥《をびただ》しく買《か》い込《こ》みて、御害といふは御気に入りの貧乏神の驕《きやん》仲間、二、三十人おつ取り込み、浄瑠璃語り、三味線弾《ひ》き、踊子《をどりこ》が十人ばかり、入る減る知らずの大騒《おほさは》ぎ。六段目が済むまいと思ふに違《たが》はず、その夜の物入り、拾両《じふりやう》からつらが出る。手当《てあて》といふては大黒ばかり、外《ほか》に三ぴん出所もなし。やつさもつさの鳴り仕廻は、蔵宿《くらやど》名主が奥《をく》の印で座頭金《ざとうがね》の闇雲摑《やみくもさば》き、済むは済んでも済み兼ぬるが大晦日。その了簡《りやうけん》のないといふは

悪ひ奴とは思へども、名目が大黒祭《まつ》り、我らゆへと存ずれば気の毒《どく》にもあり、難を救《すく》ふてやりたけれど、この俵二俵より外《ほか》、何《なん》にもなし。二俵ばかりやつたとて、肩《かた》のつぎにも裾の継《つぎ》にも足る事に非《あら》ず。足らずともやりもせうが、それでも我ら、敷物に困るなり。さてさて情けなの子待《ねまち》や。これ已後《いご》、我ら方より橋詰や町の木戸木戸へ、張札を出し申さん。

その文言は、

「一ッ。福貴を願ふ面々は士農工商《しのうこうしやう》ともに家業のみ精出し、無益の驕《をご》り遊興なされまじく候。子待《ねまち》巳待《みまち》なされ候とも、始末御存じにて身代よろしき方ばかりは御祭りなさるべく候。始末御存じなく不勝手の御方、借り調《ととの》へ御祭り下され候義は、必ず御用捨下さるべく候。この書付《かきつけ》、御承知なく御祭りなされ候ひても、我ら方より合力仕《がふりきつかまつ》るべき手当、一切御座なく候。右、御断《ことわり》の為、如此《かくのごとく》に御座候」

などと仕るべく候。

まづ、あれらが我らを祭る仕様を御覧なされ。我らへは黒米飯《めし》をあてがい、己らは上白に舂《つ》きぬき、菜飯《なめし》に田楽じやの、今度は茶食に葛煮じやのと、うまいもののさいらい、その上に硯蓋《すずりぶた》じやのと美味好酒に腹をたたき、我らには見せもせず、たまたまくれた七色菓子にさへ、砂糖入れたは一色もなし。我らじやとて大部屋《おほべや》、中間《ちうげん》ではあるまいし、黒米喰《く》ふべきいわれはなし。まして好から筈《はづ》はちつともなけれど、近年は世俗《せぞく》めらがめつた無性《むせう》に驕りをりて、身上《しんしやう》を摺《す》り切《き》り、ひいひいと言ふが気の毒に、「我ら黒米を好《す》く」と言ひ触《ふ》らすは、我らをねんずる輩《やから》は朝夕の飯米も黒米で喰《く》ふほどに、万事勘略《かんりやく》をせよと教《をしへ》のなぞなり。それを不器用で悟《さと》りゑず、跡先見ずに驕りくさり、貧乏すると大黒信仰《しんこう》、さてさて世話な世界《せかい》ではあるぞかし。

すべて仏神の教訓《きやうくん》は方便といふて、当世のなぞなり。一向宗の打抜《ぶんぬき》食、真言宗《しんごんしう》の木食《もくじき》、浄土宗の時斎、禅宗《ぜんしう》の一食、天照太神《あまてらすおほみかみ》の茅葺《かやぶき》、これ皆、驕《おご》りを禁ずる手本なり。天照太神宮は日本の主《あるじ》なれば、茅葺でなければならぬといふにてはなけれども、世俗に我宅を飾らぬ戒めなり。また阿弥陀も大部屋者でもなければ、打抜《ぶんぬき》食でなければ喰うまいでもなけれども、菜好《さいごの》みをするなとの戒めなり。中にはたまたま道にちかき人もあれど、うまい物を喰うがよさに、知らぬ顔で使い捨て、いかぬ段には大黒信仰、この方でも「仕方がない、埒《らち》のあかぬ大黒さまじや」とそしられて居るばかり。せん方もなき世界や」

と、頭巾の上から頭かく。どんな浮世に骨を折り、扇は次へ廻りけり。

一ノ終

巻ノ二

○拝まれて痛み入る野狐

「往古の侍は弓馬鎗剣術を表《をも》にして、戦場の勝負を楽しむ。今の侍は駒、賽《さい》の目どりを重《おも》にして、衣装道具を曲《わげ》て畳の上の勝負を楽しむ。治乱とて「侍」と書く文字にさしてかはる読《こと》とはなけれども、楽しむ仕業《しわざ》は雲泥《うんでい》の違いなり。口に文才ありて心に道を知らず、ただ驕《きやん》をのみ心がけて、親を尊み子を憐れむの道なし。己が驕《きやん》に金銀を費《つい》やし、借金といふ落とし穴を掘りて我が子を落としぬるこそ、浅ましき次第なり。分限に応じて始末をしめて暮らしなば、我が子を落とす穴は掘るまじきぞかし。その非道なる心にて仏神の祈りしとて、なんの利益のあるべきぞや。さてさて気の毒な世界にはなりました。

当春の初午《はつうま》前に、京都稲荷《いなり》山より関東順見として、大和の源九郎殿、王子《おふじ》の御旅館へ御下りゆへ、九郎主《す》、袖摺《そですり》など申し合はせ、三疋連《さんびきづ》れにて御見廻《みめぐり》に参り、戻りには我ら一疋《いつぴき》、巣鴨《すがも》辺の小身どもの小社《ほこら》まはりをいたしたれば、年の頃は六十余りの理屈《りくつ》めいた侍が、俺《をれ》が供の白狐を見つけをつて、懐《ふところ》より長房《ながぶさ》の珠数《じゆず》を取り出して、

「御稲荷様が御出《おいで》なされた」

と言ふて拝みをる。さてさて拝まれての迷惑《めいわく》、ほんに穴へも入りたき心地《ここち》。よく積《つも》つても御覧《らん》なされ。何方《なんぼう》たわけでも馬鹿《ばか》でも、あの方は人間なれば、生《い》きた物の司《つかさ》なり。この方には四足八相《しそくはつそう》を悟《さと》るほどな智恵《ちゑ》があつても四つ足なり。まづ格式《かくしき》が、大名の頭巾《ずきん》と乞食《こじき》の腰布《ふんどし》ほど違ふてある。殊《こと》に「狐、虎の威を借る」と言ふて、今の世の役《やく》、手代同前に心得て居る浮世なれば、我々が稲荷様の名題《なだい》を売《う》りて十二銅でもくすねるかと、疑《うたが》ひ受《う》くるも迷惑《めいわく》なり。

それに近年は、宮々に不埒《ふらち》があるとて、京都より松茸塩蔵《しほぞう》といふ秘《かく》し目付《めつけ》が国々へ廻《まは》つて居れば、油断のならぬ世の中なり。もし塩蔵が聞きつけたらば、我々を盗人様《ぬすつとやう》に申しませう。鼠《ねずみ》の油揚《あぶらあげ》につられて罠《わな》にかかる法《ほう》もあれ、そんなさもしひ心は持たぬ。あれらが愚智《ぐち》は構はねども、世間の噂がいやなり。殊《こと》に彼仁《かれ》も錆刀《さびがたな》でも手挟《たばさ》み、政道をも心懸《こころがく》る身で、是程《これほど》な事が知れぬとは、よくよくなたわけで御座る。

定めて彼が家の仕置がおかしかろふと存じて、なぐさみながら見へ隠れにそろそろと跡から付けて参つて見ますれば、五、六百石知行をけがす歴侍《れきさ》で御座る。草履《ぞうり》取りが先へ走つて御帰りを知らせも構《かま》はず、中間《ちうげん》部屋では天井なしの高念仏。かの侍はふくれた面で門を入り、玄関へ出迎ふる老侍に言ひつけ、かの念仏申した中間《ちうげん》を呼《よ》びつけ、塩がれ声を上吟《ぎん》に引き上げ、

「身が家は代々の日蓮宗にて、『念仏申す事は決《けつ》してならぬ』と三月極が時に申し聞かせ、合点《がてん》で済んだでないか。たとへば約束ならずとも、国に入りて国に随《したが》ひ、郷《がう》に行きて郷《がう》に随ひ、家に居つ

て家に随ふが定れる道なり。然《しか》れば、我が家にある内は念仏申さぬもまた道なり。題目《だいもく》の家に勤めて題目の扶持《ふち》を喰《く》ひながら、題目を嘲《そし》り念仏を尊み申すは、主人に弓を引くも同前なり。抑《そもそも》、祖師《そし》大菩薩《だいぼさつ》、法亡罪《ほうぼうざい》なりと念仏をいましめ給ふ。さるによつて、念仏の家より施《ほどこ》す物を受《う》けず、また念仏へ施さず、石部金太郎といふて代々の堅法花《かたほつけ》なり。向後《きやうこう》は急度《きつと》念仏申すまいぞ」

と叱《しか》つた所は智者《ちしや》同前、叱《しか》られて黙つて居ぬ中間《ちうげん》の実平《じつぺい》、

「いか様是《これ》は御尤《もつと》も至極《しごく》、謝《あやま》り入り奉る。しかし御尋ね申し上げたきは、もし主人、念仏宗にて御《ご》座《ざ》有ます時は、その家にて題目を尊《たつと》み念仏をそしらば、是《これ》同罪たるべきや。今、日本の天子将軍は正《まさ》に念仏宗なり。公家武家に仕へる人は勿論《もちろん》、たとへ百姓町人といふとも、日本に住む人は念仏を尊《たつと》むが道なり。もし公武に仕へ、その禄をもつて妻子眷属《けんぞく》を養ふ人、仮初《かりそめ》にも念仏を嘲《そし》り題目を尊ぶは、朝敵《てうてき》むほんの罪《つみ》に同じかるべし。是《これ》は天子将軍を呪詛《じゆそ》するによつてなり。左様《さよふ》の輩《やから》は、虚病をかまへて公務を断り、仏神へ詣づるものなり。かかる非道の祈りを、何とて神仏の納受仕り給はん。国に住《す》んで国の恩を知らざるは、人面獣心《じんめんじうしん》とて人非人なり。この道理をもつての御叱《しか》りなれば、骨身《こつしん》に通つて恐《おそ》れいる」

と、しつぺひ返しに打ちこまれて、ただぐつぐつと横《よこ》に行く蟹《かに》の念仏叱《しか》りそこなひ。題目より面目《めんぼく》内儀《ないぎ》へ当たり眼《まなこ》、茶がぬるいの、飯《めし》が冷たいのと小言《こごと》を茶漬《ちやづけ》の幸《さいは》ひと、そつと屋根へ飛び上り、おかしさ紛《まぎ》れに「こんこん」と二声三声やつて見たれば、

「御稲荷様が御悦び鳴《な》きをなさるる」

と言《い》ふて尻餅《しりもち》を舂《つ》いて嬉《うれ》しがり、家内と漸《やうや》く笑《わら》ひ顔するを見て、また我等が鳴き声に無理な理屈をひつ付《つ》けて、女子供を相手に講釈《かうしやく》を始め、

「抑《そもそも》、狐の鳴き声にこんくわいの間違ひといふ事あり。元来『こんこん』と鳴くは『今々《こんこん》』といふ文字にて不吉なり。又『くわいくわい』と鳴くは『快々《くわいくわい》』と読む文字にて吉事なり。それをいつの時代よりか取り違へて、『こんこん』と鳴くは悦《よろこ》び鳴きといふ、また『くわいくわい』と鳴くは悪《わる》鳴《な》きといふ。是《これ》、こんくわいの間違ひなり」

と、しかつべらしく話しをる。

何の我らが鳴き声に吉凶《きつきやう》があるものぞ。我ら、人間の善悪を告げる筈《はず》の役目ではあるまいし、善《よ》からうが悪《わる》からうが、構《かま》ふ事は少《ち》ッともなし。「こん」も「くわい」も出放題《でほうだい》、天地自然《てんちしぜん》の音声《をんじやう》なり。鶏《にはとり》が時告《つ》ぐるも、飼主《かいぬし》の家でばかり告《つ》げるにも非ず、野でも山でも時来れば音を発《はつ》す。犬の鳴くもその通り、何方《いづかた》でも替《かは》つた人を見《み》つけ次第ほへつくる。烏鳴《からすな》きが悪《わる》いとて、家内に病人があれば気に懸《か》かる、家に病人がないと、毎日鳴《な》く烏《からす》の声を聞かずに暮《く》らす。皆、己が心の迷ひなり。何の烏《からす》が人の死ぬに構《かま》はふぞ。生《い》きて居ても悪《にく》むばかりで可愛《かはゆ》がるものもなし。死んだとて喰《く》はせもせず、儘《まま》の烏《からす》で居《い》よふぞい。なんにも知らずに知つた顔《かほ》しけるが悪《にく》さに、今度はまた、

「くわいくわい」

とやつて見たれば、

「それ、御機嫌が悪い」

と騒《さは》ぎ出し、

「向《むかひ》の伊勢屋で上酒一升、『御神酒《をみき》にする程《ほど》に、きれいな陶に入れておこせ』と言ふて来い」

と夜夜《よるよ》中《なか》、女子供を駆けさする。やがて丁稚《でつち》が酒一升持《もつ》つて来て、

「『銭と酒と引き替へにして参れ』と伴《ばん》頭《とう》がきつと申しつけたれば、百三十弐文、下されませ」

と、持《もつ》た徳利《とくり》を放さばこそ、

「銭は明朝、徳利とともに遣《つかは》はすべし。置《をい》ていね」

と言へども、御用は中々合点《がつてん》せず、

「前方の御酒代たまりし上に、置《おい》て行《ゆ》きては伴頭《ばんとう》にたたかれます」

と徳利を放さず。

「ぜひ置《おい》てゆけ」

と徳利にすがりつけば、渡さじと争ふ有《あり》様《さま》、草摺《くさず》り引きが古いとて新しすぎた徳利引き、御用は漸《やうや》くもぎはなし、跡を見ずして逃《に》げ帰る。

あまりおかしさ、腹筋《はらすぢ》はもぢれて来《く》る。今度は此方《こつち》も新しく、

「こんくわいこんくわい」

と入れ違ひに二、三十声やってみたれば、

「是《これ》はならぬ」

と耳《みみ》を押《お》さへて、

「世直し世直し桑原桑原《くははらくははら》」

と、地震《ぢしん》やら雷《かみなり》やら、天晴愚人《あつぱれぐにん》の大将軍《だいしやうぐん》」

と語《かた》れば、座中《ざちう》一同に笑《わら》ひ納《おさ》むる順の舞《まひ》、扇《あふぎ》は次へ廻りけり。

○見廻《みま》ひの重箱《ぢうばこ》

「おらが相店《あひだな》の釈迦坊《しやかぼう》が久しく床《とこ》に付《つい》て居るとて、馬牛を先として獣《けだもの》仲間が見廻《みま》ひに参るゆへ、おれも餅菓子《もちぐはし》を少々持《もつ》て見廻《みま》ひに参つたれば、釈迦坊が言わるるには、

「心ざしはかたじけないが、とてもの事に、豚の雉子焼《きじやき》か鶏《にはとり》の煮染《にしめ》でも賜《たも》ればよいが」

どうやら不足そうな口上、おれもぎよつとして、

「貴様は世俗《せぞく》にまで、酒肉食《さけにくじき》をば急度《きつと》戒《いまし》めてをいたではないか」

と言ふたれば、おれが顔をつくづく眺めて、

「貴様はよつぽどかしこい和郎《わろ》じやと思ふて居たれば、さてさてきつい野暮天《やぼてん》かな。貴様も今では弥惣左衛門稲荷と神に祝われて、世俗共《せぞくども》にあがめられていらるれど、小豆飯《あづきめし》や鼠《ねずみ》の油揚の味合《あぢはひ》をよもや忘れはしやるまひ。おれが生国《せうこく》は天竺《てんぢく》のジヤガタラにて、豚や鶏《にはとり》の油《あぶら》で生まれ、肉食《にくじき》で育《そだ》ちし身なれば、魚鳥獣《けだもの》の味合《あぢはひ》を何の片時《へんじ》も忘りやらぞ。『酒肉色《しゆにくじき》をするなよ』と世俗どもへ戒《いまし》め置く訳《わけ》は、あれらが驕《おご》りを抑ゑんがためなり。ややもすれば奢《おご》りくさりて身代を棒《ぼう》にふり、居所《いどころ》立所がなくなると、六段目はなまいだなまいだ、釈迦の御弟子じやのなんのと、おれが面《つら》までよごしをる。
それがいやさに、あんな事を言ふたものなり。

おれでも貴様でも、肴《さかな》を喰《く》へば酒が呑《の》みたくなる。酒を呑むと気が若やぎて、色里へ行きたくなるものなり。『一度は儘《まま》よ、二度ばかりは、三度は大事《だいじ》か』と心のゆるしが重《かさ》なつて、『儘よ儘よ』と思ふ間に、そろそろと小尻《こじり》が詰《つま》つてくる。思ふ事は皆いすか違《ちが》ふほど、猶痩《なをや》せ我慢。『あれが

時花《はやり》、是《これ》が仕出しじや』と、物好きは仕出し、れこはなし。それからが無分別《むふんべつ》、掛楊弓《かけやうきう》が立《りつ》身《しん》して、富《とみ》の札から取《と》り退《の》け無尽《むぢん》、是《これ》もまだるひとて、御花独楽《おはなごま》の六つ目から二つ目へ一ッ足飛《そくとび》、田畑《でんばた》、屋敷、武具、衣装《いしやう》まで皆秘仏《みなひぶつ》にして、大用の内、ただ一日ならでは日の目も見せず、挙句《あげく》の果《はて》にはその身の菩提所《ぼだいしよ》を鈴《すず》の森《もり》や小塚原《こづかつぱら》に極《きわ》めをる。それが不便《ふびん》さに、酒も呑むな、肴《さかな》も喰ふな、色里へ行くなと教《をし》へたものなり。

さるに依りて順色《じゆんしよく》は咎《とが》めず、邪色《じやしよく》を抑へたものなり。順色は定まれる女房の事なり。定まれる女房を脇へなし、外色にかかるゆへ、家も身も納まらず、終《つい》には本を失ふゆへ、邪淫戒《じやいんかい》といふて戒《いまし》めたものなり。元来仏法《ぶつぽう》は方便《ほうべん》なり。仏法をあからさまに仮名で言へばあまりに浅々しく見へすくゆへ、万事を物になぞらへて、なぞで教へ置いたものなり。是《これ》を方便といふたものなり。

今、世俗が専《もつぱ》らに申す『朝観音《あさくわんのん》に夕薬師《ゆふやくし》』などが手短いなぞなり。昼出《い》で歩行《あるく》と面々が家業《かぎやう》の邪《じや》魔《ま》になるゆへ、家行《かぎやう》の邪魔にならぬ様に、朝か晩かに参れといふ事なり。それを今時の削り廻しの、人の巾着《きんちやく》をも擂粉木《すりこぎ》坊主が己が勝手へすすめ込み、銭取るばかりに、在家で身代仕廻《しまは》ふが首くらうが構《かま》はずに、やれ『参れ参れ』と勧むるゆへ、道楽《どうらく》のつぼへはまつて家業の事は捨《す》て置《を》ひて、昼夜のわかちもなく参りけるは、身上破滅《はめつ》の基《もとい》なり。何《なん》ぼう参りても、大晦日に神仏が三文も合力《かふりよく》するものにあらず。己が業こそ肝要なり。

地獄も極楽も遠からず、心にあり、仏も鬼も胸より来る。己が心を取り固めたる人を仏といふ、心を取り固めざる人を鬼といふ。仏は人を助くる、鬼は人を殺す。身を助けふとも身を殺そうとも、心の仏鬼次第なり。一心真信《しんじん》に固まる人は仏なれば不断《ふだん》極楽に往き、心の欲《よく》に遊ぶ人は色々の罪をなすゆへ、心の鬼が来《きた》りて地獄へ連れ行き、種《しゆ》々の罪を責めるなり。この事を先生が『見れども見へず、喰《くら》へどもその味合《あぢはひ》を知らず』と言ふたものなり。心は一身のあるじなれども、形なきものなり。形なきものゆへに、つかまへる事成《なり》がたし。そこをとらゑんと欲するには、士農工商《しのうこうせう》己が家業一事に心を寄せ、仮初《かりそめ》にも他に心を移す事なかれ。しかうして後に、そろそろと我が心、我が手に入るなり。近く見たくは、今時の浮気者《うわきもの》を見よ。彼是《かれこれ》と商売替《かへ》る者にろくな者は独《ひと》りもなし。遊芸《ゆうげい》好む武士《ぶし》は、武芸《ぶげい》は留守《るす》なり。遊芸重くしたる武士をば、心の鬼がつかまへて座敷牢《ろう》へ打ち込み、窮屈《きうくつ》な目をさするなり。『心さへ信の道に叶ひなば祈らずとても神や守らん』といふ神歌もおれが教へも、同じ事なり。

それを、今時の坊主らが銭取病《ぜにとりやまい》に、さまざまのたわ事を突《つ》いて人を迷はす。この間も、杖《つゑ》にすがりて相店の阿弥陀《あみだ》が所へ行きて談義を聞けば、おれが生《う》まれた時は母者人の横つ腹を蹴破り飛んで出て、出るやいなや天地を指差して、『天上天下唯我独尊《ゆいがどくそん》』と言ふたなどと、滅法界《めつぼうかい》に罵《ののし》りをるが、おれも天竺《てんぢく》で生まれて唐《もろこし》日本まで顔の売《う》れた坊主《ぼうず》なり。お定まりの岩戸の明《あ》くを待ちかねて、勿体《もつたい》ないお袋《ふくろ》の横《よこ》つ腹を蹴破り、空《そら》泣きの短《みじか》いものじやと見へるか知らぬが、唐でも天竺でも日本でも、母を殺《ころ》した罪人《つみんど》を助《たす》けておかふはずもなし。それにまあ、『天上天下唯我独尊《ゆいがどくそん》、天地の間《あいだ》で我独りを尊むべし』、その様な駄味噌《だみそ》は、おれが生《う》まれた時分は根からはやらず、言ふた覚え曽《かつ》てなし。今の世俗が智恵《ちゑ》がなさに、うそをついても『経《きやう》文《もん》じや』と言へばありがたがるゆへ、仏《ほとけ》々と上げをる駄味噌を、側《そば》でおろす人なきゆへ、味噌を是《これ》なりと心得て、おれが事をも『上げてやつたら嬉しかろ』と奉公ぶりに言うでもあろが、おれが面《つら》

へ塗り味噌なり。

おれじやとて、『腹《はら》の内からお仏《ほとけ》さまでよいものか、人間に生まれて人間の真似もせねば人間でない』と思ひ、女房子も持《もつ》つてみたれど、女房子を持《もつ》つて居てはとかくに歎きが離れられず、その上焼《や》きもちじやの子褒《こほ》めじやのと心迷いて、信心《しんじん》になること難し。そこでかけをと出かけて、頭をごそとやつてのけ、女房子を置きざりにして、ろくな事ではなけれども、心の結ぼれが解《と》きたさに、座禅《ざぜん》じやの観法《くわんぼう》じやのと、ひもじい目にもあふたり、雪の中に居りては寒《さむ》い冷たい目にもあふて見たれど、とかく浮世に住《す》む間は喰《く》う事と着る事の世話は止《や》まず。その衣食住《いしよくぢう》を心安くせんには、己がさまざまの家業を精《せい》出してするよりほかはない、と悟《さと》りはきつと開いたれど、『我こそ仏法を執《しゆ》行《ぎやう》し候』と言ふて十年余りも山へ引込みて居《い》て、親類縁者《しんるいゑんじや》のちなみまで断ちて、替つた言も言ひ出さず、隠居親仁が遊び好きな息子へ異見するやうに、『家行《かぎやう》精出せ、家行精出せ』と平たくも言われず。なんぞか珍しき趣向《しゆかう》がなと枕を割つて工面して、漸《やうや》くと思ひついた方便《ほうべん》の二重なぞ。

それに秘付《ひつつ》き取り付き、方便ごかしの銭儲《もふ》け、山坊主の出放題《でほうだい》。今大きな土蔵に入れ余る一切経《きやう》も、おれが書いたと申すげなが、よく積《つもつ》ても御覧《らん》あれ。生まれ出ると筆取りて、物も喰《く》はずに書いたとて、高が八十余年が間。おれが前で上総《かづさ》の真言《しんごん》坊主が、大盤若《だいはんにや》六百巻に二十五年かかつて漸《やうや》くに書きました。有る経《きやう》を写《うつ》すばかりもあの通り、文句を編んだり書いたりせば、何年かかろも知れませぬ。よしまた書いたにしたがよひ、出放題の落書を信仰して何の益《ゑき》。

今、世の方便打ち捨て、とかく経にも念仏にも題目にも陀羅尼《だらに》にもかへて、家行《かぎやう》を営むべし。廻《まわ》り遠《どほ》なる方便より、家行の利益《りやく》は眼《ま》のあたり、片時《へんじ》も忘るる事なかれ、と、釈迦、直《ぢか》に話したと、貴様が化《ば》けた序《ついで》もあらば伝へてくれ、伝へてくれ」

申されたが、いかさま尤《もつと》もそうな事でござる」

と、扇を次へ差し出《いだ》す。

第二ノ終

巻ノ三

○鼻の下の宮殿建立

「『今はただ色欲《しきよく》の世界《せかい》なれば、『枕双紙《まくらそうし》』と紋付《もんつけ》の絵《ゑ》ばかりはよく売《う》れる』と俗《ぞく》の雑説《ぞうせつ》も、尤《もつと》もなるべし。この間もおれが所へ十七、八の大振袖《おほふりそで》が来て、袖口から指の先を少《ち》ッくり出して、袖口を合せれば、

「板東彦三郎に首だけ惚れてをります程《ほど》に、どうぞ女夫《めをと》にしてくれ」

と頼んで居る。後には、廿ばかりの中年坊が、

「御中小性《ちうごしやう》の蔀《しとみ》様にはり箱はつて貰《もら》ひしより、深い縁《ゑにし》となりました。行末《ゆくすへ》心かはらずに、女房に持ちてくださる様にお守りなされて下され」

と頼んで居る。その跡より三十余りの女房が、

「我は生茶屋《きちやや》の五郎助さまと鬼子母神《きしぼじん》様の御引合せ、あとの月の御縁日に、雑司谷《ぞうしがや》の仮枕《かりまくら》が深い御中に、ややまでが宿り木の上なれば、近頃無理な立願なれど、今の亭主《ていしゆ》の手を離《はな》れ、五郎助殿と二世三世添ひ果《はて》とうござる」

などと、いろいろさまざまの不義いたづら。「憎いやつ」とは思へども、看板《かんばん》が妻恋《つまこひ》なれば聞き捨

てられぬ縁組願《あんぐみ》ひ。十分一の礼金とる慶庵《けいあん》と同じやうに江戸中をかけ廻り、たそがれ過ぎて本所より帰りがけ、秩父《ちちぶ》の観音に出会ひて、

「世俗どもが無理な願ひには困りはてる」

などと話の序《ついで》に、

「我らが中には貴様などは、なんぼうお骨折られても、宮殿じやの本堂じやのと世俗どもに建ててもらい、きれいな所にいらるれども、我らばかりは骨折り損。頼む相手は女童、火の物断《た》ちて礼をしまひ、小豆飯《あづきめし》一杯にもならぬ」

と言へば、観音がおかしがり、

「うらやみ給ふな、その建立《こんりう》こそ困りもの。知つてのとをり、元来我らは天地四方の気を離れ、補陀落《ふだらく》世界といふて空々《くう》寂々《じやく》の国にて生まれ、氏も素性《すじやう》もなき片輪者《かたはもの》。十一の面《かほ》を洗《あら》ふが難しく、天地神《てんちじん》へ訴訟《そしやう》して、仕替《しか》へた所が顔《かほ》が三つ、頭の上の馬の頭《かしら》がいななくやかましさに、取り替ゆれば手が千本、是《これ》はならぬと千本の手ごとに数珠《じゆず》かけて、願ふ所が聖観音《しやうくわんをん》、女形《をんながた》も仕てみたり、肴売《さかなうり》の真似《まね》もする、何の事はない、役者の少ない端芝居《はたしばい》。それゆへ秘仏か得手の名ばかりあれば済む事なり。

黄痰病《きたんびやう》同前に黄芩《わうごん》のはだへなれば、雨風霜雪《あめかぜしもゆき》身に染《し》みず、暑いとも寒いとも覚えねば、家に居ても野山に居ても、だんない身なり。本堂《ほんどう》立《た》てて貰《もろ》ふても無益《むやく》の入物《いれもの》、娑婆塞《しやばふさ》げなり。それに世俗が

間違《まちが》いで、我らが片輪《かたわ》な姿をば、いくらもいくらも建立《こんりう》し、後代《こうだい》知らぬ人にまで我らが業《ごう》をさらさせます。その上、我らが酔狂《すいきやう》に嚊達《かかあたち》の密夫《まおとこ》の仲人《なかうど》でもするやうに世間の人には疑《うたが》はれ、迷惑《めいわく》な建立《こんりう》事。我ら仏の身なれども、秩父《ちちぶ》には宿《やど》もあり、少《ち》ッとは用事もあるものを、年中江戸へ引きつけて、商《あき》ひ見世をかりの寺、毎晩《まいばん》の順礼歌、耳について聞き飽いたり。

女房子が出歩くと、舅女《しうとめ》の機嫌はわろし。洗濯物は遅れて上る。汚れた着るものは着るたびに亭主が小言も観音半分、娘子供の下駄草履《ぞうり》、鼻紙《はながみ》たばこを買ふたびに伴頭に名を立てられ、ふくれた顔を見るも気の毒。なんの因果で仏になつて秩父には居る事ぞと、行基菩薩《ぎやうきぼさつ》をうらんでみたり、元の木石がなつかしくて、金箔《きんぱく》のはげるほど熱い涙がこぼれます。

今時の建立事は、片輪者や病ひ者が立ち寄る方なく頭を剃り、鼻の下の建立《こんりう》なれば、みすみす悪《わる》ひと知りながらも、大《だい》慈大悲《じだいひ》の名代《なだい》だけでめつたに罰《ばち》もあてら

れず、見逃《みのが》しにしてをけばよい事に思ひをり、あらふ事かあるまい事か、若い女房や縁付《えんづき》前の娘どもをそやしたて、『おさん様は声《こゑ》が良ひ、御前が抜けては建立《こんりう》ができませぬ』と褒められてうれしがる亭主《ていしゆ》が鼻毛《はなげ》にたぐりつき、安産祈禱《あんざんきとう》になりますの、後生菩提《ごしやうぼだい》の御為じやのと、いろのある女子をそびき出し、おれをば小《を》栗《ぐり》の人形《にんぎやう》になし、科人《とがにん》を見るやうにのぼりを先におし立て、町中を引き廻し、恥《はぢ》業《がう》さらすを目の前に見て居るおれが心の内、どふあらふと思し召す。引き歩く先々でも笑《わら》ふ人が万人あれば、褒むる人は一人か二人。それも口には『奇特《きどく》』と言ひもすれど、心では『の』の字がつき、そのくせ後生《ごせう》も願ふべき隠居祖母《いんきよばば》をば選《あら》みすて、内にて修羅《しゆら》を燃やさする、八万地獄《ぢごく》の大導師《だいどうし》と、知らぬ世俗の浅ましや。

　我らがいらぬ世話なれど、懺悔《さんげ》懺悔のわろたちも、九十九人は色里建立、博打《ばくち》の寺宮《てらみや》立つるとて、親《をや》をたばかる大山非道《ををやまひだう》、ぞつこん笑止《せうし》な不孝者《ふこうもの》の、夕《ゆふ》べ夕べに損《そん》をして、夕損の苦毒《くどく》にて勘当流浪《かんどうるろう》

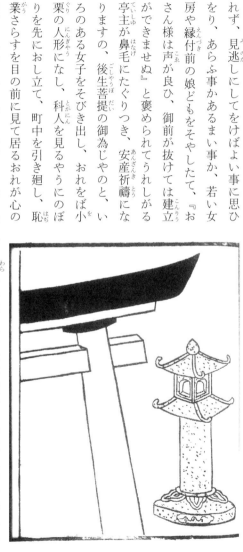

は眼《ま》のあたり。惣じて仏の教へといふは、唐天竺《からてんじく》の人形を立てならべ、よその事にはあらず、驕《おご》りを抑へて正直に至らせんとの方便なり。阿弥陀如来《あみだにょらい》が『西方をしばしも忘るな、忘るな』と教へをひたに気をつけて、片時《へんじ》も油断すべからず。

人間といふものは、生《う》まれいづると死ぬ時の覚悟《かくご》が肝心肝文《かんじんかんもん》ぞ。陽気《やうき》のめぐるに気をつけよ。一生は一日なり。二十《はたち》までが朝四つにて、三十《みそじ》は昼の半《なかば》なり。四十は八つの下《くだ》り坂《ざか》、六十は入相《いりあい》にて薄き日かげのかすかなり。『朝じや、朝じや』と思ふ間に、夕べに至るは眼《ま》のあたり。九つまでは朝なりと、家業《かぎやう》に油断《ゆだん》ある時は、西方極楽《さいほうごくらく》かなふまじ。若い間に稼《かせ》ぎ貯《た》め、老いて隠居の楽しみは、是《これ》ぞ西方極楽なり。貴賤男女に至るまで、西方の日の入端《いりば》、心にかけて家行《かぎやう》せよ。釈迦、弥陀、我らに至るまで、教へは同じ、正直の道を知らするものと知れ。必ず必ず迷ふな、と伝へてくれ、伝へてくれ」

観音が千本の手を合はせ、十一面から汗かいて、頭《あたま》の馬までいななかせ、身にしみじみと申されたが、よくよく考へて見ますれば、いかさまそんなものかへ」と、扇を次へ廻さるる。

○思ひ染《そ》めた色衣

「昨夜九つ過ぎにおれが所の戸を外《そと》からたたきて、

「烏森《からすもり》、宿にか」

と、節先《ふしさき》よりずつと入《はい》るを見れば、閻浮檀金《あんぶだごん》。

「是《これ》は是《これ》は、阿弥陀《あみだ》ではないか。夜更《ふ》けて何用で御出《おいで》ぞ」

とはね起きて挨拶《あいさつ》すれば、

「何用とは知れた事、今夜も亡者《もふじや》を迎ひに来た。烏先生《からすせんせい》、聞いてくりやれ。今は法花《ほつけ》が繁昌《はんじやう》じやと聞いたが、まだ念仏が多いかして、今日も江戸で五百人、迎《むか》へにやならぬ亡者《もふじや》が出来た。それゆへだんだん請《う》け取りて、桶に入れて先へやりしが、京都にも三百人、また大坂にも五百人。是《これ》も我らが直《ぢき》請け取り、今朝《けさ》八つ時極楽《ごくらく》をいでて三箇《さんが》の津で日を暮らし、やうやう今帰る。その上、稲荷《いなり》方へは名代やつて請け取つても、帰ると直《ぢき》に引導《いんどう》もせにやならぬ。さてさて忙しの阿弥陀商売《しやうばい》、敵《かたき》の末《すゑ》にもさしやうものじや御座らぬ。その上、布施《ふせ》物は娑婆《しやば》の坊主《ぼうず》がみな取り込み、是方《こちら》へ参るは六道銭ばかり。是《これ》も地蔵《ぢぞう》がくすねてしまへば、我らはほんの骨折《ほねお》り損《ぞん》。是《これ》が本のたとへの節《ふし》で、『弥陀骨《ほね》折りて娑婆《しやば》に取らるる』。十万億度《まんおくど》を毎日通《かよ》へば、衣は切れる、草履《ぞうり》はたまらず、この間は蓮花《れんげ》も香炉《かうろ》も曲《ま》げてのけ、誕生《たんじやう》の釈迦《しやか》同前、かかつたものではござらぬ。

今夜ここへ寄つたのも休息《きうそく》は二の次、実《じつ》は貴様に無心があつての事なり。別の事でもをりないが、談義《だんぎ》坊主《ぼうず》へ言伝《ことづて》が頼みたい。さてその訳はあれども、おれを出《だ》しにして嘘をつくが日行《かぎやう》なれば、

『つくな』ではなけれども、念仏申すともがらをば、

『臨終《りんぢう》の砌《みぎり》には、阿弥陀如来が二十五の菩薩《ぼさつ》を連れて、祭《まつ》りの神輿《みこし》同前に、ひうどんひうどん鳴らしたて、直《ぢき》に御迎《むかい》に御出なされ、極楽といふ国へ連れてござつて、うまひ物に飽き満ちさせる』

とぬかすゆへ、愚智《ぐち》文盲《もんもう》な姥《ばば》かかは本の事かと思ふて、元手いらずに楽をして、うまい物をしてやるうれしさ、真実心《しんじつしん》から申す念仏、まんざら反故《ほぐ》にもなりがたく、非違《ひい》じやとも言われもせず、せう事なしに迎ふるなり。談義坊の勝手には銭が取れて良けれども、屍《しかばね》の仕廻《しまい》は我らが迷惑。そしてあれらも己《おれ》がかげで口過ぎいたし、吉原品川へも参れば、せめての事に、あとでおれに世話のかからぬやうに談義も説くが道なるに、いかに文盲なればとて、さりとは悪い説きやうをしをります。そして、

『我らは五《ご》辛《しん》鮮《なまぐさ》は嫌いじや』

と、きつと言ひつけておきますに、

『肴《さかな》を喰《く》わねば、気根が尽きて談義《だんぎ》が説

かれぬ』

などと言ひぐさを拵《こしら》へて、在家でさへ『汚《けが》れじや』とて食べませぬ二足四足をたくさんに打ち喰ふて、大酒呑んで女色におぼれ、朝寝を好む道楽執行《どうらくしゆぎやう》。かはいそうに、眠たい盛りの小僧小野郎《こぞうこやろう》をたたき起こし、夜の内より双盤《そうばん》はらせ、木魚を鳴らさせ、在家への聞こへばかりにちやんちやんいふても勤めはがうがう。

惣体、仏者の頭を剃《そ》り、墨の衣を着せますは、形の美しからぬ様に拵《こしら》へて、色を抑ゑんためなるに、今時の談義坊主は、朝四つまでど伏《ぶ》さつて、あくびたらたら、自身寮《りやう》へ引きこもり、秘法を行うと言ふて人を払ひ、何をするかと存ずれば、顔に白粉《はくふん》を塗りて口紅をさし、いろいろの袈裟《けさ》衣に粧《よそほ》ひを作り、女に思いつかるる事を専一となし、をりをり衣紋《ゑもん》を直すとて、いらふてみせる襦袢《ぢばん》の襟《ゑり》は緋縮緬《ひぢりめん》の一つぼ鹿子《かのこ》、高座の上へあがるいなや、女子《をなご》のいる方へ尻目を遣《つか》ひ、根から空《もぬけ》になつてけつかるゆへ、行儀の悪さを御覧あれ、あれがまあ出家の身持ちか。それにまあ

不躾《ぶしつけ》な、高い所へ上りながら、おれが方へ尻を向けて、折々はすかすやら、葱《ねぎ》や鮪《まぐろ》の香《か》がいたす。それはおれも仏だけで、鼻を押さへて了簡すれど、勿体《もったい》ないむさい体《からだ》で御紋付《もんつき》へむざむざと上ります。国恩名利と申す事に少しなりと気がつきたらば、あのやうな事はならぬはず。さりとはさりとは愚痴文盲なやつらかな。

したが、そふでもあらふか、昔は筋目の正しい満足な人が坊主になりて、学問修行もせしゆへに、名僧知識も出来《いでき》たるものなり。今時の坊主は親元が貧乏人で、育てあぐみて坊主にするか、ただしは片輪者か、または病身にて家行《かぎやう》が勤まらぬか、ろくな者は坊主にならぬ。それゆへに貪欲邪欲《とんよくじやよく》に固まると見へたり。この間も方々の談義場をちよつちよと覗《のぞ》ひて見ますれば、一座の談義に燈明《とうみやう》せんと、三度も四度も集めます。仏へ上げる燈明ならば、あのやうにはいらぬはず、あれでは悉皆博《しつかいばく》打《ち》に負けたわろが助け寺《でら》を仕《し》てもらふやうで、我らが顔が汚《よご》れます。あれより白ばけに花代建立、あるいは女郎屋修復《しゆふく》料などと勧めたらば、迷金の罪も軽ふ御座らふ。その上、仏餉《ぶつせう》袋も弐合入か三合入くらいまでは有《あ》りそうなものなるに、近いころは大方が一升入。我らがいらざる世話なれど、日蓮宗などでは紙張程《しちやうほど》な仏餉《ぶつせう》袋を、厚かましく無理矢理に強《し》いつけます。その上に、金百両札から十両札と減下《へさ》がり、壱両札より壱分札《いちぶふだ》、百札なんどと、参詣衣服の綺羅《きら》しだいに押しつけます。札や袋を取らぬわろへは、高座から恥をあたへ、面目《めんぼく》を失はせる。それゆへに参詣もこの頃は利口になり、その座の見場《みば》のよいやうに袋も札も取りて帰り、屏風《びやうぶ》、襖《ふすま》の下張りにしたり、干物《かんぶつ》野菜の入れ物にするもことわりぞかし。

尤《もつと》も、坊主といふものは在家をすすめて口過ぎをするが日行《かぎやう》なれば、勧化《くわんげ》も取りたり、仏餉《ぶつせう》も勧めるな、ではなけれども、谷中《やなか》道で乞食《こじき》のついた様にあたしつこくねだり取り、くれぬわろへは高座より悪口《あつかう》なすは、人外《にんぐわい》の沙汰《さた》なり。それのみならず、塔婆《とうば》じやの施餓鬼《せがき》じやのと、取る事ばかりに隙《ひま》を入りて、談義説く間はなし。仏餉《ぶつせう》袋が大きなで、釈迦《しやか》や我らが筋生《すじやう》が知れて恥づかしく、もふ是《これ》ぎりであらふぞと、仏壇で冷や汗ぬぐう隙《ひま》もなく、箱の内より九重《ここのへ》の守りとやらを取りいだし、その跡よりは疱瘡《はうさう》よけの名号《みやうごう》じやの安産《あんざん》の守りじやのと、ゐも知れぬ小間物を取りひろげ、振り出しの博打《ばくち》芸、札壱枚を六文《もん》より売りかかり、買い手がないとしまひには二枚が三文、大切な道場《どうじやう》を両国の広小路《ひろかうじ》にしをります。そのくせ、少し説く談義も、仏説はさらい捨て、『いや『三河記』で候』の、『『太閤記《たいかうき》』で候』の、明日よりは仙台《せんだい》騒動、その後日は忠臣蔵《ちうしんぐら》と看板をかけ並べ、軍記《ぐんき》読みやら浄瑠璃大夫、まめ蔵に毛《け》のないばかり、仏壇に見ゐるおれが気の毒さ。もふ十年も過ぎたらば、高座の上へ女大夫を上げませうかと案じられてなりませぬ。そうなつては仏法破滅なれば、坊主の身持ちが直させたい。

向後《きやうこう》、驕《おご》りをふつふつやめて、学問《がくもん》をいたすべし。無学無智《むがくむち》の方便には尻尾《しりを》が見へて気の毒なり。聞けば在家《ざいけ》の人々を、凡夫《ぼんぶ》じやの俗《ぞく》じやのと、高座から言ふそうなが、向後さよう言ふべからず。在家でも乞食《こじき》でも、道ある人は俗ならず。尤《もつと》も凡夫《ぼんぶ》にあるべからず。たとへ頭に毛がなくても、なんぢら如きは皆俗なり。次に、坊主の居所を寺と思ふも大きな愚痴。寺は智賢《ちけん》の住む所、道を教ゆる所なれば、道場とも申すなり。是《これ》を無念と思ふならば、聖賢《せいけん》の教《をしへ》を学び、色欲《しきよく》二つの敵《てき》を退《しりぞ》け、信心に至るべし」

と弥陀が涙にくれぐれと、頼みおかれた」言の葉の、末広がりの扇をば、次へ渡して立ちたまふ。

第三ノ終

巻ノ四

○疱瘡神《ほうそうがみ》の迷惑《めいわく》

「神々の御社を廻りて見るに、神体は鏡と御幣《ごへい》ばかりなり。元来、神といふは聖人《せいじん》の徳《とく》を慕ひて霊を祀《まつ》りしものなれば、心を鏡のごとく明《あき》らかにして、色欲《しきよく》を離れ、正直正路に家業《かぎやう》を精出《だ》せよとの方便《ほうべん》の戒《いまし》めなり。今の世俗は衣服の善悪を見て、人の心神の善悪をきはむれども、是《これ》は甚《はなは》だ僻事《ひがごと》なり。己《をの》が分限より立派に衣服を飾《かざ》るは、山ものといふて内心に一巧《ひとたくみ》ある人なり。また、分限よりむさくするは、甲斐性《かいしよ》なき無始末者《ぶしまつもの》なるべし。たとへば人の衣類道具を褒《ほ》むるとも、また嘲《あざけ》るとも、その人の分限より積もりて笑誉《せうよ》するが本真の詞《ことば》なり。

別して近来は人の知恵《ちゑ》浅々しく、よき衣服を着《き》たる人をば尊敬《そんきやう》してこびへつらい、折々の参会《さんくわい》にも上座に置きて珍物好味《ちんぶつかうみ》をふるまふ様に成《なり》たれば、愚驕《ぐきやう》第一の世俗なれば、花は寸なりと心得て、分限不相応に衣服をかざる。しかれども元来、分限よりほか出所もなければ、末《すへ》はかたり盗《ぬすみ》の思案《しあん》より外《ほか》、了簡《れうけん》なし。みな色欲の二つよりおこつて、一身を失ふて名をくだす、浅ましかりし事どもなり。己が心の愚驕より種《しゆ》々の凶事《きやうじ》をもとめて、科《とが》なき仏神を恨むる事、情けなき浮世なり」

と言へば、

「ヲット待つたり」

と言ふて、無性《むしやう》やたらに話したがる鉄砲洲《てつぽうづ》の橋詰稲荷《はしづめいなり》が罷《まか》り出《い》で、

「賤民鄙俗《せんみんひぞく》の愚智愚盲《ぐちぐもう》はさもあるべき事とも思ひもすれど、近年は一国の政治《せいぢ》する人にも、根から埒明《らちあ》かぬが多いそうな。それに付きて、おかしい話がある」

と、口をとがらかして、

「去暮《きよくれ》、大晦日《おほみそか》におれが所へ夜九つ過ぎに戸をたたきて、

「たのみませう」

といふ声す。「ハテ、買《か》い懸《がか》りは皆済《かいぜい》する、今時分、案内を乞ふ覚えはないが」と小首をひねりながら、

「どなたぞ」

と戸を開けば、疱瘡神《ほふそふがみ》来たられしぞ。

「先《まづ》々こちへ」

と内へ通せば、しほれたなりで内に入り、畳《たたみ》の塵《ちり》を拾いながら、

「さてさて面目次第もないが、我ら先年本国を追放《ついほう》せられ、今では無宿の身の上なり。されども商《しやう》売《ばい》が商売なれば、平日は疱瘡病《ほうそうやまひ》の所へ行きて、其処爰処《そここここ》で馳走にあふてをります。今夜は、いかなる賤《しづ》が伏せ屋へも年徳神《としとくじん》の御入なれば、我々しきには目もかけず、殊《こと》に格式《かくしき》も違いし身なれば、相

宿も仕《し》がたし。近頃無心千万ながら、ここにて年をこさせ、正月四日まで置ゐて下され」と余儀もなく頼むさかい、いやとも言われず、四日まで置ひてやつたが、その内だんだん心安くなりて来て、おれが問ふには、

「貴様も神の身で、何を悪い事をして、駆け落ちをなされし」

と尋ねたれば、

「おれが方には何にも悪い事はないが、その訳は、先年さる人の息子が疱瘡《ほうそう》に病《やまひ》つきて煩《わづら》ふゆへ、おれも疱瘡病《ほうそうやまひ》を守るが役なれば、急度《きつと》つゐて居て、ここを大事と守護《しゆご》する。大事の男子なればねだり事さへ言わせず、朝夕の赤飯さへろくに喰《く》はず精《せい》出したれど、根《ね》がひがいすな疳気《かんけ》のある子なるゆへ、ついにころりとやつてのけた。それをおれが科《とが》にして、宮も社壇《しやだん》も打ちくだき、追放《ついほう》に言ひつけた。

是程《これほど》むりな仕置はあるまい。人の命が神仏の自由《ぢゆう》にならふか。自由になれば天子将軍に不孝はない。天の命数《めいすう》尽きたる者の助からぬが世界なり。我らごとき軽い神でも、神といふ名がついては、国主の子でも日雇《ひよう》取りの子でも、分け隔てなく守るが役なり。人間に限らず畜類《ちくるい》鳥類草木までも、あらゆる天地の間に孕《はら》まれたるものをば憐《あわ》れむが役なれば、微塵毛頭《みぢんもうとう》ゆめいささか、この方に如在《じよさい》はなし。

元来、神といふものは名ばかりありて形《かたち》なき物なり。それゆへ、祈る人の神と祈らるる神と、合《がつ》

体《たい》して利益を得る事なり。己《をのれ》が心徳、実《じつ》にならざれば利益なし。威光《いくはう》をもつて自分の家来同前に使はんと思ふとも、神は人に使はるる形《かた》なし。形《かたち》なき物なるゆへ、欲心《よくしん》なし。金銀の威光《いくわう》をもつて押してみるも、無益の費《ついへ》なり。ただ慈悲《ぢひ》正路の信神を祈らずは、利益得る事あるべからず。この理をわきまへずして、疱瘡神《ほうそうしん》は重く病するも軽《かろ》く病するも、生《い》かすも殺すも、我らが心次第と心得、軽《かろ》くすればおらをも馳走《ちそう》し、うまい物を喰わすれど、もし取りはづしがあると、おらが科《とが》にする、近頃迷惑千万なり。

惣《そう》じて人間といふ者は、体をうけて生《うま》れるゆへ、母の古血を呑《の》まぬ人、壱人もなし。是《これ》を体毒《たいどく》といふなり。是《これ》すなはち疱瘡《ほうそう》となりて吹き出す事なれば、多く呑《のみ》し人は重《をも》し、少なく呑みし人は軽《かろ》し。元来大病なれば、疳気《かんけ》のあるひがいすな子はまける。また、看病《かんびやう》人粗末《そまつ》にて風をひかすれば、ころりとやる。

われら先年遠江国《とほたふみのくに》を廻《まは》りしに、勝手《かつて》よき百姓、男子を三人まで持つたりしが、

この兄男子《むすこ》、重《をも》き疱瘡《ほうそう》に病《やま》ひつき煩《わづら》ふ。この児《こ》、ふだん疳気《かんけ》ありてひ弱かりしかば、極めて死《し》すべしと思へば、馳走《ちそう》にわふも気の毒なりしが、案《あん》のごとく五日めに投げてのけたり。親共腹《おやどもはら》をたてて、『このやうな悪い疱瘡《ほうそう》はまくり出してしまへ』

といふ程《ほど》こそあれ、塀《へい》も棚《たな》も引きしやなぐり、前なる大川へ流せしが、ほどなく二男が病《やま》ひつきたり。

『この度《たび》は、筋目《すじめ》よい疱瘡神《ほうそうがみ》が御出《おいで》なり』

と吉左右《きつさう》を祝ゐて、棚も始めより念を入れて飾り、さまざまと馳走せしが、これも三日めにころり、山椒味噌《さんせうみそ》べつたりとやつたり。亭主いよいよ立腹して、

『来るも来るも、ろくな疱瘡《ほうそう》は来をらぬ』

とつぶやきながら、棚も塀も切りくづし、

『悪い疱瘡神《ほうそうがみ》への見せしめなり』

とて、さんざんに踏みにじり、不浄所《ふじやうどころ》のあたりへ捨てたりけり。

とかうする間に、また三男が病《やま》ひつきければ、

『この度《たび》こそ、慈悲深い結構なる疱瘡神《ほうそうがみ》の御出《おいで》』

と祝いて、棚も格別に念を入れ美しく飾り、水垢離《みづごり》かいて信心なし、かの児《こ》にも笹の葉にて垢離《こり》など搔《か》かせしが、この垢離にて風ひくと見へて、たちまち色を変じて医薬のしるしなく、ついに笹垢《ささご》離《り》の露と消へうせけり。この度は狂乱のごとくなりて、我らが棚ばかりにもあらず、ゐびす棚より天照太神の御棚まで切り崩して踏みにじり、

『うき世に神仏《かみほとけ》はなきか』

などと言ひののしりて、捨てたりけり。

これは評判記のつけやうもなき馬鹿者なり。どのやうにしたればとて、神形《かたち》なければ憂《うれ》へず、ただ己が神の天道《てんどう》に苦しむばかりなり。心ここに無きゆへ、いろいろの凶事を招く事、浅ましき事なり。それに近年は疱瘡《ほうそう》のまじないなりとて、子どもの持《も》てあそびにこしらへ置きたる張子《はりこ》の耳づくを荒神《かうじん》の棚へ上げ、神酒《みき》そなへを供《くう》じ奉《まつ》るなり。耳づくを祀り疱瘡《ほうそう》を軽くせば、鷲《わし》か熊鷹《くまたか》を祀りなば一生わづらふ事あるまじ。笑ふべし笑ふべし。もしまた鰯《いわし》の頭《かしら》も信心からにて、軽くするにもせよ、荒神と耳づくと同格にして同座させては、荒神のたたりあるまじきとも言われず。神は己が心

にあれば、あまり目立たぬやうに信心ありたきものか」
と話されたが、この理も至極尤《もつと》もなり」
と、扇は順に廻《まは》り行く。

○座《ざ》禅堂《ぜんどう》の昼寝《ひるね》の夢《ゆめ》

「聖賢《せいけん》は片屈《へんくつ》、神道は気違《きちがい》なり」と取りのけて、月待日待《つきまちひまち》のはなしにも、「書物にありそうな咄《はなし》する者はたわけなり」とて縄張《なはば》りの外《そと》へ追出され、ただとつてもつかぬ浮世ばなし、「いや、八王子の町の真中《まんなか》へ天人が落《お》ちたを山師《やまし》が買ひ出だして来て、近日より両国橋で見世物にすると聞いたが、本の事かして、熊女も猫女もみな仕廻《しま》ふて上方《かみがた》へいんだ」などと、雑説《ざうせつ》の白々うそを嬉しがる世の中。

はなしの当番は、素人《しろうと》にあらぬ九郎助先生、罷《まか》り出《い》でて、「つらつら世上を考へ見るに、当世に慰《なぐさ》みても好みてするには禅坊主《ぜんぼうず》、勝手によきものはあるまいと思ふなり。たとへ終夜起《お》きて居ても、昼は座《ざ》禅堂《ぜんどう》へ引き込もりて、「宗門の勤学《きんがく》なり」と称《せう》すれば、本寺の使僧にも旦方《だんぽう》の旁《かたがた》にも対面に及ばず。念仏題目も、

「愚智《ぐち》なり」

と言ひほぐせば、不学にても奥ゆかしく、今世の出家は禅宗ばかりなりと、俗家では仏の様に思ふぞかし。

　我らが心安き禅寺に、自堕落山道楽寺《じだらくさんどうらくじ》といふ会下寺《ゑげでら》あり。この寺の住僧は長半和尚《ちやうはんおせう》と申す名僧《めいそう》なり。幼少《よふせう》の時は金吾と申してきれいなる美童なりしが、十六、七よりばれが来て、ただ座禅三枚《ざんまい》にうき身をやつし、学問して読み仕掛け、あわせ絵の蒔付《まきつけ》かしこく、勝負一通りを悟道して、

「とかく人間といふものは陰陽の気《き》合体して生じたるものなれば、帰るべき道もなく、消へ残るべきいわれ、少しもなし。たとへば仏書に書きたるごとく、死にて地獄に落ちて鬼が噛《か》むにもせよ、死体をかへしたる白骨を噛まれても、痛くも痒《かゆ》くもあるべからず。さすれば、そんな事に頓着《とんじやく》するは愚痴の沙汰《さた》なり。人間と生まれたる名聞《めうもん》には、娑婆《しやば》の陽気に誘はれて、身体自由《しんたいぢゆう》に働く内に、好いた事をして楽しむが一得《とく》なり」

と悟りきはめて、それより鉄火門に入りて修行し、五二半分一二すつぱりなどといふ安目の趣向《しゆかう》を学問し、手味噌の術《じゆつ》は吉祥寺《きちじやうじ》で付け覚え、立銭の取りやり、先《さき》の銭で寺を切り、一分一厘弱みをくはず、かた賽《ざい》はね賽の覚えも強く、ぬけ賽の見はからひ、のび賽にかかつて長追いせず、出戻り替りに油断なく、さて、ちよぼ一の目取りはつら戻りを本目と定め、二三段の大戻り、かよひ目などに心をつけ、死に目にかかつて追ふ事なく、そこけん二乗《あげづつ》に気を配り、猿引はこび賽《ざい》の名人など、

かつて相手にする事なし。くう賽のあらため等も騒がしからず、人にけむたがられ、請《う》けつこ刎《は》ねつこもしつこからず、また大様《おほやう》といふにもあらず、あつぱれこの道の達人、道楽寺の住職には尤《もつと》も稀代《きだひ》の名僧なり。

去年の初冬、神といへば貧乏神まで出雲の国へ御こしなれば、仏ばかりの銭取月、とりわけ浄土、日蓮の両宗は、同宿までがこのころ茶屋の払ひ月なるに、禅宗ばかりは壱文にもならず、擂粉木《すりこぎ》に煤《すす》がたまり、米櫃《こめびつ》は蜘蛛《くも》の巣だらけ、いともあはれにぞ見へける。折から、納所の善了《ぜんりやう》坊が住寺の前にのめりいでて、

「のろま屋敷の御家老職、安目三郎六様、御仕者として、三二程《ほど》から三一両助殿御出《おいで》なされ、和尚様へ御直領なされたきよし、玄関におひかへ。これへ通し申すべきや」

と伺へば、檀方の中にものろま屋敷は開基《かいき》なり、ことに安目氏とは格別の懇意なれば、

「早々これへ御通し申せ」

「はつ」

と中戸を押し明《あ》くれば、入り来る。

「拙者は安目の手味噌、三一両助」

両手をつき、

「まずもつて御安泰の段、めでたく存じ奉る。さて、三郎六申し越し候は、『拙者むすめ半儀、

久々病気にて、盆莫蓙《ぼんござ》のへりに寝て罷《まか》り在《あ》り候処、元来細元手《ほそもとで》の生《う》まれつきなれば、養生相かなはず、今朝ついに無さいと相成《なり》申し候間、不便《ふびん》ながら、死骸を寺箱に収めたく存じ奉る。葬礼の刻限、仰せ聞けられ下されべく候』。口上のおもむき、あらあらかくのごとく」と相述ぶる。和尚は喜ぶ色目を隠し、

「これはこれは、驚き入りたる次第かな。安目氏の御愁傷《しうしやう》、察し入りて御笑止千万。お半殿は自体《じたい》かた賽なお生《う》まれつき、ことに二六の時に御疱瘡《ほうそう》も成《な》られたれば、六ぞろの気遣いもなく、第一二《だいいちに》、日頃が無病《むびやう》な御方なれば、急《きう》に四の二と変《かは》ろふとは、四三《しそう》を悟る五三《くそう》でも、肝《きも》を一六《いちろく》とでんぐり返した仕合せなり。さりながら人は虚仮《こけ》物、老若の定めなければ、五二《ぐに》な心を四一《しつち》と止《や》め、御茶道でもなされませ。

さて葬礼の刻限は、お名がお半なれば、七つ時にいたしましよ。お仏の為には七七をねんごろに御弔《とむら》いなさるるがよし。

七七四九《しじうく》と申して、七の事には冥途《めいど》でも『く』がござると見へました。御返答は取り繕《つくろ》い、よろしくたのみ申すぞ」と、川流れを取り込むごとく、さらさらと相述ぶる。使者もすいそと相みへて、早く飲み込み、立ち帰る。

あとで和尚はにこにこ笑ひ、

「さてこの比《ごろ》は元手がなさに、仲間から呼びに来ても顔出しもせざりしが、よき元手が出来たれば、なんでも晩には宵《よひ》より仕掛け、大がかりにやつてみよ。元手の亡者も女といひ、ことに名は半といへば、紛れもなきびり賽《ざい》なり。六ぞろ一ぞろ付目にして、お半お半と張りかけんに、やる目はあらじ」と工面して、元手の亡者を待ちいたり。

この世を申《さる》の刻限も、惜《お》しやつぼみのさくら草、とつて十五を一生の、四枚肩《しまいがた》にて舁《か》き込む棺《くわん》よ、仏前におしなをす。長半和尚うやうやしく、晩には勝たんと、払子《ほつす》を携へ、

「それ、おもん見れば、女夫《めをと》して四一《しつち》ぼつちの小ばなしより、人間とはなれり。しかれども命にのび賽《ざい》もなく、今四三《しさう》におもむく事、筒《つつ》ふりの科《とが》にもあらず。びりに深き因縁のあるがゆへなり。四《し》三一六五《そういちろくぐ》二《に》信女はこれ、まつたくお半」

と、引導《ゐんどう》も安目でしまひ、請《う》けつこ焼香《しやうかう》そこそこに、和尚は勝手へ入りにけり。施主《せしゆ》の面々、素人なれば、

「お半は仕合《しあはせ》な者にて、名僧の引導うけ、定めて成仏《じやうぶつ》しませう」

と打ち連れ、皆々帰りけり。

和尚は元手のやりくり、一遍《いつぺん》小袖二つで金壱両、挟箱《はさみばこ》と長刀《なぎなた》でまた三分、都合壱両三分にて、向かふの伊勢屋の過去帳へべつたりいわせ、黄昏時《たそがれ》より、どやへ鳴り込み、一ぞろ六ぞろ付目にして、

「お半、お半」

と呼びかけしに、お半は成仏得脱なれば、長ののびに引つかかり、身代有《あ》りたけずんべら坊主、負け博打《ばくち》のしこり打ち、着て居た壱丁羅《いつちやうら》布子まで、貸し屋へかけて丸はだか。請けつこのはした銭、たばこ入れより取り出し、ひつかぶる茶碗の冷や酒。七つすぎに寺へ帰れば、貸し屋の八は付いてきて、玄関で引《ひ》つ剝《ば》げば、比丘尼《びくに》をはだかの代まいり、着て寝るものさへあら笑止《せうし》、同宿が湯灌《ゆくわん》の礼にもろふてをいた古小袖盗み出《い》だして肌に巻き、破れ布団をひつ被《かづ》き、いかなる夢をや見るやらん。

冬の夜長しといへども、明けて鐘さへ二度鳴るころ、同宿が罷《まか》り出《い》で、

「昨日の仏の施主、三郎六様より両助殿御出《おいで》なされ、『御目にかかり、直《ぢか》に口上申し上げたし』と申され候。御会いなさるべきや」

と申しければ、和尚はむくむく起き上がり、我が姿を見れば猿《さる》町の物日のごとく、しばし思案をせられしが、「このなりでは会はれまじ、病気にせん」と思はれしが、「まてしばし、もし七日の法事料でも持参せば、同宿へは渡すまじ。それでは晩の元手に困る。ままの皮、色衣で秘し、会ふてやらん」とおつ取つて、着《き》たる衣は羽二重《はぶたへ》撰糸《せんじ》、下に見へすく大振袖、肩は浅黄《あさぎ》と紫糸の、色を争ふ紅鹿子《べにかのこ》、裾《すそ》は模様も当世茶、籬《まがき》の内の梅を見て、いかな粋《すい》でも吹き出《いだ》す。じつとこたへる十面《じふめん》は、九面よりなをせつなけれ。

両助ひそかに申しけるは、

「昨日持参の道具の内、長刀《なぎなた》と挟箱《はさみばこ》、この両品を請け戻し申されたく、金子《きんす》弐分、三助六よりさし越し候。御承知にをひては、金子御渡し申すべし」

と慇懃《いんぎん》に相述ぶる。和尚はしばし当惑《とうはく》して、

「その長刀や挟箱は、忌中《きちゆう》なれども、伊勢屋へ参宮いたされ、留守なり」

とも申されず、

「世上一向あかずなれば、戻すまじ」

とは、猶《なを》言われず、答へに困りいられしが、さすがは□れこし頓知《とんち》をもみ出し、

「なるほど、承知仕《つかまつ》つた。今日直《すぐ》に御返し申すべけれど、一七日《いちしちにち》も過ぎぬ内に返しては、仏のためにもよろしからず。御家にも不吉なり。七日の法事も相済みなば、この方より持たせて送り遣はすべし。金子御持参ならば、愚僧直《ぢか》に受け取り申さん。御渡しあれ」

と言はるれば、

「しからば御渡し申さん」

と金子を渡し、立たんとすれば、

「しばし」

と押しとどめ、

「両助殿、お半殿のこの小袖、愚僧がどふして着ていると思《おぼ》し召《め》しもいかがなれば、一通り御聞きあれ。亡者の小袖を導師《どうし》が着て、世の人口を厭《いと》はず行いすまして、ともに仏縁《ぶつえん》を結び、我が悟りを得て、ともに成仏をなすを、『ともに得脱《とくだつ》す』といふ。是《これ》、見性《けんしやう》成仏、我が門の悟りなり」

と後先《あとさき》つまらぬ仏説にて、不仕合《ふしあはせ》を言いくろめるほど猶《なを》おかしく、笑ひに刀持《も》ちそへて、使者は玄関へ出《い》でにけり。

和尚、是《これ》にて元気を得て、この弐分を元手となし、今夜はなんでもしてこいと、日暮れを待ちて出かけしが、もはやどやには取り集まり、花を散らして戦ひ最中《さいちう》、夕べの遺恨に、道楽寺、盆茣蓙《ぼんござ》

に備《そな》へを固め、坊主頭にたち鉢巻《はちまき》、娑婆《しやば》と冥途《めいど》のわかれのいくさ、火花を散らして戦へば、すい方大勢、鉄花をふらし、命限りに戦へども、たちまちに生け捕《いど》られ、手負《てお》い病人おびたたしく出来て、盆莫蓙《ぼんござ》のへりに、はだか死人の山をなす。敵《かたき》やうやく息をつきて、重ねて戦はんとする心もなく、行燈《あんどん》のきはに寄り集ひ、首かたむくるばかりなり。

長半和尚はうち勝《かつ》たる所の駒どもを駒屋へあげて、金三両と銭八百、昨夜の布子も取り返し、いさみすすみて開陣ある。翌朝早々、かの長刀や挟箱を受け戻し、そしらぬ顔にて方丈に飾り置き、七日の法事を待ちいたる。

ほどなくその日になりければ、また法事料として金壱両米弐俵にありつき、同宿どもにも綿入を着せて、法事も心よくつとめけるとかや。

法事も過ぎぬれば、約束の通り、長刀や挟箱をひそかに持たせ遣はしけるが、かの札に心つかず、そのままにて返しけるに、施主《せしゆ》三郎六うけ取り見れば、長刀の柄に「元金壱分、置主《おきぬし》善了、請人《うけにん》権助」と書きたる札付きてあり。また挟箱にも金弐分、置主請人同様の札付きてあり。三郎心に思ふやう、「この道具、弐分にては返しがたけれども、旦方の事なればそうも言ひ越されず、なにごころなく気をつけんがために、かくのごとくの札を付けて送りをるものなるべし。一度寺へ遣はしたれば、仏の物なり。仏の物を不足の金子にて取り戻さんも本意にあらず。金壱分遣はすべし」と、また両助に持たせて遣はしければ、住持はあやまちの高名顔して、よろこぶ事かぎりなし。しかしこの三郎六は、長半和尚の檀那には不都合なる、律儀の仁なり」と、持ちたる扇を次へ送りやる。

四ノ終

巻ノ五

○人見世の神信心

「「毎年十月は日本国中の神々達、のこらず出雲国《いづものくに》へ御こしゆへ、『あとは仏《ほとけ》月なり』と世俗らが言ひふらすは、心得がたき口説なり。抑《そもそも》、日本の神祖と申すは、いざなぎいざなみ、さては天照太《あまてらすおほ》神《みかみ》等なり。しからば大和の国か、今世では伊勢などへこそは行き給ふべかりしを、何の為に十月にかぎり、氏子を捨てて、のこらず出雲へは行き給ふぞ」

と問ふ、

「親里ゆへなり」

と答ふ、これ、仏説の方便言なりと推《すい》せり。

元来、神とは、聖人の徳をしたひ、その神を陽にあがめたるものなり。また仏は同じ道理にて、陰にまつりたるものなり。たとへば、魂《こん》は冥途《めいど》にしづみて慈悲《じひ》をなし、草木国土を母のごとくに養い、魄《はく》は空に上つて父のごとくにあはれむといふ事にて、仏神とは名づけたるべし。十月は極陰《ごくいん》の月なるゆへに、神なし月とは申すと知れり。また一日の陽気も東より起こつて西にをさまる。この理をもつて出雲へと教へしは、出雲国は西国の果《はて》ゆへなるべし。

さて今、日本の流行神《はやりがみ》たちに唐土《もろこし》、天竺《てんじく》の神たちも多くましませば、出雲国へござつて詞《ことば》も通じず、さぞ何角《なにか》の会合等にも御困りなるべけれども、神通詞《つうじ》の話も聞かず、ただ禰宜《ねぎ》の拍子の打ちやうと神子《みこ》の鈴の振りやうにて合点ましますは、御器用なる御事なり」

と、話のつるが出《い》づると、何やら飯田町の世継先生がすすみ出て、

「「おらは出店の事なれば、路銀費《つい》へに出雲へも行くまい」

と言ひたれば、何か江戸中の若稲荷どもが口々言ふやうは、

「おらじやとて神の内なり。皆々行かれし跡に我々ばかり残りたらば、出雲店をしくじり、出入《でいり》で
も止《と》められたかと、世俗の人口も気の毒なれば、行かずばなるまい。道中も木賃泊《きちんどま》りになされたら、格別の路銀も入るまい。なぐさみながら参らふ」

と相談がきはまると、鬼子母神《きしぼじん》や七面《しちめん》が駆けて来て、

「わたくしらは唐土、天竺の者なれば、日本の神様たちに馴染みもなし。ことに日蓮上人が『外《ほか》の神に付き合ひするな』と堅く言ひつけ置きたれば、今まで知る人ちかづきも持たず。しかれども諸神の行き給ふ所へ参らねば、神と言わるる甲斐もなし。二つには国の風義にもあはず、それじやとて言葉も通辞《つうじ》ぬ我々が、ただ二人、長の道中参るも気の毒。近頃お世話ながら、お連れなされてくださるまいか」

と頼まれては引かれもせず、

「こなさん方は偏屈なれど、この方には構いなし。苦しからずは連《つ》れ立《だ》とふ」

と言ひたれば、

「かたじけない」

とそそりたちて、何か江戸中の稲荷どもに鬼子《きし》、七面をうちこんで、大勢の道中賑々しく、事おかし。

ある夜、寝られぬままに、夜もすがら世俗の間違ひ話をおつぱじめ、笠森主《す》が言ふ様は、

「今の人間は、もつぱらおれをば、むかし大御番《おほごばん》の何がしが目をかけて召し仕《つか》ふた中間《ちゆうげん》でありしが、音羽町のうらかしの四十八文になじみて骨絡《ほねがら》みとなり、しまひはころり山椒味噌《さんせうみそ》、自分が難儀した事を忘れず、『瘡《かさ》とさへ聞きたらば治してやらふ』と誓いしゆへ、おれさへ頼めば治るものと、南蔵院の投げ込み同然に思ふて居ますが、是《これ》はいかい間違ひなり。元来、稲荷といふ神は日本にただ一社、ほかに何万何千何百何十何社あつても、みな出店《でみせ》。中間《ちゆうげん》が瘡《かさ》で死んで、正一位《しやういちゐ》の稲荷にならば、その中間《ちゆうげん》を使ふた旦那殿は、天照太神《あまてらすおほみかみ》ともならずばなるまい。もしまた世上の俗説の通り、中《ちゆう》間《げん》にもしたがよい、死んだあとまでも人の瘡《かさ》を治してやるほどの法を知つて居るならば、自分が瘡で死にそもないものなり。その様なあとさきのつまらぬ神ならば、頼むも無益《むやく》なり。

すべて人間の心は皆、神なり。一心信におさまる時は願ひも叶い、薬も効くものなり。『笠森へ立願《りうぐわん》すれば治るぞ』と思ひ定めて願ふゆへ、一心がまことになるゆへ、そこで治る。薬を飲むにも、

『これか、かれか』と一心転動して飲むゆへ、効かず。『この薬にてきはめて本復《ほんぷく》するぞ』と、一心に納めて用ゐると、すなはち廻《めぐ》るなり。善悪不二《ぜんあくふに》邪正一如《じやしやういちによ》と仏の言ひしも、この道理なり。それにおれをよくよく中間《ちゆうげん》と思へばこそ、立願にくる時は土のだんごを持つてきて、

『この瘡《かさ》を治してくだされたらば、米のだんごと引きかへてあげませう』

と言ふ。おれも神の事なれば、だんご喰《く》ふ口をもたず。それにまあ、いかに小宮なればとて、見侮《あなど》つた頼みよふ。小腹は立つすがもない。そんなではこんせぬと捨ててをいても、あつちでは飲み込んで良くしてくれると心得て、己が心が信実になるゆへ、自然と治る。しかれば、己が心、神の大事なり」

と、間違ひを数へたつれば、鬼子母神が罷り出でて、

「サレバサレバ、各《をのをの》様をはじめとして我々しきに至るまで、神となりては欲を好むかたちなければ、正直一遍に留り、人をあわれむが役なるに、今世の俗が、己が欲

の深いに引きあてて、神でも仏でも欲をかはくものと心得て、神仏にまで道を捨てさせます。

我らは天竺より来て馴染みは薄し。ことに鬼子母神といへば心入れのよくない神じやと疎《うと》まれて、日蓮宗ばかりを頼りにして、肩身のすぼつた神なるに、欲の深いやうに思はれては、近頃迷惑千万なり。この間も、下手村独庵といふ医者坊がおれが所へ来て、涙ぐみてうらむるには、

『さりとはさりとは聞こへぬぞへ、お袋さま。お前も神の事なれば、見通しの事にて知つていさしやろう。さる屋敷の隠居ばあさまが去々年《おととし》よりの大病、殊《こと》にむづかしい病気ゆへ、私も精一杯薬種《やくしゆ》なども吟味して、五、六百服も薬を盛り、やうやうとこの夏中本復《ほんぷく》はさせましたが、お前がかのばあさまへ、夢の告げにおつしやるには、『汝《なんじ》、法花経《ほつけきやう》を信ずるゆへ、治《ぢ》しがたき病気なれども、本復させて得さすぞよ』とおつしやつたげな。そこでかのばあさまは、

『薬は効かねども、法花経を信仰するゆへ、鬼子母神様が御助けなされたれば、薬代《やくだい》はやるに及ばず。鬼子母神様へ御礼参りにやれ』

と言ふて、お前の方《かた》へは御初尾《おはつほ》が来たれど、おれが方へは白紙一枚おこさぬ。是《これ》も何ゆへ、お前の夢想からなり。私も医者を日行《かぎやう》にして暮らす身が、大分の生薬《きぐすり》を飲み逃げにあふては口を天へつらねばならぬといふ、生薬屋《きぐすりや》へ勘定《かんぢやう》せねば、あとがぴつしやり、渡世がならぬゆへ、丸はだかになりて払いました。あら恐ろしの法花経や、情けなの鬼子母神』

とうらみの数々、道理至極、聞きてはおれも面目《めんぼく》なし。法花経を鼻にかけ、本のひゐきの引きたをし、我らに外聞捨てさする。

向後《きやうこう》、我を信仰ありて立願をするならば、『この薬にて早く治るよふに頼みます』と言ふてかけたがよい。『あなたの御かげで治るぞ』と、心を定めて飲む時は、己が心が信心におさまるゆへ、すなはち薬も効くなり。それもおればかりにも限らず、阿弥陀でも観音でも、神仏《かみほとけ》がきらいならば、狐でも蛇でも、けだ物がいやならば鰶《このしろ》でも鰯《いわし》でも、己が是《これ》と思ひついた所へかけよ。すなはち効くなり。ここをもつて『鰯《いわし》の頭《かしら》も信心から』といふ事なり。

かあいそうに医者の薬代《やくだい》を飲みたをし、科《とが》をおれになすりつけ、薬代やらぬはかり事《ごと》、六百服の薬代を十二銅ですまそうとは、神仲間では疫病神でも、そんな悪い心は持たぬ。恐ろし恐ろし、今の世俗に油断すな」

と話されたが、いかさま油断したら尻尾があぶない、御用心御用心」と、扇を次へ廻しやる。

○貧乏神《びんぼうがみ》の酒盛《さかもり》

「さても我らが住みける所は、往古《おうこ》は武家屋敷にてありげに候。屋敷の主、下女にむたいの恋慕をなしけるに、下女、心に従はざれば、その腹立ちに下女を殺害《せつがい》す。下女が魂魄《こんぱく》、屋敷にとどまつて、さまざま怪しき事あり。人々おそれて住む事なく、つゐに明地《あきち》となれる。そののち我らをここにまつりしゆへ、化け物稲荷《いなり》と申す所。

さても去年の十月は、我ら出雲の供番《ともばん》にあたり、稲荷山の御供申し西国《さいごく》へ下り、道中すがら、よも山の名所古跡一見いたし、おもしろく楽しみなりき。ことに大社《たいしや》にある間は、日本国中の神々たちの在所話、縁談の取り結び、難産の紐解《ひぼと》きの苦労話、種々無量の珍説をうけたまはるその中に、今世の穴とも申すべき話は、ある夜、大社の外郭《そとぐるわ》をぶらりぶらりと見て廻《まは》りしに、屋根も囲いも崩れ落ちて、勝手まで見へすく様な小社《ほこら》の内に、高燭台《そくだい》を照らさせ、大勢の口声がするゆへ、何事なるぞと立ち寄りて是《これ》を見れば、年の頃二十《はたち》くらゐより三十ばかりを限りとし、若殿原《わかとのばら》大勢あつまり、いろいろ美しく今様の風流小袖を着て、種々無量のうまそうな酒肴《さけさかな》を山のごとく並べたて、琴、三味線、小歌、浄瑠璃にて騒ぎ給ふもあり。また、かたへには黒ぬりの独楽《こま》に金銀の箔《はく》を持ちて、役者の紋所を描きしを回して、なにやらざらつかせて楽しみ給ふもあり。こなたには女郎の文と覚しき「奉候」の巻物を取り広げて、はこじやのいた事じやのとのたまふもあり。思ひ思ひの事にて楽しみ給ふ。「いかさま是《これ》は神々たちの日待ちでもなさるるよ」と存じて、しばらく眺めておりましたれば、内より我らを見つけ給ひて、

「化け衆《しゅう》ではないか。稲荷山のお供なれば大事ない。こちへ入つて話し給へ」

と、なれなれしき挨拶。

「そんなら御免下されませ」

と、板の破れ目よりずつと入つて、

「御前がたはいづくのなんと申す神々にて、この様に御寄り合いなされ、お遊びなされます。もしいま世上にはやる、日待ちでもなされしやらん」

と尋ねたれば、

「イヤイヤ、我らは日待ちなどする様な野暮《やぼ》なものではなし。かく寄り合いしは、同役のこらず揃ふといふ事は一年に一度の十月ばかりなれば、皆々役儀の事どもを談じ合ひなり」

「シテまた、お前がたは何御役を御つとめなされますぞ」

「サレバサレバ、我らが役がらはさんざんの下役にて、人のいやがる役目なり。まず、福者を転じ

て貧者になすが御役なれば、世俗が我らが名を聞きても耳を洗ふ、貧乏神とは我らが事なり。

　昔は武家、町方の息子などを我らが方へ番入《ばんいり》さすれば、よほど役得もありて、勝手にもなつたりしが、近き頃は武家、町ともに人が器用になりて、貧乏するには我らを頼むに及ばず、結句あつちが巧者《こうしや》なり。それゆへ、我らが役儀はあがつたりや大明神、いくらつとめても無駄骨なれば、この度《たび》の下りを幸《さいわ》い、役替《やくがい》でもいたしたく、いろいろさまざまに工面《ぐめん》工夫して見ても、とかくに女縁《ぢよゑん》か金でなければいかぬと思ひ、聞き合はせたれば、毘沙門《びしやもん》が妹の妙音女がお弁《べん》といふて、大奥に勤めているげな。これへ何とぞ頼りたく、この間毘沙門が所へ頼みに行きたれば、あいつは金に不足がないゆへ、ひんとした挨拶を言ふてのけをる、薄腹は立つてくる。ままよと帰つていてみても、是《これ》では済まぬ。吉田殿へ退却《たいきやく》ばかりでは、日用代と蠟燭《らふそく》が損になるばかり、役にも立たず。今の世界は吉田でも三社でも、金でなければ良ひ事にもしてくれぬ。是《これ》も大概値段がお定まりのやうになつて居ます。我らが役柄、疫病神《やくびやうがみ》へ抜けるが百両位なり。したが、是《これ》も人の嫌ふ役なれば、身上のためにもなるまい。疱瘡神《ほうそうがみ》へ抜ければ、人の用いもあれば勝手にもなれど、こいつはまた三百両の余《よ》も入るなり。神といふ字を濁りて読む神へ抜けるもこの通り、澄みて読む役へ抜けるは千両からじやと思《おぼ》し召せ。

　しからば叶《かな》わぬ願ひぞと、了簡《りやうけん》は仕《つかまつ》つていれど、軽くも重くも、神と生まれて一生一代、この役でも済まぬものと、口惜しく残念なれば、どうぞして金の才覚して使いかけて見るならば、良い役にはならずとも、次の神ぐらゐには、どうぞかうぞ漕ぎ着けそうなものと思ひ、いろいろと工面《ぐめん》すれど、何を言ふても根が貧乏神なれば、怖がつて鐚《びた》ひら中《なか》貸してくれる者もなく、毎晩毎晩このやうに取り寄つて呑み明かすほど、酒手は入る、いよいよお役が離れられぬ。なんと化《ば》け衆、よい分別があらば、ちつとばかり貸してたもらぬか」

と言ひ給ふ。

「コレハコレハコレハ、迷惑千万。御前方へ貸した物の返つたといふ話を聞かず。ことに我らは小身者、余計もない分別を貸してあげれば、あとがすなはち無分別、その段はきつと御用捨。したが、お前がたもあんまりじや。いかにお役なればとて、貧乏するばかり手柄でもあるまい。ちつと了簡して御覧《ごらう》じぬか」

「サレバサ、ずいぶん勘略《かんりやく》始末もしてみれども、名代だけかして、とかくに足らぬ。どうしたらよかろうぞ」

「コレコレ、お前がたの勘略と仰せらるるは、勘略といふものにはあらず。下心の悪いといふのにて、すぐに言へば汚《きたな》いと申すものなり。まづ第一が裾《すそ》貧乏と口貧乏と手貧乏、三貧乏がひつぱつて、女狂ひと飲み喰ひと手慰みに無益《むやく》の金銀を使ひ捨て、分限より人も減じ、鼻へ手を当てて追ひ使ふ家来眷属《けんぞく》の咽《のど》をしめて、自分は十分に奢《おご》りをきはめ、せつない時に追従《ついせう》して、借り込んだ借金も、人中で言ひ出したの、乞いやうが悪ひのと、難題ばかり申しかけ、横に寝る工面《ぐめん》をなし、近付きでもない木綿《もめん》売りを、通り次第に呼び込んで、買いもせぬに取り広げ、木綿の尻を切りて取り、たばこの店は取り寄すると、江戸中を集めさせ、年中たばこをただ飲みして、忠臣の家来が異見すれば、馬の耳に小夜嵐《さよあらし》、見かぎり果てて退けば、あとは御好きの同役ばかり、怖いものがなきゆへに、自分の驕りは増長する。去年百両あつたと思へば、はやこの暮れは三百両。また来年は五百両と利足つもりて山となり、了簡なきぞうたてけれ。

さてまた、しわくすると申すのは、人にもくれず我も喰わず、金持ちながらむさいなりして、雨の漏る所に居て、いやが上にも貯めたがる。父子夫婦兄弟の中たりとも、ゆめいささかの情けもかけず、知音ちかづき不時に来たれば、もし無心にても来たるやと、先繰《せんぐ》りしての問はず語り。

『今年は不時の物入りありて、当時ひしと行きついたり。暮れのしまいもおぼつかなし。どうぞ利安の金子《きんす》があらば、お世話なされてくだされ』

と、泣き事ばかり数へたて、無心言わさぬ垣《かき》をなし、ある金を使ひ得ず、一生一代金の番して楽しむを、しわひ人じやと申すなり。

また勘略の御方は、少し智恵も道もあり、人をも捨てず捨てられず、仕るべき義理はきつとして、やるべきものはきつとやり、一点毛頭いやはなし。しかれども、思慮深く我が物入りを考へて、金百疋《ひやつぴき》やらねばならぬと思ふ所へは銀十匁《もんめ》が品にて済まし、五百と思へば三百で埒《らち》をあけ、調《ととの》へ物も急に買はず、見合はせおりて、安い物のあり次第、時に構はず買ふておき、衣服衣装の買いたりとも、紗《さ》綾縮緬《あやちりめん》と思ふ時は郡内絹《ぐんないぎぬ》と転じかへ、郡内絹にあたる時は紬太織《つむぎふとり》で堪忍《かんにん》し、朝夕の菜《さい》かずも鯛鮃《たいひらめ》と心づかば鰯鮪《いわしまぐろ》と勘略し、鰯鮪《いわしまぐろ》の場になると八杯《はちはい》豆腐と相改め、八杯豆腐は香の物と、一つ一つに心づけて、考へて略するを、勘略するとは申すなり。必ず一家《いつけ》面扶持《つらぶち》の内を減らすにあるべからず。この上始末と申するは、貴賤高下に至るまで、ふだん常住油断なく心がけねばならぬなり。始は『はじまり』と読む文字、是《これ》はきはめて元日なり。末をば『すへ』と読む時は、是《これ》は必定《ひつじやう》、大晦日《おほみそか》。たとへ大身小身にても、己が縁の分限を見きはめて、切米《きりまい》、扶持方《ふちかた》、雑用《ぞうよう》、衣服、それぞれに引きのけをき、余計があらば楽しむべし。

かくのごとく、あと先を勘弁してまかなふを、始末ものとは申すなり。すれば道理にそむかずして、天道のあわれみあり。願はずして幸《さいは》ひ来たる事なり。御前方の様に公天を恐れず、あはれむべき人を苦しめては、天道の憎しみかかり、この上にまだ雪隠《せっちん》がみ、落とし神《がみ》のちり神《がみ》ともなり下り給ふべし。必ず必ず御用心」

と申したれば、

「きやん」

と言ふて飛び去りぬ。今夜はこれまで、残りは後会、後会」

と皆々立ち給ふと、座敷も消へて野原なりけり。

大尾

明和四丁亥年正月吉祥日

元飯田町中坂
三河屋八右衛門
糀町十二丁目
三田屋喜八

風流狐夜咄巻之五

怪《かい》談《だん》記《き》野《や》狐《こ》名《めい》玉《ぎよく》

高松　亮太＝校訂

怪談野狐珠叙

それ野狐の珠《たま》、暗夜《あんや》これを投《とう》ずれば、人剣《けん》を按《と》りて怪《あや》しぶ。是《これ》、尋常《よのつね》の光にあらざればなり。顧《おも》ふにこの編《へん》で爾後《またまた》しり、かの怪談中の尤《けやけ》き者《もの》を撰《えら》み、一たびこれを視る者、誰《たれ》かまた怪《あや》しまざらんや。然則後《しかるときんばまた》ただ五尺の童《わらべ》の慰《なぐさ》みのみにあらず、千載の上阮瞻《げんせん》の輩《ともがら》にこれを視《み》せしめば、豈《あに》無鬼《ぶき》神論《しんろん》を著《あらは》さんや。宜《むべ》なるかな、夜光と題《だい》せしをや。刻成《こくな》る余り喜んでその序冠《くわん》す。

明和九辰正月
塩街弄医以抹君履摧
長堀橋北一穿夫文明
揮筆於帋嘯堂書

乍憚《はばかりながら》口上

一　この書《しよ》は古今《ここん》より品々《しなじな》の百物語《ひやくものがたり》怪談《くわいだん》の読み本多《ほんおお》く御座候へども、その外《ほか》々の珍しき事、不思《ふし》議《ぎ》あやしきことを聞くに従ひし、数々の書集草稿《しよしうさうかう》の中より撰《ゑ》り出して、五巻の草紙《さうし》に合《がう》し候へども、何《なに》か山川《さんせん》の主咄《ぬしはなし》も古《ふる》めかしくおぼしめし候わんやと案《あん》じわづらひ、または春夏秋冬《しゆんかしうたう》のお伽慰《とぎなぐさ》みにもならんかと存じ奉りしが、凝《こ》つて思案《しあん》にあたはづと言ひ伝《つた》へし古人《こじん》の教《おしへ》にまかせ、聞《き》きとどめしあらましを、怪談記野狐名玉《くわいだんきやこめいぎよく》と評《ひやう》し、ひらがな絵入《ゑい》り全部五冊《ぜんぶごさつ》、今興行《こうぎやう》なる。かの書林《しよりん》の乞《こ》ふに任《まか》す。または何某《なにがし》何某と記せしも、近代《きんだい》の事多《おお》ければ、世間《せけん》をはばかり、名をあらはさず。おのおのよく聞《き》き侍《さふら》ひ給へ。

怪談記野狐名玉《くわいだんきやこめいぎよく》巻之一

目録

怪談記《くわいだんき》野狐《やかう》之名玉《めいぎよく》 巻之一

○八幡《はちまん》の彦右衛門会津下向《あいづげかう》の事

仏神三宝弓矢《さんぼうゆみや》の御神《おんがみ》と人も尊む八幡《やわた》のほとりに、八幡《はちまん》の彦右衛門といへる人ありけるが、会津へ行くその下向の時、野山道を四里あまり、夜に入りて、月末《つきすへ》のことなれば、鼻摘《つま》むも知れぬ真の闇にて、馬に乗ろにも馬もなく、駕籠《かご》に乗ろもあらず。つねに剣術をたしなみけるが、一人旅にて心細く行きけるが、程《ほど》なくいづくよりかは、又猫《またねこ》一匹出で来《きた》りて、すでに息吹きかけけるを、驚き、そばにありあふ松の古木に駆け登り、火縄を振り回しいけるところへ、かの又猫《またねこ》登り来《きた》るを、脇差《わきざし》引き抜き、まつぷたつに切り放せば、難なく息絶へ、のたれて落ちにけり。

それより「難を逃《のが》れし」と喜び、歩みければ、程《ほど》なく道にあばら家一軒ありけるが、かの人よほど道に疲れ、この家へ立ち寄り、宿の無心を申しける。しかる所、内にはおばば一人にて、外《ほか》に人もなく、かのばば申すやう、

「ヲヲ、旅人そうな。この五里六里、在家《ざいが》もない野山をば、お一人夜中《やちう》におさびしかろ」

とありければ、かの人、

「今も休もふにも頼るべき茶屋もなく、向《むか》ふの宿《しゆく》まで余程《よほど》の間もあり。どうぞ一夜」

と申しければ、

「アア、お安い事ながら、お泊め申したく候へども、ご存じの通り夜具もなし。また夜食の用意もなく候へば、いかがはなり」

と、小首傾け申しければ、

「泊めてさゑ下されば、何にも他に望みなし」

「然《しか》らばお泊め申さふ。寝ながら軒もる月星を眺めて一宿あれ。他《ほか》にさしあふ人もなく、このばば一人」

とありければ、

「ヲヲ、このさびしい山本に一軒家、子供衆もあらざるか」

「ハア、子も一人ありけれど、都方へ稼ぎに出で、うちには私一人。いづくにいても住めば都とやら申して、さびしとも何とも思ひませぬ」

と、何やかやと積もる物語に、すやす

やと寝入りける。

然《しか》るところ、夜半の頃、ふつと目を覚ましいれば、大きにうめく声。「こは、なにごと」とかしらを上げ見れば、かのばばの肩先より血潮ながれけり。「さては不思議《ふしぎ》」と見合ふうち、ばばのまなこ、日月のごとくに光り、「こは、心得ず」と、打ちもの抜き放せば、かのばば、木刀を持ち、真つ先に立ちふさがりしを、弓手《ゆんで》に切りつくれば馬《め》手《て》へはづし、馬手《めて》へ狙へば弓手《ゆんで》に受けつ、狙ひをはづして「てう」と打てば、持つたる切り木《ぼく》打ち落とされ、すでに飛び越へんとすれど、八幡《はちまん》の彦右衛門とて、八幡の文字《もんじ》をかしらにいただきしに、かの又猫《またねこ》恐れて、やう飛び越へず。うろうろと正体を現しけり。

見れば、以前の又猫《またねこ》。殺したりと思ひしに、まだ死にきらず。

「我をたばかりしか。残念や」

と、また振り上ぐる刃《やいば》の下に、毒気《どくき》をかけ苦しむありさま、下地の切り口へ切り込む手のうち、ばたばたと焦るそのひまに、またがり乗つてとどめをさし、「念無《ねんの》う殺したりけり」と、丈夫《じやうぶ》の魂鎮《しづ》めければ、小家にあらで山の腹、「さてはこの山の主となる又猫《またねこ》に見入られしに、かくまで我を悩ましつるに、切りおおせし嬉しさよ」と、喜び勇み、再び本国へ立ち帰り、物語りなり。

いにしへより今に、大将軍武家《だいしやうぐんぶけ》方の兜《かぶと》の天《て》辺《へん》に八幡座と申して付くるも、げにこの因縁とかや。

○狐会《こんくわい》の太次兵衛事

津の国灘《なだ》の辺に、狐会《こんくわい》の太次兵衛といへる大工ありけるが、このいにしへを尋ぬるに、先祖《せんぞ》太郎《たろ》兵衛《べえ》と申す人、ある時、山越《やまごへ》に芦屋の里へ行きて、帰る道にて見れば、大きなる門構《もんがま》への家ありける。「こは心得ず」と思ふ。向《むか》ふの片原の池に狐一疋《びき》、水草《みずくさ》を頭《かうべ》に被《かず》きいるを、しばし眺め居れば、程《ほど》なく下女に化けて、手桶に水を汲《く》み、かの内へ持ち行くを見て、「さてはあの女は狐なり」と、この様子を知らせんと、先の家へ行きて、この趣《おもむき》を申しければ、殊《こと》の外《ほか》の立腹にて、

「ヤレ、その者に縄をかけよ」

とありければ、太郎兵衛、思ひがけなき仕《し》合《あは》せにて、申し訳も聞き入れず、早《はや》、縄をかけ、

「その首討《くびう》つ」

とありければ、家来の狐が芋茎《ずいき》の脇差振《わきざし》り上げて、首をはつしと打ちければ、芋茎《ずいき》の芋がころりと落ちしを、わが首と思ひ、早《はや》この場を立ちて歩み行く。

程《ほど》なく山川の流れに八十あまりのおばばが、洗濯物をすすぎ居れば、かの人立ち寄りて、

「コレ申し、三途《そうづ》川のお姥《うば》さま。私は娑婆《しやば》にて、人のためと思ひしが仇《あだ》となりて、首を打たれ候。どうぞお慈悲に極楽へやつてくださりませ」

と申しければ、かのばばも、「これは気違ひ」と思ひて申す様、

「ヲヲ、極楽はこれよりあなたに見へる門の内」

と教へければ、誠に思ひ、行くほどに、早《はや》姫路の町へ入りければ、双方《そうほう》に鍛冶屋《かぢや》ありけり。至るところ、夏の事なれば、行水《ぎやうずい》もせず、大かなづちを持《も》ち、門《かど》に立ち休み居るを見て、かの人申すやう、

「申し、赤鬼《あかおに》さま黒鬼《くろおに》さま、私は娑婆にて少しの災難を受け、それゆへ首を討たれし者。お慈悲に極楽へやつて下さりませ」

と拝みければ、鍛冶屋の人々おかしがり、

「あなたに見へる鳥居の内ぞ、誠の極楽ぞ」

と申して、姫路の宮の辺《べ》教へければ、かの狐《きつね》付き、やうやうに行きければ、神主、拝殿に行ひ申し居らるれば、かの人申す。

「閻魔《あんま》大王さま」

と、様子を言ふてわびければ、さすがの神主見て取りて、

「ヲヲ、極楽はここぞかし」

と申して、神鐘《しんかん》を戴《いただ》かし、榊《さかき》にて打ち叩けば、神鐘の威徳にて狐《きつね》去りければ、その跡は正体《しやうだい》なかりける。暫《しば》くありて、右の様子を尋ねて、右の所へ送られける。

◯伊豆《いづ》の国《くに》何某《なにがし》の事

伊豆の国に、百姓の何某《なにがし》の娘《むすめ》、餓鬼《がき》に生まれ来《きた》りて、夜三度《よるさんど》昼三度、何度もわさ泣きけるに、奈落の責めに身を悩ませ、奥座敷より台所まで走り出《い》でて、また奥へ走り行きて、身を苦しめり。その身は背骨も現れ、手足も細く痩《や》せ衰ひて哀れなり。

然《しか》るに旅の人、にわか雨にて難儀の折、幸《さいは》ひと雨宿の無心申す。内へ入れば、今を盛んと責める体《てい》。このありさまを見て驚きいれば、亭主まかり出《い》でて、

「あれは我々二人が中の娘なるが、前世《ぜんせ》の因果か、ただしはあの子の業《がう》か、存じませぬ」

と話しける。かの旅人申すやう、

「それは気の毒や」

と、それぞれに挨拶して、足早に立ち帰り、この事を話されける。

○泉州堺死霊《せんしうさかいしれう》の事

泉州堺の辺《ほと》りに、餅屋《もちや》の何某《なにがし》といへる商人《あきうど》ありけり。かの内へ毎日毎日夕方に、年ごろ三十余《あま》りの女房が、子一人ふところに入れて餅を買ひに来《きた》りしを、不思議《ふしぎ》に思ひ、近所《きんじやう》の衆《しう》に話すれば、

と申せば、
「サアレバ、南の丁の魚屋の内義にやう似ました」

と言へば、
「こなたもそんなら、それかい」

「イヤ、それは先度《せんど》死なれました」
と互《たが》ひに物語りける。

然《しか》るに、また夕方《ゆうがた》に買《か》いに来《きた》りしを、内義心にかけ、亭主跡《あと》より付けやり、見届けれぼ、さる寺《てら》の内へ入りけるを、「さては不思議《ふしぎ》」と、猶《なを》付けゆけば、程《ほど》なく墓所《はかどころ》へ行く。石塔《せきとう》の間へ行くやいな、消へ失せたり。「さては」と思ひ、急ぎ帰りて、かの魚屋にこの事物語りいたすれば、

「それはマア、こちのかかでござります。持ち籠《ごも》りて二七日《ふたなぬか》跡《あと》に死したり」

と話しつつ、寺へ行き、「かうかう」と言ふて墓を掘り返せば、玉の様なる男の子動き居て、外《ほか》の

人々手かけれど、離さず。亭主が抱き取れば、さつそく離し、そのまま連れ帰り、育てしとなり。

怪談記野狐名玉巻之一終

怪談記野《くわいだんきや》狐名玉《こめいぎよく》巻之二

目録

怪談記野狐名玉《くわいだんきやこめいぎよく》巻之二

○五色鹿《ごしきのしか》伊《い》久要《くよ》を助くる事

江都《こうと》奥国《おくくに》にて、いつの頃にかありけん、伊久要《いくよ》といへる杣人《そまびと》ありける。然《しか》るに、伊久要、かの谷《たに》合《あい》に茂りし古木《こぼく》を伐りつるに、何とかしけん、梢を踏み外《はづ》し、谷川へはまり、すでに大川へ流れ出《い》でんとす。

「ヤレ、助けてくれよ。助けて」

と大声あげて泣き叫べども、深山《しんざん》の事なれば、あたり辺《ほと》りに人もなく、詮方《せんかた》もなき折から、何国《いづく》よりかは五色《ごしき》の鹿顕《しかあらは》れ出《い》で、かの谷川《たにがは》へ飛《と》び入《はい》り、伊久要を口にくわへ山中へ上げ、助けける。伊久要、大きに悦《よろこ》び、申すやう、

「何と鹿、その方は命の親《おや》なり。この恩《をん》

はいかにして報《ほう》ぜん」

と言ひければ、かの鹿《しか》答へて、

「我、この山の洞穴《はらあな》に居《ゐ》て、三千年の行《ぎやう》も、マア一年にて満《み》て候あいだ、必ず必ずこの山に住《す》む事、話なきやうに頼《たの》むなり。言ひ給はざらんが恩《をん》報じ。それより外《ほか》に何にもいらず」

と言ふ。伊久要申すやう、

「何しにそれを申すべし。聞くも語るも是《これ》限り」

と、互《たが》ひに暇乞《いとまご》ひして立ち別れ、我が家へこそは帰りける。かの鹿も二千九百九十九年の行中《ぎやうちう》なれば、もの言ふ事人間《にんげん》のごとし。

然《しか》るところに、所の地頭《ぢとう》の奥方難病《なんびやう》にて、あまたの典薬《てんやく》、いろいろ薬《くすり》の評義《ひやうぎ》ありけるが、この病《びやう》気《き》には五色《ごしき》の鹿《しか》の生肝《いきぎも》をとり、秘薬《ひやく》に調合《てうがう》し用《もち》ゆれば、たちまち病気平癒《びやうきへいゆ》とぞ申しける。大殿《おおとの》、是《これ》を聞こし召し、

「然《しか》らば代官へ申しつけ、領地《れうち》の山かせぎの者ども召し出し、五色の鹿を尋ね出《いだ》さん」

と仰せある。則《すなは》ち代官所より、領地の山かせぎの者、百姓に至るまで、いちいちに御召しなされ、「この度、大殿《おおとの》の奥方病気につき、五色の鹿御吟味《ごぎんみ》あるあいだ、皆々見たる事あらば申すべし。もし尋ね出《いだ》しなば、御褒美《ほうび》として、金子《きんす》百両に永代《ゑいたい》五人扶持《ぶち》を下さるべし。手柄次第《てがらしだい》。尋ね出《いだ》すべし」

とありければ、かの伊久要、進み出《い》で、

「私、その五色の鹿、見つけおき候へば、早速《さつそく》お上へ差し上げん」

と申し置き、御前《ごぜん》を立ち帰り、すぐさま勢子《せこ》の人数《にんじゆ》を仕立て、太鼓鉦《たいこかね》にて右の山へ行く。洞穴《ほらあな》をおつ取り巻き、叩き立つれば、五色の鹿飛んで出《い》づるところを、すぐに生け捕り、連れ帰り、大殿へ差し上げければ、その夜に至り、かの鹿、さも哀れげに鳴きけるを、大殿不思議《ふしぎ》に思《おぼ》し召し、

「いかなる事ぞ」

と咎《とが》め給へば、かの鹿申すやう、

「されば候。我を知つたる者は伊久要より他にあらず」

と言ひければ、

「その子細はいかなる事」

と仰せある。

「さん候《さうらふ》。我はかの山に久しく住み、もはや二千九百九十九年に相成《あひな》り、来年は三千年の行も満て

るところ、かの伊久要、山へ来《きた》り、大木を切りけるところ、枝を踏み外《はづ》し、谷川へ落ち、すでに大川へ流《なが》れ出《い》でんとするに、大声あげて泣き叫ぶを、我が命に代へて助けしかば、そのとき伊久要、悦びのあまりに、「この恩はいかにして報ぜん」と申すゆへ、「必ずこの山に住む事、沙汰なしに」と申せば、伊久要、「心安き事、聞くも語るも是《これ》ぎり」と、互《たが》ひに別れしに、褒美の金に心をかけ、我を呼び出《いだ》す恨めしさよ。この儘《まま》にては相果《は》てん」

と、伊久要を恨むるありさま。大殿《おおとの》、始終《しじゆう》の物語を聞こし召し、

「さては伊久要め、憎《につく》いやつ。その方《ほう》がはじめの恩《をん》を忘れ、おのれが欲に迷ひ、我が身を知らぬ畜生に劣りし不届《ふとど》き者《もの》なり」

殊《こと》の外《ほか》の御怒り。

「コリヤ鹿《しか》、その方はかくまで行《ぎやう》せし身なれば、命《いのち》を助けくれん。妻《さい》が命にかかわらず、マア一年の行《ぎやう》を足し、はやはや天上すべし」

と仰せありければ、かの鹿《しか》大きに悦び、

「我《わ》がこの災難を請《う》けしも、いまだ行の足らぬしるし」

と言ひつつ、奥方の部屋へ行き、手を合はせ、伏し拝み伏し拝みければ、奥方の病気《びやうき》、次第次第に快気《くわいき》ある。

さて、かの鹿《しか》に供《とも》を付け、もとの洞《ほら》へ送り帰し、その後《のち》伊久要を御召しなされ、さまざま御詮義《せんぎ》

ありければ、委細《いさい》に白状《はくでう》せり。則《すなは》ち伊久要は罪《つみ》に行われけると聞く。

この事、十四、五年以前《いぜん》の夏、浄元坊と申す人、諸国を廻《めぐ》り来《きた》りて、是《これ》を物語いたされける。

○阿州津田山《あしうつだやま》の辺《ほと》りにて怪《あや》しき事

阿州何某《あしうなにがし》、津田山《つだやま》の辺《ほと》りの淵《ふち》へ網《あみ》を打ちに行《ゆ》く事、日頃是《ひごろこれ》を好み、毎夜《まいよ》網《あみ》を下ろしけるに、漁のなき事なし。然《しか》るところに、ある夜、いづくに網を入れても漁なく、「そこよ、ここよ」と見廻《みまは》すうち、葭嶋《よしじま》の辺《ほと》りより、何者とも知れず、我《われ》を小手招きしけり。「まづ、あれまで」と船を漕《こ》ぎ寄せければ、ずつと出《い》でし大男申すやう、

「網を打つならば、ここへ打て」

と指図《さしづ》しけり。

「御意《ぎよい》にまかせ」

と打ちければ、すさまじき魚《うを》を取る。

「さては不思議《ふしぎ》」と思ひながら、また網《あみ》ごしらへすれば、また、

「こちらへ」

と指ざしける。

「心得たり」

と打ちければ、また数を知らず魚を取りける時、胸にこたへける。

「まづ今夜はしまわん」

と暇乞《いとまご》ひして立ち帰る。この事、内にて物語もせず、慎み居けり。

さて、また明日の夜行きけるところ、同じく右の人に出合ひしかば、初めのごとく指図にまかせ網を入れければ、おびただしく魚取れにける。後にはだんだん心安く相なり、
「内へ呼び向かはん」
と申しければ、かの人申すやう、

「内方へ参り申すとも、内に女人ありては行かれず。また外《ほか》に話したき事もあり。必ず妻子に隠し給へ」

と申す。

「然《しか》らば、妻子に申しつけ、一間《ひとま》へだてて物語り致さん。まづ明晩」

と暇乞ひし、立ち帰り、妻子に様子を語り、

「明晩、お客あり。お立ちあるまでは、必ず必ず出《い》づること無用」

と申しつけ、既に明《あけ》の夜になりしかば、妻子を一間なる所へ隠し置き、待ち居たり。程《ほど》なく客人入りきたる。その姿、丸腰に大ぐけ帯して、

「案内たのむ」

とありければ、

「いざ、こなたへ」

と打ち連れ、奥へ入り、何やかやと話しける。

さて、かくのごとくして、毎晩毎晩来《きた》りける。ある時、内義ふつと姿を見るより、嫉妬《しつと》の心起こり、既《すで》に咄《はなし》のなかばへ、「胸のほむらを晴らさん」と、ふすま押し開け立ち出《い》づれば、かの客人、亭主の首筋を押《おさ》へ、ひつつかみ、天井を打ち抜き、雲井に入りける。さて恐《おそろ》しき事なり。

○上町何某化生《うへまちなにがしけしやう》の事

上町辺の何某屋敷《なにがしやしき》、十年ばかり前《まへ》の事なるが、あるじ夜脱《よぬけ》しられける。その後《のち》、世間《せけん》の噂に、「アノ明家《あきや》から恨《うら》みの火《ひ》が出《い》づるは」「イヤ下男《しもおとこ》を庭に埋《うづ》め」など、とりどり評判《ひやうばん》高くなりければ、代官所《だいくわんしよ》より御吟味《ぎんみ》なされ、庭《には》の通《とを》りから裏《うら》の築山、三間《げん》に壱間半《けんはん》ほどの山を築《つ》きしを、掘り穿《うが》ちけれども、しやれからうべ壱つ出て、外《ほか》に何事も怪しきことなし。その後《のち》、明家《あきや》借人《かりて》もなくてありけるに、上本町辺、高の幸助といふ者、妖物屋敷《ばけものやしき》を望《のぞ》み、所《ところ》へ乞《こ》ひて一夜泊まりける。既に夜半《やはん》の頃、ただ深《しん》々として、奥より小坊主《こぼうず》、茶台《ちやだい》に茶碗《ちやわん》を載せて持ち来《きた》るを見るより、「狐狸《きつねたぬき》の化け来るぞ」と心得、「打ち放さん」と、茶碗を取りながら脇差《わきざし》引き抜き、切りかくれば、かくと見るより逃げ行くを、「逃《のが》さじ、やらじ」と後《うしろ》よりまつ二つに切り放し、「ヤレ嬉しや、殺《ころ》したり」と思ひ、明《あ》くる朝《あさ》見ければ、床《とこ》の間《ま》の柱《はしら》なり。「この柱化《ば》けたるは如何《いかが》なり」と尋ぬれば、この柱の木《き》こそ椿《つばき》の木なり。さてこそ、世間に「椿の木は化ける、化ける」といふ事、疑ひなし。

○尼崎海道《あまがさきかいだう》の事

御影辺《みかげへん》より夜《よ》飛脚《びきやく》に来《き》かかるところ、尼崎《あまがさき》東、出屋敷《でやしき》へ出《い》づるに、雨《あめ》しよぼしよぼと降り来《きた》り、程《ほど》なく松《まつ》が枝《ゑ》に丸挑灯《まるてうちん》張りてあり。「コハ不思議《ふしぎ》や」と見とまれば、挑灯の内より首二つ現れ、にたにたと笑ふたり。また、炎を吹き出《いだ》したり。皆人驚かぬ者はなかりしに、怪しき体《てい》と見るより、かの飛脚《ひきやく》、御影《みかげ》にて一といふて二のなき気丈者《きぢやうもの》なれば、驚かず、側に寄り、

「ヤア、その方《ほう》は迷ひのものか、ただし化生《けしやう》のものか。正体《しやうたい》を現せ」

と咎《とが》むれば、かの首申すやう、

「何を隠さん。我はこの尼崎大物《あまがさきだいもつ》にて、二人が渡世《とせい》に油を売り候が、二枡《ふたます》を使ひ、尤《もつと》も金銀《きんぎん》は儲《もふ》け貯め候へども、子供《こども》は持たず。誰《たれ》か譲るべき者もなく、ついに二人が空しくなりける。親類子供もなければ跡弔《あとゝむら》ふ者もなく、跡の家を借り来る人にこの事物語《ものがた》り、迷ひを晴らさんと思ひ、出《い》づれば、驚き、物《もの》三日と居《ゐ》る人もなく、それゆへこの所へ来《きた》りて、往来《ゆきき》の人に会ひなば、また心あらん人もあるならばと、待ちもふけたる。そこもと様、二枡の罪《つみ》に金《かね》の迷ひ、今は奈落に沈み、夜昼《よるひる》の地獄の責《せ》めを助けて下され。頼みます」

とありければ、かの飛脚答へて、

「それは尤《もつと》も。さりながら、我は御影《みかげ》より大坂へ今宵《こよひ》急《いそ》ぎの飛脚なり。明晩その方の宿《やど》へ参り申すべし」

と約束し、別れて立ち帰りけり。

さて、明日《あす》の来《きた》りて家を見れば、壁《かべ》も破《やぶ》れて、屋根は月漏《も》る崩《くづ》れ家にて、ものすごき家内なり。然《しか》るところ、夜半《やはん》の頃、どろどろめりめりと、天へも響く家鳴《やなり》にて、庭《には》の木蔭より火の玉一つ、ころころとこけ出《い》づれば、また奥より火の玉一つこけ出《い》で、座敷《ざしき》の内を駆け巡り、かち合ふては、またどろどろと苦しむ体《てい》を押し鎮《しづ》め、

「夜前、出屋敷《でやしき》前にて出合ふたる御影《みかげ》の飛脚ぞ」

と相述ぶれば、火の中より夫婦の姿現れ出《い》で、悦《よろこ》び、

「金のある所はここなるぞ」

と教へければ、かの人すなはち、その所の土を掘り返せば、壺《つぼ》一つ掘り出す。さて、夫婦の姿は消へ失せ、なかりけり。

とやかくするうち、夜も明けければ、代官所へ右の趣申し上げければ、

「まづその壺の金、何程《ほど》あるや。改め見るべし」

と仰せあり。則《すなは》ち引き出し見れば、金八百七十両と銀五貫目あり。

「然《しか》らば、そのうち金百両に丁銀五貫目は、彼が頼み寺へ石塔料《せきとうれう》または廻向《ゑかう》の布施《ふせ》として差し上げ

よ。残りはその方が元手として、末ながく弔《とむら》ふてとらすべし」

と仰せつけられけり。それより跡相続《さうぞく》して、今に大物《だいもつ》にて油屋何某《なにがし》とて、歴々なりとや。

○淵主《ふちぬし》の敵討《かたきうち》の事

東国の何某《なにがし》、度々大坂へ来《きた》りて、安治《あぢ》川辺《かはへん》の煮売り船にてすつぽん汁《じる》を食ひけるに、情けなや、大坂の川主《かはぬし》のすつぽんの子を食ひにけり。その恨みにて川々の主ども寄り合ひて、

「鎌倉《かまくら》の侍に我々が子を食われし残念さよ」

と申しければ、かの主ども申すやう、

「我々はその者の顔をよく見覚へたり。是《これ》からは見つけ次第に、我子の敵《かたき》討ちとらん」

とありければ、主々《ぬし》言ふやう、

「きやつめも鎌倉武士なれば、たやすくは討たれまひ。いづれも謀《はかりごと》に乗らぬやうに」

と申し、一統《いつとう》して待ち居たり。

然《しか》るところ、右の侍、いつの頃よりかは浪人《らうにん》して、大坂安治川辺《あぢかはへん》に住居《すまゐ》を極《きわ》め、商売《しやうばい》の思ひつきに、船を求め、すつぽん汁《じる》の煮売りを渡世《とせい》にして居ける。敵《かたき》、是《これ》を知つて、川々の主《ぬし》ども馳せ集まりて、かねて夜討と定めたり。徒党の人数《にんじゆ》はいかにいかに。まづ一番に川口《かわぐち》の何某《なにがし》、二番に山崎水分《みくまり》の助、三番に東堀《ひがしぼり》まがりのふち東之助人取《とうのすけひととる》、四番四つ橋浅瀬《あさせ》泥右衛門長堀《ながほり》、五番に肥後嶋筑前《ひごがしまちくぜん》の守大川《かみだいぜん》、六番に前内裏嶋大淵《まへだいりじまおおふち》之助、七番堀江川亀井《かめゐ》の次郎、八番に八軒屋水尾《みを》之助天満《すけあまみつ》、都合八人、夜討の大将となり、討手《うつて》の一統申すやう、

「きやつめは鎌倉方《かまくらがた》なれど、今は浪花《なには》に足を据へければ、きやつめは都方。我々は鎌倉武士の汁《しる》好み、天目《てんもく》片手に口薬、のどは東路《あずまぢ》、鎌倉海道切り崩して、我々が体内に葬らん」

と言ひければ、

「それよ、それよ」

と立ち上がり、敵討《かたきうち》を今宵《こよひ》と定むれば、討《う》つか討たるるか命《いのち》の境、潮境《しほさかひ》、敵《てき》の館《やかた》は安治《あち》川《かは》口、今や今やと急ぎけり。

然《しか》るところ、敵《てき》の館《たち》に入りければ、

「これへ、これへ」

ともてはやす。右の汁《しる》を好《この》みければ、生きたる代物《しろもの》見せつれば、まがりぶち飛《と》んで出《い》で、

「ヤア、それは我孫《わがまご》なり」

と申すにぞ、人々、

「それは」

と咎《とが》むれば、

「イヤ、我は年来《ねんらい》東堀にて多くの人を取りたるを、孫子供《まごこども》が知つて、親《おや》々のために出家《しゆつけ》して、今は寺嶋《てらじま》の川《かは》に住居《すまゐ》いたし候」

と申せば、人々、

「然《しか》らば、こちらに致《いた》さう」

と、事を謀《はか》るうち、人々刃物《はもの》を抜き揃へ、前の川へ煮売り屋が首をすつぽんと打ち落とし、

「かうをはなせ」
と声々《こへごへ》にわめくやら喰《く》ふやら、難なく敵《かたき》を討《う》ちとりて、めいめいの城宅《じやうたく》へとぞ泳ぎゆく。

怪談記野狐名玉巻之二終

怪談記野狐名玉《くわいだんきやかうのめいぎよく》 巻之三目録

怪談記野狐名玉《くわいだんぎやかうのめいぎよく》 巻三

○狐狸論《かうりろん》の事

日本《ひのもと》は八百万《やおよろづ》の神崎《かんざき》に、摂津国中《せつつくにぢう》の狐狸《きつねたぬき》の論あり。まづ狐は七妖《ななば》けの品《しな》を申し立て、狸は八妖《やば》けの品《しな》を申し立つれば、狐大《きつね》きにあざ笑《わら》ひ、

「我々《われ》は昼夜《ちうや》ともなく妖《ば》かする。そちたちは夜ばかり妖けるゆへ、夜妖《やば》けと人の噂」

と言へば、狸、大きにふぐりを煮やし、

「イヤ、数《かづ》八つ妖けるゆへ、人が八妖《やば》けとの沙汰《さた》。そちは七妖け」

「イヤ、夜妖《やば》け」

と、互《たが》ひの論《ろん》止まざれば、中に親父《おやぢ》狐、挨拶に、

「待て、そのやうにいつまで言うても、果てしのなきこと。この上は、互《たが》ひの妖《ば》かしごこ。明朝《めうてう》七つに、この神崎の堤を十万石の大名のお通り。なんとあの大名を妖《ば》かしごこ、双方ともに早ひが肝心。神崎堤」

と論を鎮《しづ》めて互《たが》ひに別れ、狸《たぬき》は皆《みな》々立ち帰る。

跡《あと》にて狐《きつね》はどつと馳せ寄り、

「お頭《かしら》、是《これ》からは、十万石の大名出《い》で立ちての行列を揃へ、きやつめを妖《ば》かしてくれべひ。サア、合点じや。コリヤコリヤコリヤ」

と練りかくれば、狸は皆々往来人《おうらいにん》と妖《ば》けて堤にまかり出《い》でて、

「この狐《きつね》は何《なに》して居られるやら。もうやがてお通りじやに」

と評定《ひやうでう》して居るところへ、狐ども大名出で立ちも華やかに、旅笠、立笠、大鳥毛。揃へのかけ声、

「よいやよいやよいや」

と一対の先、はさみ箱御徒《おかち》が、

「下に居ませい、先の下郎。松原御《お》狐守《きつねのかみ》お通りじや。お城が見へる。やはやはござれ。親重代《ぢゆうだい》の南蛮黍《なんばきび》、ちやんちやん茶釜に毛が生へた。コリヤコリヤ」

と練りまはせば、狸は頭《かうべ》を下げ、うづくまり、狸は狐につままれ、庄屋も呆れるごとくおかしけれ。

○蝮蛇塚《うはばみつか》の事

播州鹿馬《ばんしうしかま》の里《さと》のいわれを聞けば、いにしへそのかみ、異国《いこく》攻めの時、鹿を捕らへて「馬で候」と偽り、人を馬鹿にせし始まり。それは唐土《もろこし》、これは本《ほん》朝《てう》播州の何某《なにがし》、馬を捕らへて「鹿で候」と偽り、是《これ》、鹿馬の里の始まりなり。

この鹿馬の方辺《かたほと》りに寺ありける。ここに年《とし》古う住居《すみい》る蝮蛇《うはばみ》あり。それを知らず、寺の下男、晦日晦日《つごもり》、弱麦《よばしむぎ》を走り本《もと》に置《お》きけるを、その弱麦なく、あまり不思議《ふしぎ》に候へば、「さては合点行かず」と思ひ、心を付け、またいつものごとく、走り本《もと》に置き、暫《しばら》く眺め居れば、窓より大きなる蝮蛇頭《うはばみかしら》をさし出し、かの麦を喰《く》ひけるところを、「さては」と見るより、まさかりを振《ふ》り上げ、頭《かしら》へてうど打ち込めば、庫裏《くり》をひっくり返して、人々「是《これ》は」と驚く間もあらばこそ、寝耳に水の入るごとく、夢《ゆめ》見たやうに成《な》りにける。

さて、その蝮《うはばみ》の大きさは三丈余《じやうあま》りなり。その時《とき》、これを搗《つ》き臼のごとく切り崩し、塚《つか》を作り、今に蝮蛇塚《うはばみづか》とて残りしとなん。

○猿川猿塚猿村《さるかわさるづかさるむら》三つの因縁《いんゑん》の事

日本地《やまとち》の司《つかさ》をきけば、津の国西成《くににしなり》の郡《こおり》の方辺《かたほと》りに一村《むら》ありける。この里に猿遣《さるつかひ》あり。夫婦の中に娘一人あり。母親つねに娘《むすめ》に湯を使はしけるを見覚《みおぼ》へて、かの猿、母に構はせず、娘に湯を使はしけるなり。

ある時、亭主《ていしゆ》西の宮辺《みやへん》へ行かれし跡《あと》にて、母親《ははおや》は蛸《たこ》を茹《い》でて、その跡《あと》へ湯を焚《た》き置き、大川へ水を汲みに行かれしあとにて、玉ぎる湯の中へかの三つになる娘を入れ、焚き殺し、蛸のごとく死にける。ところへ母親、川より水手桶《おけ》さげ帰り、内を見て、

「おゐんはどこへ」

と猿に尋ぬれば、湯釜を教へければ、

「あほうめ」

と言いつつ蓋《ふた》を開ければ、

「アア、かなしや」

と狂気のごとく、

「コハどうしやう。何とせん。エヱ憎ひ。どう畜生《ちくしよう》め」

と割り木振り上げ、てうてうと打ち叩けば、猿は表《おもて》へ逃げんとするところを、また振り上ぐれば、かの猿も「思ひがけなき猿智恵の怖《こは》さ、恐ろし」と逃げて行く。母親《ははおや》は「娘が敵《かたき》、生け置かぢ」と、「何国《いづく》までも追つかけん」と追ひ行けど、猿の行衛《ゆくへ》は更《さら》になし。「かげ形も見へ猿《ざる》」と、そのまま内へ帰《かへ》り、娘の死骸《しがい》取り上げて見れば、身《み》は膨《ふく》れて、抱くにも抱かれず。

「ヱヱ憎い奴。さいぜん蛸《たこ》を茹でしを見て、その真似をひろぐ。どう畜生め。これがマア、どう夫へ言ひ訳しやう。どうしやう」

と、前後《ぜんご》深く泣き沈む有様《ありさま》ぞ、さぞ哀れなり。

　とやかくと思案の折節、亭主、かの猿を連れ帰り、内の体《てい》見るよりびつくり、

「コハ何事」

と驚き、正体なかりける。様子《やうす》を聞きて、父親《てておや》は涙押《なみだお》し拭《ぬぐ》ひて、

「さては世間《せけん》に猿智恵と言うもここ、憎ひ事ながら、畜生心《ちくしやうごころ》に気の毒と思ひしや、今西宮《にしのみや》より帰《かへ》る道、王子の宮の方辺《かたほと》り、清《きよ》く流《なが》れし川へ身《み》を沈めんとせしところへ、百姓《ひやくしやう》往来立《おうらいた》ち寄《よ》りて、「そりや、山より猿が流れし」と見物《けんぶつ》で取り巻きしを、駆けつけて見れば、こちの猿。その儘《まま》引き上げ、様子《やうす》を問うても物いわ猿《ざる》、畜生《ちくしやう》のことなれば返答も聞《き》か猿《ざる》、内の事は何にも見ざる」

と委細を語れば、母親は、

「さてはあいつが心に義理思ひて、淵川《ふちがは》へ身を投げに行つたか。可愛ひや」

と猿《さる》の心を思ひやりて、夫婦は双方《さうほう》抱き上げて、訳もたわひもなき尽くす。跡《あと》で思ひの十寸鏡《ますかがみ》。早《はや》娘の死骸を涙《なみだ》ながら取り納め、夜《よ》も早更《はやふ》けて、夫婦はやがて寝入りける。かの猿は養い主《あるじ》の休みし目を忍び、釜《かま》に水を入れ、湯を焚き、沸き玉ぎる中へ入り、娘のごとく死しにける。

明日、親是《これ》を見て、夫婦は娘の嘆きに、また思ひ十寸猿《まさる》嘆きぞ道理なる。畜生の物を岩根の苔猿《こけざる》も、恩を知り、我《わ》が手に身の罪を滅ぼす心にいぢらしく、畜生ながらも世界《せかい》の鑑《かがみ》と、かく名を残し、げにこの時《とき》より、身を沈めに行きし淵《ふち》を猿川と名づけ、死したる死骸を塚に作《つく》り、印に松《まつ》を植へ、今よりこの里を猿村猿塚と名づけ、末世《まつせ》に名を残すらん。

○室《むろ》の津《つ》八《や》つ橋《はし》太夫《たゆふ》の事

室《むろ》の津に、何某《なにがし》内の八つ橋といへる女郎ありけるよし。大坂堺筋辺の何某《なにがし》の手代、源七と申す人、下《しも》へ度《たび》々商《あきな》いに行きて、室《むろ》へ行《ゆ》き、八つ橋に馴染みを重ね、後には二世《にせ》三世《さんぜ》の固めの起請《きしやう》を取り交はし、様々と尽くしけるところ、かの手代源七、親方《おやかた》の店《みせ》の手前も不首尾《ふしゆび》に相成《な》り、それより拾貫目懸《か》ける杠秤《ちぎ》に弐拾匁掛《もんめか》けごとく、鬢《びん》と足は難波《なには》の浦へあげ羽《は》の蝶《てう》々の二つ紋、思はせぶりとは

いざしら浪《なみ》の浜《はま》づたひ、室《むろ》の里《さと》へ急《いそ》ぎ行《ゆ》きて、八つ橋に逢ふて、身の上の事咄《はな》しければ、八つ橋は廓《くるわ》の口伝《くでん》に、

「お前を恋しと思ひ草、それは誠《まこと》か、おいとしや」

と、愚痴に涙の傾城《けいせい》の誠《まこと》と見へるばかりなり。

跡《あと》は詞《ことば》の品《しな》多く、互《たが》ひの衣束《いしやう》を揃へに、早心中《はやしんじう》の仕立《したて》して、忍び出《い》づる色染《いろそ》めし、室《むろ》の花《はな》をや咲《さ》かすらん。水《みづ》と船《ふね》とは、中芳嶋《よしじま》のよし芦《あし》や。魚《うを》と水との中々に、二人が心、明石の浦、おのへの浜へや急《いそ》ぐなる、姿あやめやかきつばた、馴れし八つ橋先《さき》に立ちて、渡る浮瀬《うきせ》や恋衣《こひごろも》、露《つゆ》に袖《そで》をや濡らすらん。三河《みかは》をここに水鳥《すいてう》の、ばつと立つたる初雁《はつかり》の、契《ちぎ》り初《そ》めたる帯《おび》と紐《ひも》、解けて逢ひたる露のうさ、松の雫《しづく》の流《なが》れの身、浮川竹《うきかはたけ》のふし込《こ》めて、変わるまいぞと約束《やくそく》を、違《ちが》へぬお前の胸の岩、越《こ》へて行く道谷川の、われて逢《あ》ふ夜《よ》の肘枕《ひじまくら》、その睦言《むつごと》の数《かず》々を、書《か》き尽《つ》くしたる藻《も》塩草《しをぐさ》、岸《きし》打つ浪《なみ》も露と消へ、一足宛《づつ》に引く汐《しほ》の、夢蓬嶋《ゆめよもぎしま》もあれぞかし、人跡《じんせき》絶ゆれば走《はし》りより、互《たが》ひに手に手を取り交わし、しばし顔《かほ》を打ち守り、源七漸《やう》々涙をとどめ、

「コレ、八つ橋。思へば思へば大坂へとては帰《かへ》らぬ。死《し》なねばならぬこの身、そなたはこれより廓《くるわ》へ帰り、我が跡弔《あととむら》ふてたも」

「そりやお前、聞こへませぬ。儘《まま》ならぬこの身をば、死ぬる覚悟《かくご》で落葉《おちば》かく、子はしら浪《なみ》のしどけなく、わたしやお前にふつと逢《あ》い染めしその夜から、またいつ逢《あ》ふぞと指《ゆび》を数へて待《ま》つ月日貝《がい》、紋《もん》

日遊山《びゆさん》に客さんを、愛《いと》し可愛《かは》ひと引く三味《しやみ》の、歌の唱歌《しやうが》や声高《こゑ》砂の、松は相生《あひおひ》あひ惚《ぼ》れの、愛《あひ》に絆《ほだ》さるほやけ貝《がい》、仇《あだ》な恋路《こひじ》のいたら貝、顔《かほ》にちらつく紅葉貝《もみぢがい》、また如月《きさらぎ》の月よ花、是《これ》は尾上《おのへ》の桜貝《さくらがい》、一人思ひのかたし貝、それは古《むかし》よ今は早《はや》、主《ぬし》よ夫《つま》よと合貝《あはせがい》、喜ぶ貝も情けなや、明日のそぶりとなるならば、未来《みらい》の夫婦《ふうふ》の中に児貝《ちごがい》」と、人目《ひとめ》を忍ぶ気も播磨方《はりまがた》打ち過《す》ぎて、心も須磨《すま》の磯千鳥《いそちどり》、花《はな》の難波もこなたに遠きも、とうとうと月曇る。

「アレアレ、跡《あと》より人音《おと》。もしや我が身の追手《おふて》か」と、暫《しば》し木影《こかげ》に身を忍ぶ。人影見へねば走《はし》り出《い》で、互《たが》ひに帯《おび》を引《ひ》き締めて、姿《すがた》つくろふ心根は、まだ勤《つと》め気の跡《あと》や先、雀《すずめ》の松原へと志し、手を引き連《つ》れて死出《しで》の旅路《たびじ》と胸《むね》をすへ、未来《みらい》で夫婦《ふうふ》と添ふならば、連理の枝《えだ》に比翼の枕《まくら》を並べ、つがひ離れぬ今宵《こよひ》をば、命《いのち》も限りと吹《ふ》き散らしたる沖の風、心も足も飛ぶ砂石《じやせき》、道はかどらぬ浜づたひ、浜のまさごや星《ほし》の数《かず》、よめど尽きせぬ景色をば、かた見残し置く露《つゆ》の、さらばとばかり夕《ゆふ》しほの、こなたの岸《きし》にぞ着きにけり。

すでに心中の場を定《さだ》め、「ここで死《し》なん」と、二人が胸《むね》を据へ、かの手代源七申すやう、「コレ八つ橋、皆世界《せかい》に多くの心中あれど、刃物三昧しては死《し》に損《そん》ずるもあり。また、淵川へ身を沈めるもあり、首括《くく》るとあれど、それも見苦し。身に傷つけずと死《し》ぬる魂胆」と、懐中《くはいちう》より取り出《いだ》す丸薬二つ。

「そなたに一つ、おれ一つ、互《たが》ひに手に持ち是《これ》を呑《の》めば、苦痛なしにころりとぽっくり往生《おうじやう》と聞く。サア、一所に」

と、源七は口に入るれば、八つ橋は呑《の》むふりして見合ふうち、源七は、はっと伏して絶へにける。八つ橋も驚きながら側に寄り、額《ひたい》より足のつま先まで、とっくと手を当てて見て、身は冷汗《ひやあせ》となりければ、始めに変わり八つ橋も、今更《いまさら》心未練にて心おくれしや、ここに居るも醜《おそろ》しやと、廓《くるわ》を指して帰《かへ》りける。

跡《あと》にくはっと燃へ立つ火炎の光、

「ノウ、うらめし」

と源七が死霊《しれう》現れて、どろどろどろと震動する。

「ヱヱ、残念や」

と怒りの妄執《もうしう》、雨《あめ》を降らするごとくにて、

「廓の口伝《くでん》に迷《まよ》はされ、仇《あだ》に命《いち》を捨《す》てしが浅ましや」

と、

「未来《みらい》へ一所に連《つ》れ行かん。思ひ知れよ」

と、室《むろ》を指して怒《いか》り行《ゆ》く。

程《ほど》なく八つ橋帰りしを、内には太鼓《たいこ》鉦《かね》出《いだ》さぬばかり、

「どこいどこい」

と尋ねられ、何《なに》を言ふも問ふにも息絶《た》へければ、

「ソレ、薬《くすり》よ水よ」

と介抱《かいほう》し、座敷《ざしき》へ入れて、寝さし置《お》きければ、何国《いづく》からともなく、源七が死霊顕《しりやうあらは》れける。八つ橋、見るより、

「アア、恐ろしや。源七様、許して許して」

と言ふを合図に息絶へたりとなん。人の恨みは恐ろしきもの、難なく取り殺したりと聞こゆ。

怪談記野狐名玉巻之三終

怪談記野狐名玉巻之四

目録

怪談記野狐名玉《くわいだんきやこめいぎよく》巻之四

○丹後《たんご》の大江《おおえ》山《やま》の事

鰤《ぶり》と鰯《いわし》は名物と、世に高々と人も口きく丹後の浦のほとりに、城州方の者なるよし、ゆへあつて浪人せし兄弟三人、ここに住居しける。兄の名は錦山《きんざん》と申し、二男を南城《なんじやう》といひ、三男は伴山《ばんざん》とて、以上三人いづれも武芸に達し、そのほか諸芸に至るまで、人にすぐれし者共《ども》なり。常に尺八を好み、近所ほとりへ修行に廻りけるが、然《しか》るところ、

「大江山へ心ざし、めいめいに出《い》でて見届けん」

と、名作の大小をさし、かの山へと出《い》で行きける。

さて、二男申すやう、

「山入の人々、裏山へは、いにしへ源の頼光通られし道もあれど、この丹後の山へは誰か行く者もなく、殊《こと》の外《ほか》なる難所《なんじよ》と申す事」

「ヲヲ、さればされば、あなたに見へるは生野のぎん山《ざん》」

「ヲヲ、我らは帰りが伴山」

と、三人、口合ひの拍子に乗つて行きける。

程《ほど》なく山も近づきて、見れば草木ただぼうぼうとして、ものすごくぞ覚えたり。はや登りかかれど、人跡なければ、道は茨《いばら》に閉ぢられ、諸木茂つて日の目もささず、谷の河音、雨とのみ聞こへ、松の風もなく、土龍《どりやう》の通ふ道あれど、人々通ふ道さらになく、所得《え》させし狼狐、梢に巣を組む鷲鵰《わしくまたか》、人々を脅《おど》しかくれば、刀を抜き頭《かしら》に立て揃へ、

「ノフ方々、おそろしき深山《しんざん》ぞや」

と、行けば行く程《ほど》ものさびしく、やがて窟《いわや》と思ふ間《ま》へ、ただ血《ち》なまぐさき風起こり、諸木も絶へて、岩間を見れば異国茨《いこくいばら》に鬼茨《おにいばら》、「いかさまにも、鬼《おに》も住むべき山なり」と岩窟《がんくつ》を見渡すうちに、いづくよりかは大きなる猿《さる》一疋《いつぴき》飛《と》んで出《い》で、人々を捕らんと狙《ねら》ひけるを、かの南城《なんじやう》が持ちたる抜身《ぬきみ》にて、てうど切りつくれども、石に当てるがごとくなり。また伴山が切り向かへば、かの猿、白刃を握り引きしごきければ、力とたのむ名作も、石にて引きたるごとくなり。また、はつしと打ち返せども、びつくともせず。三人一度に切りかかれば、かの猿逃げんとするところを、後《うしろ》より刃《やいば》の棟《むね》打ち、てうてうてうと擲《たた》けば、猿の肩《かた》に出《い》でたる癭玉《こぶたま》ころりと落《お》ち、なをも切らんと追《お》つかくるに、谷へ飛び落ち、猿の行衛はさらになし。

それより玉を拾いて各々《おの》評定《ひやうぢやう》しけるに、

「是《これ》は、へさらとやら申して、大妙薬なり。是《これ》ある猿は玃《ひ》狒《ひ》と申して、なかなか人の手にはあひがたきなり」

と、三人刃物《はもの》を改《あらた》むれば、どちらが棟《むね》ともわかちなく、

「やれ、おそろしや」

と打ち連れて立ち帰る。

もとの道も失ひて、ふもとを目当てに小笹榧原《かやはら》つづら折り、諸虫《しよちう》の通ふもものすごく、踏み分け押し分け立ち帰りて、近所の衆に物語れば、答へて言ふ、

「その猿と見へしも、やはり鬼形《きぎやう》の妄念《まうねん》でがなあらん」

と申されしとなん。

○一休和尚《いつきうおしやう》四国にて危《あやう》き事

一休和尚《いつきうおしやう》、諸国《しよこく》を行脚《あんぎや》いたされける折《おり》しも、四国のうちにて一宿《いつしゆく》ある。頃は秋の半ばなりしに、夜丑《うし》の刻《こく》とも思ふに、いづくにや、かすかに水汲む音の聞こへし。「さては不思議《ふしぎ》」と心づき、「まだ寝ぬ所もあらんや」と思ひながら、心ならず心耳《しんに》を澄まし聞き給へば、さも哀れげに女の泣く声聞こへける。猶《なを》も感じて聞き給へば、泣き泣き水を汲む音、「さては何ぞに迷《まよ》ひて浮かまざるか。但《ただ》しは心なき者に責《せ》め使わるるか。出《い》でて見届《とど》けん」と外面《そとも》へ立ち出《い》で、見廻し見廻しし給へども、何のかげも見へず。ただ哀れに水を汲む音、あまり不思議《ふしぎ》に思ひ、宿《やど》の主に問《と》ひ給へば、

「毎晩《まいばん》の事ながら、所も知れませぬ」
と申しける。このとき一休、聞き給ひて歌を詠める、
　掘らぬ井のところも知れずなみだちて
　　かげも形もなき人ぞ汲む

○和州《わしう》百姓《ひやくしやう》京郎作《きやうろさく》の事

大和の国牛熊村の片ほとりに百姓民作といへる人ありけるが、下百姓の事なれば、野作の間《あい》に山へ行き、柴を刈りて南部辺へ売りに行きたりして、少々の金も儲け貯めて、夫婦の中に一人息子の京郎作とて、年は二十五、六にて、妻ももふけず、気は正直なれども、百の銭九十五文は抜け目なき。二親はある時病死して、跡はあほうの京郎作ただ一人。さばきも得せず、後には父母の絞られし油あるも喰《く》ひてしまひ、それより喰ふものもなければ、山へ行きて「山うなぎよ、蛙《かいる》よ」と、生あるものを取りて喰ひぬ。

その後は仙人の京郎作と異名つき、世間の人もその名を言ふて呼ぶなり。この人も、ふつと仙人の心ざし出で来、その身は槃特《はんどく》にも劣りし愚鈍《ぐどん》ながら、心願《しんぐわん》を籠《こ》め居たり。

然《しか》るところ、近所の若い衆に申すやう、

「このあたりに仙人の師匠《しせう》はなきや」

と尋ぬれば、近所の衆もなぶり詞《ことば》にて、

「その師匠《しせう》はこの辺にはなし。是《これ》より四、五十里南へ行けば、仙人の五郎作と申して仙術《せんじゆつ》の師匠《しせう》あり」

と教ゆれば、こなたも誠と思ひ、すぐに出《い》で行きぬ。

程《ほど》なく紀伊の国熊野路へ行けば、向《むか》ふの畠《はたけ》に百姓一人野作しつるを、声かけ、

「このあたりに仙術《せんじゆつ》の指南《しなん》をなさるる、仙人《せんにん》の五郎作と申す御方、御存じなきや」

と尋ぬれば、かの百姓、

「その師匠《しせう》とは我《われ》らの事なり」

と偽《いつは》りければ、京郎作大きに悦びしを、かの偽りし五郎作、様子《やうす》を尋ねて、

「その方、仙人の心ざしあらば、我所《わがところ》に十ケ年の奉公勤《ほうこうつと》むべし。さなくば、教ゆ

る事叶《かな》わず」

と申されければ、一念《いちねん》とつたる仙人の京郎作、

「教ゑてさへ給はるならば、如何程《いかほど》の旧《きう》功《こう》にても仕《つかまつ》るべし」

と言ふ。

「然《しか》らば、奉公《ほうこう》めされよ」

とて、十年をただ使《づか》ひにしたりけり。然《しか》るところ、年《ねん》も満《み》て来《きた》りて、かの京郎作だんだん催促《さいそく》いたしければ、

「今一年礼奉公《れいぼうこう》いたすべし」

とて使ひける。

やがて礼奉公も相済みければ、五郎作、仕様模様《しやうもやう》もなく途方《とほう》に暮れ、今日よ明日よと延ばしける。京郎作は、ただ正直《しやうぢき》にて誠に思ひ、身を粉《こ》に砕きての旧功《きうこう》は、いにしへ壇特山《だんどく》にて悉達太子《しつたたいし》のあらら仙人の弟子《でし》となり、有像無像《うざうむざう》を学ばせ給ふ、師《し》を尊《たつと》みの宮仕へ、難行苦行《なんぎやうくぎやう》なされしごとく、尻切れ草履《ざうり》、藁靴《わらぐつ》を脱ぎ捨つるよりも猶易《なをやす》く、身を惜しまず凝《こ》らしぬるは、人の見る目もいたわしき。

然《しか》るところ、

「さらば、今日教へ申さん」

と浜辺《はまべ》へ連《つ》れ行《ゆ》きて、大海《だいかい》へなびきし大木の柳《やなぎ》へ、かの京郎作に扇《あふぎ》を持たせて梢《こずへ》に登らしける。五郎作は、木《き》の末《すへ》より大海《だいかい》へ落とし殺《ころ》さんとの悪だくみなり。京郎作はただ正直《しやうぢき》にてまことに登れば、何の苦《く》もなく登りて、木《き》のそらより、

「旦那《だんな》、どふいたさふ」

と尋ぬれば、

「そこで一つ、とんぼとんぼ」

と言ひければ、くるりくるり、くるくるくると引つ繰り返る。さてこなたには、「海《うみ》へ落《お》ちよかし」と祈れども、京郎作は扇を開きてさまざまの曲《きよく》をして居《ゐ》るを見て、

「まだまだ末《すへ》へ」

と追ひ登されて、風《かぜ》に揺らるる糸枝《いとあだ》へ取りつくところへ、紫雲《しうん》たなびき来《きた》りしを幸《さいは》ひと心得、

「旦那、おさらば」

と言ひ捨《す》てて、つつと天へ上りける。

世間に「痺《しびり》、京へ」と申すはことわり、京郎作は一心凝《いつしんこ》ったる念力《ねんりき》にて、自然《しぜん》と仙術《せんじゆつ》を得《ゑ》て天上したりとなん。

○九州鬼笛《きうしうきてき》の事

肥後《ひご》の国阿蘇《くにあそ》の片辺《かたほと》りに久太夫《きうだいふ》といゐる楽者《がくしや》ありけるが、常《つね》に笛《ふへ》を好みて楽しみける。その外《ほか》、詩歌《しいか》も作り、諸芸《しよげい》に凝《こ》り居《ゐ》たり。

折しも袂《たもと》の笛《ふへ》を、夜更《よふ》けて調べ楽しみゐるうち、ほのかに笛《ふへ》の音《ね》聞こへければ、久太夫「甚《はなは》だ面白《おもしろ》し」と聞き入るうち、次第に近《ちか》く相成《あひな》り聞こへける。久太夫思ふやう、「さて我《われ》に並ぶ者、およそ天《あめ》が下《した》にはあるまじと思ひしに、まだまだ上手もあるもの」と、心耳《しんに》を澄まして感じ入り、「ハテさてあの音は、陰に入り陽に通じ、乾坤《けんこん》二つの間にさへ、諸鳥魚虫に至るまで戯《たは》むるべき笛《ふへ》の音。世には名珍人もあればあり」と初めて驚き、聞き入るうち、早《はや》近くなりければ、さながら「我も負けまじもの」と、また吹き合はす笛の音。「さては不思議《ふしぎ》や、あの笛《ふへ》は涼やかに冴へわたる。是《これ》ぞただ人ならず」と恐れて聞き居る。外面《そとも》にも笛《ふへ》の音《ね》を切つて、

「所望《しよまう》、所望」

とあるよし、「何人ならん」と表の戸を開き見れば、官位《くわんゐ》の装束《しやうぞく》はればれし。見れば、供とても連れ給はず。

「いづくの御方にてましますや」

と申せば、官位《くわんゐ》の人答へて、

「我は都辺の者なり。汝《なんぢ》、天下に並びなき笛の名人。また二つには、袂《たもと》の笛とて名笛《めいてき》と街《ちまた》の噂。また不断《ふだん》調べ給ふ音は雲井に通じ、我が心耳にとどまり、兼ねて焦がれしこの家。世をしのび、今宵《こよひ》密かに参りしも、笛の縁。音を慕ひ来《きた》りし事、余の後ならず。我所持《しよぢ》いたせしこの杜鵑《ほととぎず》の笛を、汝《なんぢ》に与へ参らせん。其許《そこもと》の袂《たもと》の笛《ふへ》を所望いたしたき」

との給《たま》へば、久太夫申すやう、

「さればとよ、恐らく我に続く者はあるまじと思ひしに、今宵あなたの笛の音に聞き入り、またまた御名人様と陰ながら驚き奉る。さりながら、我々風情の民家へ御入りの程《ほど》も恐れ多き。その上、数ならぬ私めが笛を御所望とは、冥加《みやうが》に叶ひし仕合《しあは》せ。しからば御求め下されと差し出《いだ》せば、押し戴き給ふ。こなたにも与《あた》への笛を押し戴き、久太夫、「まことに名笛なり」と思ひ、杜鵑《ほととぎす》の笛と換へ換へして、甚《はなは》だ悦《よろこ》びけり。

すなはち、官位の人も立ち帰る跡にて調べければ、初めに聞きたるとは大きに違ひしかば、「是《これ》はいかに」と心づき、呼び返さんと表へ出《い》でて見れば、かの人黒雲《こくうん》に乗り、その姿一丈五、六尺もあると見へ、髪は逆毛《さかげ》に乱《みだ》れ、すさまじき体《てい》なり。久太夫、是《これ》を見るより絶死したり。それより震《しん》動雷電《どうらいでん》し、雨は車軸《しやぢく》をなしける。自然と天水、久太夫が口中に入り、うるほひ、ふたたび蘇生《そせい》して、この事を物語りぬ。是《これ》を誠に鬼笛《きてき》とは世に言ひ伝へり。

○山州《さんしう》化生屋敷《けしやうやしき》の事

城州の片辺《かたほと》りに玉水村といふ在所ありける。ここに明屋《あきや》一軒あり。この家、たびたび借り来《きた》りても、皆々居とげずして、またも明家となりしかば、いつの頃よりかは化生《けしやう》屋敷、あるいは妖物《ばけもの》屋敷など、誰言ふともなく言ひふらしぬ。

然《しか》るところ、家主の才覚にて、家屋敷裏地《うらち》土蔵《どざう》に至るまで下直《げじき》に出《いだ》して、借家札《かしやふだ》を出《いだ》しおかれける。然《しか》るところ、近在《きんざい》の井手村《ゐでむら》の太郎助《たろすけ》といふ水呑百姓《みづのみびやくしやう》、絹通《きぬとを》しと異名《いみやう》を付きし、大吝《しわ》ん坊なるやもめ親仁《おやぢ》、お飯喰《めしく》ふにも十露盤《そろばん》放さぬ、虱《しらみ》の皮を槍《やり》で剝《は》ぐといふやうな、世間《せけん》構わずの気まま者。

ある時、通《とを》りがけにふと、この借家札《かしやふだ》を見て、「何でも是《これ》は安《やす》い物」と、すぐに家主《いへぬし》へ参りて相談《さうだん》相極《きは》め、その後内外掃除《のちうちそとさうじ》致《いた》しけるに、草《くさ》ぼうぼうと立《た》ち伸び、壁《かべ》もまばらにこぼれしを、やうやうに掃除しまひ、引越家《ひきこしや》移《うつ》りのひろめ仕廻《しま》へば、明くる日近所《きんじよ》の礼《れい》に来《きた》りて、咄《はなし》の次手《ついで》に妖物《ばけもの》の事ふつと話されければ、かの親仁《おやぢ》も気味《きみ》悪く思へども、座興《ざけう》にもてなし、挨拶そこそこに仕廻《しま》いける。

さてその夜は何事もなく明かしぬ。その翌日《よくじつ》は心細く思ふゆへ、親重代《おやぢうだい》を一腰《ひとこし》きめつけ、夜半《やはん》のころ裏《うら》へ行き、雪隠《せつちん》に居ければ、顔《かほ》を撫《な》で、また尻を撫でいたしけり。「兼ねて心得しも、ここぞ」と、かの重代《ぢうだい》を抜き放し、右の腕《うで》をはつしと打ち切りて、「サアしてやつたり」と内《うち》へ持《も》ち帰《かへ》

りてよくよく見ければ、手《て》にはあらず、枯れたる薄《すすき》の穂《ほ》にて、風の吹く拍子に薄《すすき》もなびく。その伝にて、

「世に妖物《ばけもの》はなく、我が心の妖物《ばけもの》なり。是《これ》を思へば、いにしへ唐土《もろこし》前漢の李広は、大石を虎と見て矢を射《ゐ》しも、かくやらん」

と、しかつべらしく申されけるとなり。

○金花猫《またねこ》の事

変化《へんげ》なる事と人の噂に、佐田の辺《ほと》りに龍万寺《りようまんじ》と申す寺《てら》あり。是《これ》に夜な夜なごとに、怪しき事ありけり。狐狸妖怪《ようくわい》のわざとも見へず、震動雷電《らいでん》にて庫裏《くり》も引つ繰り返るごとくなり。その後《のち》々には天《てん》井板《じやういた》、椽《たるき》などに弐尺ばかりの手足の形《かた》あり。「何でも大きなるものなり。いかにしても合点《がてん》行かず」と、住持《ぢうぢ》不思議《ふしぎ》に思ひ、経文《きやうもん》を誦《じゆ》せられけれども、その印もなかりけり。

もとよりこの僧《そう》、尊《たつと》き僧なれば、かの荒れる場所へ出《い》でて、

「ヤアヤア何者のしわざなれば、狐狸にもせよ、化生《けしやう》の者にもせよ、正体を顕《あらは》せ」

と、苛高数珠《いらたかじゆず》を揉《も》み立て擦《す》り立て、経文を読誦《どくじゆ》ありければ、やうやうに鳴りも鎮《しづ》まりて、よく見れば、内に飼い置きたる猫《ねこ》なり。住持《ぢうぢ》の前にうづくまり、謝《あやま》り入りし風情なり。然《しか》るところ、住持

甚《はなは》だ立腹《りつぷく》にて、

「何の恨みかありて、かくまでの振る舞ひぞ」

と咎《とが》むれば、かの猫《ねこ》も困り入り、

「長々飼い置かれしに、恩《をん》を忘れ、何とぞお袋《ふくろ》を獲《と》らんと思へども、我《わ》が行《ぎやう》の来《きた》らぬや、え獲りおふせず。然《しか》るうち、今宵《こよひ》の経文の功力《くりき》にて、今より浮かみ、人界《にんがい》へ生《しやう》ずなり。今までは、にやんやかや、いかひお世話《せわ》」

と一礼《いちれい》して、その身は金色《こんじき》と見するも魔物《まもの》なり。そのまま姿覆《すがたおほ》ひて見せず。

その後《のち》は何《なに》のわざもなく、今の世にその手足《てあし》の形残《かたのこ》りしとかや。世に「猫《ねこ》を飼うに、三年より長く念を切らぬもの」と言ふも、この事なり。唐土《もろこし》にては家狸《かり》と名づけしとや聞き伝ふ。

○九州何某《きうしうなにがし》の船難風《ふねなんぷう》に逢《あ》ふ事

さても二十ケ年ばかり以前《いぜん》に、九州何某《きうしうなにがし》の船《ふね》に荷物砂糖《にもつさとう》を多く積み合はせ、人数二十六人乗《の》りにて、はや船を浮かべ江戸を指して行きぬるよし、遠江灘《とをとをみなだ》へ漕ぎ入るやいな、難風《なんぷう》にて、船中《せんちう》には髪《かみ》を切り、仏神《ぶつじん》を祈り、泣かぬ者もなかりしが、はや荷物《にもつ》を打ち込み帆柱《ほばしら》を失ひ、さかまく波《なみ》に追ひくる風《かぜ》、どこを限りと留《と》めどなく吹《ふ》き流《なが》されし勢《いきほ》ひに、岩を打ち越し行くほどに、人も減り、もはや日数も打ち忘れ、あなたの嶋へ移り、またこなたへと迷ふうちには、人なき嶋もあり、またかしこへと行けば、人の形《かたち》はありながら人にあらず、「さも恐ろしき嶋もあり」と眺めし。海中《かいちう》には、ただぼうぼうと杉柴ほどの茅《かや》立ち伸びて、山もなく里《さと》もなく、「誠に、聞き及びし泥の海とは是《これ》なるか」と、残りの人々、船を泊めては暫《しばら》く休み、昼夜《ちうや》方角《ほうがく》を窺ひつるところ、凡《およ》そ日本の丑寅《うしとら》とも見へ、または寅卯《とらう》とも覚へたり。はやはや切り崩したる帆柱を取り繕《つくろ》ひて、日本の方を目当《めあて》に漕ぎ行きける。

然《しか》るところ、流《なが》れ次第に戻る方に見渡せば、向《むか》ふの方に大きなる嶋《しま》あり。既《すで》に水を切らし難儀《なんぎ》の折から、かの嶋《しま》へ行かんと、伝馬《てんま》を早め漕ぎ行けば、近きやうにても余程《よほど》間あり。凡《およ》そ本船《もとぶね》より三十丁程《ほど》にて、やうやう行きつるところ、磯際《いそぎは》より浪間《なみま》まで惣《すべ》て岩にて、船を着くべき所もなく、高き所は二間《けん》もあり、低き所は一間《けん》余り。伝馬をかなたこなたと漕ぎ廻し、

「さても不自由なる事」

と見合はすうち、色真つ黒にして顔に目一つある、髪赤き獅子頭《ししがしら》のごとくなる大男、あたりも輝くその眼色《がんしょく》すさまじく見へにける。こなたも「おそろし」と逃げんとするを、いつかな動かさず、手を伸ばし、鷲《わし》づかみに陸《くが》へ引き上げ、横抱きにして走《はし》り行く。


程《ほど》なく大きなる岩窟《がんくつ》へ入れ、凡《およ》そ畳《たたみ》二畳敷《でふじき》とも思ふ大石をどつと蓋《ふた》にし、何やらちんぷんかんの文道《あやち》は聞こへねども、立つては踊り、居て踊り、余念《よねん》なく悦びけり。かの人は生《い》きた心地もなく、ここにて船玉大明神、住吉四社明神へ祈誓《きせい》をかけ、膝元へも顕れ給ふやうに願《ぐわん》しければ、かの鬼とおぼしき人も悦び、くたびれ寝《ね》入りける。是幸《これさいはひ》と、右の大石押し除《の》くれば、心安く動きける。

「さて忝《かたじけな》や。ひとへに大明神の御蔭」

と悦び、もとの伝馬へ乗り移り、本船へ漕ぎ着かんとする跡より、以前の人追ひかけ来《きた》りて、岸の

岩に臥《ふ》しまろび、大声上げて、

「日本人《やまと》を獲り逃がしたり」

と泣き叫ぶ。

やがて本船へ着かんとせしところに、あなたの嶋に翁顕《おきなあらは》れ、「ヤアヤア方々、その舟は日本の船と覚へしぞ。磁石《じしやく》を見て、是《これ》より未申《ひつじさる》へ、はやはや漕げ」とありければ、人々悦び礼拝《らいはい》し、夢《ゆめ》に富士見し心地《ここち》なり。是《これ》すなはち住吉大明神、翁と顕れ給ふとなり。

さて、舟には水を切らし、折々の天水を待ちて潤《うるほ》ふなり。然《しか》るところ、雨も遠ざかれば水もなく、また長の年月の事なれば、粮米《らうまい》も切らし、積《つ》みたる砂糖を舐《な》め潤《うるほ》ふ。さて昼夜のひづみなく、力に任せ漕ぎければ、やうやう日本の里山見へ、夢の覚めたるごとくなり。然《しか》るに、蝦夷《ゑぞ》より日本への関所《せきしよ》に止められ、夷国の物語りし、是《これ》より日本へ渡さるとなん。二十六人の数《かず》やうやう九人残り、本国《ほんごく》へ帰り、この事委細《いさい》に物語りけると聞く。

怪談記野狐名玉巻之四終

怪談記野狐名玉巻之五

目録

怪談記野狐名玉巻之五

○浮瀬《うかむせ》三都《さんと》大諷《おおさわぎ》の事

京都の何某《なにがし》の話に、世に輝く江都《こうと》の何某《なにがし》の浪人《らうにん》、予《よ》が近辺に借宅《しやくたく》にて住居《すまゐ》しけるが、過ぎつる秋の頃、大坂へ朝七つ立ちにて下られしが、天王寺の辺へ来《きた》りしところ、然《しか》るうち江戸の何某《なにがし》に出合ひて、互《たが》ひに武士の礼義を相述べ、初め終りを物語して、

「いざ、まづ是《これ》より同道いたし、浮瀬何某《うかむせなにがし》が宅へ参り、一夜を明かさん」

と、すぐに打ち連れ行きぬ。すなはち、その内へずつと入れば、亭主中居が、

「これはこれは、お久しうお出《い》でなされぬ。まづまづ御機嫌《きげん》にて珍重《ちんてう》、いざいざ是《これ》へお上がり遊ばせ」

と、人々この場をもてはやし、てんでにお上《うへ》を槌子《つちのこ》で掃《は》く。人を呼びに遣《や》り手が、

「芸子さんは稲田屋《いなだや》の狸狐《りこ》さん。それ、早《はや》ふ早ふ。もし留守ならば、訳言ふてかつておじや」

「アイアイアイ」

と走り行き、その身は二人連れ立ち、中二階《かい》に居なをる。そのまま中居が硯《すずり》ぶた持ちて出づる。

「それ盃《さかづき》よ、渡盞《とさん》呼んでと泣くわいな。肴《さかな》は揚げ物、玉子の煮抜き、その外品《ほか》々の揚げ物なり」

追々持ち来るその暇に、芸子白人《はくじん》入り来《きた》りて、はや座敷は大諷《おおさわぎ》、差いつ押さへつ、ざざんざ、ざざんざと三味線に任せて弾《ひ》き立つる。江戸と京との拳相撲《けんずまふ》、土俵は大坂、三都の一座敷なり。

然《しか》るところ、はや夜も更けわたりて、座敷は酒宴に酔《ゑ》ひ乱れて、ここに臥し、かしこに臥し、犬の来ぬ間に先立ち、と身ごしらへするうち、亭主まかり出《い》で、見回すところ、

「江戸の旦那様はいづくへぞ」

「ここにはおわせぬ」

「コハいかに」

と尋ぬれど、皆々知らぬ体《てい》。かの京都の先生を起こして尋ねんと、

「申し申し」

と揺り起こし、

「お連れのお侍《さぶらひ》様が見へませぬ」

と言へば、かの人も驚き、

「コリヤまあ、いづくへ行きめされた。マア見て参らふ」

とありければ、亭主申すやう、

「江戸のお方はお顔は見覚へておりますれども、東とあれば遠い事。また、あなた様は一見《いちげん》なり。お前を手離してはなりませぬ」

と言ふに、

「イヤ何をか隠《かく》さん。我らは敵人《てきじん》の振舞《ふるまひ》にて参つた者。取りかへる用意と申してはござらぬ」

と語りける。亭主大きに立腹《りつぷく》して、摑《つか》みつかぬばかりなり。並み居る女郎芸子も鳶《とび》に油揚げ取られたる心地にて、亭主女房もむくりを煮やし、

「今宵の雑用《ざうよう》済ましなされぬうちは、往《い》なす事はまかりならぬ」

と言ひければ、かの人迷惑顔にて、

「我らは京都より大坂へ往来《ゆきき》の船賃《ふなちん》、草鞋《わらぢ》代の用意より外《ほか》は持ち合はさず。今残りし銭、やうやうここに三百文あれども、是《これ》を払へば京都へ帰られず。しばしの間貸し下さらば、有難《ありがた》き仕合せ。内へ帰り次第に飛脚《ひきやく》にて入用銀《にふようぎん》くだし参らせん」

と懐中《くわいちう》の洗濯《せんだく》、身体《しんだい》かぎり下帯まで口にて説き聞かすれども、いつかな聞き入れず、家内雷の落《お》ちし心地《ここち》なり。

「それ、その者縛《しば》れ」

と言へば、

「ハッ」

と男が荒縄《あらなわ》にて縛りつけ、番を付け置き、残りは立ち退くとや。


かくする内、夜も明けぬれば、座敷と思ひしも鳶田《とびた》の墓原、番人と見へし人もみな石仏やら石塔《せきたふ》の草むしろなりけり。

○肉食入道修行《にくじきにうだうしゆぎやう》の事

河内の国高崎といふ村の片辺《かたほと》りに、商人何某《あきんどなにがし》に好みの願《ぐわん》ありて、諸国を行脚し、その身の心、仏道に傾かせども、ただ心悪党にて、あらゆる肉食《にくじき》の数は、魚類は申すに及ばず、諸鳥鹿猿虫蛇《しよてうかえんちうじや》に至るまで、いづれに嫌ひなく望みて食し、さて旅立ちのこしらへして、内は兄息子に譲《ゆづ》り置き、娘を妻に任せ置きて、はや出《い》で立《た》ち、次第次第に行く先は野に臥し山に宿り、何を食事《しよくじ》と極《きは》めなく、明け暮れ行けば、やがて石見《いわみ》の国へかかる。

片辺《かたほと》りにて日も暮れて、月影に見れば二十ばかりの女の死骸《しがい》あり。「さて是《これ》までにあらゆる肉食《にくじき》をしたれども、いまだ喰はぬものは人間ばかり。ここでこそ」と思ひ、やがて小刀を抜き持ちて、ふとももをづつかりと切り、あたりの沢にて洗《あら》ひ、口中に入れしが、口に余りてなかなか喰《く》われず。「いつぞは人を食せんと思ひしに、ささささて人こそ味なきもの」と思ひながら、その野に宿りて、草を庵《いほり》と苔筵《こけむしろ》、露に衣《ころも》を潤《うるほ》してまどろみ居《ゐ》る内、夢《ゆめ》ともなくうつつともなく、

「我、人を喰《く》ふなれば、生《い》きたる人を喰《く》ふべし」

と、正《まさ》しく現れしその姿《すがた》は、たしかに神《かみ》とも見へず、人ともなく、「さて魔道《まだう》の見入りしにや」と心づき、「我《われ》、神国《しんこく》に生まれ来《き》て、かくまで身を持ち崩したる事、浅ましき次第《しだい》なり」と、それより心を取り直し、肉食《にくじき》をやめて修行《しゆぎやう》めぐられしに、伊勢路《いせぢ》を指して来《きた》りしところ、この辺《ほと》り四十九村といふ所あり。すなはち立ち寄りて、

「一夜を明かさせ給へ」

と乞《こ》ひぬれば、何心なく心安くもてなしける。

さて、一間《ま》に休《やす》み居ければ、主《あるじ》何かと心をつけ、菓子《くわし》よ夜飯《やはん》よとさまざま馳走《ちさう》し、

「夜《よ》も更けたり」

と、やがて一間に入り臥しけり。

然《しか》るに夜半《やはん》の頃、亭主《ていしゆ》、月代《さかやき》を剃《す》る体《てい》、「コハ心得ず」と思ひながら、一間より覗《のぞ》き見るうち、

やがて亭主《ていしゅ》を愛想もごつそり坊《ぼん》さんに剃《そ》りこぼちしを、よく見て居れば、葬礼《そうれい》の拵《こしら》へをぞしたりける。あまり不思議《ふしぎ》に思ひ、一間を立ち出《い》でて、家内の人に尋ぬれば、

「さればとよ、実《げ》にこの村は四十九村と申して、人間《にんげん》四十九歳《さい》になりぬれば、向《むか》ふの山にあのごとく紫雲棚引《しうんたなび》きて、菩薩《ぼさつ》たちの向かはせ給ふぞ、ありがたや」

と申さるる。

「我、是《これ》までに野山《やさん》を家としけるに、怪しき事も知らざりしが、かかる珍《めづら》しき事は聞き始め。生《い》きたる人を野送《のおく》りせんとは、ハテ不思議《ふしぎ》の縁《えん》にて、不思議《ふしぎ》を見る。我一代子孫《われいちだいしそん》に伝《つた》へて、咄《はなし》の種にもなるべし。然《しか》るに、我も今年《こんねん》四十九歳《さい》に成《な》るなり。御亭主《ていしゅ》の代わりに、今宵《こよひ》は我らを送り給へ」

と乞《こ》ひけれども、家内は聞き入れもなく、ただ紫雲《しうん》の棚引きしをありがたふ思ふ中にも、一世の別《わか》れなれば、嘆きもいとど弥増《いやま》さり、さらに分《わか》ちはなかりけり。

しばらくありて、かの人々次第《しだい》に静まりければ、肉食《にくじき》入道、

「ひらに我を送られよ」

と頼む。

「然《しか》らば」

とて、かの旅僧を送りける。

さて、この僧、夜明け方に内へ戻りしかば、家内の人々、

「是《これ》は」

と驚き、

「何とて戻り給ふ」

と問ふ。この僧答へて、

「ささて、昔よりこの村の衆は、いたわしや。皆々狸の餌食《えじき》になられしぞや。紫雲《しうん》を棚引かせ、菩薩《ぼさつ》たちと見せしは、みな古狸のわざなり。すなわち、我ら残らず組み殺しおきたり」

と物語りしとや。

○加茂川《かもがわ》の事

京都日暮《ひぐらし》通り辺の何某《なにがし》、加茂川《かもがわ》へ鮎《あゆ》を捕りに行かれしが、

「鮎は浅瀬に寄ると申せば、いざ是《これ》へ」

と立ち寄りて、面白く漁も利きしが、昼八つ下がりと思ふ頃、はるか向《むか》ふより、いと美しき二八ばかりの女一人来《きた》りて、魚を捕るを見とれ居たりしが、やや暫《しばら》くありて、

「申し申し」

と声をかくる。こなたも心細く思ひてもぢもぢとしつるうち、かの女申すやう、

「卒爾《そつじ》ながら、頼みましたき事あり」

と言ふ。

「いかなる御用ぞ」

と問へば、

「恥づかしながら、私はこの向《むか》ふに見へ候一村まで参る者。川下へ回るも余程《よほど》回りに候へば、ここを何とぞお渡しなされ下されかし」

と頼めば、こなたも、

「心得ず」

と辞退《じたい》しければ、くどふも言わず、ただしほしほと涙ぐみしありさま、いとど哀れに思ひ、

「然《しか》らば、いざいざ渡し参らせん」

と裾《すそ》をひつからげ、背中に負ひて、かの浅瀬を目当てにて、ざんぶざんぶと渡る程《ほど》に、やがて川の真中ほどと思ふ頃、俄《にはか》に空も曇り来て、川浪さはさはさはと草木もさわ立ち、ものすごくぞ見へにけり。

「コハ心得ず」と後ろを見れば、女は髪を乱きて、その姿はすさまじく、眼を光らし鰐口《わにぐち》開き、敵たふ有様《ありさま》、「やれ恐ろしや」とそのまま突き放し、その身は岡へ上がらんとせしに、足も動かず。

「南無三宝、コハ叶わじ」と思ひ、行者経を唱へしかば、暫《しばら》くありてもとの晴天となり、やうやう

と逃げ帰りしとなん。

○庵室《あんじつ》にて百物語《ひやくものがたり》の事

往来の人も怪しき事にこけつまろびつ伏見の里、墨染《すみぞめ》の辺《ほと》りに常楽庵《じやうらくあん》と申す庵室《あんじつ》ありけるに、頃は末の月、ただだうだうと風に草木の揉《も》まるる音ぞ、ものすごき。

ある時、近所の寺の同宿《どうじゆく》、寺役《じやく》をしまひて遊び寄り合けひる。かの同宿申すやう、

「何といづれも、今夜は百物語をして、妖物《ばけもの》の見物など致さふか」

と申さるれば、皆々、

「是《これ》は至極《しごく》の思ひつき」

と、我も我もと百物語をしたりける。

はや夜も子《ね》の刻《こく》と思ふ時分、やうやうと語《かた》りしまひて、巨燵《こたつ》の櫓《やぐら》を布団共《ぐち》、裏《うら》の椽端《あんばな》へ放り出《いだ》しおき、内には灯火《ともしびふ》吹き消して真の闇、かの妖物《ばけもの》を待ち居れども、怪しき体《てい》も見へず。ややありて、

「イヤもふ、妖物《ばけもの》は出《い》でぬ。嘘じや嘘じや。もふ置けもふ置け」

と行灯《あんどう》に火を灯《とも》し、右の櫓《やぐら》を内へ入れ、巨燵《こたつ》へ据へんとせしところ、布団の中より大きなる真黒けなる化物《ばけもの》飛んで出《い》づれば、

「ソリヤこそ出たは、夢になれ夢になれ、桑原桑原」

と、妖物《ばけもの》やら雷のまじなひやら、訳もたわひもなかりける。

さて、跡にてとつくと見ければ、大きなる黒犬《くろいぬ》にてぞありける。

「是《これ》はまさしく、最前、櫓を布団共《ぐち》、椽《ゑん》へ放り出しおきし時、入《はい》りけるものならん」

と、跡は皆々大笑ひになりぬ。伏見の墨染桜《すみぞめざくら》と名に寄せて、墨染犬《すみぞめいぬ》ならんと、名のみしける。

○廻僧昔咄《くわいそうむかしばなし》の事

他国《たこく》の廻僧《くはいそう》の話に、この僧《そう》七十余歳《よさい》に及びしが、先祖《せんぞ》八十余の時、聞き置かれし珍らかなる事と語られし。

越前《ゑちぜん》の国真菰《まこも》の淵《ふち》の片辺《かたほと》りに、山寺ありけるよし。この寺の住持《ぢうぢ》、いつの頃かは失ひしかば、その後本地《のちほんぢ》より跡目《あとめ》を座らせ給へども、その夜に失ひけり。

「コハ不思議《ふしぎ》かな。怪《あや》しきもののわざよ」

と、本地《ほんぢ》より勢子《せこ》の人数《にんじゆ》を集め、かの山《やま》を取り巻き、挑灯松明《てうちんたいまつ》がんがんたり。天へも映《うつ》る火の光、めいめいに鉄砲《てつぽう》打ち放し、陣鐘《ぢんがね》、太鼓《たいこ》、法螺《ほら》を吹き立つれば、数多《あまた》のけだものよろぼひ出し、その景色は富士《ふじ》の巻狩《まきがり》を欺《あざむ》く風情《ふぜい》なり。数万《すまん》の人音《ひとおと》に驚きてや、かの化鳥《けてう》飛んで出《い》でしを、鉄砲《てつぽう》にて打ち取り、よく見れば色赤《いろあか》き蜘《くも》なり。体は一面に猩々毛《しやうじやうけ》のごとくにて、さのみ大きにもなく、さてそのまま持ち帰りてとりどり評定《ひやうぢやう》しけれども、誰《たれ》か何といふ名を付くる者もなく、千年ほど前に唐土《もろこし》にてありしと申せども、書物《しよもつ》にもあらざれば、いづれにも知る人なく、ただ赤蜘《あかぐも》赤蜘とばかり聞《き》き伝《つた》ふと物語《ものがたり》。

怪談記野狐名玉巻之五　大尾

明和九辰正月吉旦

細工人　作者
谷川琴生糸

書林

大坂心斎橋南江弐丁目角
升屋彦太郎版

京都御幸町通御池下ル
菱屋孫兵衛版

大坂御堂筋瓦町南江入ル
和泉屋幸右衛門版

怪《かい》談《だん》名《めい》香《こう》富《ふう》貴《きの》玉《たま》

田丸　真理子＝校訂

序

むかし、趙氏《ちやうし》の珠《たま》を秦《しん》の十五城《じやう》に代へんと言われしも、暗夜《あんや》に投《たう》ずれば人剣《けん》を按《あん》じてあやしむも、また、面光不背玉《めんくわうふはいのたま》は何《いづ》かたより拝《おが》みても玉中《ぎよくちゆう》に釈迦像《しやかのぞう》ましますと、是《これ》も怪《あや》し。今、この名香富貴玉《めいかうふうきのたま》をひらき見るに、海内《かいだい》のあらゆる怪しき話《はなし》をあつめたるも、めでたき春《はる》のしるしならずやと云爾《しかいふ》。

浪華琴紫

安永二年
巳のはる

怪談名香富貴玉巻之一

目録

怪談名香富貴玉巻之一

○甲州《かうしう》山家、妖怪《ようくわい》有し事

甲斐国《かいのくに》は山国にて、古《いにしへ》はさしも名高き名将《めいしやう》の住《すみ》給ひし跡なれば、所々に古城《こじやう》の跡のみ多くあり。ある山下《やまもと》の農家《のうか》に使はるる八助といふ者あり。性質《むまれつき》、愚痴《ぐち》文盲《もんもう》の者なりけるが、常《つね》に山奥《やまおく》へ入りて薪《たきぎ》を採《とり》けるに、ある時より夜な夜な出《いで》て、朝《あした》に至《いた》りて帰る事、日を経て止《や》まず。これによりて、いつとなく身体《しんたい》疲労《ひらう》し、容貌《かたち》痩《やせ》おとろへしゆへ、かれが主人、意得《こころゑ》ぬ事に思ひ、その故《ゆへ》を問へども答へず。

ある時、「いづくへ行くぞ」と、人を付けてみせしに、

「城山の方へ行きしが、忽《たちまち》かたち見えず」

と言ひしに、いよいよ不審に思ひ、さまざまにいたし問ひければ、「今は包むこと叶はじ」とや思ひけん、ありのままに語りしは、

「過ぎし頃、城山へ柴刈《しばかり》に行きしに、むかふを見れば、幕《まく》とやらん打ち廻《まは》し、やごとなき女郎あまたなみ居、目なれぬ調度《てうど》など取り散らし、酒宴《しゆえん》なかばと見へしゆへ、「このあたりにかかる事はいまだ聞きも及ばず。いかなる人ぞ」と不審ながら、さしのぞき見たりしに、上座《かみざ》に居《ゐ》給ふ女郎は、

二八あまりにやと見ゆるが、うつくしき事えも言ふべからず。あやしのしづの女《め》のみを見なれつる目より見れば、かかる女郎もあるものかはと思ふばかりなり。それのみならず、つきしたがふ女郎たち、劣るべくもあらず。衣服《いふく》のうるはしきに目をおどろかし、何かは知らず匂ひのはなはだしき事、言葉にのべがたし。

思ひあはすれば、ある寺にての法談《ほうだん》に、天人の天下《あまくだ》り給ふ時は、花降りてあやしき匂ひ空に満つると聞きしが、さらば天人のここへ下り給ふかと思ふに、さまざまの鳴物《なりもの》の音《おと》して、うたひ物の詞《ことば》は何といふことども聞きわきまへざれど、是《これ》もかの天人の音楽《をんがく》とかやいふものならん、今に花も降らんかと、心も空《そら》になりて聞き居たるに、上座にまします女郎、我《われ》を見つけ、

「それ、こなたへ」

とのたまふに、女郎達《たち》たち出《いで》、手を取りて幕《まく》の内へ連れ行《ゆ》かれし時、「こはいかなる罪《つみ》にか行《おこな》はれん」と恐ろしくて、かうべを地《ち》につけ居たるに、思ひの外《ほか》に、めづらしき酒肴《さかな》を勧められける。その味《あぢわい》、人間《にんげん》にあるべきものとも思はれず。

かくて、酒たけなはに及びて、我をちかく召しけるに、恐る恐るはひ寄りしに、

「汝《なんぢ》はいやしき民なれども、前身《ぜんしん》は名ある勇士《ゆうし》なりき。我はこの城主の娘なりしが、汝と妹背《いもせ》の縁をむすび、いまだ嫁《か》せざるに、戦利《たたかいり》あらずして落城《らくじやう》に及び、汝もその時討ち死にし、父とともに我も苔《こけ》の下に埋《うづも》れて幾年月を送りしが、夫婦の縁、今に朽《く》ち果てず。さるによりて、今ここに招き

たり。

我が父、多くの軍用金《ぐんやう》をこの城地《じやうち》に埋め置きしを、誰知る人もなく、いたづらに土中《どちう》に朽ちなんとす。汝、むかしの故《ゆへ》あるにより、是《これ》を譲りあたふべし。しかれども、汝この事を人に漏らしなば、あたふる事かなふまじ。汝が志《こころざし》をよく見定めて後、日を選びあたふべし。それまでは、夜ごとに来《きた》れ。我も必ず出《いで》あふべし」

とありしゆへ、それより夜な夜な通ひしに、女郎も出《いで》てあひ給ふ。我《わが》あとより人付け来《きた》る事あれば、その事を知りて、

「汝があとより来る者あり。是《これ》より帰るべし」

とて、ことのほか気色《けしき》悪しく、それゆゑ人目をしのびて通ひし」

と、始め終はり詳《つまびら》かに語りけるが、元より愚《ぐ》なる者なりければ、狐狸《こり》のたぐひならんかといふ心もつかず。その上、欲心《よくしん》おこりて「かの金を取らばや」と、つかるることをも忘れ通ひしが、遂《つい》に神《しん》気《き》を奪《うば》はれ病死しける。ある人言ひけるは、

「八助、柴《しば》を刈《か》りに行きし時、山に狸《たぬき》の穴ありしを、何の故《ゆへ》もなきに塞《ふさ》ぎけるが、その仇《あだ》を報ひんとてなせしことなり」

とぞ。

○飛脚《ひきやく》、吉野山にて歌よむ事

和州《わしう》より紀州《きしう》、熊野《くまの》の辺《へん》へ、毎度《まいど》往来《わうらい》する脚力《ひきやく》ありけるが、花のころ吉野山を通りしに、日本が花、俗《ぞく》にいふ一目千本の辺《あた》り、今をさかりに咲乱《さきみだ》れたる気色《けしき》、言はんかたなし。かたへには幕《まく》打ち廻《まは》し、酒盛《さかも》りし呑《のん》だりうたふたりするもあり。または詩歌《しいか》の詠《なが》め、俳諧《はいかい》などの短冊《たんざく》もあまたありて、いとおもしろふぞ見へにける。かの脚力《ひきやく》思ふやう、「この世に生まれ、かかる花ざかりを見て無下《むげ》に通るも口惜しき事なり。何なりとも一首《しゆ》詠まばや」と思《おも》へども、常に心がけもなければ、かかる時何とも云《い》ひ出《いだ》すべうもなかりしが、いにしへは賤《しづ》山がつの詠《よ》みし歌にも名歌《めいか》ありと聞きければ、かくぞ列《つら》ねける。

行きざまにすぼんだる花も帰りざまに
　開ゐたりけりな曲物《まげもの》とちのかわの木《き》の花

当座面白《おもしろ》き事にぞありけり。

○江州《がうしう》竹嶋寺僧《そう》、幽霊《ゆうれい》の事

江州竹嶋にさる寺の住僧《ぢうそう》、殊《こと》の外《ほか》しわき人にて、弟子にも深く隠し、金銀を多く貯めおかれしが、程《ほど》なく病気にて死去せられしが、弟子《でし》坊主《ぼうず》、後住となられける。同所に心安《やす》き人ありて、ある夜咄《はな》しに参られ、夜もふけ、この寺にとまりける。

頃は四つ過ぎに、用事に行くとて裏口《うらぐち》へ出られけるが、むかふより煙草《たばこ》の火ほどの火見へけるゆへ、「是《これ》はまた、そまつ千万な事かな」と、消《け》さんとすれば、この火いろいろに飛《とび》ありく。そろそろ気《き》味《み》あしく、とつかわ内へはいり、僕《おとこ》を起こし、茶《ちや》、煙草《たばこ》などのみて、また寝所《しんじょ》へ入られける。

しばらくして目を明けて見れば、最前《さいぜん》

の火、余程《よほど》大きになり、庭《には》の中《うち》をころころとこけ歩《あり》くゆへ、夜着《よぎ》の中にてこらへかね、ならびて寝《ね》てゐらるる住持《ぢうぢ》を起こし、

「何とやら気味悪《きみわる》く、起きてたべ。何ぞふしぎなる事も侍《さむら》ふや。あるやふに御はなしあれ」

と言いければ、

「なるほど、毎夜《まいや》毎夜幽霊《ゆうれい》出《いづ》るなり。後《のち》ほど音《をと》せず、夜着《よぎ》の中より御覧《らん》なさるべし」

と言ふ。

案のごとく九つ半時分《じぶん》、襖障子《ふすましやうじ》、人もなきにさらさらと開《あ》ける音《をと》し、最前《さいぜん》の火のひかりに坊主《ほうず》のかげうつり、持仏堂《ぢぶつだう》へ入るよと見へしが、その後は火の玉も消《き》へ失せけり。

翌日《よくじつ》、あまり不審に思ひ、住持《ぢうぢ》とともに、仏壇の板間《いたま》を開《あ》け、残るかたなく吟味したりければ、大《おおき》なる壺《つぼ》に金銀おびただしく入れ置かれたり。

「是《これ》に執心《しうしん》残りけるよ」

と、それより種《しゆ》々の弔《とむら》ひをぞいたしける。その後は幽霊の出ることも止みけるとなり。

○江州《がうしう》百姓、一子を失《うしな》ふ事

江州《がうしう》の片田舎《いなか》の百姓、その子の六七歳なるを連《つれ》て、在所《ざいしよ》のものと一同《どう》に往還《わうくわん》の駅路《えきろ》に出て、朝鮮《てうせん》人来聘《じんらいへゐ》の折《おり》から見物《けんぶつ》せし帰《かへる》さに、かの一子をいづちにてか見うしなひぬ。なべての人の親《おや》ならば、心みだれ尋《たづね》さまよふべきに、さりげなき風情《ふぜい》にて、己が在所《ざいしよ》へ立帰《たちかへ》れば、近隣《きんりん》の者ども訪来《とひきた》り、

「いづかたにて見うしなひ給ひしぞ。さてさて気《き》のどくなる事」

と、親《おや》の心をおしはかりて、問《とふ》ものさへ泪《なみだ》を催《もよほ》すに、この男つやつや憂《うれ》ひたる色なく、ただ人見せに目をこすりうち歎《なげ》きたる風情、

「妻女存命《さいぢよぞんめい》ならば狂気《けうき》して尋《たづね》まどふべきに、母《はは》のなき子なれば尋もやらず。いづくいかなる地にやあるらん。不便《ふびん》の事なり」

と、一村の人是《これ》を哀《あはれ》み、かつその父《ちち》が不慈《ふじ》なるを悪《にく》みける。

かくて後、廿年ばかり経《へ》て、この村の名主、年寄《としより》、御年貢《ごねんぐ》上納《じやうのう》の義《ぎ》に付きて江戸に赴き、伊勢《いせ》町辺《へん》の富有《ふゆう》なる米屋にいたりしに、その家の手代、年の頃廿七、八と見へしが、出逢ての挨拶《あいさつ》、万事

の取まはし、年齢《ねんれい》よりはるかに立越《たちこへ》たる発明《はつめい》、年寄たる伴頭《ばんたう》も手を置きたる才覚《さいかく》者なりしを、江州の名主熟々《つらつら》手代が顔《かほ》を打ち詠《ながめ》て、

「そこつながら、貴殿《きでん》、御在所《ございしよ》は近江にてはなきや」

と問ふ。かの手代、不審《ふしん》顔に、

「いかにも拙者《せつしや》は江州産《むまれ》、幼生《ようしやう》の節《せつ》、ふと御当地へ罷《まか》り下り、この家の調市奉公《でつちぼうこう》。段々主人の御恩《をん》を蒙《かふむ》り、ただ今はかやうに手代衆の列《れつ》にくわへられ候ゆへ、何事も身一分に不足《ふそく》の事は御座なく候へども、ただ朝暮《てうぼ》心にかかるは、生国近江と申す事と、父《ちち》の名の弥五兵衛と申しつるのみ覚へて、何の郡《かふり》いづれの村とも、六つの歳《とし》国をはなれて西も東もわきまへなかりしゆへ、ただ今におよび尋《たつね》申す事もなりがたく、「あはれ此生《このしやう》に父《ちち》にあわせて給り候へ」と、祈《いの》らぬ神もなし」

と語《かた》るを、名主、年寄、目と目を見合せ、

「最前《さいぜん》より貴殿《きでん》の顔をつくづく打まもり、幼《おさな》がほを見覚へしが、もしそれにてはなきかと思ひ、さてこそ「生国は近江にては侍らぬか」と申しつるなり。その弥五兵衛、いまだ息才《そくさい》にて我等《われら》が村にあり。貴殿は廿年前、朝鮮人《てうせんじん》見物に出て父を見うしなひ、その後行衛《ゆくゑ》もなかりしに、思ひがけなく我々と今日の対面《たいめん》。ひとへに日頃仏神《ぶつしん》に祈《いの》りし孝心《かうしん》ゆへ、感応《かんをう》といふ物なり。是《これ》は是《これ》は」

と、互《たが》ひに感涙《かんるい》を流《なが》しける。

この家の主《あるじ》、障子《しやうじ》さらりとあけて立出《たちいで》、

「最初《さいしよ》よりの御物語、あれにて逐一《ちくいつ》承りぬ。ふしぎとも奇特《きどく》とも、この上やあるべき。そもそもあの者、廿年前、私《わたくし》出入の御屋敷より御役人中同道なされ、今度我《われ》々公用《こうやう》にて朝鮮人御《てうせんじんご》馳走《ちそう》の役、首尾《しゆび》よくつとめ帰る道《みち》にて、この幼《おさな》き者、父を見失ひしとて悲しび泣き居たるゆへ、

「在所はいづく」

と問へども、ただ父の名のみ覚へて、その所とも知《し》れねば、

「このまま見捨て通るも、便《びん》なきわざなれ」

とて皆々云《いい》合ひ、介抱して下りぬ。

「その方、養育《やういく》して召仕ふべし」

と、重《おも》き役人衆《しゆ》よりの仰《おお》せ、

「畏《かしこま》りぬ」

と領掌《れうじやう》して、段々介抱《かいほう》のうへ、この年月、一子のごとく存《ぞん》じ、かく生立《おいたち》、ただ今にては肆店《みせ》の事万《ばん》端《たん》よくのみ込み、実体《じつてい》に相《あい》つとめ候ゆへ、このほど我等《われら》親類《しんるい》中と相談《そうだん》いたし、私跡式《わたくしあとしき》のこらず彼《かれ》にゆづり、拙者《せつしや》は隠居《いんきよ》いたすつもりに相極《きわめ》候ところ、かの者の父《ちち》の在所さへ相知れ、一かたならぬ大慶《たいけい》。近き内、本国近江へ遣し、父にも対面《たいめん》いたさせ、末《すえ》々は江戸へ呼迎《よびむかへ》候とも、または江州にて田地《でんち》をもとめ差置《さしお》くとも、心まかせに致すべし。まづそれまでの内、親《おや》弥五兵衛とやらんにこの段、御物語ありて、この金子、遣はされ下さるべし」

と、金拾五両取出《とりいだ》し、名主、年寄に相渡しければ、皆々《みな》主《しう》の志《こころざし》を感じ、金子を請《うけ》とり、いとまごひして本国へ帰り、弥五兵衛を名主かたへ呼寄《よびよ》せ、ありし次第《しだい》を具《つぶさ》に語《かた》り、件《くだん》の金子を取出《とりいだ》して、年寄、組頭《くみがしら》そのほか村中に名ある者ども、皆々列座《れつざ》にて、

「この金子、その方へ相渡すべき事ながら、垣《かき》もまばらのあれたる住居《すまゐ》、用心のため、我《われ》々立会い預《あづか》り置くなり。入用次第《しだい》、段々と相渡すべし。その節《せつ》、毎度印判《いんばん》持《ぢ》参《さん》し、帳面に請取《うけとり》をしるし置き、追《おつ》て江戸より子息《むすこ》上りし節《せつ》見せねば、我等《われら》が無念《ぶねん》になるゆへ、ちと面倒でも、そうしめされ」

と、念の入たる庄屋が一言。弥五兵衛は不得心の体《てい》ながら、当然《とうぜん》の理《り》に屈《くつ》し、仏頂顔《ぶつてうづら》して帰りける。

その夜《よ》、亥《ゐ》の刻《こく》過ぐる頃、庄屋が門をたたき、

「弥五兵衛にて候。ちとひそかに申し上げたき事あり。ここ開けて給はれ」

と云《い》ふ。庄屋、何事ぞと立出《たちいで》て聞けば、弥五兵衛小声《こごゑ》になり、

「近頃申すもいな物ながら、昼《ひる》御預け申したる金子、今宵《こよひ》一夜《いちや》、我らに御預《あづ》け下されかし。六才にて別《わか》れし倅《せがれ》、不思議《ふしぎ》に各《おのおの》の御かげにて住所《ぢうしよ》も相知れ、その上金子まで送《おく》り遣したる嬉《うれ》しさ。せめて今宵、その金子を肌《はだ》に付け、倅《せがれ》を抱《いだ》き臥《ふし》たる思ひがいたしたき」

との段々の願《ねが》ひ。庄屋この実情《じつじやう》を感《かん》じ、

「尤《もつと》も至極《しごく》の云分《いひぶん》。さりながら、この金子は江戸の主人我等《われら》を見届《みとど》け、大切の金銀、手形證文《てがたしやうもん》にも及ばず、初対面《しよたいめん》の我《われ》に渡されたれば、紛失《ふんしつ》ありては云訳《いひわけ》たたず。明《あけ》なば早《さう》々持参めされ」

と、金取出《とりいだ》してあたへければ、

「ありがたし、忝《かたじけな》し」

と懐《ふところ》にして帰りける。

翌日《よくじつ》、日長《た》けて、何の沙汰《さた》もなかりしかば、庄屋腹立《ふくりう》して、

「急度《きつと》持来《もちきた》るべし」

と、使《つかゐ》をつかはしけるに、使のもの走り帰り、

「弥五兵衛が筵張《むしろばり》の門口、散《さん》々に引破《ひきやぶ》り、弥五兵衛は朱《あけ》に染《そみ》て死《し》し居《ゐ》たり」

と云《い》ふにおどろき、一村、上を下へとさはぎて詮義《せんぎ》すれども、殺したる者も知れず。

庄屋も甚《はなは》だ気遣《きづか》ひして、種《しゆ》々分別《ふんべつ》を廻《めぐ》らしければども、何の手がかりもなく、あきれ果《は》てたる所へ、江戸の息子《むすこ》美《び》々敷出立《しくいでたち》、「父《ちち》に対面《たいめん》せん」と錦《にしき》をかざる古郷《こきやう》の馬《うま》。この事を聞きて、忽絶入《たちまちたへい》りけるが、漸《やう》々と息出《いきいで》けれど、愁歎《しうたん》の泪《なみだ》に袖《そで》も腐《くち》ぬべく、見る人聞く人、

「理《ことはり》かな、尤《もつと》もかな」

と、共に袂《たもと》をしぼりける。

かくてこの由を公《おおやけ》に訴《うつた》へければ、あまねく御詮義《せんぎ》ありしに、終《つひ》に京都にて盗人《ぬすびと》をとらへ、則《すなは》ち刑《けい》罰《ばつ》にあひぬ。

抑《そもそも》この盗賊《たうぞく》は同村の者にて、江戸より金の来《きた》りし物語を聞くとひとしく、京都へ商《あきな》ひに上ると披《ひ》

露《ろ》し在所を出《いで》て、また密《ひそか》に立ち帰り、ここかしこに立ち忍《しの》びて、難《なん》なく弥五兵衛が家に忍び入り、殺害《せつがい》して金子を奪《うば》ひたるなり。

「元来《ぐはんらい》、弥五兵衛、廿年前一子を見失《みうしな》ひしは、あやまちにあらず。わざと捨《す》てたるなり」と、その頃より所の者はささやきし事なり。その不慈《ふじ》の心を悪《にく》んで、天の罰《ばつ》し給《たま》へるなるべし。親《おや》の子《こ》を思《おも》ふは、人間は云《い》ふもさらなり、焼野《やけの》の雉子《きぎす》、夜《よる》の鶴《つる》、うつばりの燕《つばめ》まで、かはらぬは父子《ふし》の恩愛《をんあい》ならずや。

怪談名香富貴玉巻一終

怪談名香富貴玉巻二

目録

怪談名香富貴玉巻二

○大のひき蟇《がへる》出《いで》し事

今はむかし、京新町辺の事なりしが、ある町家に大きさ弐尺余もあるらん蟇《ひきがへる》、夕方より毎夜毎夜出《いで》にけり。さして害もなさず、家内の奉公人も始《はじ》めのほどは気味悪きものに思へども、後は馴《なれ》て何ともなく、年久しく出《いで》て、いつ頃よりと知る人もなかりけるが、この家に丹波の山家生まれの丁《でつ》稚《ち》を置かれける。

この丁稚、甚《はなは》だ横着《わうちやく》者にて、常々この蟇《かへる》を何とぞ捨てたきやうに思ひ居たりしが、ある時旦那に、

「あの、毎夜毎夜裏へ出《いで》申し候大蟇《おほがへる》を、私捨てに参り申すべし」

といふ。主人のいふやうは、

「いや、さして悪《わる》き事をなすにもあらず、年久しく居るものなれば、無用にいたし、そのまま置くべし」

と言われけれども、

「兎角気味悪《わる》きものに候へば、捨て参るべし」

と言ひて、あたりの友達をさそひ、縄にてくくり、東河原へ捨てにゆく。あまつさへ道々いろいろ

打擲《ちやうちやく》して、

「重ねて帰りたらば打ち殺すべし」

など言ひて、捨ててぞ帰りける。

その夜は何ごともなく、あくる夕がた、「最早出《いで》まじ」と家内皆々思ひ居けるに、いつもの頃よりまた裏へ出《いで》たり。かの丁稚、大きに腹を立て、

「打ち殺さん」

と言ひののしりけれども、家内の者ども大きに制して、その夜はそのままにいたし置きたり。

その夜、丁稚寝《ね》るとひとしく、夢ともなくうつつともなく、かの蟇《ひきがへる》、丁稚が寝所《ねどころ》へ来《きた》り、大きに怒りののしつて、

「我、久しくこの所に住んで何の害もなさず。主人の言ひつけもなきに、我を河原へ捨て、その上に打擲《てうちやく》せしこと、甚《はなは》だ奇怪《きくわい》なり。汝が我をなやませし程《ほど》、我ま

た汝をせむる」
と言ふて、苦しめける。この事外《ほか》に知る者なく、ただ丁稚壱人苦しみて、その夜をあかしける。

さて翌日、かの丁稚、にくき事に思ひ、昼より工面《ぐめん》して、夕暮を今や今やと待ち居たり。案のごとく、夕方にまたいつものごとく蟇はい出《いで》たり。今度はかの丁稚、蟇に縄をかけ火をおこし、火の上に置き、仰《あふ》ぎ立て仰ぎ立て、終《つひ》にやき殺し、この蟇、始終丁稚に目をかけ、にらみ死《じ》にぞいたしける。

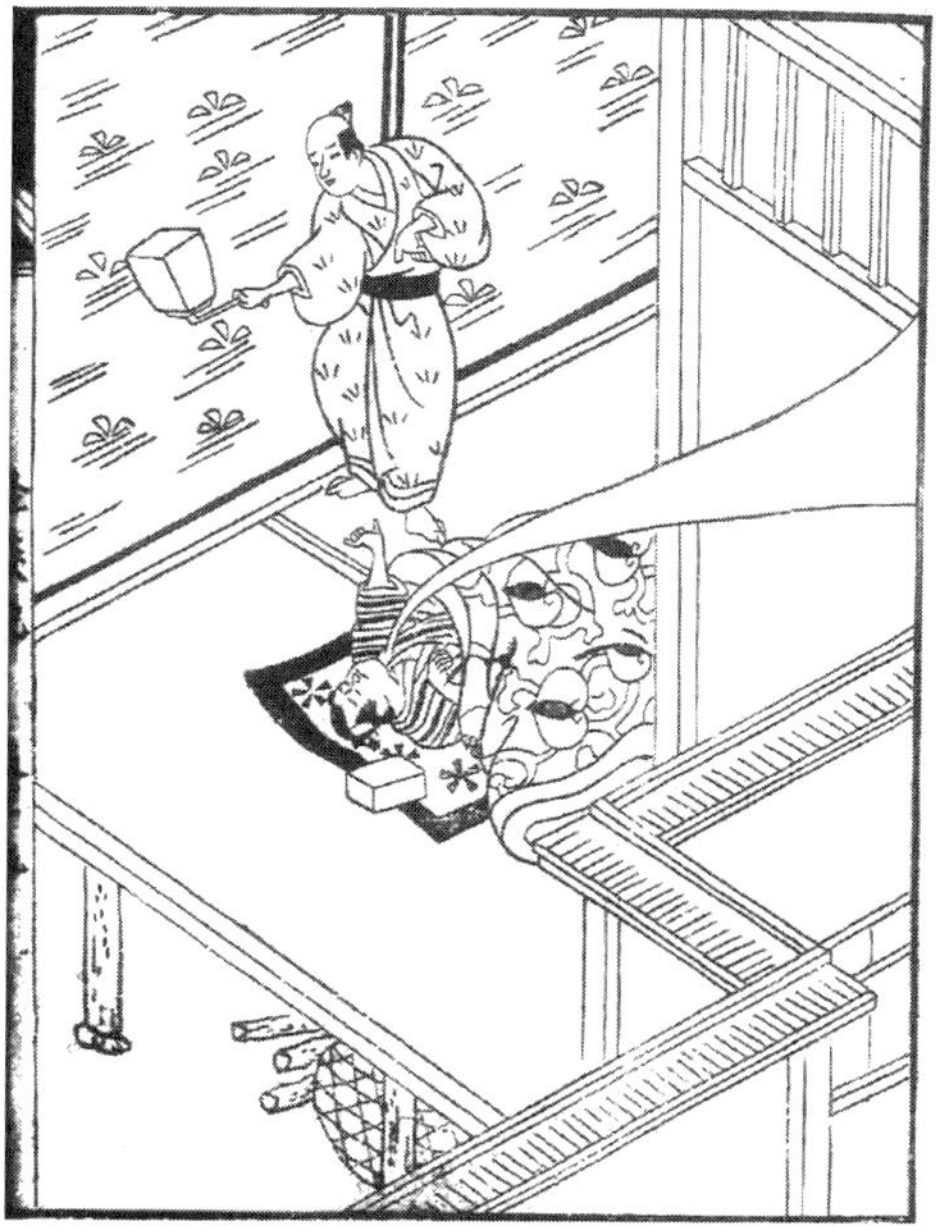

さてその夜になりければ、丁稚寝るとひとしく大熱《おほねつ》にて、いろいろたわ事を言ふて、そろそろ狂ひ出し、人々寄り添へば取て飛ばし、寄りつかれず。医者をよび見せけれども、憑《つ》き物ありとて療治もならず。あまり荒れければ、細引を出し柱にくくりつけおくに、この細引をふつふつと切りて家内を狂ひありき、一夜もがき死《じ》にぞいたしける。

その後、この蟇《かへる》も出る事なかりけるとなん。

○妾《せう》の怨念《おんねん》、妻《つま》の一言に服《ふく》せし事

西国方にてある太守につかへし士《さむらい》、その主人に従ひて関東に寓居《ぐうきょ》せしが、徒然のあまり妾《めかけ》を求め、近きあたりにおきて暇《いとま》の日ごとにかよひて楽《たの》しみけるが、この女にまどひふかく愛せしあまりに、「国元へ帰らん時は、汝《なんぢ》を具して妻《つま》にせん」などたはぶれ言ひしを、まことと思ひ月日をおくりしに、ほどなく帰国の時節近づきければ、ある時、女に語りけるは、

「初め国元へ連れゆかんと言ひしは、たわぶれなり。まことは国には妻あれば、連れゆくことなりがたし。はるばるの海山をへだてつれども、また一、二年の内には必ず在府の御供にて来るべし。縁つきせずは、その時こそ会ふべけれ。名残をしさはいかで言葉につくすべき。もしまた、さるべき縁《えにし》ありて迎へんといふ人あらば、その人に身をまかせ、我に心おくことなかれ。その時の衣服調度などの料に足らんほどの物を残しおくべきぞ」

と、こまごまと言ひ聞かせしに、この女、大きに腹だちて、

「今まで我をあそびものにし、会ふ夜の睦言《むつごと》は我をたばかり給ひしか。あらうらめしや、女心のは

かなくも誠と思ひ、かけて誓ひしうへは、たとひいかやうにのたまふとも、この世のみか、黄泉《よみぢ》までも付き添ひまいらする心なれば、何国までも御供せではかなふまじ。よしそれとても連れたまはずは、すべきやうこそあれ」

と、面色かわりてののしりければ、男は大きにもてあまし、かつは恐ろしく、「もし、強《し》ひていとまを遣しなば、公《おおやけ》の沙汰にも及び、身のさはりとなりぬべし。一まづ、すかさばや」と思ひ、

「さほどまで思ひつめたる心底を、などか空《むな》しうすべき。汝が心を引き見んとてこそ言ひつれ。国元へ伴ふべし。必ずうらむる事なかれ」

と言ひければ、女も心打ちとけて、

「その言葉をわすれ給ふな」

と、かたがた契りてわかれけり。

かくて旅だつ日になりしかば、人目にたちてはいかがなりと、しのびやかに跡や先になし、大坂まで連れ行く。それより同じ船にのせしが、よくよく思ふに、「国へ連れ行きては、妻へ言ふべき言葉もなく、ことに君辺へも聞こへ、家中の批判にも及びなば、後のわざわひと成りぬべし。ふびんには思へども、船中にてともかくもなさばや」と思ひ、年久しく召しつかひし若党《わかとう》を近づけ、右のあらましを言ひふくめ、さしがへの刀を取り出《いだ》し、

「汝《なんぢ》が刀、切れあぢ、心もとなし。是《これ》を貸さん」

とて渡しければ、もとより思慮もなき者なりければ、

「某《それがし》に御まかせ候へ」

と、いと心安くうけがひ、夜ふけ人しづまりて、かの女を船ばたへ引き寄せて、なんなく刺し殺し、海中へなげ入れ、さらぬ体にて刀ののり押し拭《ぬぐ》ひ、主人へかくと申し、刀を返しければ、

「いしくもしつるものかな」

とよろこび、刀を受け取り、

「もし刃こぼれもやあらんか」

とぬきて見けるに、よく拭《ぬぐ》ひたる刀のきつさきに粟粒ほどの血のこりしが、不思議《ふしぎ》やするすると鍔《つば》もとへはしり来《きた》り、手のうちへ入るよとおぼへしが、忽頸《たちまちくび》のまはり大きに腫れあがり、その形蛇《へび》のまとひし如《ごと》くなり。船中にてもいろいろ薬を用ひ、船を湊へつけてその所の外科をまねき、療治手をつくせども少しもしるしなく、日を経て大きくなり、痛みたへがたく、在所へ着きぬれども起居も叶はず、船より竹輿《たけかご》にのり、我家の寝間までかき入れさせ、大病と称し引きこもり居けり。

　妻女、不審に思ひ、

「いかなる故《ゆへ》ぞ」

と病根を尋ねければ、つつむべきにあらねば、始終をくはしく語りぬ。妻女聞きて大きにいかり、かの腫れたる所にむかひ、

「その方、かく人をくるしむるは、定めて執心頸《くび》にまとひ居るなるべし。汝《なんぢ》、心あらばよく聞け。男子の妾《めかけ》を召しつかふは常の事なり。心にかなはざれば、いとまを遣《つかは》すもまた常なり。汝にいとまをとらせんとて、身の行末の事までをはかりて言ひつるを聞きいれず、その上この地へ来《きた》り妻となるべしとは、言はんかたなきひがごとなり。是《これ》、汝、死をまねく道理ならずや。たとひ生きてこの地へ来るとも、みづからといふ妻あれば、いかで汝が望みにまかすべき。しかるに、死して後かかる恨をなす事、誠に愚なりといふべし。この理《ことはり》をわきまへ恨みをさんじ、すみやかにここを去らば、なきあとねんごろに弔《とむら》ひ、永く汝をまつるべし。とくとく去れ」と、九寸五分の守り刀をぬきて、腫れたる所をきつさきにて少しばかり切りやぶりければ、血ながれ出《いで》て、朝日に雪の消ゆるごとく、腫れもひき痛みもしりぞきけり。かくまでふかき怨念も、妻女の理にあたりたる一言にてたちどころに去りし事、まことに邪は正に勝つことあたはず、ありがたき事なり。

さて、かの女のあと、残るかたなくねんごろに弔《とむら》はれしかば、その身も仏果に至りなんとぞ思はれける。

○狐、人を殺し、丈夫の一言理に服し、自死したる事

ある大儒先生と呼ばれし人なるが浪人の砌《みぎり》、関東より僕《おとこ》壱人召し連れて上方《かみがた》へ上られしが、中仙道江州醒井《さめがゐ》の駅にとまり、いつも馴染の宿舎《やどや》なりしが、家内何とやら物さわがしく、近所となりより人音多く、夜深《ふけ》ても勝手向きさわがしく、よくよく聞けば死人のある体《てい》なり。外《ほか》にあい客とてもなければ、かかる不幸の家に泊らんも気の毒なりとて、亭主を呼び、

「最前より物音をきくに、何やら死人のある様に聞こへつるが、勝手あしくば外《ほか》へなりとも参るべし。案内いたされよ」

とありければ、亭主畏《かしこま》り、

「是《これ》は是《これ》は、御客様には随分かくし申すと存じ候へども、最早御存じ成され候や。なるほど仰せのごとく、私壱人の老母、当年八十才に罷《まか》り成《な》り候、今日、寺参りの帰りに狐がつき申し候ひて、最前よりいろいろ祈《き》禱《たう》などをいたしもらゐ、まづ狐は退き申し候へども、最も老衰の事に候へば、ただ今落命仕《つかまつ》り候。最早夜もふけ候へば、葬礼は明日と相談仕《つかまつ》り罷《まか》りあり候。かかる所に御とめ申し候も気の毒。一家共《ども》かたへ御苦労ながら御出下《おいで》され候はば、御案内申したし」

と言ふ。

「いや、この方は旅の事なり。この家にさへ苦しからずは、明日は早天に立つべし」

「何がさて、家業の事に候へば、御遠慮なくゆるゆる御立ち下さるべし」

と咄《はなし》の半ばより、この先生、顔色替はり、

「さてさて悪《にく》き事かな。人は万物《ばんぶつ》の霊成るに、畜類《ちくるい》の分として人を殺し候とは、さてさて悪《にく》きやつかな」

と四方を白眼《にらみ》まはされば、亭主思はずぞつと怖《こわ》げ立ち、

「然《しか》らば、まつまづ御休み成さるべし」

とて、勝手へしりぞきける。その夜、七つ時分より起きて支度し、上方へぞ上られける。

その後、三年程《ほど》過ぎて、右の供の僕《おとこ》尾州へ下るとて、かの醒井の宿へ立ち寄りければ、亭主大きに悦び、

「さてさて御目にかかりたく、御住所を存じ申さず候ゆへ、御礼にも得上り申さず候。三年以前は不思議《ふしぎ》の所へ御とまり下され、私母がかたきを御とり下され、さてさて有難《ありがた》き事に候。則ちその夜、旦那様の「悪《にく》きやつかな」といふて御にらみ成され候時、私さへぞつと仕《つかまつり》候。翌日、坪の内に狐一疋《いっぴき》たをれ死し居り候。別してそのしるしと存じ、革をはぎ置き候。是《これ》を持て御帰り下さるべし」

とねんごろにぞ申しける。この先生存生の間は、この狐の革をしきて不断学問などいたされけるとなり。

怪談 名香富貴玉巻三

目録

○狐、恩がへしを致せし事

奈良椿井町《つばいちやう》の辺に何某《なにがし》といふ人、ある夜、座敷さきに屋根より物の落ちたる音しけり。「何事やらん」と手燭《てしよく》たづさへ縁先へ出て見られければ、大きなる狐、屋根より落ちて息絶えたり。甚《はなは》だ不便《ふびん》に思ひ、人にも知らせず懐中より気付けなど取出し飲まし、水をあたへければ、しばらくして狐生き出《いで》、大きに悦びたるけしきにて帰りける。

その後、十四、五日も過ぎて、ある時、「御礼申し上げたき義、ござ候間、今晩何々の所まで御出《おいで》下さるべし」と申し来《きた》る。この人不思議《ふしぎ》に思ひ、何も礼を受くるべき覚へもなけれども、何にもせよ、人のよび候を「いな」とも言ひがたく、何心なく小者に提灯《ちやうちん》もたせ参られける。一弐町行くと、ゆへもなきに提灯の火ふつと消えければ、

「暗くてはいかが。何の所へ行きて、火をとぼし参るべし」

とて小者をやられけるが、それより誰つれて行くともなく、よき家造りの家に通し、茶など出し、たばこ盆持ち出《いで》、ていねいにあしらひ、外《ほか》に客も見へず。

ふと心づき、「是《これ》は合点《がてん》ゆかず。過ぎにし何々の夜、狐をたすけしが、もしやその恩がへしに狐が化《ばか》すらんもしらず」と心づきけれども、「あらき事をせざるゆへ、よもや筋なき事もせまじ」と、是《これ》諸事に心をつけて見るに、きれいなる茶わんに出《だ》し茶を入れて持出《いづ》る。常々茶をこのみけるが、是はたしかに山吹なり。また、さかづきを持出る台、ともに朱の高蒔絵《たかまきえ》、鶴亀、松竹の絵なり。三種の肴《さかな》ことごとく器に至るまで、いろいろ気をつけて見るに、何《いづ》れもよき道具、酒は常々呑み覚へたる菊屋の五分高、さて本膳出る飯汁をはじめ、なます、焼もの、料理のあんばい、言はんかたなく手をこめし料理なり。吸物、取ざかな、引かへ引かへ五つも六つも出《いで》たり。猶《なを》も心付け、合点ゆかず、「もしや酒肴《しゆかう》と見せて、埒《らち》もなき物をや喰《く》はすらん」と思案してみても、悉《ことごと》く覚へのある味ひ、ことに手をつくしたる振舞《ふるまひ》の料理、ほとんど酒に食べ酔ひ、思はずしらず横になり、少しまどろむと見しが、人音して目覚め、よくよく見れば家にはあらず、天満天神の拝殿にてぞありける。朝参りの人あるに気づき、大きにおどろき立ち帰られける。

内には小者、旦那を見失ひ、

「何方《いづかた》へゆかれしや」

と、家内夜日《よひ》とたづね居けるとなり。

その後、諸方振舞《ふるまひ》などに雇はれありく料理人ありけるが、この家へも出入り致し、

「この間何々の日、さる方によき祝言《しうげん》振舞ござ候ひて、私料理いたし申し候が、不思議《ふしぎ》なる事ござ

候。座敷の正客は十一人にてござ候ところ、何もかも十一人前出《いだ》すれば、壱人前づつ足り申さず候。また、しまひに椀家具改め見申し候へば、やはりこれあり候」

と言ひければ、

「この様な料理にてはなきか」

と一々尋ねらるれば、ひしと合ひける。右の振舞にて恩返しの礼を致しけるとなり。

○魚荷、妄者《もうじゃ》を助けし事

淀より毎夜京へ魚荷を持ち上り候人、ある夜、荷をかたげて墓原を通りしが、折しも、ことなふひだるくなり、荷をおろし休みしが、むかふの方に葬礼の枕飯《まくらめし》ありける。是幸《これさいわ》ひと枕飯を食ふて力づき、たばこなどのみ居けるが、しきりにうめく音す。不思議《ふしぎ》に思ひてよくよく聞けば、墓の中、次第にうめく音しきりなり。依《より》て息杖《いきづへ》にて土をおこしければ、幽霊すつくと立つ。びつくりせしが、様子あらんと見れば、かの妄者いふ様、

「私は今宵《こよひ》相果て候ゆへ、各《おのおの》葬礼いたされ候ひしが、ただ今黄泉路《いみづ》帰りいたし候なり」

とて、

「その御なさけに、このあちら村何某《なにがし》の娘にてござ候間、つれて御出《おいで》下さるべし」

と、くれぐれ頼むにぞ、気味悪ながら是非《ぜひ》なく、背なに負ひ参りければ、申すにたがはず念仏やら泣くやら、内はもやもやといたしけるが、この男、おもてに妄者をおろし置き、戸をたたき内へ入《はい》り、

「どなたぞ、お過ぎ成され候や」

と尋ねければ、

「ひとりの娘を死なし候」

と言ふ。この男、

「さあらば、その娘子に会わせ候はん」

と連れて入《はい》りければ、二親をはじめ一家その外《ほか》念頃《ねんごろ》中の世話人、大きにおどろき、びつくりしながらよくよく見れば、宵に葬りし娘なり。是《これ》は夢かうつつかと家内の悦び、

「おまへは、ほんの命の親」

と、拝むやら泣くやら、

「今宵はひらに、ここに御一宿下さるべ

し」

と言ひければ、かの男、

「いや、まだ墓原に魚荷を残し置きたれば、取りに参り、夜明けに京へ持ち参り申さねばなり申さず候」

とて、ふり切て京へ上りしが、この男、その後毎度この家へたづねより、今にその娘息才《そくさい》なるよし、物語せしとなり。

○越前の国、大鼠出《いで》し事

越前の府中、某《なにがし》の家に猫をかはれしが、ある時、裏へ出て頻《しき》りに吠《ほ》ゆる。近所より数多《あまた》の猫寄り来《きた》り集まる事、幾千万といふ数をしらず。余りに夥《おびただ》しく集まるほどに、「何事やらん」と不審に思ひ、物かげよりうかがゐ見るに、座敷の縁《えん》の下に何やらん居ると見へて、弐拾疋《ぴき》三拾疋《ぴき》ほどづつ党《とう》をなし、一つに縁の下へ入るに、朱《あけ》に成りて出《いづ》るもあり、また手を負ひ、半死半生にてにげ出る体なり。次第にかくの如《ごと》くせしが、終《つひ》に数万の猫、一度に縁の下へ入るよと見へし。しばらくして、

その大きさ三尺ばかりもあらん鼠を喰ひ殺してくわへ出たり。

人々興さめて、

「かかる鼠もあるものかは」

と、この鼠、多くの猫を傷つくるならんと、縁の下を悉《ことごと》くさがし見れば、猫の死骸《しがい》いくらともなく取出《とりいだ》しけるとなん。

○女の執念、小袖に残りし事

東武にて、御歴々方にも三つ物売りとて賈人《こじん》入り来《きた》り、奥女中方、古小袖を召さるる事あり。ある人の奥に勤めける局《つぼね》、三つ物売りの方より、地は紗綾にて模様《もやう》は空色に蕣《あさがほ》の花を縫ひたる古小袖の、模様おもしろく気に入りたれば、買ひ求めて衣桁《いかう》にかけ置きけるに、折ふし傍輩の女中来《きた》りけるゆへ、

「かかる模様の小袖、古けれど、雛形《ひながた》にもなき模様のおもしろさに愛《め》でて、調《ととの》へたり。見給へ」

と言ふに、各《おのおの》会釈《あしやく》して一間へ行き、衣桁に近寄りて見れば、かの小袖の両の袖口より白き手あはれ、野辺の草葉を風の吹き誘ふごとく、ひらりひらりと動きたるを、皆二目とも見ず肝《きも》を消《け》して走り出《いで》しが、流石《さすが》にあからさまにも言われず、やうやう驚きたる胸をおししづめ、さりげなき体《てい》に

もてなし、局のまへに出て、

「さてさて、よき御小袖にて」

と、そこそこに挨拶して立ち去りしが、恐ろしさ身に染みわたり、皆同じ枕に打ち臥して、四、五日が程《ほど》煩ひけるとぞ。

局はかくともしらず、

「この小袖、着てみん」

と、衣桁より取りてひらりと打ち着たるに、我が手より先に氷のごとく冷ややかなる手、袖口より出して我が手にさわりける程《ほど》に、

「あつ」

とさけびて投出《なげいだ》し、早速売りたる町人を呼びて、

「あたひ返弁におよばず。この小袖、片時もはやく持ち去るべし」

と、手もふれずしてその男に返しあたへぬ。

そもそもこの小袖は、ある武士の家にて密通したる女の成敗せられたる、それが着たる小袖にて、その者の執心、日頃愛せし小袖に残りとどまりたるなりけり。あはれ心あらん人は、古着の小袖は求めまじき物なり。

怪談名香富貴玉巻三終

怪談名香富貴玉巻之四

目録

怪談名香富貴玉巻之四

○白髪町辺《しらがまちへん》にて妖生《けしやう》の事

なにはの梅《むめ》も年ふりし、ここに白髪町辺《しらがまちへん》へ、北はま辺の人、この頃《ごろ》四ツ過《すぎ》に通りける所、観音前《くはんおん》へゆかんとせし所、大道に火壱つ、ゐんゐんと燃へ立ち、「さては不思議《ふしぎ》」と思ひながら行けば、次第次第に近《ちか》く相なりける。「これは慥《たしか》に狐狸《きつねたぬき》のしわざぞ」と気丈《きじやう》に思へど、心ぼそく行けば、程《ほど》なくそばへ来《きた》りしを、とつくと見れは、若き女の首、火のうちより顕《あらは》れ出《いで》て、につこにつこと笑《わら》ひける。「コハおそろしや」とにわかに身の毛立ち、手に持ちし物もきもともに打ちすて置《お》き、内へ帰《かへ》りて気を取りうしなひ、跡《あと》にてこのやうを語りけるとなん。

○稲村新蔵《いなむらしんぞう》、弘師《かうし》を討取《うちとる》事

浪花津《なにはづ》へ、相州《さうしう》の何某《なにがし》、今ぞここに足を留《とめ》んと、かりに北野の方辺《かたほと》りに、稲村新蔵《いなむらしんぞう》といへりて、もとは歴々なれどもゆへあつて浪人せし、借座敷《かし》をかりて、下人ひとり仕《つかい》て、怪我《けぐは》の療治《りやうじ》を渡世《とせい》にしけり。常《つね》に釣《つり》を好《この》みて、近在《きんざい》の渕川《ふちがわ》へ行く事たびたびなり。

然《しか》る所《ところ》、下男《しもおとこ》病気《びやうき》にて連《つ》れ行かれず、供もなくただ一人、蝦蟇《がま》が渕《ふち》より十六の渕へ行く道にて、福嶋妙徳寺前に住みつる弘師《かうし》といへる山伏、十六才ばかりの女をとらへて無体《むたい》の恋慕、かの女も難儀の有様《ありさま》。見るより押しわけて女をいたわり逃がしければ、弘師は新蔵につかみかかりけるを、さまざま言葉をつくせども、いつかな聞きいれず。とやかうと言ふうち、あたりの池ぎわへ突きこかし、女のあとをしたひ追つかけゆく。そのいきほひは駒のあれたるごとくなり。新蔵もこらへかね、「かかる女の難儀、いで助けむもの」と、ともに駆けゆくつがひ駒、すさまじく見へにけれ。

しかるところに、野田の玉川より中津川のさかいにて、弘師は女の髻《たぶさ》を手に巻き、くんず転びつその中に、晴天まどうにくもり来て、東南北西真《しん》の闇《やみ》、嵐にさつと雨おこり、光る稲妻どろどろどろと、鳴るはいかづち雹霰《ひやうあられ》、天地乾坤《けんこん》鳴動するに、それも厭《いと》わず駆けきたりて、両人を引きわくれども、いつかな離さぬ。何を言うても聞きいれなく、新蔵も差いたる一腰《ひとこし》ぬきはなし、女の髻《たぶさ》を巻いたる左の腕《かいな》を、

「今ぞ観念《くわんねん》せよ」

と刃をふりあげ、はつしと打ち落とせば、猶《なを》も、

「無念、無念」

と言ふひまに、女はかしこへ逃がしやる。弘師は歯ぎりぎりぎり打ちならし、

「ヱヱ残念や、女をとり逃がしたか、口惜しや。この身はこのまま朽ちはつるとも、添はでおくべきか。阿《あ》鼻大城《びたいじやう》の猛火《めうくは》の炎《ほのを》に入り、たとへ奈落にしづむとも、この世をとり殺し、我をも一所に連れゆかむもの」

と、手負ひながらくるりくるりと狂ひまわるありさまは、渡辺綱《わたなべのつな》に出合ひし鬼をあざむくごとくなり。新蔵も降りくる雨にしのぎかね、しばし躊躇《ためろ》うそのうちに、

「むくひを見よ」

と飛びかかり、

「ヱヱ、ねたましや、うらめしや。かかる恋路の邪魔ひろぐ、うぬれは亡《な》きものなるぞ。我が身は無間焦熱《むけんしやうねつ》に沈まば沈め、つかみ殺してくれんず」

と、むづと組んで泥田《どろた》の中へころころころとこけ落ちながら、ぐつとねぢつけ、新蔵も「弘師が執《しゆ》着心《じやくしん》の程《ほど》こそおそろし」と思ひながら、弱みを見せず圧《へ》しつくれば、のつけにかへして起き上り、つつくと立つたるその姿、いにしへ提婆《だいば》達多《だつた》もこれには過ぎじと恐ろしく、なほも飛びくる手負ひ獅子《じし》、こなたもゆうしの若者にて、少しもひるまず、

「ヱヱ、執念《しゆねん》ぶかき外道《げどう》め」

と、どつかと投げてまたがり乗り、

「ヤア、生《い》けおひてこの世のさまたげ。今ぞ成仏しられよ」

と、名作のきつ先にてぐつと突きこむとどめの刃《やいば》、七転八倒《しつてんばつとう》息絶へにける。

新蔵もよごれし刀ののりを拭き、やうやうにおさめ、身を作《つくろ》ふて帰る道、踏みあらしたる春日野を、ししの荒れたるけしきなる。すでに帰らんとする後ろへ、弘師が妄執《もうしう》、火焔《くはゑん》となつてころころころと、天地もかがやく火のひかり、四方《よも》をばちばちばちと鳴神の螺《ほら》も恐るるごとくにて、猶《なを》も降りしきるつるぎの雨。いかな若気《わかぎ》の新蔵も、あまりでほつと息《いき》をつぎ、

「ヱヱ、悪魔外道《あくまげどう》にもおとりし弘師《かうし》よな。さりながら、我をうらみと思ふなよ。あの女の行衛見届《みとど》けしが、十六の渕《ふち》の主成るぞ。両人の中《うち》ひとりは取らるる命。我が手にかけしは許されよ。仏神三宝《ぶつじんさんぼう》、南無弓矢八幡」

と、氏を守る祈念の中《うち》、雨もやみ風もしづまり、日もはや暮れて、せいせいと空も晴れ、心も晴れる星月夜《ほしつき》、道をいそひで立ち帰る。いはれ、今に福嶋浦《うら》弘師が火とあらはれけるとかや。

かくてその後、新蔵は野里の辺より妻をもうけて、年月むつまじく営み暮らす中《うち》、男子一人《いちにん》もうけ、はや成人いたする内、新蔵、小浜辺へ用事あつて行く道にて、狐の子を犬ども寄り合ひ、喰ひ殺さんとするを、追ひ払ひて助け、やうやうに行きける。

あるとき、内の妻《つま》、人間《にんげん》にまぢわらぬ身のつらさにや、おさな子相手に一人ごと、

「我は春日野《かすがの》に住むはたけ女なるぞや。別名も春日野といへる。またある時は、十六の渕にも住む。この渕の川幅《かははば》せばけれど、巽《い》こくの喉頸《のどくび》、恒河《ごうが》といつぱ、岸と岸との間十由旬《あいだじゆうゆじゆん》、是《これ》に劣りし水底《みなぞこ》知

れず。

それはともあれ、三年程《ほど》前、比《ころ》は八月末《すへ》の八日の昼、新蔵どのに見入れし今日《きやう》こそ取らんと思ひしに、かの弘師に出合《であい》、色々《いろいろ》の打擲《てうちやく》。我《われ》、数《す》百人かかるともいつかな負けねども、山伏の位官《いくわん》におそれ、どうぞ姿をあらわさじとつつしむる、その苦しみは阿鼻焦熱《あびしやうねつ》に入る心地ぞや。我がからだは虎狼《とらおおかみ》に劣りし。すがたは人にやつせども、かたちは蛇道《じやどう》なるぞや。それといざ知らず、つゆの命にかへて我を助け給ふ新蔵どの。

この御恩、いつか報ぜんと思ふうち、なさけなや、我が妹まこもの前は蝦蟆《がま》が渕にすみけるが、新蔵どのに縁組《あんぐみ》さだまりし野里の何某《なにがし》が娘お里どのを、おととし菊月朔日の朝《あさ》、こつぱい妙徳寺へ参詣《さんけい》なされしをとり殺したると聞《き》くやいな、お里どのになりかわり、二親へ今日《こんにち》までかくと知らさず。命の親の新蔵さま、いつまでも連《つ》れ添ふてみどり子をも育てあげ、御恩をおくらんと思ひしに、今日《きやう》とゆふ今日、仏神《ぶつじん》に追つたてられ、八百万《やをよろづ》の神々が、

「ここを去れよ、去れよ」

と責《せ》め給ふ。今日こそ帰ろうと思へども、このみどり子を誰《たれ》が世話してくれふぞ。かはひや」と、乳房ふくめて余念なく、涙にむせび泣居《なきい》けるぞあはれなり。若子を泣く泣く涙、したに寝させて、そばにある硯箱《すずりばこ》引き寄せて擦《す》る墨も、涙《なみだ》にとけて流れて湖《うみ》をこし、国家《こつか》もながるる風情《ふぜい》、筆をもつ手もいとど嘆きふるわれて、障子《しやうじ》をちからに取りついて、しどろもどろに書《か》き残《のこ》す。

「もしほ草《ぐさ》、おもひの数《かず》はおおけれど、なげきに筆《ふで》もまわりかね、参《まゐ》らせ候心のたけを、あらましにしめし参らせ候。めでたくかしく」と書置《かきおき》を障子に残し、出《いで》んとすれど、おさな子に心ひかれて立帰《たちかへ》り、また門口へ走り出《いで》ては駆けもどり、「さぞ主《ぬし》も難儀さしやんしやう。晩《ばん》から乳《ちち》せがんでいぢりなば、その世話は誰がする。みな主《ぬし》の難儀とや。心ひかさるる。とやせん、かとせん」と思ふうち、またも、

「帰れ」

と責め給ふ。

「ノウ、恐ろしや恐ろしや。ただ今帰る」

と言ふひまに、表《おもて》の方へ風《かぜ》が持《も》てくる梅《むめ》が香《か》かほる鶯《うぐいす》のやどり、北野の稲村《いなむら》へ入りくる姿《すがた》、にほひ香《か》も高《たか》やかに、なりも形もわれに似《に》て、

「コハそも不思議《ふしぎ》」

と見合《みあ》わす顔。

「ヤア、おまへは春日野さん」

「コリヤマア、あじな所で不思議《ふしぎ》のゐん。そしておまへの母御《ははご》、白藤《しらふじ》さんはおまめなか」

「アイ、知つての通り、かかさんは春日野の普請《ふしん》ゆへ、森をかられて今は箱《はこ》根《ね》山《さん》へ。そのとき私はこの北の小浜《こばま》へ嫁入り、また姉《あね》さんは津《つ》の国川の森に残《のこ》てでこざんす。」

「サア姉《あね》さんにはちよこちよこ逢《お》ふたれど、ここへ来てから逢《あ》ひもせず。おまへには、それからふつつりと逢《あ》はぬ」

「そうじやが、母御《ははご》さまは庄屋どのまで文《ふみ》が参《まゐ》たげなが、わたしへも見廻《みまひ》状、おこしなされそうなもの」

「イヤ私がたびたび訪《たつ》ぬるかなんぞのやうに、めいめいの勝手ばかり申して、マア御ろうじませ、ホホ」

と大笑《わら》ひ。互《たが》ひに咄《はなし》も狼狐狸《おおかみかうり》、生《しやう》はかはれど同じ仲間と知られたり。

「そしてマア、何《なん》と思ふてお出《いで》なされしぞ」

「アイ、少しと見舞ひに」

「ママ何《なに》おつしやる、この家《や》の主に御見まひかへ」

「ハアア、御不審、御尤《もつと》も。さりながら、おまへもここへどうして」

と言わんとせしが、「待てしばし、春日野の心をいざ知らずと、いかな狐も蛇《じや》には勝てぬ」と胸に手をはなさぬを、猶問《なを》ひかくる。

「卒爾《そつじ》ながら、物語《ものがたり》おん聞き成されてくださりませ。何《なに》を隠《かく》し申さん、今日私《きやふわたし》が子を犬が喰ひ殺さんとせし。「ハア悲しや、死なしたり」と思ふ中《うち》、新蔵さま早《はや》かけ寄つて追《おひ》ちらし、命助《いのちたす》かり、その御恩の為《ため》、下女になりとも、また若子《わこ》の取《とり》あつかひの宮づかへ奉《たてまつ》りたく、おそばに置ひてくださりませ」

とやさしく申せば、こなたにも打ちしほれ、

「さればとよ、みづからもその通り、新蔵さまには大恩、須弥山《しゆみせん》のごとし。子細《しさい》あつて御恩《ごおん》おくりに参《まい》りしぞや。さりながら、浅ましや、私《わたし》が身《み》の上《うへ》、はたけよ池よと言う、その水底《みなぞこ》のもくずに身をすむつらさには、仏神達《ぶつじんたち》が、

「ここを去れよ、去れよ」

とある。我が身は渕《ふち》へ帰《かへ》るとも厭《いと》はねど、心《こころ》にかかるはあのみどり子よ。まだ乳《ち》のみざかりをふり

捨て帰りし跡《あと》、さぞ新蔵さま難儀苦労《くらう》なさりやうと思ふや、心がまよわれて、ゑゝ、私しや、私しや去《い》なぬ」

と、かつぱと伏して泣きしづむ、前後不覚に見へにける。狐藤《こふじ》も涙おしとどめ、

「ヲヲ、お道理《どうり》、お道理」

といたわり介抱《かいはう》いたしける。春日野も、ややありて顔をあげ、

「なんぼう嘆きかこちてもかなわぬが、もしこのまま帰《かへ》りなば、蛇道《じやだう》ほどある主の留守《るす》の間に、一つや二つのみどり子を見すてて去《い》んだ、胴欲《どうよく》なと、世間の人の口の葉《は》に笑《わら》ひ草《ぐさ》。ア、ママヨ、なんぼう案じてもかへらぬ事」

と嘆きける。

「ヲヲ、若子《わこ》の事は気づかいなされなへ。私《わたし》が乳もたくさんにござんす」

と言へば、

「こなたも若子《わこ》はかくべつ、主《ぬし》に至《いた》るまで、いとしぼがつて下さんせ。いや、ずいぶんかわひがつてへ」

と言ふ間も、

「あれあれあれ、また「かへれよ、去れよ」と責め給ふ」

と身をふるわしける。

「コレコレ狐藤《こふじ》さん、主に逢ふて愛想《あひそ》つかされぬうち、今ぞ帰《かへ》るほどに、ずひぶん無事でいとしぼがつてへ」

と言へば、狐藤《こふじ》も狐衆のせばき心にや、

「コレ春日野さん、ここは聞く所じや。いづれも同じ身の上、私《わたし》が恩送《おんおく》りに参りしを、けぶとう思ふてのお帰りかへ。思《おぼ》し召《め》し、いかに」

と詰めかけられて、春日野は、

「イヱイヱもつたいない。この世《よ》は蛇道《じやだう》で暮《く》らすとも、来世《らいせ》は浮かむべしと願《ぐわん》こそ込めれ、その様なりんき妬《ねた》みは更《さら》になし。よしまたあるにもせよ、せいでさへこの苦しみ、この上罪を受くれば、どのやうな奈落に沈もふも知れず。ハテ浮世《うきよ》をみじかふとらば、昨日の前世、今日は此世《このよ》、明日《あす》は来世よとさとりなば、今日《きやふ》帰りて明日は成仏しもしやう。かならず心置かずとも、主さまや、みどり子を大切に守《も》り育ててくださんせ。頼みます」

とばかりにて出《いで》んとする所へ、狐藤《こふじ》は駆け寄り、

「是《これ》々、マア待つてくださんせ。おまへのお心、そうとはいざ知らず、たんきな事はゆるしてたべ。是《これ》は私《わたし》が父親さま、唐土鶏足山《もろこしけいそくざん》の峯《みね》、帝釈天《たいしやくてん》の森に住み給ふよし、兼《かね》てのぼしくだされし、この名《めい》香《かう》。栴檀《せんだん》、鶏舌《けいぜつ》、沈水《ちんすい》、丁子《てうじ》、安息香《あんそくかう》、この五つの品は五天竺の名香なるぞや。是《これ》を所持《しよじ》すると、なんといの罪ふかき外道《げどう》でも、未来成仏《みらひじやうぶつ》浮かむとある。是《これ》を門出《かどで》のはなむけ」

と差しいだせば、おしいただいて互《たが》ひの礼儀、いとまごひ。畜生《ちくしやう》にても誠《まこと》は仏神《ぶつじん》も、涙おほうてあはれみ給ふぞ有難《ありがた》き。わかれの声にみどり子、目をさましてわつと泣く。おさな子が何の頑是《ぐわんぜ》も、なき母をあこがるるを、狐藤《こふじ》が抱き上ぐる。互《たが》ひに顔《かほ》を見合はせて、恩愛ふかき血《ち》のなみだ、おさへかねたる有様《ありさま》ぞ道理なり。人目に見せじと、袖は涙のかくれがよ。

「みどり子たのむ。さらばや」

と、鶏足山《けいそくざん》の峯に住む鷲《わし》に子を取られ、この身は谷《たに》の水《みな》ぞこへ、落ち行く蛇形《じやぎやう》も角《つの》を落として、金《こん》色《じき》の鱗《うろこ》をたれて出《いで》て行く、よその見る目もあはれなりけり。

然《しか》る所《ところ》、早《はや》日も暮れて、しんしんと風にもまるる松《まつ》の音《おと》、小野の里に新蔵《しんぞう》も供を引きつれ立帰《たちかへ》り、すつと内にいれば、お里は打ち向《む》かひ、詞《ことば》やさしく述べにける。主《あるじ》は妻《つま》のかわりし事の様子は、いざ白紙の障子を見てびつくりし、

「コハ、ハテさて、合点の至らぬこの書置《かきおき》」

と、甚《はなは》だ感じ、不思議《ふしぎ》のてい。吉平《きちへい》は、

「コハおそろしや」

と、まゆ毛につばを付け、庭《には》のこすみへかがみ居《い》る。お里もハツトおどろき、顔は上気《じやうき》の紅梅《こうばい》や、ここに花をや散らすらん。

「イヤ、何おどろく事ある。この手跡《しゆせき》はそなたの筆。然《しか》れば、そなたは蛇かいの」

「イヱイヱ」

と、隠せど尻に尾はあらわれ、穴へも入りたき心地にて、

「ハアア、おどろきは御尤《もつと》も。さりながら、私《わたくし》は小浜《こばま》のほとりに住む野狐《やかう》なるぞよ。今日おまへのお情けにて子供《こども》の命《いのち》ひろひし。その御恩に、せめて若子《わこ》の抱きかかへの宮づかへと思ひ参じ候所、見ればなじみの春日野さま。しみじみと咄《はなし》の上。マアその書置なされし事はぞんぜず、そこへ来るやいな、かうかうとお身の上の物語り」

と様子を言へば、主《あるじ》もいとど思ひしづみ居る。吉平《きちへい》は庭のすみにかがみながら、

「コレハマア、旦那《だんな》のお供《とも》に参《まいつ》た留守の間《ま》に、内《うち》はばけもの屋敷になつたか」

とあきれいる。主《あるじ》も涙の顔をふり上げて、

「そんなら、是《これ》まで添ひしお里《さと》は、蛇《じや》であつたか。それにそなたも狐《きつね》じやの。是《これ》はも、どちらにしても蛇ははなれぬ。是《これ》はマア、吉平めが妖物《ばけもの》屋敷と言うもことわり」

新蔵もあまりであきれて返答もなきにたおれ、涙にむせびいる。吉平は立ち上がりて、

「イヤモ何から何までよう気をつけなされた御家さま、なんぼ蛇《じや》とおつしやつても、私めは誠に思ひませぬ。旦那《だんな》さまは申すにおよばず、ぼんさんをかわひがり、下郎《げろう》のわれに至るまで、それはそれは、あのやうなお家さまは唐天竺にもあるまい」

と語れば、主《あるじ》も下郎の詞《ことば》につれ、

「ヱヱ、上々でなれば貞女のかがみにもなるべきもの。女の道を守る心ぞ浅からず」

と心にほめる中《うち》に、狐藤《こふじ》、涙の顔《かほ》を上げ、

「イヤモ段々の御愁嘆《しゆうたん》、その上に何《なに》やかや、私に頼み置いてござりました」

と委細を話せば、こなたも涙打ちはらひ、

「ヱヱ、思へば蛇道狐犬《じやだうかうけん》に至《いた》るまで、かほどに恩を思ふものか。我々《われ》が親《おや》の恩を思ひもせず、魚鳥《ぎよてう》の釣《つり》をなぐさみに殺生のくるひごと。こふいう事のめぐりくるも、仏神《ぶつじん》のわれを意見ぞや。いにしへの安倍《あべ》の童子《どうじ》をうみ育て、信田《しのだ》の森へ帰りし、それは野干《やかん》よ、是《これ》は蛇道《じやどう》、世《よ》には不思議《ふしぎ》なこともあればある。悋気嫉妬《りんき》よりおこる蛇鬼《じやき》もあるに、もとより蛇道《じやどう》と生《しやう》を得《ゑ》て、我に恩をおくる心ぞいたわしける。それはともあれ、我が子は蛇《じや》にはあらざるや」

と抱《いだ》きおこし、頭《かしら》より足《あし》のつま先《さき》までなで廻《まは》し見れば、玉のやうなるみどり子がお里《さと》と思ひ取《と》りつひて、おふさをたづぬれば、父《ちち》は泪《なみだ》をおしぬぐひ、

「ヲヲ道理、道理。さりながら狐藤《こふじ》どの、去《い》んだものはしよ事《こと》もなし。そなたやつぱりお里になり、ひとり歩きするまでは、どうぞ養育たのむぞや」

と言へば、狐藤も打ちしほれ、

「ソレハ別して心やすいことながら、姿《すがた》あらはさぬうちは、どのやうな艱難《かむなん》でもいたそふが、人に知られては叶《かな》ひがたし」

と言ひつつ、きへ残るはおさな子ただ一人。新蔵も男《おとこ》も、ともにおもかげ見へねば、そこよここよと駆けまはり、

「狐藤ヤイ、お里ィノ」

とおひ廻りて、

「まいちど姿《すがた》見せてたもひの」

と、嘆きの声につれてや、一間《ひとま》の中《うち》に顕《あらは》れ、人目をきらへば吉平《きちへい》をかしこへやり、新蔵ひそかに物《もの》語《がた》りを聞き給へば、狐藤なみだ打ちはらひて、

「春日野さまに段々《だんだん》のおたのみを蒙《かうむ》り候へば、もうこの上は姿あらわす事はかなわず、新蔵さま御くろうに候へども、みどり子のお世話頼《たの》みます。なろう事ならば、昼は古巣に身をかくし、夜々《よる》なりと来たけれど、宵《よひ》にここへ来る道にて、あなたへ行《ゆけ》ば犬《いぬ》ばら、こなたへ逃げれば狩人、かしこへ行けばまた犬《いぬ》が寝ている。私がためには鬼地獄道、剣《つるぎ》の上を歩むここちぞや」

と申せば、新蔵《しんぞう》も道理《どうり》と詞《ことば》をうけ、

「さりながら我《われ》がてまへ、何《なん》の遠慮。かならず心を置《おか》ずと居《い》てたも」

と頼めば、こなたは身をふるひ、

「イヱイヱ、もうかなはぬ。どうぞゆるして下さりませ」

と、言ふてはぱつと消へ、消へてはかしこに立ち、なごりおしげに若子《わこ》をだき上げ乳房をふくめ、

「これ、いとよ。父御《ちちご》のなげきと言ひ、母御《ははご》春日野《かすがの》のたのみと言ひ、わたしが心は来たけれど、畜生のあさましさには、来れば法《ほう》はづれる。今宵《こよひ》帰りなば、来ることかなわず」

と、懐中より取り出《いだ》す錦《にしき》の袋のうち、光りかがやく名玉一つ、

「コレハ日本には白狐《びやかう》のたま、唐土《もろこし》にては野狐の玉、この玉《ぎよく》を所持《しよじ》せしところ、みな富みさかゆるゆへ、その後、これを富貴《ふうき》の玉と王宮《わうくん》より位《い》を給わりし、この名玉《めいぎよく》。是《これ》を私が祖父《ぢい》さま、五色《ごしき》の名香をそへ、我にあたへ給はりしを、ここにのこし候程《ほど》に、私《わたくし》と思ひ若子《わこ》のそば離さずおき給へば、わづらふ事なし。富貴《ふうき》繁盛、富みさかへる。かならず粗末にしたもうな。頼むぞへ。名残は果てし、おさらば」

とばつと消へ、子は母をばたづね泣き、早夜明《はやよあけ》がらすの「かはひ、かはひ」と鳴く声に、引きわかれたる縁のつな。

　新蔵、もとどりふつと押《お》し切つて、悟りをひらく庭《には》のけしき。名光富貴《めいかうふうき》の玉と名に高く、我が名字とともに祝ひおさむる社寺所、稲荷山遠頓《いなりやまゑんとん》寺と、今にのこりし古跡はかくと申しけん。あまたの野干《やかん》、渕川《ふちがわ》の主はあれども、是《これ》はまれなき事なりと、はなしに聞き侍り候へども、久々しき事なれば年月も覚へず、あらましを書きあらはし申し候。くわひくわひくわひ。

怪談名香富貴玉巻之四終

怪談 名香富貴玉巻五

目録

○備中国座頭《ざとう》、狼《をゝかみ》をくみとめし事

けがの高名《かうめう》といふ事もあればあるものなり。備中の国の山中の事なりしが、近国へ通《かよ》ふ座頭、夜ふけて琵琶箱《びわばこ》を負《お》ふて通る折ふし、大きなる狼出《いで》て、やがて座頭をくらはんと飛びかかる。思ひがけなき事なれども、この座頭、丈夫《じやうぶ》なる者にて少しもおどろかず、そのまま狼を締めつけ動かさず。狼は座頭の背中の琵琶箱の風呂敷包《ふろしきづつみ》にかぶりつく。座頭はここを先途《せんど》締めつけ、右の手にて狼の金《きん》を強くにぎりければ、狼、大事の急所を締められ、ここを先途《せんど》もがき、いよいよつよく箱をかぶりしが、座頭の運や強かりけん、金《きん》を強くにぎり締めければ、狼次第に弱り、終《つひ》に座頭に締め殺されける。

されども座頭、めつたと離さず、ここを大事と狼にしがみつき居たりしが、漸《やうやう》夜も明がたになりて、とをりの人あり。見れば座頭、狼と共に死したるやうに見へしが、よくよく見れば、狼は目をむきいだし死し居たり。座頭はかすかの息しけるを、あたりなる谷川《たにがわ》の水などすくひ飲ませてければ、やうやうに気づき、次第を尋《たづ》ねければ右の事どもかたりて、座頭はつつがなく狼を殺しけるとなん。

○京の侍、牧方《ひらかた》海辺にて鬼に逢し事

京屋敷の留主居《るすい》方より大坂蔵屋敷まで、俄《にはか》に急用の事ありて飛脚《ひきやく》を承り、陸《りく》にて夜《よ》通《どを》しに大坂へ下りける。この侍《さぶらい》、ことの外《ほか》の臆病人《おくべうにん》にて、供壱人召し連れられける、是《これ》も同じ臆病ものにぞありける。しかれども、互《たが》ひに臆病をかくし、ともぢからにして夜と共に下りしが、牧方《ひらかた》の下の方、道のかたはらに墓《はか》あり。また焼き場ありて、火のかげ見ゆる。猶《なを》々怖さまさりしが、だんだんと近くなるほどに、火のかげ煙《けぶり》の中《うち》を見れば、口のひろき目の大きなるあやしき青鬼《あをおに》、この死人《しにん》を喰うてぞ居たりける。

「是《これ》は因果《ゐんぐは》なる所へ来かかりたる事よ」と、主従《しうじう》互《たが》ひに思ひけれども、跡《あと》へも戻られず、一足《あし》二足《あし》あゆみ、やがて側《そば》ぢかく成りし程《ほど》に、かの侍、刀をぬき大音にて、

「やい、そこな鬼よ」

と言へば、かの鬼、

「あい」

と言ふ。

「おのれ、そこ退《の》かずんば、目に物見せん」

と言ひければ、かの鬼震《ふる》い震い、

「私《わたくし》は鬼にては候はず。病《やまひ》ござ候が、この火にて焼《や》きたる餅《もち》を食べ候へば治ると申し候ゆへ、餅を焼《や》きて食べるなり。あまり火つよく熱きゆへ、いもの葉を面《めん》にいたし、かむり候」

とて、面をぬぎければ、両人あきれはて、天《あま》の命拾ひし心地にて、大坂さして下りけるとなり。

○河内の国あやしき鳥の事

河内の国狭山《さやま》の辺《ほと》りの百姓、山かせぎにゆきて、鶯《うぐひす》の大《おお》きなる様《やう》な鳥《とり》をとらへ、宿《やど》へかへりて籠《かご》に入れ置《おき》しが、この鳥不思議《ふしぎ》なる鳥にて、夜ごとに火をともし、暗夜《あんや》にこの鳥の火にて、外《ほか》のともし火もいらざるやうになりけり。

毎夜毎夜如此《かくのごとく》せし程《ほど》に、後《のち》には近所《きんしよ》に沙汰《さた》ありて、見物人も多《おお》かりける。次第に火、大きになり、後にはおそろしくなり、いかがせんと思ひしが、ある時《とき》、餌飼《あが》ひせんとてあやまつて籠《かご》をひらきしかば、何国《いづく》へやら飛《とび》さり行方《ゆきがた》しれず。

「あやしき鳥なり」

と、人々沙汰しあへりける。何といふ鳥といふ事をしらず。

○肴屋《さかなや》、幽霊《ゆうれい》に逢《あふ》たる語《はなし》

八幡《やわた》より橋本辺《はしもとへん》へかよふ肴屋の語《はなし》に、

「夜ふけて八幡へもどりしに、むかふより火の玉ふたつ飛《とび》くる。人玉か何の火にてかありなんと思ひ、あゆみ行くうちに、かの火の玉ちかくなり、よくよく見れば、火の玉のうへに女の髪をさばきたるが、下はしかと見へず。今一つの火は男のやうに思ひしばかり、しかと見つけ得ざるに、大きにおどろき、肴荷《さかなに》もなげすて、気を取り失ひしが、明《あけ》がたに人通《とを》りに水など飲ませてもらひ、やうやう人心地《ごこち》つき、送られかへりし」

と物語《ものがたり》せしとなり。

○狩人結之丞《ゆひのじよう》事并告《つげ》の事

摂津国《つのくに》あくた川のほとりに、結之丞《ゆひのじよう》といへる狩人《かりうど》ありけるが、我《わ》が妻懐胎《つまくはいたい》にありけるを心にかけながら、鉄砲《てつぽう》たづさへ出《いで》にける。

しかる所に、池田の奥山《おくやま》へまで行《ゆき》て、夜半《やはん》のころまで獣《けだもの》のたぐひにもあはず、しばし山石に腰《こし》打

ちかけ、まどろみ居けるが、夢の内に、

「今宵五つ時に、安く平産《へいさん》あり。しかし、男子なれども拾五才に相なりなば、桂川の主《ぬし》に取らるるぞ」

とありける。ハットおどろき夢さまし、やうやうと我《わ》が家へ帰りて見れば、夢に違はぬ男子の平産なり。「サテハまさしく正夢」と、あまり不思議《ふしぎ》に心晴れず。

しかるところ、「十五才になりければ、桂川の主《ぬし》に命取らるる」とありければ、おろそかならず。「是《これ》といふも、われ是《これ》までに殺生のつみ重なりしゆへ、仏神に見捨てられしか、あさましや」と、こぼす泪《なみだ》を妻に見せず、心に思ふくるしさは、五臓六腑を引きしごく心地なり。まして、「かわひや渕川《ふちがわ》の主に取らるるとは、恐ろしや」と、妻《つま》にいとまを乞ひ、髪を切り、是《これ》よりすぐに六十余州を廻り、九年目に帰りて見れば、右の男子《なんし》たくましく成人して、おとなしく人にすぐれて、位高《いたか》くそだち、つねに観音経《くわんおんきやう》をこのみ、日々日々となへり。

名をば亀次郎と申しけるが、しかるところ、父結之丞は正永《しやうゑい》と改名し、男子十五のなつ、ある時、親の年忌に当《あ》たりて寺《てら》へ参りける。その留守の内へ、京都《きやうと》へ急用《きうやう》とて代官所《だいくわんしよ》の役うけ、父《ちち》に暇《いとま》も乞《こ》はず、亀次郎急《いそ》ぎ行《ゆ》きける。程《ほど》なく父正永帰りて、この様子《やうす》を聞いてびつくり驚きし、

「さては亀次郎出生《しゆつしやう》の時、池田《いけだ》の奥山《おくやま》にて夢《ゆめ》に見し、桂《かつら》の主《ぬし》に取《と》らるるは今日ぞや」

と、衽《おくみ》たたいて泣きさけべば、母親《ははおや》も、

「さては、そうでありしか」

と、夫婦《ふうふ》一統《いつとう》に前後《ぜんご》不覚、泣きにけり。父はやうやう起き上がり、

「いで、追いつかん」

と駆け出るを、近所辺《ほとり》のととかかが、

「もう余《よ》程《ほど》間もありければ、追いつかれもせまいし、よしに召され」

と、おし留《とど》める。

「イヤ、おれが行く」

と、母親がまた駆けいだせば、

「イヤおれが」

と、互《たが》ひに正体《しやうだい》なかりし。近所の衆も挨拶《あいさつ》ほつと困りけり。わつと声をあげて泣く所へ、村の同行《どうぎやう》衆打ち連れて、

「今日はきどくに非時《ひじ》をつとめなされる」

と、様子しらがのおやぢたち、内へはいれば、

「コリヤ何事」

とたづぬれば、かうかうと子細《しさい》を聞きてびつくり、

「サアこれ、聞き捨てにもなるまい。一つ所につれ立ち、桂《かつら》の方へたづねて行きましよ」

と力を付くれば、正永も同行衆《どうぎやうしゆ》の詞《ことば》を杖《つへ》にして、

「おれも行く」

と打ち連《つ》れて、桂《かつら》の里へと急ぎける。

○亀次郎、桂川の事

ここに、千年万年と齢《よはひ》をあらそふ亀次郎が、やうやうと桂の里へ歩《あゆ》みくる。跡へ付きそふ娘、姿は十四、五才にて、器量《きりやう》は天《あめ》が下にならびなき美人なり。亀次郎は道々観音経《くわんおんきやう》をつとめければ、跡より、

「申し」

と声をかけ、

「わたくしはこの桂川の主《ぬし》なるが、其本《そこもと》を出生のときより見入りしが、十五年の今日、我が餌食《あじき》にせんと思ひしが、道くだりの観音経《くわんおんきやう》を聞くたびたびに、我が胸のせつなさつらさ。今日の功力《くりき》にて、今ぞ我も浮かむぞや。君をたすけ、この川の橋となり、渡し参らせん」

と、川岸に立ち寄り、反《そ》り返《かへ》り、橋となりければ、はじめに違《ちが》ひ、恐ろしきていなり。亀次郎は観《くわん》音経《おんきやう》を押《お》しいただきて、唱へるていは法花経の八の巻《まき》よりありがたき。やうやうと越へける。

かの主《ぬし》は、両手を合はし伏し拝み、

「さらば」

と手をあはし伏し拝み、

「今ぞ成仏」

と消え失せけり。

昔の渕、今の瀬となりて、ここ桂川の主《ぬし》、この時よりなかりけり。

怪談記野狐名玉巻五終

安永癸巳歳正月吉日

作者　谷川琴生糸

書林
京都　菱屋孫兵衛板
江都　前川六左衛門

怪《かい》談《だん》見《けん》聞《もん》実《じつ》記《き》

小笠原　広安＝校訂

序

誰《たれ》かいふ、世間に下戸《げこ》と妖物《ばけもの》なしとは。当代《とうだい》下戸あり、妖物あり。往古《いにしへ》とてもまた然《しか》り。古人も妖《よう》は徳《とく》に勝《か》たずといふは、これ化物《ばけもの》の事にあらずや。然《しか》りといへども、その性質《せいしつ》の強実《がうじつ》なるは、邪《じや》魅《み》も妖《よう》をなす事能わず。適《たまたま》怪異《くわゐ》に逢《あ》ふといへども、また曽《かつ》て害《がい》なきのみ。柔弱虚臆《じうじやくきよおく》に生《む》まれし人は、邪魅《じやみ》の為に侵《おか》さるる事、また鮮《すくな》からざるなり。至若《しかのみならず》、不怪《ふくわゐ》をして実怪《じつくわゐ》とし、神魂忽《しんこんたちま》ち悩乱《のうらん》して、精神殆《せいしんほとん》ど傷損《しやうそん》す。豈《あに》これを慎《つつし》まざらむや。是《これ》、所謂《いわゆる》、妖《よう》は人によつて発《おこ》る物なり。

予、熟惟《つらつらおもんみ》るに、深山幽谷《しんざんゆうこく》の間に在《あ》りて山魅魍魎《さんみもうりやう》の諸妖《しよよう》は知らず、大抵村里《たいていそんり》の間に在るもの、狐《こ》狸《り》の仕業《しわざ》に過ぎざるのみ。是《これ》、みな人の虚《きよ》に乗《じやう》じて妖怪《ようくわゐ》をなす物にして、譬《たと》へば門戸を楗《とざ》ずして盗《とう》賊《ぞく》を導《みちび》くが如《ごと》きなり。

ここに、六十年来見聞《けんもん》せし怪談《くわゐだん》の趣あり。見《み》る則《とき》は筆し、聞《き》く則《とき》は記《しる》して、既《すで》に数紙《すうし》に及びしを、この頃文庫《ごろぶんこ》の底《そこ》より見出《みいだ》し、怪談見聞実記《くわゐだんけんもんじつき》と名づけ、児女《じじよ》の耳《みみ》を驚《おどろ》かして春の夜の目覚《めざま》しにもと、桜木に鏤《ちりば》め侍る。稍虚説《やゝきよせつ》を雑《まじ》へず、文華《ぶんくわ》によらず、只管俚諺《ひたすらりげん》を採《と》り用ひて、その実情《じつじやう》を述《の》ぶる而已《のみ》。

安永九年庚子正月良辰

洛東住　華文軒

如環子撰

怪談見聞実記巻之一

○目録

怪談見聞実記《くわゐだんけんもんじつき》巻之一

○洛東《らくとう》吉田村百姓六右衛門、狐に怨《あだ》を報《むく》はる事

洛《みやこ》の東北、神楽岡《かぐらおか》、吉田の社《やしろ》は帝都《ていと》の咫尺《しせき》を占《し》め給ひ、神祠《しんし》鎮護《ちんご》の霊場《れいじやう》にて、日本六十八州三千一百三十二座の諸神《しよじん》を祭《まつ》れる神社《じんじや》なれば、卜部家《うらべけ》、勅《ちよく》を蒙《かうむ》り給ひて、神祇官《じんぎくわん》を掌《つかさど》り給ふゆへ、諸州《しよしう》の神司家《しんしけ》ここに来《きた》りて、宗源唯一神道《そうげんゆいいちしんとう》の修法《しゆほう》を学《まな》べるところなれば、諸国《しよこく》の社人《しやにん》、逗留中《とうりうちう》は町宿《まちやど》も程遠《ほどとを》しと、吉田村にて百姓の座敷を借《か》りて旅宿《りよしゆく》とせり。

頃は享保《けうほう》の末《すへ》つかた、この村に六右衛門とて百姓あり。年齢《ねんれい》六十余《よ》才にて、随分健《ずいぶんすこ》やかなる生得《むまれつき》なり。若き時分《じぶん》は折《おり》ふしに小相撲《こずもふ》なども取りたりしが、今は年齢《よはひ》もかたむきたれば、跡式《あとしき》を息子《むすこ》に譲《ゆづ》りて、世《よ》を楽《らく》々とぞ暮らされたり。

ある時《とき》、所用《しよよう》の事ありて、ひる飯後《はんご》より京都に出《い》で、早速《さつそく》用事も調《ととの》ひしかば、すぐさま在所《ざいしよ》へ帰るとて、聖護院《しやうごゐん》村を東へ行《ゆ》き、村はづれより北に出《い》で、吉田村の藪際《やぶぎわ》を半町ばかり行き過ぎて、与《ふ》風《と》西おもての道ばたなる茶園畠《ちやゑんばたけ》を見やりしに、大きなる古狐《ふるぎつね》、午睡《ひるね》をしてぞ居たりける。六右衛門、見つけつつ、全体強気《ぜんたいがうき》の人なれば、そろそろ茶園《さゑん》にあゆみより、持ちたる杖《つへ》にてしたたかに彼《か》の狐を打擲《てうちやく》せり。狐は大きに驚《おどろ》き騒《さわ》ぎ、茶園《ちやゑん》の中を馳《は》せまわり、ただ、

「くわゐくわゐ」

と打ち泣《な》きて、何地《いづち》ともなく逃《に》げ失《う》せたり。

　六右衛門はそれより、「心地よき事したりし」と、ひとり笑《え》みして帰りしが、その後、一年余《ひととせあま》り経《へ》て、さる田舎《いなか》の神職達《しんしよくたち》五、六人登《のぼ》り来《き》て、六右衛門の宅《たく》をかり、旅宿《りよしゆく》とぞしたりける。比《ころ》は六月中旬《ちうじゆん》にて、祇園会《ぎおんえ》の時節《じせつ》なれば、

「祭礼《さいれい》、拝見《はいけん》すべし」

とて、客人達《きやくじんたち》をいざなひ連《つ》れ、昼過頃《ひるすぎころ》より京に出て、

「祭礼《さいれい》も見終《みお》はりたれば、ついでに納涼《すずみ》見物せん」

と、おのおの河原《かわら》に誘引《いざない》て、彼方此方《かなたこなた》と見めぐりしが、

「いざ、酒一つ汲《く》まん」

とて、客人《きやくじん》諸とも縄手《なはて》に出《い》で、しるべの茶屋《ちやや》に立《た》ちよりつつ、まづ飯《はん》などを認《したた》めて、すでに酒宴《しゆえん》に及《およ》びしが、短夜《みじかよ》の程《ほど》もなく、後夜《ごや》の鐘《かね》も撞《つ》き出《いだ》し、小雨《こさめ》そぼそぼ降《ふ》り出せば、

「今宵《こよひ》はここに雨やどり。われらは御いとま申さん」

と、客人達《きやくじんたち》をとどめおき、木履《ぼくり》、傘《からかさ》、借調《かりとと》へ、小灯燈《こてうちん》を手に引《ひ》き提《さ》げ吉田村へ帰る頃《ころ》、雨はしきりに降りいだし、時刻《じこく》は八つ過《す》ぎたれども、通ひ馴《な》れたる道なれば、二条新地を出《い》ではなれて、細道《ほそみち》づたひに聖護院《しやうごゐん》の森《もり》を目当《めあて》に行《ゆ》く所に、二、三間《げん》向かふの方に、二十《はたち》余りと覚しき男、十七、八な

る女もろ共、相合《あひやい》がさにて泣々《しほ》と、森《もり》の方へぞあゆみゆく。

六右衛門は見咎《とが》めて、「かく更過《ふけす》ぐる雨の夜《よ》に、若き男女《なんによ》の打ち連れだち、森《もり》へと行《ゆ》くは不審《いぶか》し。心中《しんぢう》などに出《い》でたるにや。何にもせよ、追《お》ひつかん」と、足《あし》ばやにあゆめども、更《さら》に追ひつき得ざりしが、はや森《もり》に近《ちか》づくとき、逸足《いちあし》だして「追ひつきし」と思ひの外《ほか》に、不思議《ふしぎ》やな、今まで見へし弐人《ふたり》づれ、忽然《こつぜん》と消《き》へうせて跡方《あとかた》もなく成りしかば、六右衛門は動転《どうてん》し、ぞつとひや水《みづ》かくるがごとく、たちまち正気を取りうしなひ、何《いづ》地《ち》を行くとも知らずして我が家へは帰りしが、門口よりもわめき出し、大声あげて罵《ののし》りしは、

「我、いつぞや茶園《さえん》の中に午睡《ひるね》をしてゐたりしに、科《とが》なき物を、散《さん》々に持《も》ちたる杖《つへ》にて打擲《てうちやく》せり。この怨《うら》みを晴《は》らさんと今まで付《つ》き添《そ》い歩きしかど、つねづね強気《がうき》の奴《やつ》なれば、取りつく隙《ひま》もなかりしゆへ、かく年月を送りしなり。幸《さいわ》ひ今宵《こよひ》は雨強《つよ》く、夜更《よふ》けて帰るはよき折ぞと、やうやう汝《なんぢ》に取り

つきて、已前《いぜん》の怨《うら》みを報《むく》ふなり。思ひしらせむ、思ひしれ」

と、座敷《ざしき》を狂ひ回りしかば、人々大きに驚《おどろ》きて、手足に取りつき引きとむれば、鋤《すき》、鍬《くわ》、小道具《こどうぐ》追つ取りて、近づく人に投《な》げつくるに、家内は皆々当惑《とうわく》し、寄りつく者もなかりしが、この騒動《さうどう》に近所より百姓余多《あまた》集《あつ》まりて、

「さては狐の付きたるよな。まづ手足をば括《くく》れや」

とて、四、五人一同に群《むら》がりて、手どり足どり漸《やうやう》に柱《はしら》に縛りつけたれども、猶《なを》狐付き大声あげ、更に罵《ののし》り止《や》まざりしが、はや夜もほどなく明けしかば、加持祈禱《かぢきとう》を相頼み、守《まもり》を頸《くび》に掛《か》けさすれど、かひ振《ふ》りおとし撥《は》ねおとし、狐は落つべき気色《けしき》もなし。

何かとするうち日数たち、十日あまりに及びしかば、かくては如何《いかが》と評定《ひやうじやう》し、吉田様へ願ひをあげ御神符《ごしんふ》を戴《いただ》きて、襦袢《じゆばん》の襟《えり》に縫ひ入れて肌《はだへ》にこそは被《き》せたりける。

「実《げ》に有難《ありがた》や。日の本の諸神鎮護《しよじんちんご》の御社《みやしろ》」

とて、神徳《しんとく》まさに炳然《いちじる》く、この御神符をかけしより狐は大きに悩《なや》みつつ、

「あら恐《おそ》ろしや」

と叫《さけ》び出し、伸《のつ》つ反《そつ》つ狂《くる》ひしが、次第次第に正気づき、漸々《やう》狐は退《の》きたれ共《ども》、元気《げんき》大きに衰《おとろ》へて、ぶらぶら煩《わづら》ひつきしゆへ、医師《いし》を請《しやう》じて服薬《ふくやく》させ、半年《はんねん》ばかり程《ほど》を経《へ》て、次第《しだい》に快気《くわいき》ぞしたりける。家内大きに悦びて、まづ安堵《あんど》はしたれども、吉田殿の御神符《ごしんぷ》は常々《つね》頸《くび》にぞ掛《か》けさせたり。

この六右衛門、隠居所《ゐんきよじよ》は座敷《ざしき》も余程広《ひろ》けれども、客来《きやくらい》の折柄《おりから》はかの座敷《ざしき》を明けわたせば、土蔵《どざう》の二《に》階《かい》へ畳《たたみ》をしき、ここに寝伏《ねふ》しをせられしが、狐の退《の》きしその後もまた、この土蔵《くら》を寝間《ねま》とせり。

その翌年《よくねん》の秋の末《すへ》、いつものごとく土蔵《くら》に入り、四つ比《ごろ》より寝《ね》られしが、夜ながの折とて老人の小用せんとて、夜着《よぎ》引きのけ、ふと起《お》きあがる枕元《まくらもと》に、五、六才なる小坊主《こぼうず》のしよんぼりとして座《ざ》し居《ゐ》たり。六右衛門びつくりし、

「おのれ、何奴《なにやつ》なるぞ」

とて枕追《まくらお》つ取《と》り打ちつけしに、何地《いづち》へか隠《かく》れけん、忽《たちま》ちかたちを見うしなふ。頓《やが》て本家へ走《はし》り行き、家内の人々呼《よ》びおこし、ここやかしことさがせども、更《さら》に行衛《ゆくへ》の知《し》れざれば、

「さては例《れい》の古狐《ふるぎつね》、またこそ化《ば》けて来《きた》りしか」

と、弥《いよいよ》守《まもり》を頸《くび》に掛《か》け、暫時《ざんじ》の隙《ひま》も離《はな》さねば、狐は恐れて付かざれ共《ども》、既《すで》にこの夜を始めとして毎《まい》夜毎夜《よまいよ》化《ば》け来《きた》り、枕もとに座《ざ》しゐたるを、六右衛門は見る度に、

「おのれ、またぞや来《きた》りしか」

と、あり合《あ》ふ物を打ちつくれば、かひ消《き》へうせて影《かげ》もなし。

それよりは夜《よる》となく昼寝《ひるね》の床《とこ》の枕にも、いつの間にかは来《きた》り居る。家内は曽《かつ》て目に見へねど、六右衛門のみ見つけつつ、

「また来りしか」

と立《た》ち騒《さわ》ぐ。さすが強気《がうき》の生得《せうとく》も是《これ》には気をや鬱《うつ》しけん、またぶらぶらと病《や》み出《いだ》し、その翌年《よくねん》の秋の頃、木の葉のちると諸ともに、終《つい》に空《むな》しく成りにける、恐《おそ》ろしかりし執念《しうねん》なり。

この六右衛門一件《けん》は、我が若年の折柄《おりから》に、かの家《や》へ度々往来《わうらい》せしゆへ、委細《いさい》に見聞《みき》き及びしなり。世間《せけん》に狐の付きたる者、ここかしこに多しといへども、此方《こなた》より手ざさぬは、狐付くに利《り》害《がい》を解《と》けば、早速落《さつそくお》つる物ぞかし。この六右衛門は故《ゆへ》なきに狐を打擲《てうちやく》せられしゆへ、かかる怨《うら》みを受けしなり。無益《むやく》の事はせぬものぞかし。

○洛西壬生寺《らくさいみぶでら》の西辺、宗玄火《そうげんび》の事

洛西《らくさい》の壬生寺《みぶでら》は、快賢僧都《くわいけんそうづ》の開基《かいき》なり。本尊《ほんぞん》は地蔵菩薩《ぢざうぼさつ》の座像《ざぞう》にて、定朝《ぢやうてう》の作なるよし。定朝、一刀《いつとう》を刻《きざ》む毎《ごと》に、僧都快賢三礼《そうづくわいけんさんらい》し、一千日《いつせんにち》の日数を経《へ》て造《つく》り立てたる尊像《そんぞう》なれば、霊顕尤《れいげんもつと》もいちじるし。

この寺の東の方、仏光寺通の町はづれは、南の方は田畠《でんばた》にて北は片はら町なりしが、この出はなれの小家を借《か》りて、鹿子《かのこ》をゆふを渡世《とせい》とせし老婆《らうば》一人住《す》みたりしが、われらいまだ若年の砌《みぎり》はかの宅《たく》に折々行きて、鹿子《かのこ》などを誂《あつら》へしが、ある時老婆《らうば》に尋《たず》ねしは、

「この辺《へん》には古来《こらい》より、宗玄火《そうげんび》とやら名づけたる火の玉の出《いづ》るよし、今とても替はらずして火の出るや」

と尋ねしに、かの婆々《ばば》は打ちうなづき、

「成程《なるほど》、今もおりにふれ、雨夜は勿論《もちろん》、闇《やみ》の夜には必ずこの火の出るなり。わが家の二階《にかい》の間戸《まど》よりは手近くも見ゆるぞや。ちと見物《けんぶつ》に来らるべし。婆々《ばば》は度々《たびたび》見る事なれば、珍《めづ》しからず」

と答へしゆへ、

「しからば、近日《きんじつ》来るべし」

刻《こく》を問《と》へば、
と、かの婆々に約諾《やくだく》し、ある闇《やみ》の夜の事なりしが、初夜過ぎより宿《やど》を出て老婆《らうば》が宅《たく》に急ぎゆき、時《じ》
「四つ過ぎ頃、夜半に近し」

と答へしゆへ、

「然らば暫《しばら》く間もあるべし。たばこ一服《いつぷく》すわん」

とて、四方山《よもやま》のはなしの内に、

「はや、追付《おつつけ》ぞ」

と言ふよりも、老婆諸《らうばもろ》とも二階《にかい》へあがり、連子窓《れんじまど》の障子《せうじ》をひらきて西なる野辺《のべ》を打ちまもり、今やおそしと待《ま》つ所に、すでに夜半に近き頃《ころ》、かの火《ひ》の玉《たま》と覚《おぼ》しきもの、壬生寺《みぶでら》のむかふなる西の土手《どて》の藪際《やぶぎわ》をつたひて、南へ下がりたり。老婆《らうば》はこれを指《ゆび》ざして、

「宗玄火《そうげんび》ぞ」

と教《おし》へしかば、またたきもせず見る所に、壬生寺《みぶでら》の南の方《かた》半丁あまり下り来て畠《はたけ》の中へ出ると見えしが、不思議《ふしぎ》や、この火たちまちに三つ四つ五つに引きわかれ、互《たが》ひに打ちあひ飛びあがり、ぱっと散りてはまたあつまり、集《あつ》まりてぱっと散《ち》り、半時余《はんじあま》りも戦《たたか》ひしが、元《もと》のごとくに壱つとなり、また土手藪《どてやぶ》をつたひゆき、北の方へぞ帰りける。怪《あや》しかりける有りさまなり。我ら老婆《らうば》に尋ねしは、

「この火の玉を、何ゆへに宗玄火《そうげんび》とは名づけしぞ」

と問へば、老婆はしわぶきて、

「むかし、この壬生寺《みぶでら》に燈明《とうめう》をつかさどりし宗玄といふ僧ありしが、毎夜毎夜の御明《みあかし》の所《しよ》々の油《あぶら》を盗《ぬす》みとり、おのが私欲《しよく》とせし事の、終《つい》に露顕《ろけん》したりしかば、出家に似合《にあ》はぬ行跡《ぎやうせき》とて公《おほやけ》の御沙汰《さた》となり、程《ほど》なく刑戮《けいりく》せられしよし。その執心《しうしん》の残りしにや、浮《う》かみもやらず今の世まで、かく執念《しうねん》の焔《ほのほ》と成りて、雨夜は勿論《もちろん》、闇《やみ》の夜には必ずこの火の出るぞと、兼ねて聞《き》きは及びしかど、くわしき訳《わけ》は存《ぞん》ぜず」

と、あらあら語《かた》り終《おわ》りしなり。

按《あん》ずるに、古戦場《こせんじやう》あるいは屠所刑戮《としよけいりく》の場所《ばしよ》などには、人畜《じんちく》の膏血《こうけつ》つもりて燐火《りんくわ》など出る事、世《せ》間《けん》に多くある物なり。これみな人の膏血《あぶらち》の土中《どちう》に化《け》して燐《りん》と成《な》り、雨夜深夜《しんや》の折からは火のもへ出《いづ》る事あれども、ただ陰気《いんき》に感《かん》じつつ現《あらは》るるばかりにて、さのみ害《がい》もなさざれど、心臆《おく》せし人などは忽《たちま》ち正気を取りうしなひ、病《やまい》の種《たね》を引き出《いだ》せば、寄《よ》りつかざるには如《し》かざるべし。今見る所の宗玄火《そうげんび》も必《かなら》ず燐火《りんくわ》の類ひにて、心なき物なるべし。

○針医《はりゐ》八木元竹、狸《たぬき》に化《ば》かされし事

享保のはじめつかた、洛東《らくとう》宮川筋辺《すぢへん》に天明湯《ほのぼのゆ》とて風呂屋《ふろや》あり。その妻《つま》の名はおしほとて、元《もと》は遊《ゆう》女《じょ》の果《はて》なりしが、いつしかこの家に嫁《かし》づきて、友かせぎの世渡りなり。元来《もとより》風呂屋の事なれば、朝な夕なに立ちかわる人目の関《せき》のおほき中に、思ひ入《こみ》たる男のありしや、道ならぬ恋風《こひかぜ》の互《たが》ひに身に入り、思ひの積もりて、ある明《あ》けがたの事なりしが、ふと我が家《いへ》を抜《ぬけ》いでて、密夫《みつぷ》もろとも、あへなくもこの世を去《さ》りて死手《しで》の旅《たび》、闇《くら》き道にぞ入りにける。

その頃《ころ》の落首《らくしゆ》に、

ほのぼのとあかしの湯屋の朝ごみに
　女房とられて口おしほおもふ

このおしほ、いまだ遊女《ゆうじよ》なりし時、癪気《しやくき》の病《やまい》に犯《おか》されて、折々打ち伏《ふ》しなやみしゆへ、元竹を呼《よ》びむかへ針治《しんじ》按摩《あんま》を頼みしかば、針医《はりゐ》も度々見まひしゆへ、互《たが》ひに心やすかりしが、いつしか風呂《ふろ》屋《や》に嫁《か》して後、あへなく死《し》せしと聞きしかば、不便《ふびん》の事に思ひしよし。

この元竹は寡《やもめ》にて、建仁寺《けんにんじ》なかの門前、西側なる一軒家《いつけんや》のうらだな借《か》りて居住《きよじう》せり。ある時、療《りやう》用《よう》事しげく世更《よふ》くるまで病家《びやうか》を廻《まは》り、漸《やうやう》療治《りやうじ》もしまひしが、はや深更《しんかう》に及びつつ丑《うし》みつ時《どき》も程近《ほどちか》く、雨《あめ》は車軸《しやぢく》を流《なが》すがごとく物冷《ものすさま》じき闇《やみ》の夜《よ》に、灯燈《てうちん》も持《も》たずして我《わ》が家《や》へ帰る道すがら、団栗《どんぐり》の図子《づし》を通りしが、「小用《せうよう》を調《ととの》へむ」と、傘《からかさ》肩《かた》に引きかたげ大溝《おほみぞ》に立ちはだかり、小用便《せうようべん》ずる折節《おりふし》に、いづくよりとも白玉《しらたま》の、露《つゆ》と消《き》へにしおしほが声《こゑ》にて、

「元竹さん、元竹さん」

と、ふた声三声呼《よ》びしかば、元竹あたりを見廻して、「我を呼《よ》びしは何方《いづかた》ぞ。しかも死《し》したるおしほが声《こゑ》なり。あら不審《いぶかし》や」と思ふより、ぞつと身の毛《け》もよだちしが、漸《やうやう》と小便《せうべん》し終《お》はり、立ち帰らんとする所に、持《も》ちたる傘《からかさ》たちまちに盤石《ばんじやく》よりも重くして、歩み兼《かね》たる有りさまなり。されども不《ふ》敵《てき》の元竹ゆへ、両手に傘《からかさ》きつと抱《かか》へ、のつさのつさと歩み行き、団栗《どんぐり》の図子《づし》を東へ出て、建仁寺町を下らんと角家《かどや》をめぐる折柄《おりから》に、西側《にしがわ》の軒《のき》の庇《ひさし》へ、何かは岸《が》波《は》と飛びつきたり。この音《おと》と諸《もろ》ともに、持ちたる傘軽《からかさかろ》くなる。

その時、始めて心づき、「さては狸の所《しよ》為《ゐ》なりしか。につくき奴《やつ》」と思へども、目《め》に見る物もあらざれば、そろそろと我が家に帰り、寡住《やもめず》まゐの気散《きさん》じは、有明《ありあけ》とても置《お》かざれど、今宵《こよひ》はすこし小気味《こきみ》もわるく、まづ竃《かまど》の前《まへ》によりて火打箱《ひうちはこ》をさがし出し、火を打《う》ち、かまどの向かふなる蜘手《くもで》に土器《かはらけ》幸《さいわ》ひと、有明《ありあけ》がてらに燈《とも》し置く。台所《だいどころ》の次《つぎ》の間《ま》に、いつものごとく寝所《ねどころ》をし、布《ふ》団被《とんかぶ》つて伏《ふ》したりしが、何とやらん寝苦《ねぐる》しく、

寝《ね》がへりせんとせし折《おり》から、足元《あしもと》なる押入《おしい》れの唐紙戸《からかみど》を与風《ふと》見れば、竈《かまど》の前《まへ》なる燈火《ともしび》の影《かげ》あきらかなるその中に、四、五才ばかりと思しき小坊主《こぼうず》躍《おど》り狂《くる》ふ影法《かげぼう》師、ありありと現はれたり。

元竹きつと心づき、「さては已前《いぜん》の古狸《ふるだぬき》、屋根《やね》越しにつたゐ来《き》て、また我をたぶらかすよな。目にもの見せん」と、木枕《きまくら》をそつと手に持《も》ち思案《しあん》をし、「ここに写《うつ》る影法師《かげぼうし》は、竈《かまど》の前《まへ》にておどるよな。打ちひしぎてくれんづ」と、枕片手《まくらかたて》にむくと起き、すでに狸へ打ちつけんと、思ひの外《ほか》なる奥《おく》の間《ま》の寝所《ねどころ》ぐるめ、いつの間に上《あ》がり口《ぐち》まで引出《ひき》しあるともしらず、起《お》きあがる拍子《ひやうし》に畳《たたみ》を踏《ふ》みはづし、真倒《まつさかさま》に庭《には》へ落《お》ち、竈《かまど》の縁《ふち》にてしたたかに坊主《ぼうず》あたまを打ちひしぎ、痛《いた》ひやら疾《にく》ひやら、腹《はら》は立てども仕様《しやう》もなし。「さても功経《こうへ》し狸めが、一度《ど》ならず二度《ど》の掛《かけ》、天窓《あたま》の欠《か》けぬを幸《さいわ》ひに、家業《かげう》の按摩《あんま》はここぞ」とて、さすりて夜をぞ明かされける。

この八木元竹事は、五十余年の馴染《なじみ》にて、毎度《まいど》療治《りやうじ》を頼みしなり。この狸に化《ば》かされしは我ら

兼々《かね》聞きしゆへ、ある時療治《ときりやうじ》にまねきし時、狸の事を尋ねしに、一部始終《いちぶしじう》をつまびらかに元竹直《ぢか》に咄《はな》せしゆへ、腹《はら》を抱《かか》へて笑《わら》ひしなり。この仁、八十余《よ》にて近年まで存生《ぞんじやう》なりしが、今は故《こ》人《じん》となられしなり。

○古狸、飛礫《つぶて》を打ちし事

寛延《くわんゑん》の頃、洛東建仁寺町裏《うら》新道筋《すじ》に、伊勢升屋何某《なにがし》といふ町人あり。この仁、近年逼塞《きんねんひつそく》して下女一人を召しつかひ、寡《やもめ》にて暮らされしが、ある時、この町内に寄り合ふべき事ありしが、その頃は新道筋、開発已来程《かいほついらいほど》なくして家居《いへゐ》もいまだ建《た》ち揃《そろ》わず、此地彼地《ここかしこ》に明地《あきち》おほく、会所《くわいしよ》とてもあらざりしゆへ、かの伊勢升屋の宅《たく》をかりて、暮れ早々より家持《やも》ちども六、七人寄《よ》り集《あつ》まり、町中取《と》りじめ何《なに》かの事相談《さうだん》に及びしが、頃は夏の最中《もなか》にてみじか夜のおりなれば、はや四つも過ぎし時、何方《いづかた》よりや打ちたりけむ、木枕《きまくら》ほどなる飛礫《つぶて》をば、為撥《ばたり》と一つ打ち込《こ》みたり。寄《よ》り合《あ》ふ人々びつくりし、互《たが》ひに顔《かほ》を見合はす内、また飛礫《つぶて》をば五つ六つ、ばたりばたりと打ちしゆへ、戸障子《とせうじ》に打ち当《あ》たり、前廊戸《まへらど》、襖《ふすま》もことごとく打ち破《やぶ》りたる有様《ありさま》にて、大きに響《ひび》き渡りしかば、この音《おと》に驚《おどろ》きて寄りあふ人々立ち騒《さわ》ぎ、「言語《げんご》に絶《ぜつ》せし狼藉者《らうぜきもの》、何地《いづち》よりか打ちたりし」

と表《おもて》を見れば、潜戸《くぐりど》も宵より扃《くるる》を落としあり、裏口《うらぐち》とても締《しま》りあり。

「何方《いづかた》より打ち込《こ》みしぞ。飛礫《つぶて》はあるや」

と、ここかしこ探せど、石は一つもなし。この騒動《さうどう》に、寄合《よりあひ》もまづ是限《これぎり》に相しまひ、明朝《めいてう》早々寄り合ふべしと、みなそこそこに暇乞《いとまご》ひ、わかれて我が家へ帰りける。

翌朝《よくてう》、飯後《はんご》早々に、また町中は寄り集《あつ》まり、相談《さうだん》やら見廻《みまい》やら、夜前の怪異《けゐ》の噂《うわさ》のみ。

「さて戸建具《とたてぐ》は損《そん》ぜずや」

と、ここかしこを見まわれど、一つも疵《きづ》は付かざりける。我らもこの町内には抱屋敷《かかへやしき》のありしかども、その夜は拠《よぎ》なき用事につき不参《ふさん》せしゆへ、翌朝《よくてう》の寄合場所《よりあいばしよ》にて噂を聞き、猶《なを》飛礫《つぶて》を見ざりし事、さてさて残念《ざんねん》残念。

怪談見聞実記巻之一終

怪談見聞実記巻之二

○目録

怪談見聞実記巻之二

○摂州《せつしう》天王寺辺《へん》の百姓、狐の怨《あだ》にて迷惑《めいわく》せし事

宝暦の中頃《なかごろ》なりし、我等売買《ばいばい》の用事につき大坂に下りし時、諸用も大方調《ととの》ひしゆへ、最早《もはや》京都にのぼらんと、栴檀《せんだん》の木橋より夜舟を借《か》りて、暮れ方より乗り出《いだ》す。一日とても旅路《たびぢ》とて、雲井をへだてし諸人《もろびと》も、同じ船に馴衣《なれごろも》の、袖引きつどゐて並居《なみゐ》たり。頃は冬の最中《もなか》にて、夜もながながしき時節《じせつ》なれば、宵よりも寝られじと、乗りあふ人々彼是《かれこれ》と四方《よも》山の《の》噂《うわさ》の中に、摂州《せつしう》天王寺辺《へん》の百姓ありしが、大語《こわだか》に話せしは、

「この比《ごろ》、我が近在《きんざい》にて替はりし事のありしなり。国分《こくぶん》村の百姓ども、野へ耕作《かうさく》に出《いで》たりしに、狐一疋《びき》飛びきたり。何かは口に引きくわへ、田畠《たはた》の中をはしりゆく。百姓これを見つけつつ、

「そりや、狐ぞ」

と言ふよりも、若者ども三、四人、鋤鍬《すきくわ》取りて追ひまわせば、狐はうろたへ、ここかしこ飛びあるく。その拍子《ひやうし》に喰《く》はへし物を取り落とし、一散《いつさん》に逃《に》げ行きたり。

「何をくわへて来《きた》りしぞ」

と、皆々立ちより見る所に、雉子《きじ》の雄鳥《をとり》なりしかば、若き者ども悦びて、

「よき得物《えもの》をしたりしぞ。今宵《こよひ》はみなみな草臥《くたび》れやすめに、酒一つ呑《の》まむ」

とて、寄合所《よりあい》を定《さだ》めおき、耕作《かうさく》もしまひしかば、各々《おの》我が家へ帰りしが、暮るるやいなや約束《やくそく》せし百姓の家に寄り集《あつ》まり、酒よ冬葱《ねぎ》よと買《か》い調《ととの》へ、狐の落とせし雉子《きじ》取りいだし、羽をひき、料理《りやうり》も出来《でき》たれば、

「鍋《なべ》の下を焼《た》きつけよ。加減《かげん》は我等が請け取りたり。酒の燗《かん》をせよや」

とて、三、四人の百姓ども、上を下へとざざめきて、

「加減《かげん》も出来たり。いざ呑まん」

と、手々に茶碗《ちやわん》を押《お》つとり持ち、湛浮《たぶ》湛浮と引き受けて、呑《の》みつ喰《く》らひつ打ち騒《さわ》ぎ、腹《はら》十分にふくらかし、

「今夜の御亭主《ごていしゆ》、狐殿。怪《け》しからざる御馳走《ごちそう》ぞ」

と、放広《おどけ》まじりの一礼にて、腹《はら》を抱《かか》へて帰りたり。

その後十日余り経て、いつものごとく野に出て耕作《かうさく》をしたりしに、またぞや狐の出《いで》きたり。口に一物《いちもの》引きくわへ、田の畦道《あぜみち》をつたひゆく。件《くだん》の百姓見つけつつ、

「また来《うせ》たは」

と言ふよりも、已前《いぜん》の若者《わかもの》三、四人、例《れい》の鋤鍬《すきくわ》追つとつて、かなたこなたへ追ひまわせば、はじめのごとくこの狐、くわへし物を落としおき、何地《いづち》ともなく逃《に》げ失《う》せたり。百姓どもは寄《よ》りあつまり、

見れば青くびの鴨《かも》なりし。早速《さつそく》拾《ひろ》ひ取りあげて、

「是《これ》、寒中《かんちう》の好物《かうぶつ》なり。已前《いぜん》に勝《まさ》りし得物ぞや。今宵《こよひ》も打ち寄り楽《たの》しまん」

と、耕作《かうさく》そこそこしまゐつつ、暮るるを遅《おそ》しと若者ども、はじめの宿《やど》に寄りあつまり、

「またもやお狐《きつ》の御饗応《おもてなし》、かさねがさねの御馳走《ちそう》ぞ」

と、料理《りやうり》も手々に調《ととの》へて、

「酒も燗《かん》よし。はじめん」

と、同じく茶碗《ちやわん》に引き受けて、呑《の》んだり喰《く》うたりざざめき立ち、酒宴《しゆえん》も半《なかば》過ぎし比《ころ》、同村の百姓一《いち》人《にん》、何心なく来掛《きか》かりしが、殊《こと》の外賑《ほかにぎ》はしければ、

「何事なるぞ」

と尋ねしに、

「まづ角々《かく》の次第にて、酒ひとつ呑《の》み候。よき所へ来られしぞ。まづ御酒一つ」

と進《すす》むれば、

「是《これ》は仕《し》あわせ。忝《かたじけな》し」

と、茶碗《ちやわん》に引き受け、ひとつ呑む。

さて、肴《さかな》にと平皿《ひらざら》に喰《く》ひ残《のこ》したる冬葱《ねぎ》と鴨《かも》、客の前にすへければ、

「是《これ》は一《ひと》しほ御馳走《ちそう》なり。相伴《しやうばん》せん」

と、平の蓋《ふた》取りのけ煮汁《にしる》を一口吸《す》へば、殊《こと》の外《ほか》に悪臭《わるくさ》し。鴨《かも》かと思ふ切《き》り身《み》をば、そつと一口喰ひたるに、風味は少しもあらばこそ、虫にさわりて胸《むね》わるく、既《すで》に吐《は》かんとしたりしを、やうやうに胸撫《むねな》で下《お》ろし、

「是《これ》は何の肉《にく》なるや。鴨《かも》にはあらず」

と言ひしかば、若者どもは腹《はら》をたて、

「貴殿《きでん》は鴨を喰《く》ひつけずや。正しく狐の落とせしを、我々は料理《りやうり》をして両度まで喰《く》ひしなり。うたがわしく思われば、幸《さいわ》ひ、裏《うら》の芥場《ごもくば》に羽翼《はね》、天窓《あたま》も捨《す》ておきたり。ゐて見られよ」

と、口々に一盃機嫌《いっぱいきげん》のつこど声。

かの百姓、合点《がてん》せず、

「如何様《いかさま》、これは見とどけん」

と、割松《わりまつ》に火を炬《とも》し、芥場《ごもくば》に行き尋ぬれど、羽翼《はね》も天窓《あたま》もあらばこそ、やがて表へ立ち帰り、

「羽翼《はね》、あたまはなかりしぞ。弥《いよいよ》合点《がてん》参らず」

と言へば、若者、猶腹立《なをはらだ》て、

「我々、行きて見せん」

とて、かの百姓と諸《もろ》つれ立ち、芥《ごもく》の下より取り出《いだ》し、

「是《これ》、見られよ」

と差《さ》し出すをよくよく見れば、鴨《かも》ならで弐才ばかりと覚《おぼ》しき小児《せうに》の頸《あたま》と骨《ほね》にてありしかば、かの百姓、興《けう》さめて、

「さてこそ鴨《かも》にはあらざるなり。是《これ》、小児《せうに》の天窓《あたま》なり。よく見られよ」

と言ふ声に、若者どもは性根《しやうね》つき、よくよく見れば、こはいかに、小児のあたまに違《ちが》ひもなし。
「さては已前《いぜん》の野狐《のぎつね》めが、雉子《きじ》を取られて意趣《ゐしゆ》がへしに、死したる小児をくわへ来て、我等を化《ば》かし喰《く》わせしよな。さてさてにくき畜生《ちくしやう》め」と思へど今は詮方《せんかた》なく、互《たが》ひに顔《かほ》を見合はせて、大きにあきれて居たりしが、次第《しだい》次第に胸わるく、えづくやらあげるやら、更《さら》にたわひのなかりしゆへ、

「やれ毒消《どくけ》しよ、薬《くすり》よ」

と、近所《きんじょ》となりを馳《は》せまはり、やうやう貰《もら》ひて四、五人の若者どもにあたゆれば、しだひに胸《むね》もおさまりたり。


跡より来《きた》りし百姓は、若者どもに打ち向かひ、

「汝等《なんじら》、いかに若きとて、狐の雉子《きじ》を奪《うば》ひとり、思ふさま喰《く》らひしゆへ、かやうの怨《うら》みを受けたるなり。重ねて慎《つつし》み、しかるべし」

と、異見《ゐけん》をしてこそ帰りけり。


誰《たれ》言ふとはしらねども、この沙汰《さた》しだひに広《ひろ》がりて、ここかしこにて噂せしが、さて四、五日も程《ほど》をへて、三十あまりと覚しき男、鴨を喰《く》らひし百姓の家に来《きた》りて言ふやうは、

「我等は天王寺の片脇《かたわき》なる非人小屋《ひにんごや》の者なるが、二才になりし倅一人《せがれいちにん》、疱瘡《ほうそう》に病みつきて、出物も悪《あ》しく打ちなやみ、この比死《ごろし》去《きょ》致せしゆへ、墓所《むしょ》に葬《ほうむ》り置《お》きたるに、墓《はか》を発《あば》きて死骸《しがい》もなし。さては狗狼《いぬおほかみ》など掘《ほ》り出《だ》し喰《く》らひし物ならん。いよいよ不便《ふびん》、となげく折から、この頃噂《うわさ》をうけ給《たま》はれば、思ひがけなきおのおの達《たち》、わが倅《せがれ》を掘り出し、煮焼《にたき》をして喰《く》われしよし。いかに非人《ひにん》の子なればとて、掘《ほ》り出し喰ふとはあまりげに、狗狼《いぬおほかみ》にもまさりたる、むごたらしき百姓たち。この分にては済《す》みがたし」

と、涙《なみだ》とともに打ちしほれ、さめざめとくどきしは、理《ことわり》なりし事ぞかし。百姓大きに当惑《とうわく》して、

「いかがはせん」と思ひしが、

「全《まつた》くわれらが所為《しよゐ》ならず。かやうかやうの次第にて、元《もと》は狐のわざなれば、了簡《りやうけん》に預《あづか》るべし」

と言へども、中々聞き入れず。

「きつねはともあれ、おのおのは正《まさ》しくわが子を喰《く》らひしなり。何いひ訳《わけ》のあるべきぞ」

と、利屈《りくつ》づめに言ひ込《こ》むれば、返答《へんとう》すべきやうもなく、隣家《りんか》の人を呼《よ》びむかへ、段《だん》々挨拶《あいさつ》たのめど

も、かの者、曽《かつ》て合点《がてん》せず、

「所の庄屋へも断《ことわ》るべし」

と、むつかしくなりしゆへ、

「まづ、明日まで待たるべし。外《ほか》四人も呼《よ》びあつめ、とくと返答《へんとう》いたすべし」

と、やうやうに言ひなだめ、非人《ひにん》を小屋へぞかへしける。

さて、四人の若者共、そのほか口聞《くちき》く百姓たち四、五人も呼び集め、兎《と》や角相談《かくさうだん》したりしが、

「表《おもて》になりては事むつかし。とかく下にて取り扱《あつか》ひ、穏便《おんびん》に済《す》ますべし」

と内相談《ないそうだん》を相さだめ、

「まづ、今日は帰らん」

とて、みなみな私宅《したく》へわかれゆく。

さて、翌日《よくじつ》にもなりしかば、かの非人出《いで》きたりて、

「返答《へんとう》、いかが」

とせり立てれば、きのふの人々寄《よ》りあつまり、取り扱《あつか》ひに打ちかかり、まづ言ひ分を聞きとどけ、此方《こなた》のしだらも言ひきかせ、わつつくどきつ挨拶す。されども非人は聞き入れず、怨《うら》みの数《かず》々言ひならべ、悲嘆《ひたん》をするぞあわれなる。百姓たちもこまりしが、

「とかくかへらぬ事なれば、了簡《りやうけん》に預かるべし。元来《ぐわんらい》狐の所為《しよゐ》なれば、若者どものわざにもあらず。互《たが》ひに時の不祥《ふしやう》なり。この上は一入《ひとしほ》に小児の跡《あと》を弔《とむら》ひて、仏果《ぶつくわ》を願《ねが》われ、しかるべし。見侮《あなど》りたるやうなれども、弔《とむら》ひ料《りやう》をつかわすべし。何とぞ了簡《りやうけん》致されよ」

と、用意《ようゐ》の金子を取り出せば、非人は弥《いよ》々合点《がてん》せず、

「我ら賤《いや》しき者ながら、徒事《ねだりごと》を言ひかけて金子をとらむ為《ため》ならず。御返進《へんしん》申す」

とて、更に受け取る気色《けしき》もなし。挨拶人《あいさつにん》は口々に、

「尤《もつと》も至極《しごく》の言ひ分なり。しかしながら、左《さ》にあらず。過《す》ぎ行《ゆ》くものは、その跡を弔《とむら》ひ得さすが第一なり。其許《そこもと》用意もあるべきなれど、これは此方《こなた》の寸志《すんし》なり。ひらに受納《じゆのう》致されよ」

と、色々利害《りがい》を解《と》きしかば、非人も今は納得《なつとく》して、

「各《おの》々様の御挨拶《あいさつ》、無下《むげ》にいたすも如何《いかが》なり。しからば、金子《きんす》を頂戴《てうだひ》し、跡弔《あととむら》ひて得さすべし。御《ご》厚志《かうし》の段《だん》、忝《かたじけな》し。かさねて御礼申すべし」

と、己《おの》が私宅《したく》へ立ち帰れば、百姓たちは大噎《おほゐ》気《き》つぎ、

「さてさて骨《ほね》を折りしなり。是《これ》に懲《こ》りよ道西坊《どうさいぼう》。野菜《やさい》は格別《かくべつ》、鴨《かも》などは百姓の身分にて食《く》らふとばし思ふな」

と笑《わら》ふやら気の毒《どく》やら、漸《やう》々下にて取り扱《あつか》ひ、皆々私宅《したく》へ帰りし」

と、ながながしくも咄《はな》されしなり。

按《あん》ずるに、狐ほど執着深《しうじやくふか》きものはなし。取りわけてこの狐は、雉子《きじ》をとられし意趣《ゐしゆ》がへしに、死人《しにん》の肉《にく》を喰わせしうへ、活《い》きたる人の大尻《おほしり》を、またもや一ぱい食はしたる、野狐《やこ》の手段《てだて》ぞ恐《おそ》ろしけれ。

○女狐《めぎつね》、男狐《おぎつね》に去《さ》らるる事

是《これ》も同じ乗合《のりあひ》にて、大坂船場《せんば》の人と見へし人体《じんたい》なる老人《らうじん》ありしが、

「この狐のはなしにつき、思ひ出《いだ》せし事こそあれ。我らもひとつ咄《はな》すべし。近比《ちかごろ》の事なりしが、我が隣町《りんてう》の可非人番《かひとばん》、四つ辻《つじ》の番小屋《ばんこや》にいつものごとくとまり居て、夜半の時も打ちおわり、まづ一休《ひとやす》みと小屋に入り、木枕《きまくら》、布団《ふとん》を引きよせて、倒《ころり》と横《よこ》になるよりはやく、高鼾《たかいびき》にて寝《ね》入りしが、しきりに狗《いぬ》の吼《ほ》へけるにぞ、この声に目を覚《さ》まし、「もし、盗賊《とうぞく》か」と、番《ばん》小屋《こや》の戸をそつと引きあけて、寝《ね》ながら頸《くび》を突《つ》き出し上下《かみしも》を伺《うかが》ひしが、横町《よこまち》の方よりも、二十《はたち》ばか

りと覚《おぼ》しき女あわただしく馳《は》せきたり、かの番小屋に馳せつきて、

「狗《いぬ》のなくのが恐ろしさに、これまで逃《に》げて来《きた》りしなり。しばらく借《か》して給われ」

とて、小屋の内へ飛《と》び込《こ》みたり。番人、何の差別《しやべつ》もなく、

「心得たり」

とて、戸を引きしめ、方燈《あんどう》の火にてよくみれば、眉目《みめ》かたちも尋常《じんじやう》にて、さも美《うつく》しき女なり。番人、心に思ふやう、「かく艶《うるは》しき上臈《じやうらう》の、供《とも》をも連れずただひとり、夜更《よふ》けて歩行《ありく》はいぶかしし。さもあれ、今宵は我が為《ため》によき鳥のかかりしぞ」と、寄《よ》りそひ居たる女をば、

「此方《こなた》に臥《ふ》させ給へや」

とて、無理無体《むりむたひ》に引きよせて、徒《あだ》なる添寝《そひね》ぞしたりける。

次第に夜も更《ふ》けわたりしかば、丑みつ時も程近《ほどちか》し。

「いざ、夜まわりに出ん」とて、かの女にむかひつつ、

「しばらくここに待ち給へ」

と、太鼓《たいこ》を引きさげ町中をまわりて、小屋に立ち帰り見れば、不思議《ふしぎ》や、かの女、今までここに居たりしが、何地《いづち》へか逃《に》げ行《ゆ》きけん、かいくれ姿《すがた》の見へざりけり。

番人大きに不審《いぶかり》て、「まだ夜も深《ふか》きに、ただひとり、帰りはせまじ」と、ここかしこ探せど行衛《ゆくゑ》のしれざれば、何と詮方《せんかた》なかりしゆへ、「よき鳥のかかりしを逃《に》がせしは残念《ざんねん》ながら、一時《ひととき》あまり

楽《たの》しみしは、今夜の我らが幸《さいわ》ひぞ」と、小屋に帰りて伏《ふ》しにける。

はや四、五日も過ぎし頃、いつものごとく番小屋に、夜まわりしまひて休みしに、夜もはや七つに近き比《ころ》、已前《いぜん》の女来《きた》りつつ、小屋の戸口に佇《たたず》みて、

「我は誠は人間《にんげん》ならず、片辺《かたほとり》に住《す》む狐なるが、この比狗《ごろいぬ》にとりまかれ、あまりの事の恐ろしさに、この番小屋へ隠《かく》れしを、汝無体《なんじむたい》にたわむれて、徒《あだ》なる枕《まくら》をかわせしゆへ、つれ添《そ》ふ夫《おっと》に去《さ》られたり。この怨《うら》みは汝《なんじ》にあり。元《もと》のごとくにしてかへせ」

と、涙とともに口説《くどき》つつ、打ちしほれてぞ居たりけり。番人、この時びつくりし、「さては狐なりけるか。よしなき事をしたりし」と悔《くや》めど今は詮方《せんかた》なく、相手《あいて》にならば狐めが、いかなる怨《あだ》をかなさんも知らず、「かまわぬが、上分別《ふんべつ》」と、布団《ふとん》引きよせうち被《かつ》き、空寝入《そらねい》りして居たりしかば、狐も詮方《せんかた》なかりしや、何地《いっち》へか行きたりけむ、姿も見へず影もなし。

番人、やうやう落ちつきて、戸尻《とじり》をしかと締め置きて、夜もすがら寝《ね》もやらず、東の白向《しらむ》を待ちかねて我が家へこそ帰りしが、また明日《あす》の夜もこの狐、同じ時刻《じこく》に出《いで》きたり、はじめのごとく怨《うら》みを言ひ、

「元《もと》の通りにせよや」

とて、毎夜《まいよ》毎夜来《きた》りしかば、番人大きにこまりつつ、「この上は、かの狐、必定《ひつじやう》我らに怨《あだ》すべし」

と、底気味《そこきみ》わろくなりしかば、御札などを貼《は》りまわし、狗《いぬ》をとらへて番小屋に夜な夜なつなぎ置き

しゆへ、是《これ》に狐も恐れしか、但《ただし》は添寝《そひね》をせし事のあまり憎ふもなかりしにや、さのみ怨《うら》みもなさずして、その後は来《きた》らざりし」と、しかつめらしく話されしなり。

乗合《のりあい》の人々はこの咄《はなし》をつくづく聞き、「さては狐は畜生《ちくせう》ながら、夫婦《ふうふ》の道は賢《かしこ》かりしぞ。近比《ちかごろ》は人間《にんげん》さへ間《ま》々不埒《ふらち》なる沙汰《さた》ありて、世の人口《じんこう》にかかること、畜生《ちくせう》にもおとりし」と、皆《みな》々感《かん》心《しん》したりける。

○北国《ほつこく》の杣人《そまびと》、山魅《さんみ》の為《ため》に害《がい》せられし事

宝暦のはじめなりしが、京都錦《にしき》の小路辺に三浦何某《みうらなにがし》といふ儒者《じゆしや》ありて、経書詩文《けいしよしぶん》の講釈《かうしやく》などを日々にせられしゆへ、書生《しよせい》もおほくあつまりて、会席《くわいせき》も繁昌《はんじやう》せり。我らもこの先生《せんせい》とは常々懇意《こんゐ》なりしゆへ、会席《くわいせき》などへも出《いで》つらなり、毎度《まいど》往来《わうらい》致せしなり。

この何某《なにがし》の門人にて、北国《ほつこく》の書生《しよせい》なりしが国はわすれしなり、ある時この人咄《はな》されしは、

「総《すべ》て深山幽谷《しんざんゆうこく》には、山魅魍魎《さんみもうりやう》などといふ妖物《ばけもの》のあることにて、色々人に怪異《けゐ》をなす事、和漢《わかん》の書《しよ》物《もつ》に現然《げんぜん》たり。

近比《ちかごろ》の事なりしが、我が国の奥山《おくやま》より材木《ざいもく》を伐《き》り出すとて、杣人《そまびと》あまた寄《よ》りあつまり、奥山深《ふか》く

伐《き》り入《こ》みしが、深山《しんざん》の事なれば、これよりは程遠《ほどとほ》く往来《ゆきき》も難所《なんじよ》なればとて、切《き》りたる材木《ざいもく》引き割《わ》りて、板をもつて壁《かべ》となし、同じく板にて屋根《やね》をふき、食物塩酢《しよくもつえんそ》をはこび入れ、みな山住《やまずみ》をぞしたりける。是《これ》、杣人《そまびと》の風儀《ならはし》なり。かく板小屋をしつらひて、次第次第に伐《き》り入るにぞ、奥山ふかくなりにけり。昼《ひる》は終日《ひめもす》木を樵《こ》りて、夜は板小屋に打ち集《あつ》まり、おのおの寝伏《ねふ》しをする事なり。

ある時、木を樵《こ》りしまひしかば、みなみな小屋に集《あつ》まりて食《しよく》など炊《かし》ぎ喰《く》ひ終《お》わり、夜ばなしもつきしかば、

「いざ、休まん」

と、諸ともに十人あまりの杣人《そまびと》は枕ならべて伏したりしが、中に伏したる杣一人《いちにん》、何とやらむ寝ぐるしく、鬱《うつ》々として居たりしに、はや八つ過ぐると思ふ頃、何地《いづち》よりか来《きた》りけん、その長《たけ》八尺あまりなる、頭《かしら》は猿《さる》のごとくにて、眼《まなこ》の光り星《ほし》にひとしく、真白《まつしろ》なる髪《かみ》かき乱《みだ》し、鬼《おに》とも見へぬ異形《ゐぎやう》の者、さもすさまじき有りさまなるが、片側《かたわき》に伏《ふ》したりし杣《そま》の上《うへ》に乗《の》りかかりて、頸筋《くびすじ》のあたりをばねぶるぞと思ひしが、はや立ちさりて、その次《つぎ》に伏《ふ》したる杣《そま》に乗《の》りかかり、同じく喉《のど》をねぶりたり。

真中《まんなか》に伏《ふ》したる杣人《そまびと》、この体《てい》を見しよりも、「あら恐ろし」とは思へども、逃《に》ぐべき方もあらざれば、枕もとに置《お》きたりし鉄《まさかり》をそつと引きよせ、布団《ふとん》の下へ隠《かく》しおき、鼻意気《はなゐき》もせず居たりしが、かの化物《ばけもの》は段《だん》々に三、四人をねぶりつつ、またかの杣《そま》に立ちよれば、杣人今はたまりかね、鉄《まさかり》追《お》つとり、寝《ね》ながらに異形《ゐぎやう》の者の正面《まつこう》へ、したたかにこそ打ち込《こ》みたり。化物《ばけもの》わつと一声《ひと》叫《さけ》び、外面《そとも》

へ走《はし》り出たりしが、その時山谷震動《さんこくしんどう》して、泰山《たいさん》も崩《くづ》るるばかり大きに響きわたりしかば、この音《おと》に驚《おどろ》きて杣ども一同《いちど》に目をさませど、かの三、四人の杣どもは更《さら》に起《お》きもあがらねば、呼《よ》び起《お》こさむと立ちよりて見れば、怪《あや》しや、かの妖物《ばけもの》、喉《のど》をねぶると思ひの外《ほか》、みな喉《のど》ぶへを喰《く》ひちぎられ、朱《あけ》になりてぞ死し居たり。

皆々おどろき騒げども、深更《しんかう》なれば詮方《せんかた》なく、大きに恐《おそ》れわななきて、あきれ果《はて》てぞ居たりしが、すでに夜も明けしらみしかば、杣人どもここかしこと血塩《ちしほ》をしたひ尋ねしに、不思議《ふしぎ》や、この板小屋より十間《けん》余りかたわらに、三抱《みかか》へあまりの大杉《おほすぎ》ありしが、根《ね》もとより二、三間、真二《まつぷた》つに引き裂《さ》けつつ、左右《さゆう》へ開《ひら》きてありしなり。杣ども大きに不審《いぶかり》て、

「さては夕べの怪物《ばけもの》は、杉の古木《こぼく》の精《せい》なるか」

と、皆々眉《まゆ》をぞひそめしなり。かやうの事は、深山《しんざん》にて間《ま》々ある事ぞ」

と語《かた》られし。実《げ》に山魅《さんみ》《やまおに》とはこれらをや、故人《こじん》も記《しる》しおかれけむ。

○信州《しんしう》の杣人《そまびと》、悟《さとり》といふ怪物《くわいぶつ》に逢《あ》ひし事

これも同宿《どうしゆく》の書生《しよせい》にて、信州《しんしう》の人なりしが、右の咄《はなし》をつくづく聞き、

「すべて深山幽地《しんざんゆうち》には、怪《あや》しき事間《ま》々あるなり。我が国木曽山《きそやま》の奥《おく》にても、左様《さやう》の事のありしなり。

これも同じ杣《そま》なりしが、木曽山《きそやま》を伐《き》り出すとて、十人余り打ちつれ立ち、例《れい》の板小屋《いたごや》建《だ》てつらね、奥山深く切り入りたり。頃《ころ》は冬のはじめなれば、はや寒風《かんぷう》も身にしみて、とりわけ夜陰《やゐん》は堪《た》へがたしと、小屋の内に囲炉裏《ゐろり》をしつらひ、木の葉小枝《こえだ》を折りくべて、みなみな囲炉裏《ゐろり》に打ちならび、焼《た》火《び》をしてこそあたりける。はや初夜も過ぐる頃、

「いざ、休《やす》まん」

と夜具《やぐ》引きよせ、枕《まくら》かたしき伏《ふ》したりしが、跡《あと》にのこりて杣《そま》ひとり、夜寒にや堪《た》へかねけむ、猶《なを》もなま木を折りくべて、寒さをしのぎ居る折から、はや四つにもなりし頃、いづくよりか来《きた》りけん、その長《たけ》六尺あまりにて、鬼《おに》ともいふべき異形《ゐぎやう》の者《もの》、囲炉裏《ゐろり》のむかふへどつかと座《ざ》し、同じく焼火《たきび》にあたりたり。杣人《そまびと》大きに恐れつつ、「逃げ退《の》かん」と思ひし時、この化物《ばけもの》声を掛け、

「逃ぐればとて、逃《に》がそふか」

と言へば、いよいよ動転《どうてん》し、幸《さいわ》ひ手元《てもと》に斧《おの》ありしを、「打ちつけくれん」と思ひしが、また化物《ばけもの》は声《こへ》たてて、

「なんじ、我を打たんとや。打てばとて、打たそふか」

と、こなたの心に思ふ事、一々さとりて罵《ののし》るにぞ、杣人《そまびと》はあきれはて、「如何《いかが》はせん」とためらふうち、かの囲炉裏《ゐろり》にくべおきたる生木《なまき》の枝に火の燃へつきて、ぱつしとはじく、その拍子《ひやうし》に燃へくゐは飛《と》びちりて、かの化物《ばけもの》に撥《は》ねつきたり。異形《ゐぎやう》の者は驚《おどろ》きあわて、

「あら恐《おそ》ろしや。人間《にんげん》は、かかる手段《てだて》のあるものか」

と言ふぞと思へば、不思議《ふしぎ》やな、何地《いづち》へか逃《に》げ行きけん、たちまち行衛《ゆくゑ》を見失ふ。

杣人《そまびと》、やうやう安堵《あんど》して、伏したる杣どもよびおこし、まづ角《かく》々とはなせしかば、おのおの驚き恐《おそ》れしなり。その中にただひとり、六十余りの杣《そま》ありしが、この噂《うわさ》をつくづく聞き、

「是《これ》は悟《さとり》といふ物にて、かく幽谷《ゆうこく》に分け入りては、折にはいづる物ぞかし。さのみ害《がい》をもなさざれ

ども、人の心に思ふ事ことごとく悟り知り、言ひならぶる物なり」

と語《かた》れば、杣ども打ちうなづき、

「さては、悟《さとり》なりけるか」

と、杣もはじめて悟《さと》りしなり」。

かの燃へくゐの撥《は》ねつけしは、思ひの外《ほか》なる不意《ふゐ》なれば、異形《ゐぎやう》の者《もの》もさとり得ず、大きに驚《おどろ》き逃《に》げうせたり。これらや古人《こじん》の書《か》きおかれし魍魎《もうりやう》《やまあやし》などの類《たぐ》ひなるべし。

怪談見聞実記巻之二終

怪談見聞実記巻之三

○目録

怪談見聞実記巻之三

○摂州能勢郡《せつしうのせこほり》の百姓、疫神《やくじん》を送《おく》り戻《もど》せし事

近比《ちかごろ》安永のはじめなりしが、丹州桑田郡《たんしうくわだこほり》、ある村に、やごとなき禅寺《ぜんでら》あり（村名と寺号、わざと略す）。この寺の住《じう》僧《そう》、年齢《よわひ》もかたむきしかば、摂州能勢郡《せつしうのせ》上杉村《うへすぎ》といふ所へ隠居《ゐんきよ》をぞせられける。かの寺の末寺《まつじ》の和《お》尚《しやう》、本寺《ほんじ》諸用の事につき折々上京せられしが、故《ゆへ》ありて我が宅《わたく》に毎度一宿《いつしゆく》致されし。

ある夏の事なりしが、この和尚《おしやう》上京し、またまた我が家に逗留《とうりう》す。その折柄《おりから》に咄《はな》されしは、

「この比《ごろ》、隠居《ゐんきよ》の在所《ざいしよ》にて、替はりし事のありしなり。かの上杉の西の方、山一つ打ち越《こ》へて百軒《けん》余の大村あり。この村に疫病《やくびやう》はやりて、男女おほく煩《わずら》ひしかば、百姓どもは言ひあわせ、

「いざ、疫神《やくじん》を送《おく》らん」

とて、藁人形《わらにんぎやう》をこしらへて、太鼓《たいこ》よ鐘《かね》よとひしめきて、

「暮れなば、東の山際《ぎわ》なる上杉村《うへすぎむら》の地境《ちざかい》まで送《おく》り出さん」

「尤《もつと》も」

と、おのおの評議《ひやうぎ》を相定《さだ》め、暮《く》るるをおそしと待《ま》ちかけたり。

如何《いかが》はしけん、この取《と》り沙汰《さた》、上杉村へ聞こへしかば、百姓どもは大きに瞋《いか》り、

「疫病神《やくびやうがみ》をこの村へ送《おく》り入《こ》むこそ奇怪《きくわゐ》なれ。若《も》し疫病《やくびやう》のはやりなば、村中の難儀《なんぎ》なり。送《おく》り戻《もど》すにしかず」

とて、一村《ひとむら》残らず言ひあわせ、手々に鋤鍬《すきくわ》追《お》つ取《と》りもち、猪威《ししおど》しの鉄砲《てつぽう》を銘《めい》々に打ちかたげ、松明《たいまつ》などを用意《ようゐ》して、山の東へ寄り集《あつ》まり、今や来《きた》ると待《ま》ち掛《か》けたり。

按《あん》のごとく西村より、暮るるやいなや、百姓ばら、藁人形《わらにんぎやう》を先に立《た》て、松明《たいまつ》あまた燈《とも》しつれ、鐘《かね》太鼓《たいこ》を打《う》ち鳴《な》らして、

「疫病神《やくびやうがみ》を送《おく》るぞ」

と口々にわめき立て、打《う》ち群《むら》がりてぞ出《いで》きたる。遠見《とほみ》の者ども見つけつつ、

「そりや、来《き》た来た」

と告《つ》げしらせば、麓《ふもと》にひかへし上杉の百姓どもは一同《どう》に、

「心得たり」

と立ち騒《さわ》ぎ、山の峠《とほげ》に魁上《かけあ》がりて、はや地境《ぢざかい》にも近づけば、西の麓《ふもと》に走《はし》り下り、鳴《な》りを沈《しづ》めて待つともしらず、西の村な

る農人原《のうにんばら》、わら人形《にんぎやう》を振《ふ》りたてて、

「疫神《やくじん》をおくるは」

と、地境《ちざかい》近くすすみ来《く》る。此方《こなた》は一度に大声あげ、

「疫病神《やくびやうがみ》を返すは」

と、農具《のうぐ》押《お》つとりたたき立て、空鉄砲《からでつぽう》を打《う》ち放《はな》し、おめき叫《さけ》んで並居《なみゐ》れば、西の村なる百姓ども、この勢《いきほ》ひに辟易《へきゑき》して近《ちか》づきはせざれども、鐘太鼓《かねたいこ》を扣《たた》き立《た》て、

「疫神《やくじん》を送る」

と言へば、此方《こなた》よりは、

「返《かへ》す」

と言ふ。互《たが》ひに、

「送るは」

「返すは」

と、一時《ひととき》余りいどみしが、西なる村は小勢《こぜい》なれば、「叶《かな》はじ」とや思ひけむ、

「そりや、疫神《やくじん》を送るは」

と、藁人形《わらにんぎやう》を打ち捨て一散《いつさん》に立ち帰れば、此方《こなた》の百姓群《むら》がりより、捨《す》てたる人《にん》形、鋤鍬《すきくわ》にて散《さん》々に打ち砕《くだ》き、西の村の境内《けいだい》へ、

「そりや、返すは」

と捨《す》て置《お》きて、また鉄砲《てつぽう》を打ち放《はな》し、

「疫神《やくじん》を返したは」

と、おのおの一同《いちとう》にわめき立て、どよめきつれて、農人《のうにん》ばら、皆上杉へぞ帰りける。かく大勢《おほぜい》の口《こう》論《ろん》なれども、互《たが》ひに手ざしをせざりしゆへ、壱人《ひとり》も怪我《けが》はなかりしなり。

不思議《ふしぎ》や、その後、西村には疫病《やくびやう》ますます時行《はやり》つつ、村中の百姓ども男女をわかたず病《や》み伏《ふ》ししが、おくり返せし上杉村には、かつて疫病《やくびやう》はやらずして、皆々無事《ぶじ》に暮《く》らせしなり。是《これ》を思へば、世の中に疫病神《やくびやうがみ》にあるものぞや。風邪《ふうじや》のはやる折なども、風の神を送《おく》る事、尤《もつと》もなりし事なり」

と、感歎《かんたん》してこそ咄《はな》されたり。

○洛東《らくとう》松原河原《かわら》、狐の嫁入《よめい》りの事

「石川や蝉《せみ》の小河《おがは》」と詠《えい》じたる、鴨川《かもがは》筋の辺とて、宮川町と名づけしは洛東繁花《はんくわ》の遊所なれば、都《と》鄙《ひ》遠近《ゐんきん》の差別《しやべつ》もなく、昼夜《ちうや》をわかたぬ賑《にぎ》はひなり。

頃《ころ》は宝暦の末つかた、七月下旬《げじゆん》の事なりしが、残暑《ざんしよ》も一入《ひとしほ》つよければ、宮川筋西側《にしがわ》なる川受《かわうけ》の、二階座敷《にかいざしき》は家毎《いへごと》に打ちひらき、客人余多《きやくじんあまた》並居《なみゐ》つつ、芸子《げいこ》太鼓《たいこ》を打ちまぜて、互《たが》ひに酒を汲《く》みかはし、指《さい》つ押《お》さへつ拳酒《けんざけ》に、物真似《ものまね》、浄瑠璃《じやうるり》打ちまぜて、我おとらじと騒《さわ》ぎ立つ。夜の更《ふ》くるをもしら真《ま》弓《ゆみ》、やたけ心にあらねども、光陰《こうゐん》は矢《や》のごとく、いとど時刻《じこく》も移《うつ》り行く。

はや八つ時にも及びし比《ころ》、二階座敷《にかいざしき》の諸人《もろびと》ども、河原おもてを見渡《みわた》せば、松原よりは二町余りも北の方、西側《にしがわ》の貸座敷《かしざしき》の河原へ出る切通《きりとを》しのあたりより、人数《にんじゆ》の多少《たせう》はしらねども、箱灯燈《はこでうちん》をともし立て、二行《にぎやう》に列《れつ》を打ちならび、高灯燈《たかでうちん》を立てつらね、河原おもてを南の方へ、松原さして徐々《しづ》と、行列《ぎやうれつ》美《び》々しく進《すす》みゆく。人々、これを見るよりも、まづ酒ごとを打ちやめて、

「何事なるぞ」

と打ちまもれば、はや先供《さきとも》は松原の河原道《かわらみち》に近づきしが、ともし連《つ》れたるてうちんは、煮売小屋《にうりごや》にや隠れけん、ばたりばたりと消《き》へたりしが、されども跡より追々に、二行《にぎやう》に並ぶ高《たか》でうちん、箱《はこ》でうちんに至るまで、引きつれ引きつれ出《いで》きたる。殊《こと》に闇夜《あんや》の事なれば、人影《ひとかげ》とても見へねども、およそ千人あまりの人数《にんじゆ》と覚しく、半時《はんとき》ばかり続きしが、はや跡供《あととも》ぞと相見えて、灯燈《てうちん》まばらに灯《とも》し連《つ》れ、みな松原に近づく頃《ころ》、ばたりばたりと消《き》へうせて、跡方《あとかた》もなくなりにけり。

二階座敷《にかいざしき》の人々はこの有りさまを打ちまもり、静まりかへつて居たりしが、

「西側《にしがわ》の貸座敷《かしざしき》にいかなる人の来《きた》り居て、かく大勢《おほぜい》の行列《ぎやうれつ》にて、夜分《やぶん》と云《い》ひ、河原表《かわらおもて》をいづちへさして行くならむ。あら不審《いぶかし》や」

と興《けう》さめて、おのおの眉《まゆ》をひそめしが、夜もすでに明《あ》けしかば、

「何人《なにびと》の座敷にて、大勢夜分《おほぜいやぶん》に帰られし」

と、木屋《きや》町辺《へん》の貸座敷《かしざしき》をここかしこと尋ぬれども、

「さやうの人の座敷がりは、一向になき事ぞ」

と言ふに、やうやう心づき、

「さては夕《ゆふ》べの行列《ぎやうれつ》は、世間《せけん》の噂《うわさ》に聞き及びし狐の嫁入《よめい》りなりけるか」

と、みなみな肝《きも》をぞつぶしけり。

○畳屋何某《たたみやなにがし》、古狸に誑《たぶらか》さるる事

宝暦の頃かとよ、建仁寺《けんにんじ》中《なか》の門前に、畳《たたみ》屋《や》何某《なにがし》といふわざと名をしるさず職人《しょくにん》あり。亭主《ていしゅ》は三十四、五才なりしが、夏の頃、所用《しょよう》ありて宵《よひ》より内を立ち出《いで》て、下京辺《へん》まで行きたりしが、先方《さきかた》にて隙《ひま》入りて、四つ半頃に帰るとて、松原通を東へ出《いで》、建仁寺町に行きかかる。この中《なか》の門前は、東は建仁寺の藪垣《やぶがき》にて、西側《にしがわ》は二町余りの片原町なり。

頃《ころ》は廿日あまりゆへ雨はふらねど宵闇《よひやみ》にて、廿三夜の真夜半《まよなか》、月もまだ山の端《は》にのぼり給はず、真黒《まつくろ》なりし闇なれども、我が住《す》む町《まち》はおそれもなく、北に向かひてかへる所に、西側《にしがわ》の軒下《のきした》に二十《はたち》ばかりと覚《おぼ》しき女の、はなやかなる衣裳《ゐしやう》を着《き》ながし、秋の紅葉《もみぢ》にあらねども、搔取褄《かいどりづま》の紅《くれなひ》は闇《やみ》といへどもあざやかにて、格子《かうし》の陰《かげ》にただひとり、待《ま》つ人《ひと》ありげに彳《たたず》みたり。その風俗《ふうぞく》のしどけなく、ほつそりすうわり柳腰《やなぎごし》。畳屋《たたみや》何某《なにがし》見るよりも、「近所《きんじょ》は遊所《ゆうしょ》の事なれば、さては遊女《ゆうじょ》の密夫狂《まぶぐる》ひか。この所にてしのびあふ約束《やくそく》したると見へしなり。幸《さいわ》ひ往来《ゆきき》の人もなし。一嬲《ひとなぶ》りせばや」とて、軒下《のきした》にあゆみより、彳《たたず》みゐたる

後《うし》ろより矢場《やには》に岸波《がは》と懐《いだ》きつく。

かの女、その時に、両手をしかと引きとらへ、きつと見かへる顔《かほ》ばせをよくよく見れば、恐ろしや、美《うつく》しかりし黒髪《くろかみ》も真逆《まつさかしま》に立ちのぼり、丹火《たんくわ》の唇《くちびる》たちまちに耳《みみ》もとまで裂《さ》けあがり、鉄醤《かね》真黒《まつくろ》に眉《まゆ》さか立ち、狼《おほかみ》のごとくなる眼《まなこ》むき出し、畳屋《たたみや》を白眼《にらみ》つけたる形勢《ありさま》は、恰《あたか》も夜叉《やしや》のごとくなり。何《なに》某《がし》大きに驚《おどろ》きさわぎ、両手をやうやう振《ふ》りはなし、我が家《や》をさして一散《いつさん》に走《はし》り帰《かへ》りて、門口の潜戸《くぐりど》いまだ締まらぬを、これ幸《さいは》ひと引きあけて内へ飛《と》びこみ、その儘《まま》に仰気《のつけ》に倒《たを》れ伏《ふ》したりしを、見るより家内《かない》は立ち騒《さわ》ぎ、

「薬《くすり》よ、水よ」

と介抱《かいほう》して、性根《せうね》はすこし付きたれども、ただ茫然《ぼうぜん》と気ぬけのごとく、一とせあまりなやみしが、折々狂気《けうき》し、昼中《ひるなか》に白粉《おしろい》などを顔《かほ》にぬり、女の身《み》振《ぶ》りを写《うつ》しつつ、搔取褄《かいどりづま》にて町内を狂《くる》ひまわりし事ありしが、次第《しだい》次第に正気《せうき》つき、二とせ余り程《ほど》を経《へ》て、やうやう快気《くわいき》をせられしなり。

○洛東建仁寺の古狸、種《しゆ》々人を誑《たぶらか》せし事

是《これ》も近年《きんねん》の事なりしが、我が町内の古手屋に大徳屋《だいとくや》何某《なにがし》といふ人ありしが、ある時売用《ばいよう》の事につき、夕方より宿《やど》を出《いで》、五条辺《あた》りの仲買仲間《なかがいなかま》を、古手物を買込《かいこ》むとて、ここかしこと行きたりしが、

かれこれ隙入《ひまい》り、夜も更《ふ》けて、はや九つにも程近《ほどちか》し。

「いざや、是《これ》より帰らん」

と、五条通を東へ出て建仁寺まへをまつすぐに、南の門も打ち過ぎて中の門にちかづく頃、ふと東の方を見やりしに、高《かう》々たる山門《さんもん》の、現然《げんぜん》と側立《そばだ》ちたり。古手屋何某《なにがし》、仰天《ぎやうてん》し、「この所へ何月《いつ》の間《ま》にこの大門は建《た》ちたるぞ。あら不思議《ふしぎ》や」と立ちやすらひ、しばし詠《なが》むるその内に、気もうつとりとなりたる所へ、大坂飛脚《ひきやく》の下り荷物《にもつ》、馬二、三疋《びき》引きつれ立ち、宰領《さいりやう》もろとも儵《ざわ》々と北の方より来《きた》りしが、中の門に近づく時、今までありし山門《さんもん》は、かき消《け》すごとく失せたりける。馬《むま》のいななくその声《こへ》に、急度《きつと》正気《せうき》もつきしかば、「さては狸の所為《しよゐ》なるか。飛脚《ひきやく》どもの来《きた》らずは、いかなる憂《う》き目《め》にあわんもしらず。我《わ》が為《ため》の幸《さいわ》ひぞ」と、逸足《いちあし》出して帰《かへ》られける。


享保の始めより宝暦の頃までは、古狸ども多《おほ》かりしにや、中の門前片原町《かたはらまち》にては、夜更《よふ》けて通る人あれば色々に誑《たぶらか》し、あるいは小坊主《こぼうず》などに化《ば》け出《いで》て、足元《あしもと》にあゆみ来て大の眼《まなこ》をむき出し、または傘《からかさ》などに飛びあがりて人をおどせし事もあり。同じく中の門前裏《うら》新道筋《すじ》の開《ひら》けしはじめ、夜更《よふ》けて往来《ゆきき》も稀《まれ》なる頃《ころ》は、西瓜《すいくわ》ほどなる火の玉となり、大道《だいどう》の真中《まんなか》をころりころりと倒《こけ》あるき、往来《ゆきき》の人をおどせしが、宝暦の末つかたより安永の今にいたりて、十七、八年已来《このかた》は、狸のさたをとんと聞《き》かず。かの古狸《ふるだぬき》共の死したるにや。ただしは土地《とち》の繁昌《はんじやう》にて、人の往来《ゆきき》もしげきゆへ、狸も恐れて出《いで》ざるかしらず。

○下京辺《しもげうへん》の医師《ゐし》、狐に化《ば》かされし事

安永のはじめつかた、下京七条の辺《ほとり》に住《す》むさる医師《ゐし》のありけるが、ある夜、八つとも覚しき頃、門の戸けわしく扣《たた》きしかば、男共起《お》きいでて、

「誰《たそ》」

と尋《たづ》ねて戸をあくれば、卅ばかりの男一人《いちにん》、箱灯燈《はこでうちん》を手に引《ひ》つ提《さ》げ、早速《さつそく》こたへて申すやう、

「祇園町、何屋誰《たれ》より参りたり。急病人《きうびやうにん》ござ候間、深更《しんかう》に及び御苦労《ごくらう》ながら、ただ今御見舞《みま》ひ下さるべし。則《すなは》ち拙者《せつしや》、御供《とも》申し罷《まか》りかへれと、くれぐれと申しつくるなり」

と、家来《けらい》の者《もの》に言ひ入るれば、

「口上の趣、心得たり。ここに暫《しばら》く待たれよ」

と玄関《げんくわん》に待たせ置《お》き、主人《しゆじん》へこのよし通《つう》ずれば、医師《ゐし》はつどつど聞き届けかねて、

「懇意《こんゐ》の得意《とくゐ》なれば、ゆかで叶《かな》わぬ所ぞ」

とて、

「薬箱《くすりばこ》よ、乗物《のりもの》よ」

と、それぞれに申しつけ、使《つか》いの者と諸ともに、道をいそぎて行きたりしが、はや病家《びやうか》にも至りし

かば、早速亭主《さつそくていしゆ》は出《いで》むかへ、

「御苦労《くろう》なり」

と挨拶す。

「さて、病人は」

と尋ぬれば、

「一間《ひとま》に伏《ふ》させ置きたり」

とて、奥《おく》の座敷《ざしき》へともなひゆく。

医師《ゐし》は容体《ようだい》相たづね、見脈《けんみやく》つくづく見終はりて、さて診脈《ちんみやく》にぞかかりたり。亭主《ていしゆ》は医師《ゐし》に打ち向かひ、

「病性《びやうせう》いかが」

と尋ぬれば、

「是《これ》、傷寒《しやうかん》の陰症《ゐんせう》にて、甚《はなは》だ大事の病人なり。等閑《なをざり》にはなりがたし」

と薬箱《くすり》を取りよせて、古方《こほう》を案《あん》じ、加減《かげん》して、生姜《せうが》一片《ひとへぎ》差しくわへ、

「一番煎《いちばんせん》じをあたふべし。発熱《ほつねつ》だに致されなば、気づかひは候まじ。明朝《みやうてう》、容体《ようだい》知らされよ。我等は御暇《おいとま》申さん」

とて、既《すで》に立たんとせし所を、亭主《ていしゆ》、

「しばし」

と押しとどめ、

「これはわれらが甥《おい》なるが、さる方を相頼み、手代奉公致させおきしに、この病性《びやうせう》に病《や》みつきて、甚《はなは》だ大切《たいせつ》なればとて、主人よりかへされたり。何とも御苦労《くろう》千万ながら、今しばらくござ有りて、容体御覧《ようだいごらん》下さるべし」

と、ひたすらに頼みしかば、

「しからば家来《けらい》を差《さ》しもどし、とくと様子《やうす》を見申すべし」

と言へば、亭主は祝着《しうぢやく》して、次《つぎ》なる一間《ひとま》に誘引《いざなひ》て、

「これにて、しばらく御休息《ごきうそく》」

と、たばこ、菓子盆《くわしぼん》取り出《いだ》し、

「まづ、御茶《おちや》ひとつ」

ともてなせば、

「是《これ》は病家《びやうか》の御取りこみ、御心づかひは御無用」

と、医者もそこそこ挨拶《あいさつ》し、薬功いかがと差《さ》しひかへ、工夫《くふう》をめぐらし居られしが、はや東雲《しののめ》の鐘《かね》も鳴《な》り、横雲《よこぐも》しらむ折柄《おりから》に、賤《いや》しげなる男来《きた》りて、医師《ゐし》を見るより仰天《ぎやうてん》し、

「この医《ゐ》者殿《しやどの》は、何ゆへに夜の内よりここに来て、きよろりとして居らるるぞ」

と、つこど声にて罵《ののし》れば、医師《ゐし》はこの時正気づき、あたりを見れば、こはいかに、七条の焼場《やきば》なり。座敷《さしき》と思ひて座《ざ》したりしは、焼場《やきば》のまへなる蓮花台《れんげだい》の石の上《うへ》にぞ居たりける。東角《とうかく》もあきれはて、「是《これ》、狐狸《こり》の所為《しよゐ》なるべし。さてさて外聞失《ぐわいぶんうしな》ひし」とおもへど、今は詮方《せんかた》なく、すごすご我が家へ帰られける。

この医師《ゐし》、ある時、療用《りやうよう》の薬《くすり》にとて、近在《きんざい》の猟師《りやうし》を呼《よ》びよせ、狐の肝《きも》をとられし由《よし》、その意趣《ゐしゆ》がへしを報《むく》ひしと、とりどり噂《うわさ》をしたりしなり。

怪談見聞実記巻之三終

怪談見聞実記巻之四

○目録

怪談見聞実記巻之四

○古手《ふるて》屋《や》何某《なにがし》、見《み》越入道《こしにうどう》に逢《あ》ふ事

明和中頃の事なりし。我が町内の古手屋に大福屋何某《なにがし》とて、まだ年若なる仁ありしが、元来律義《ぐわんらいりちぎ》の生得《せうとく》にて柔和《にうわ》なる人柄《ひとがら》なり。

さて、毎年《まいねん》の町格《てうかく》にて、桜花の盛りには花見参会《さんくわい》と名づけつつ、東山にて座敷を借《か》り、町中皆々《みな》打ち集《あつ》まり、終日興《ひめもすけう》ある戯《たわむ》れなり。今年《ことし》も花の頃なれば、

「いざ、山会《さんくわい》を催《もよふ》さん」

と、東山にてさる寺の わざと山号寺号を略す 座敷をかりて、定日《じやうじつ》も三月下旬《げじゆん》と相きわめ、既《すで》にその日になりしかば、四つ前より誘引合《さそいあ》い、各《おのおの》打ちつれ行きたりし。

殊更《ことさら》天気も長閑《のどか》にて、心せく道ならねば、祇《かみ》の御園《みその》に詣《もふ》でつつ、二軒《にけん》茶屋も打ち過ぎて、東山にぞ着きにける。頓《やが》て酒宴《しゆゑん》も始まりて、転時《てんじ》も終《お》はれば、人々は、

「いざ、花見ん」

と群立《むらだ》ちつつ、まづ、高台寺の寺中なる円徳院《ゑんとくゐん》の姥桜《うばざくら》、

「名木《めいぼく》なり」

と打ち詠《なが》め、さて、高台寺に詣《もふ》でて、法堂《はつとう》の側《かたわら》なる桐が谷《やつ》の花ざかり、

「是《これ》は一入《ひとしほ》見事ぞ」

と、暫《しばら》く茶みせに腰打ちかけ、たばこくゆらせ詠《なが》め居る。向かふの方に立ちたりし「花を折《お》るな」の制札《せいさつ》にて、与風《ふと》心にうかみしかば、

　法堂《はつとう》ときけば桜を折もせず
　　　　かうだいじなる桐が谷《やつ》とて

また高台寺を立ち出《いで》て、清水地主《きよみづぢしゆ》の桜まで、彼方此方《かなたこなた》と詠《なが》むる内、日も西山《せいさん》にかたむけば、おのおの打ち連《つ》れ帰りしが、

「はや夕飯《ゆうはん》も出来《でき》たり」

と、皆々座敷に居《ゐ》並びて、本膳《ほんぜん》にこそすわりたり。

中酒二《ちうしゆに》献目《こんめ》相まわり、三献《さんこん》めの盃《さかづき》を指《さし》つ押《おさ》へつ隙《ひま》どりて、はや初夜も過ぎし頃、玄関《げんくわん》の方と覚しくて、

「わつ」と一声叫《ひとこえさけ》びつつ、為撥《ばたり》と倒《たほ》るる

その音に、

「何事なる」

と立ちさわぎ、燭台《しよくだい》引つさげ玄関《げんくわん》へ各々立ち出《いで》見る所に、かの大福屋何某《なにがし》にて真《ま》仰《あをのけ》に打ち倒《たを》れ、手足をちぢめ、色青ざめ、戦《わな》々揮《ふる》ひて正体《せうだい》なし。おのおのおどろき、懐《いだ》きあげ、座敷に布団《ふとん》をしかせつつ、

「枕よ、夜着よ」

とさわぎ立て、口々に呼《よ》び活《い》くれど、曽而《かつて》正気も付かざれば、

「やれ、気付《きつけ》よ」

と言ふよりも、印籠《ゐんろう》より取りいだし、水諸《もろ》ともにあたふれば、漸々《やう》ふるひはやみたれども、更《さら》に性《せう》根《ね》はなかりける。

この騒動《さうどう》に参会《さんくわい》もそこそこにしまひつつ、駕籠《かご》の者《もの》を呼《よ》びよせて、何某《なにがし》を懐《いだ》きのせ、みなみな駕《か》籠《ご》に引き添《そ》ひつつ、介抱《かいほう》してこそ返りしが、五、六日も程《ほど》を経て、医薬針治《ゐやくしんじ》の功《かう》により、次第に快《くわい》

気《き》をせられたり。我も折々見舞《みま》ひしゆへ、

「何事のありしぞ」

と、委細《いさい》の訳《わけ》を尋ねしに、何某答《なにがしこた》へて、

「さればとよ、我等《われら》その夜は、まへ酒に殊《こと》の外《ほか》たべ酔《よ》ひしが、またもや酒の廻《まわ》らんかと、そつと座敷をぬけ出《いで》て、玄関《げんくわん》にて一風《ひとかぜ》入れ、酒の酔《ゑ》ひをさまさんと、障子《せうじ》引きあけ出《いで》たりしに、むかふの山につゞきたる植込《うへご》みの繁《しげ》みより、壱丈《いちぢやう》余りの大坊主《おほばうず》、皿《さら》ほどなる眼《まなこ》を見出し、われらを急度《きつと》白眼《にらみ》しゆへ、ぞつと身の毛《け》もよだちしかば、立ち帰《かへ》らんとふり返る。思ひがけなき後《うし》ろのかた、同じ様なる大坊主のすつくと立ちて、目をむき出し、両手をひろげ立ちふさがりて、つかみつかんとせしゆへに、この時大きに動転《どうてん》し、「わつ」と一声さけびしが、忽《たちま》ち正気《せうき》を取り失《うしな》ひ、倒《たを》るるとは思ひしが、その跡は如何《いかが》なりしや、かつて覚へ候はず」

と、始終《しじう》のわけをはなされたりし。

この寺の庭先《にはさき》は東山のつゞきなれば、山奥《やまおく》に住《す》む古狸の折々は出《いで》きたりて、度々《たび》人を化《ば》かせしよし、兼《かね》て聞き及びしなり。是《これ》より町内山会《さんくわい》にはこの寺を借《か》るまじとて、重《かさ》ねては行かざりし。この狸もよくよくに新狂言《しんけうげん》もなかりしにや、古ひ趣向《しゆかう》の化《ば》けやうにて、当世風《とうせいふう》にはむかざりけり。

○諸国行脚《しょこくあんぎゃ》の禅僧《ぜんそう》、狐《きつね》つきを落《お》とせし事

我が縁類《ゑんるい》の在所《ざいしょ》なるが、丹州桑田郡《たんしうくわたごほり》、ある村に、やごとなき禅寺《ぜんでら》あり。延享《ゑんきょう》の比《ころ》の住職《じうしょく》は禅家《ぜんけ》に名高き名僧《めいそう》なりしが、その御弟子《でし》の僧なりし。

諸国行脚《あんぎゃ》をせられし頃、九州辺《きうしうへん》のさる寺にて一夏《いちげ》を送《おく》り、帰るさに備前《びぜん》の国《くに》に至りしが、途中《とちう》にて日を暮《く》らし、あたりに宿屋《やどや》もなかりしかば、百姓の家に立《た》ちより一宿所望《いつしゅくしょもう》をせられしに、心安くうけがひて、

「此方《こなた》へいらせ給へ」

とて、飯《はん》など炊《かしぎ》てすすめしかば、持仏堂《ぢぶつどう》にて読経《どくきゃう》し、はや初夜にも及びし頃、「いざ、休まん」と思ひしに、亭主《ていしゅ》は僧のまへに出《いで》、

「この一、二間隣《けんとなり》にて、すなわち我らが一家《け》なるが、倅《せがれ》に狐の取りつきて、いろいろに致せども更《さら》に落《お》つべき気色《けしき》もなし。何とも申し兼《か》ねたれども、御苦労《ごくろう》ながらかの家にて読経《どくきゃう》にても遊ばして、狐を退《の》けてたび給へ。一樹《じゅ》の陰《かげ》の宿《やど》りさへ他生《たせう》の縁《ゑん》と聞《き》くなれば、ひたすら頼み奉る」

と、くれぐれと願ひしかば、禅僧《ぜんそう》大きに迷惑《めいわく》し、

「われらは禅家《ぜんけ》の事なれば、祓《はら》ひ祈禱《きとう》の法《ほう》もなし。かやうの業《わざ》にあたらねば、ひらに御免《ごめん》候へ」

と、色々断《ことわ》り申さるれど、百姓かつて聞《き》き入れず。

「禅家《ぜんけ》は取りわけ尊《たつと》ければ、仏法《ぶつぽう》の功徳《くどく》にて狐も落《お》つべき物なれば、ひたすら御頼み申す」

とて、無理無体《むりむたい》に誘《いざな》ひゆき、狐つきを差しおしへ、

「この者《もの》なり」

と申すにぞ、旅僧《りよそう》も今は詮方《せんかた》なく、「いかがはせん」と思ひしが、外《ほか》に手段《てだて》もあらざれば、狐つきの正面へどつかと座して差《さ》し向《む》かひ、一心《いつしん》を定《さだ》めつつ座禅《ざせん》をこそはせられける。

　かの狐付き、大声《おほごゑ》あげ、

「この糞坊主《くそぼうず》は、何ゆへに我が面前《めんぜん》には来《きた》りしぞ。汝等《なんぢら》ごときが所行《しよぎやう》としてわれを落とさんなんどとは、思ひもよらぬ事なるぞ。入らざる事をせんよりは、帰りて草臥《くたび》れ休めよ」

と、散《さん》々に雑言《ぞうごん》す。されども旅僧《りよそう》はいらへもせず、ただ心法《しんぽう》をこらしつつ、ひたすら座禅《ざぜん》をせられしが、夜も次第に更《ふ》けわたれば、悪口《あつこう》を言ひ散らし狐付きも草臥《くたび》れしか、ただしは座禅《ざぜん》に退屈《たいくつ》して狐も根気《こんき》に負《ま》けたりしが、次第次第にしやべりやみ、ころりと横《よこ》に伏《ふ》したりしを、禅僧《ぜんそう》は猶《なを》引きそひて、座禅《ざぜん》に夜をぞ明かされたり。

　はや東雲《しののめ》にもなりしかば、家内の者も起《お》き出《いで》て、かの禅僧《ぜんそう》を見舞《みま》いしが、側《そば》に伏《ふ》したる狐付きは余念《よねん》もなく寝《ね》居たりしを、亭主《ていしゆ》はゆすり起《お》こせしに、いつにかわりて狐付き、たちまち正気《せうき》に立ち戻《もど》り、狐はさらりと退《の》きにけり。家内大きに悦《よろこ》びて、

「かかる尊《たつと》き御僧《おんそう》を御宿《おやど》申せし利益《りやく》にて、是《これ》まで落《お》ちざるこの狐、忽《たちま》ちに退《の》き去《さ》りたり。あら有難《ありがた》や」

と合掌《がつしやう》し、旅僧《りよそう》を拝《はい》し、仏法《ぶつぽう》の奇瑞《きずい》を感《かん》じ入りたりける。

禅僧《ぜんそう》、何の手段《てだて》もなく、ただ座禅《ざぜん》の奇特《きどく》にて狐付きを落《お》とせしゆへ、

「面目《めんぼく》をすすぎし」

と、我が宅に一宿《いつしゆく》の節《せつ》、委細《いさい》のはなしをせられしなり。この僧、今は丹州にて師の寺を相続し、やごとなき禅寺《せんでら》の住職《ぢうしよく》とは成られしなり。

◯建仁寺中の門前、癤《ねぶと》の図子《づし》、幽霊《ゆうれい》の事

寛保《くわんぽう》の末つかた、我等廿四、五才の時なりしが、拠《よぎ》なき用事のありしゆへ、暮れ方より宿を出て新宮川筋五条へんまで行きたりしに、思ひの外《ほか》に隙《ひま》どりて、夜もはや九つ過ぎし頃、漸《やう》々用事も仕《し》舞《ま》ひしかば、いとまを乞《こ》ひて立ち帰る。

頃は九月の末なりしが、秋雨《しうう》しきりに降《ふ》りいだし、目ざすもしらぬ暗《くら》き夜に、灯燈《てうちん》とても持たざれども、近所歩行《あるき》は遠近《おちこち》のたづきもしらぬ山中ならで、覚束《おぼつか》なき事もなく、宮川筋を真《まつ》すぐに、蛭子《ゑびす》の図子《づし》より新道《しんみち》へ、建仁寺町に出《いづ》るとて、癤《ねぶと》の図子《づし》を通《とを》りたり。このねぶとの図子《づ》《し》といふは、

建仁寺中の門、少し南の方にある東西の図子道《づしみち》なり。はじめはこの図子《づし》無《な》かりしが、新道筋開発《しんみちすじかいはつ》の後、非常《ひじやう》の為《ため》とて明《あ》きたるなり。初めて開《ひら》きしそのみぎりは、人の往来《ゆきき》も稀《まれ》にして道筋《みちすじ》もかたまらねば、踏《ふ》むたびごとにじくじくと下より渋《しる》の出ればとて、近所より徒名《あだな》して、癤《ねぶと》の図子《づし》とは名づけしなり。昼さへ人の通らねば、夜分は取りわけ往来《ゆきき》もなし。南方の壁際《かべきわ》には草茫《くさぼう》々と生《お》ひ茂《しげ》りて、道もわかたぬばかりなり今は東西に簀戸を入れて夜分は人を通さざるなり。されども近所の事なれば、何おそろしとも思はずして、この図子道《づしみち》に行きかかる。

折節《おりふし》雨もそぼふりて、弥《いよいよ》凄《すご》き闇《やみ》の夜に、中程《なかほど》まで行きし頃、五、六間《けん》もむかふより、何かはしらず白き物の、此方《こなた》へ来るをよく見れば、まだうら若き女なりしが、白帷子《かたびら》と覚《おぼ》しき物を裾《すそ》みじかに着なしつつ、黒髪《くろかみ》は荊棘《おどろ》のごとく後ろの方へ搔乱《かきみだ》し、面色《めんしよく》青ざめ弱《よわ》々しく、物哀《ものあわ》れなる有りさまにて、しほしほとしてあゆみ来る。さも怪《あや》しげなる姿《すがた》なれども、幽霊《ゆうれい》などとは思ひもよらず、「近所に勤《つと》む

る下女《げじょ》などの、髪《かみ》打ち洗《あら》ひて乾《ほ》さんため、かく打ちさばき有りながら主人の用事をつとむるにや。さもあれ、かかる雨の夜に傘《からかさ》とても指《さ》さずして、人のゆききも稀《まれ》なりしこの図子《づし》道《みち》を、ただひとり夜更《ふ》けて通る、不審《いぶかし》や」と、行き違《ちが》ひざま見かへりしに、不思議《ふしぎ》や、今まで目のまへに正《まさ》しく見へし面影《おもかげ》の、かき消すごとく消《き》へ失《う》せて、草茫《くさぼう》々たるばかりなり。

この時、ぞつと身の毛《け》だち、冷水《ひやみづ》をかくるがごとく二、三度に及びしかど、我も強気《がうき》の若ざかり、物恐《おそ》ろしとも思はねば、さのみ驚《おどろ》く事もなく、「さては、狸の所為《しわざ》ぞ」と心をしづめ、徐《しづ》々と建仁寺町へいづるや否《いな》や、足早《あしばや》にこそ帰りしなり。

按《あん》ずるに、世に幽霊《ゆうれい》の取沙汰多し。されども人間一度《ひとたび》死して、ふたたび形質《かたち》を現《あらは》さんや。是《これ》みな狐狸《こり》の所為《しわざ》なり。今見し怪《あや》しき女なども、誠《まこと》に幽霊《ゆうれい》といふべき者《もの》なり。しかれどもその実性《じつせう》は、かの古狸《ふるだぬき》の化《ば》けたるならむか。

○青侍《あをざむらい》、松《まつ》が崎《さき》にて山神《さんじん》の祟《たた》りに逢《あ》ふ事

宝暦半《なか》ば過ぎし頃、さるやごとなきご堂上《とうしやう》に青侍《あをざむらい》を勤《つと》めたりし勘十郎《かんじふらう》といひし人、年齢《ねんれい》四十才ばかりなりしが、故《ゆへ》ありて御暇《おいとま》を給わり、六波羅《ろくはら》辺《へん》に借宅《しやくたく》し、四条芝居狂言《しばゐきやうげん》方の物書《ものか》きを渡世《とせい》とし、独身《どくしん》にて暮らされしが、この仁、我が町内に懇意《こんゐ》なる人ありて、毎度《まいど》往来《わうらい》せられし砌《みぎり》、かの宅《たく》にて咄《はな》されしは、

「我ら、出勤《しゆつきん》の時分《じぶん》には壮年《そうねん》の頃《ころ》なりしが、甚《はなは》だ行跡《ぎやうせき》惰弱《だじやく》にして、ことさら殺生《せつせう》を好みしなり。朋輩《ほうばい》の青侍に何某《なにがし》といふ者ありしが、是《これ》も殺生好《せつせうず》きなれば、同気《どうき》相求《もと》むるの習《なら》ひとて、とりわけ入魂《じゆっこん》なりしゆへ、毎《まい》々かの人かたらひて、漁捕《すなどり》小鳥を陥《おと》しつつ、是《これ》を肴《さかな》に、

「いざ、一つ」

と、折々酒酌《く》みかわせしなり。

ある時、非番《ひばん》の折なれば、小鳥狩《がり》に行かんとて、かの朋輩《ほうばい》をさそひつれて、夜明《よあ》けの小鳥を陥《おと》さんと、八つ頃より御殿《ごてん》を出、北山松《まつ》が崎《さき》へといそぎしに、程《ほど》なく山にも着《つ》きしかば、

「いつもの場所《ばしよ》は、ここぞ」

とて、麓《ふもと》に網《あみ》を張《は》りまわし、山峡《そば》の石に腰《こし》打ちかけ、二人ともに居《ゐ》ならびて、

「まだ夜明けには程《ほど》もあり。たばこ一服吸《いつぷくす》わん」

とて、火打ち、火口《ほくち》を取りいだし、火をうち火縄《ひなわ》へうつしおき、きせるに吸《す》いつけ、すぱすぱと煙草《たばこ》くゆらせ、夜の明くるを今や遅しと待ち居たり。

かかるところに、向かふより下部《しもべ》壱人出来《いできた》り、箱灯燈《はこでうちん》を引《ひ》つ提《さ》げつつ、用事ありげにここかしこと山の麓《ふもと》を尋ぬる有りさま。両人見るより、

「何者《なにもの》ぞ」

と伺《うかが》ひ見れば、灯燈《てうちん》は我らが主人《しゆじん》の定紋《ぢやうもん》なれば、

「さては」

と、ともに声《こゑ》をかけ、

「誰《たれ》なるぞ」

と尋ねしに、下部《しもべ》は早速馳《さつそくは》せ来《きた》るを見れば、見知りし仲間《ちうげん》なり。

「なに用ありて、きたりしぞ」

と問《と》へば、かの者申すやう、

「先刻《せんこく》より、御両所《ごりやうしよ》を諸《しよ》々方《ほう》々と尋ねしなり。御殿《ごてん》より仰《おほ》せ出《いだ》されしは、『急《きう》御用の候へば、御両人のうち御壱人、ただ今御帰りなさるべし。直《ぢき》に御供《おとも》申せよ』と、くれぐれ仰せつけられたり」

と、聞くより両人驚《おどろ》きて、

「急《きう》の御用とあるならば、さうさう帰らで叶《かな》ふまじ。まづ網《あみ》をかたづけん」

と、某《それがし》やがて立ちあがれば、朋友《ほうゆう》、

「しばし」

と押《お》しとどめ、

「折角《せつかく》はりたる網《あみ》なれば、貴殿《きでん》は跡《あと》にのこり居て、得物《ゑもの》をして帰らるべし。御用の訳《わけ》はしらねども、壱人かへれとあるなれば、我ら是《これ》より立ちかへりて、急《きう》の御用をつとむべし」

と、かの仲間《ちうげん》と諸《もろ》ともに、尻引《しりひ》きからげ、立ちかへる。

跡にのこりてただ独《ひとり》、はじめの石に腰《こし》打ちかけ、「もはや明《あ》くるに間もあるまじ。追《おつ》つけ小鳥も渡らん」と、たばこ吸《す》いつけ、朝鳥《あさとり》を今や遅しと待つ所に、耕作《かうさく》にやいでたりけむ、百姓一人来《きた》りつつ、我らをつくづく打ちまもり、

「其許《そこもと》は何用にて、穢《けが》れし所にただひとり、つつくりとしてござるぞ」

と言ふに、某《それがし》心づき、あたりをきつと見まわせば、まだ夜も深《ふか》しと思ひの外《ほか》、東もしらみ渡りたり。正《まさ》しく座《ざ》せしは石上《せきじやう》ぞと、見れば不思議《ふしぎ》や、左《さ》はなくして、畠《はたけ》の中なる雪隠《せつちん》に腰《こし》うちかけて居たりしかば、我が身ながらも興《けう》さめて、「網《あみ》はいかが」と見廻《まは》れば、皆ずたずたに引《ひ》き裂《さ》きて、野《の》壺《つぼ》の内へ打ち込《こ》みあり。

「さては狐狸《こり》に化かされしか、無念《むねん》や。小鳥はとらずして網《あみ》までかやうに引き破《やぶ》られ、先に帰りし

朋友《ほうゆう》に何とこたへん言葉《ことば》もなし。外聞《ぐわいぶん》を失ひし」と思へど、今は仕方もなく、「片時《へんじ》もはやく帰らん」と、身ごしらへをする折からに、むかふの山の麓《ふもと》より田桶《たご》を担《にな》ひし百姓ども来るを見れば、こはいかに、已前《いぜん》に帰りし侍を肩《かた》に打ちかけ、手を引きてそろそろ此方《こなた》へあゆみ来る。某《それがし》やがて走《はし》り寄り見れば、衣類《いるい》も泥《どろ》まぶれ、足《あし》は荊棘《いばら》に掻《か》きやぶり、血《ち》に染《そ》みたる有りさまを見るより、われらびつくりし、

「貴殿《きでん》は急《きう》の御用につき、夜の内に帰られしが、いかなる御用をつとめられ、その体《てい》なるぞ」

と尋ぬれば、かの朋友《ほうゆう》、

「さればとよ、其許《そこもと》とても聞《き》かれしごとく、急《きう》なる御用の御使《つか》いゆへ、ずいぶん道をさしいそぎ、下部《しもべ》諸《もろ》とも打ちつれ立ち、御殿《ごてん》へ帰ると思ひの外《ほか》、かの仲間《ちうげん》とおぼしき者、山谷田畠《さんこくたはた》の差別《しやべつ》もなく、この山中を夜もすがら、我らを引きずりまわりつつ、あげくのはては山岸《やまぎし》より下なる湿田《しるた》へ突《つ》きおとし、たちまち姿は消《き》へうせたり。この時やうやう性根《せうね》つき、あたりを見れば夜明けまへ、真黒《まつくろ》なる折なれば、何地《いつち》ともわきまへがたく、元《もと》より身体《しんたい》つかれはて一足《ひとあし》もひかれねば、何と詮方《せんかた》なかりしゆへ、田の疇《あぜ》に腰《こし》打ちかけ、十方《とほう》に暮《く》れてゐたりしが、はや東雲《しののめ》になりし頃《ころ》、百姓たちのきたりしゆへ、頼《たの》みて肩《かた》に打ちかかり、やうやうこれまで帰りしなり。貴殿《きでん》の手まへも面目《めんぼく》なし」

と、顔《かほ》打ち赤め、言はれしゆへ、

「全《まつた》く其許《そこもと》のみならず、某《それがし》とても化《ば》かされて、かやうかやうのわけなりし」

と、互《たが》ひにしだらを話しあひ、大きにあきれてゐたりしが、時刻《じこく》もうつれば帰らんと、かの朋友《ほうゆう》を肩《かた》にかけ、やうやう御殿《ごてん》へかへりしなり。

思へば度々《たび》かの山にて無益《むやく》の殺生致《せつせういた》せしゆへ、山神《さんじん》の祟《たた》りにや、向後《きやうかう》は行くまじとて、小鳥狩《ことりがり》には出《いで》れども、松《まつ》が崎《さき》へは行かざりし」

と、自身《じしん》に話をせられしなり。

怪談見聞実記巻之四終

怪談見聞実記巻之五

○目録

怪談見聞実記巻之五

○泉州堺《せんしうさかい》の狐《きつね》、御影《おかげ》参りをして百姓に送《おく》らせし事

頃《ころ》は明和《めいわ》寅《とら》の年、御影《おかげ》参りといふ事はやりて、都鄙《とひ》遠近《ゑんきん》の民《たみ》百姓、老若男女《らうにやくなんによ》の差別《しやべつ》もなく、伊勢《いせ》参宮《さんぐう》をせし事ありこの事は近年なれば当時《とうじ》の人のしる事ゆへ、くわしくは記さず。その頃《ころ》の事なりしが、江州草津《ごうしうくさつ》の駅《えき》に住《す》む百姓のありけるが、余程《よほど》の田地《でんぢ》も持ちたれば、世渡《よわた》りも忙《せは》しからで相応《さうおう》にぞ暮らしける。この百姓、娘一人《いちにん》を持ちたりしが、眉目容体《みめかたち》も尋常《じんじやう》にて十人並《なみ》に生まれつき、気《こ》ざかしき者《もの》なれば、両親《りやうしん》大きに悦《よろこ》びて、外《ほか》に男子《なんし》もなかりしゆへ、「末々には聟《むこ》をとり、跡相続《あとそうぞく》をさすべし」と、手の内の玉のごとくに按《な》でさすりして養育《やういく》す。

はや二十《はたち》にも近《ちか》づけば、「相応《さうおう》の聟《むこ》もがな」と聞きつくろひ居たりしに、ふと風の心地《ここち》にてぶらぶらと病《や》みつきしが、次第次第におもりしかば、二親《ふたおや》大きにおどろきて、医者《ゐしや》よ薬《くすり》と色《いろ》々に介抱《かいほう》をこそせられしが、定業《じやうがう》にてや、あへなくもこの世のきづなは切れはてて、長きわかれとなりにけり。

両親《りやうしん》大きに悲《かな》しめども、老少不定《らうしやうふじやう》の世のありさま、せんかたもなき事なれば、あと念頃《ねんごろ》に弔《とむら》ひて、泣《な》く泣く月日を送《おく》りしが、その翌年《よくねん》の春よりも御影参《をかげまい》りのはやり出し、道中筋《どうちうすじ》の賑《にぎわ》ひは言葉《ことば》にも述《の》べられず。されども夫婦《ふうふ》の百姓は、この愁傷《しうしやう》に打ちしほれ、鬱《うつ》々として暮《く》らせしが、ある夕暮《ゆふぐ》れの

事なりし、若き女のただひとり、かの百姓の家にゆき、両手をつきて申すやう、

「わたくしは和泉《いづみ》の国界《さかい》の町《まち》の者《もの》なるが、この度《たび》、御影参《おかげまい》りにつき伊勢参宮《いせさんぐう》を致《いた》さんと、ふと国元《くにもと》を立ち出《いで》しが、路銀《ろぎん》も少々持ちたれども、道中筋《どうちうすじ》にてつかひ切り、ただ今帰りがけなれ共《ども》、今宵《こよひ》の宿《やど》の価《あた》ひもなし。何とも申しかねたれども、一夜《いちや》を明《あ》かさせたび給へ」

と、くれぐれと頼《たの》みしかば、夫婦《ふうふ》の百姓立ち出《いで》てみれば、ひとり旅《たび》といひ、殊更《ことさら》女の事なれば、不《ふ》便《びん》とや思ひけむ、

とて、

「いと安き事ぞ」

「たらゐに水よ」

と取り寄せて、足をすすがせ、

「此方《こなた》へ」

と、奥《おく》の座敷にともなひて、

「まづ、居風呂《すへふろ》を焼《た》きつけよ」

と、やがて湯《ゆ》に入《い》れ、夕飯《ゆふはん》もつどつどに調《ととの》へつつ、座敷に持《も》ち出据《いです》へ置《お》きて、夫婦《ふうふ》の人々並居《なみゐ》つつ、飯《はん》など進めもてなすうち、つくづく見れば、年かつかう、顔形容《かほかたち》にいたるまで、去年《こぞ》の秋過《す》ぎ行《ゆ》きたる娘《むすめ》に少《すこ》しも違はばこそ、瓜《うり》を二つのその儘《まま》なり。両親《りやうしん》、これに気《き》を奪《うば》はれ、互《たが》ひに脇《わき》をはなれ

ずして、まづ四、五日も逗留《とうりう》し、

「草臥《くたび》れ、やすめ給へ」

とて、我《わ》が娘《むすめ》の来《きた》りしごとく、色々に饗応《もてな》せり。

とかくするうち日数たち、十日あまりも過《す》ぎしかば、かの女の申すやう、

「段々《だん》御世話《せわ》に預《あづ》かりたり。古里《ふるさと》にも親達《おやたち》の、さぞ待ちわびてありつらん。もはや御暇《おいとま》申さん」

と言へば、夫婦《ふうふ》の百姓は本意《ほゐ》なき事に思へども、いつまでとても留《と》められねば、

「しからば、明日は帰らるべし。さりながら、わかき身のひとり旅《たび》は覚束《おぼつか》なし。殊《こと》に路銀《ろぎん》も切《き》れたるよし、かたがた気《き》の毒千万《どくせんばん》なれば、幸《さいわ》ひ我《われ》らも用事ありて大坂までは行くなれば、堺《さかい》へ送《おく》りとどけん」

と言へば、女は悦《よろこ》びて、

「かさねがさねの御世話なり。宜《よろ》しく御頼み申す」

とて、その夜はおのおの伏しにける。

さて翌朝《よくてう》にもなりしかば、旅《たび》の粧《よそほ》ひつどつどに、路銀《ろぎん》も余《よ》ほど懐中《くわゐちう》し、留主《るす》を妻女《さいじよ》に言ひふくめ、かの女を誘《いざな》ひて、まづ京都にのぼりつつ、知恩院《ちをんゐん》より道つづき、祇園《ぎおん》、清水《きよみづ》、大仏《だいぶつ》まで残らず拝《おが》みめぐりつつ、伏見街道《ふしみかいどう》打ちすぎて、夜舟《よぶね》にのりて大坂の八軒屋《はつけんや》に宿を取《と》り、かの女と諸共《もろとも》に、まづ天満《てんま》より東西の御堂《みどう》も拝《おが》みめぐり来て、道頓堀《どうとんぼり》にもなりしかば芝居《しばゐ》などを見物《けんぶつ》させ、

「明日《あす》は堺《さかい》へ送《おく》らん」

とて、八軒屋《はつけんや》へぞ帰りける。

夜も既《すで》に明《あ》けしかば、女の持《も》ちたる風呂敷《ふろしき》を我が背中《せなか》に引からげ、八軒屋を立ち出《いで》て、高津《かうづ》、生玉《いくたま》、天王寺《てんのうじ》、清水辺《きよみづへん》までつれあるき、近道《ちかみち》なれば筋違《すじかひ》に、堺筋《さかいすじ》へぞ出《いで》にける。これより一筋道なれば、南に向かひ、歩みゆく。はや住吉《すみよし》にも程《ほど》ちかし。

「つゐでに拝見《はいけん》いたさん」

と、後《うし》ろのかたを見返れば、今まで脇《わき》に引き添《そ》いたる女は何地《いづち》へ行きたるや、かい暮《く》れ姿《すがた》の見へざれば、百姓は驚きて、「一筋道の事なれば、ゆきまがふべき方もなし。遅れやせし」と、跡先《あとさき》を走《はし》りまわりて尋ぬれど、更《さら》に行衛《ゆくへ》のしれざりけり。この時急度《きつと》こころづき、

「旅櫛箱《たびくしばこ》、着《き》がへなど、我に預《あづ》け置《お》きたれば、もしこの内に名所《などころ》の書きつけもや」

と、風呂敷《ふろしき》の紐《ひもう》打ちほどきてよく見れば、不思議《ふしぎ》や、手道具《てどうぐ》、着替《きが》へぞと思ひし物は一つもなく、木《こ》の葉《は》、木《き》の枝《あだ》、藁《わら》くずなり。百姓はびつくりし、「さては狐なりけるか。娘《むすめ》に似《に》たるがなつかしさに、ここまでおくり来《きた》りしを、さてさてむごくも化《ば》かせし」と思へどもせんかたなく、すごすご草津《くさつ》へ帰りける。

この百姓夫婦《ふうふ》の者《もの》、ひとり娘を先達《さきだて》し愁傷《しうしやう》の弱身《よわみ》を見込《みこ》みて、伊勢参《いせまい》りの帰りがけにしたたかに馳走《ちそう》にあひ、堺《さかい》まで送《おく》らせて、その後一礼《いちれい》にも来《きた》らざりしは、不届《ふとど》き至極《しごく》の野狐《のぎつね》なりし。

○轆轤《ろくろ》首《くび》、間違《まちが》いの事

正徳三癸巳年七月廿五日は、聖護院《しやうごゐん》の宮道承法親王《みやどうせうほうしんをう》、大峰山《おほみねさん》へ御入峯《ごにうほう》あり。畿内近国《きないきんごく》は言ふに及ばず、諸国《しよこく》の山伏《やまぶし》寄《よ》りあつまり、みなみな御供《とも》申したり。この二、三年已然《いぜん》より、京都の山伏達《やまぶしたち》は聖《しやう》護院《ごゐん》より仰《おほ》せつけられ、髪《かみ》、髭《ひげ》を延《の》ばせしなり。

その頃、建仁寺町通松原上る片原町に、万蔵院《まんざうゐん》とて山伏あり。御入峯《ごにうほう》の御供《とも》につき、是《これ》も同じく三年前より髪、髭を延ばせしが、はや峯入《みねい》りも相済みたれども、髪、髭は剃《そ》らずして、その儘《まま》にて暮らされたり。この人の生得《せうとく》六尺有余《ゆうよ》の大男にて、しかも肌肉《ひにく》は肥《こ》へふとり、面色《めんしよく》黒く髭逆《ひげさか》だち、いかにもにつくき山伏なりし。

さて、御入峯よりも廿年来程《ほど》を経《へ》て、享《けう》

保《ほう》の末《すへ》なりしが、万蔵院の町内にて蛭子《ゑびす》の社《やしろ》の北の方《かた》に、鍵屋徳兵衛とて酒屋ありし。この人も強気《がうき》にて三十四、五才の大男なりしが、ある時、所用《しよよう》にひまとりて、夜更《よふ》けて我が家《や》へ帰られしに、頃は五月の末つかた、目ざすもしらぬ闇《やみ》なれども、灯燈《てうちん》さへも持たずして、建仁寺町を南へむき、片原町を真《まつ》すぐに、我が家《や》に帰りて、門の戸をたたきてしばし立ちやすらひ、南の方をふと見やれば、東がわなる藪《やぶ》ぎわの大溝《おほみぞ》の辺《ほとり》と見へて、六、七間《けん》向かふの方に火影《ほかげ》の見ゆるを、「不審《いぶかし》」と能々《よく》みれば、あら不思議《ふしぎ》や、喝僧天窓《がつそうあたま》の轆轤首《ろくろくび》、髪はおどろに掻乱《かきみだ》し、虎髭《とらひげ》四方に逆立《さか》ちて、口より火焔《くわえん》を吹《ふ》き出《いだ》し、大の眼《まなこ》をむき出してあたりを白眼《にらみ》まわせしは、凄《すさ》まじかりける有りさまなり。

尋常《よのつね》の人ならば、忽《たちま》ち正気も取りうしなひ、絶死《ぜつじ》もすべきものなれど、徳兵衛常々強気《がうき》にて物に動《どう》ぜぬ生まれなれば、少しも臆《おく》せず、「また例《れい》の、古狸の業《わざ》なるべし」と、しばらくまもりゐたり

しに、この首《くび》、虚空《こくう》を飛び行きて、西側蛭子《ゑびす》の社《やしろ》より四、五軒《けん》南の軒下《けんした》に行くぞと見へしが、たちまちに火焰《くわえん》も首《くび》も消《き》へうせて、跡方《あとかた》なくぞ成りにける。

徳兵衛は我が家《や》にかへり、心静《しづ》かに打ち臥したり。翌朝《よくてう》にも成りしかば、かの万蔵院とは常々に心おきなく咄《はな》せしゆへ、この山伏《やまぶし》の方に行き、

「昨夜《さくや》、われら所用《しよよう》ありて、夜更《よふ》けて帰る折からに、かやうかやうの事ありしが、慥《たしか》に怪《あや》しき轆轤《ろくろ》首《くび》はこのあたりへ這《は》入《い》りし」

と、ありし次第を語《かた》られしに、万蔵院《まんぞうゐん》、小首《こくび》を片むけ、このはなしをつくづく聞き、たちまち横手《よこで》をはたと打ち、大きに笑《わら》ひ出《いだ》せしかば、徳兵衛は合点《がてん》ゆかず、

「何のおかしき事ありて、かく大わらひをせらるるぞ」

と尋《たづ》ぬれば、万蔵院、

「さればとよ、その事なり。我ら、昨夜《さくや》は寝酒《ねざけ》を過《す》ごし、倒《ころり》と一噫気《ひとゐき》臥《ふ》したりしが、八つ頃にてやありつらん、ふと目を覚《さ》ませし折からに、殊《こと》の外《ほか》むしくりて、あまり寝ぐるしかりしゆへ、納涼《すずみ》がてらに小用《せうよう》せんと庭《には》におりしが、黒闇《くらやみ》にて目ざす方もしらざれば、竈《かまど》の前に置《お》きたりし割松《わりまつ》を二、三本、有明《ありあけ》の火にてともし立《た》て、門口《かどぐち》を引《ひ》き明《あ》けて向《む》かひの堀《ほり》に立ちはだかり、小用せんと思ひし時《とき》、割松邪魔《わりまつじやま》になりしゆへ、我らが口に引きくわへ、浴衣《ゆかた》を抱《かか》へ小用せし折柄《おりから》、四方を見廻《みまわ》したり。口にくわへし割松《わりまつ》を鼻意気《はなゐき》にて吹《ふ》き立てしが、火焰《くわゐん》と見へし物ならん。さては貴殿《きでん》の見られしは、

その折《おり》からにてありけるよな。怪《あや》しき物は狸《たぬき》ならで、本体《ほんたい》は我なりし」

と語《かた》れば、徳兵衛、興《けう》さめて、

「貴様《きさま》もいかに暑《あつ》きとて、裏口《うらぐち》へは出《いで》ずして、割松《わりまつ》をともし立《た》て、おもてへ出《いづ》る事やある。傍若無《ぼうじやくぶ》人《じん》のふるまひぞや。我等、物に動《どう》ぜざれば、さのみ恐《おそ》れもせざりしが、臆病《おくびやう》なる者ならば、忽《たちま》ち絶《ぜつ》死《し》もする物なり。向後《けうこう》はたしなまれよ」

と、異見《いけん》まじりに言われしに、万蔵院も打ちうなづき、

「なるほど、拙者《せつしや》が楚忽《そこつ》なり。已来《いらい》は心得申すべし」

と、互《たが》ひに打ちとけ語《かた》りあひ、

「まづ轆轤首《ろくろくび》の正体《せうたい》は、我ら慥《たしか》に見とどけし」

と大笑《おほわら》ひにて、徳兵衛はわかれて我が家へ帰られたり。

是《これ》、怪談《くわいだん》にあらねども、正《まさ》しく怪《あや》しき有りさまなれば、虚弱《きよじやく》に生まれし人などは、誠《まこと》に怪異《くわゐ》と見るものなれば、人々心得あらんため、巻末《くわんまつ》に記《しる》せしなり。この事は徳兵衛存生《そんぜう》の砌《みぎり》に、直《ちき》にはなしをせられしなり。

○干魚《ほしうを》の膏《あぶら》も夜陰《やゐん》には光りを出《いだ》せし事

是《これ》も我が隣町《りんてう》に、雲田屋《くもたや》何某《なにがし》といふ人あり。この人、茶道《さどう》を好《この》みしゆへ、諸々の茶席《させき》につらなりしが、

「頃は夏の半《なか》ばなりし、三条柳馬場辺《へん》に茶会《ちやくわい》ありしにさそわれて、宵《よひ》よりかの家に至りしが、すでに茶の湯も始まりて、かれこれと時刻《じこく》も移《うつ》り、はや四つ過ぎにもなりし比《ころ》、ふと障子《せうじ》を引き明《あ》けしに、植込《うへご》みのあなたなる西隣《にしどなり》の高塀《たかべい》の上に、光《ひか》り物こそあらわれたり。茶席《させき》の人々見とがめて、

「あれは何ぞ」

と言ひ出《いだ》すにぞ、傍《かたは》らより申さるるは、

「隣家《りんか》の人の用事ありて、火にても点《とも》し、塀際《へいぎわ》にて所用《しよよう》を勤《つと》むるものならむ」

と言へば、人々、

「実《げ》に、さこそ」

と、それより世事《せじ》の噂《うわさ》をし、咄《はなし》も次第にかさなりて時刻移《じこくうつ》れど、かの光《ひか》りは増《ます》々さかんなりしゆへ、客人達《きやくじんたち》も怪《あや》しみて、

「この光《ひかり》の失《う》せざるは、もし火にても過《あやま》ちしか。何分心もとなければ、御亭主へ告ぐべし」

と、彼《か》の家《や》の亭主《ていしゅ》を呼《よ》びむかへ、

「ケ様《かよう》ケ様の光りあり。火にても過ちなかりしや。隣家《りんか》の事に候へば、心を付けられ、然《しか》るべし」

と言へば、亭主《ていしゅ》も打ち驚《おどろ》き、早速隣家《さっそくりんか》へ人をはせ、

「御裏《うら》の高塀際《たかべいぎわ》と見へて、火のひかりの候なり。御心を付けらるべし」

と申しつかわし、使《つか》いの者《もの》はいまだ帰《かへ》らぬその内に、かの高塀《たかべい》の光り物は、たちまちに消《き》へ失《う》せたり。

その後《のち》、使《つか》いは立ち帰り、返答《へんとう》の趣《おもむき》には、

「御心に掛けられて、御しらせ下されし段《だん》、忝《かたじけな》く存ずるなり。この義は、昨日《きのふ》さる方《かた》より蒸王余《むしかれ》魚《い》を貰《もら》ひしゆへ、高塀《たかべい》の上に打ち並《なら》べ、日中に乾《ほ》しおきしを、下女どもの取りわすれ、ただ今まで置《お》きしなり。さだめて右の火と見へしは王余魚《かれい》の膏《あぶら》の、夜陰《やゐん》ゆへ光りし物と存ぜしまま、早速《さっそくと》取り入れ候なり。御念《ねん》入れられ、恭《かたじけな》し」

と、口上をのべけるにぞ、

「さては、王余魚《かれい》の光りか」

と、皆々安堵《あんど》をしたりし」

と、雲田屋何某《くもたやなにがし》、話せしなり。かやうの事は間《ま》々あるものにて、人々心得なき時は、大きに驚《おどろ》く物ぞかし。

我らが宅《たく》にて、近き頃《ころ》、是《これ》に似《に》たりし事ありし。頃《ころ》は正月の末なりしが、夜の八つ時分《じぶん》と覚《おぼ》しき頃《ころ》、小用《せうよう》を便《べん》ぜんとて寝所《ねどころ》を起《お》き出《いで》て、庭《には》より裏《うら》へ出るとて、ふと縁《えん》の下を見やりしに、青白《あをじら》けたる火の光り、燿《よう》々とあきらかなり。我ら心に思ひしは、「上間戸《うはまど》などの破《やぶ》れより、月影《つきかげ》のさすならん」と、何心なく打ち過ぎて、裏口《うらぐち》の戸《と》を引きあくれば、真黒《まつくろ》なる闇《やみ》の夜《よ》なり。

まづ小便所《せうべんじよ》に至りつつ、用事を便《べん》ずるその内につくづく思へば、「晦日《みそか》まへ、月のさすべきいわれもなし。何の光りか、不審《いぶかし》」と、立ち帰りざま能《よ》く見れば、光りの影《かげ》は弥増《いやま》して、縁《えん》の下なる物までもありありと見へしゆへ、壱つ壱つと引き出し見れども、怪《あや》しき物もなし。跡《あと》に残りし塵取《ちりとり》をそつと引き出し見る所に、芥《あくた》はひとつもなかりしが、この塵取《ちりとり》にしたがひて光りは庭《には》に出たりしを、また塵取《ちりとり》を押《お》し入るれば、同じく光りもしたがひゆく。「怪《あや》しや、何の所為《わざ》なる」と、有明《ありあけ》の火を持《も》ち出て能《よ》々みれば、塵取《ちりとり》の底《そこ》のぎらぎら光りつつ、いと腥《なまぐさ》き匂ひあり。

この時つくづく按《あん》ずるに、去年《こぞ》、乾鮭《からさけ》を買《か》いおきしを水に漬《つ》けおき、折節《おりふし》に大根切込《だいこんきりこみ》焚きたりしが、この頃鮭《さけ》も喰《く》ひしまひ、漬《つ》けたる桶《おけ》の上水《うわみづ》は裏《うら》なる溝《みぞ》へ流《なが》させしが、底《そこ》に滓《おり》の溜《たま》りしを、下女の仕業《しはざ》と覚《おぼ》しくて、この塵取《ちりとり》へ捨《す》てたりしが、鮭《さけ》の膏《あぶら》の染《し》み込《こ》みて夜陰《やゐん》に光りを出《いだ》せしなり。翌朝《よくてう》、下女に言ひつけて、とくと洗《あら》はせ置《お》きしなり。

乾鮭《からさけ》、干王余魚《ひがれい》なんどさへ夜陰《やゐん》は膏《あぶら》も光るなれば、まして鳥類《てうるい》、畜類《ちくるい》などの生《なま》しき膏《あぶら》は取り分けて夜陰《やゐん》に光る物なれば、かならず怪《あや》しみ恐《おそ》るべからず。是《これ》、常々《つねづね》の心得なるべし。

○臆病《おくびやう》なる人、狸《たぬき》の間違《まちが》いの事

元文の頃《ころ》なりしが、建仁寺中の門前に源兵衛《げんべえ》といふ金剛《こんがう》ありこんごうとは、芝居役者。に肩入奉公《かたいれぼうこう》勤むる者なり この同商売《どうしやうばい》に助八《すけはち》とて、是《これ》も芝居《しばい》を稼《かせ》ぎしが、祇園町の裏店《うらだな》を借《か》りて寡住《やもめず》みにて暮らせしが、ある時、相談の事ありて源兵衛方へ行《ゆ》かんとて、四つ過ぎより出《いで》たりしが、折節《おりふし》雨もそぼふりて闇《やみ》の夜《よ》の事なれば、小《こ》灯《てう》燈《ちん》を手に引つさげ、建仁寺町を南へむけ、片原町に出《いで》たりしが、元来臆病《ぐわんらいおくびやう》なる生得《むまれ》にて、殊《こと》さら闇《あん》夜《や》の事なれば人の往来も稀《まれ》なりしに、この辺《へん》にては古狸の折々人を化《ば》かすよし、常々《つねづね》聞き及びしかば、いよいよ小気味《こきみ》もよからねば、足ばやにゆく所に、いつの間にかは後《うし》ろの方に、七つばかりと覚《おぼ》しき小坊主《こぼうず》、竹の子笠《がさ》を打ちかづき、片手《かたて》にちろりを引つさげて、かの助八が足元《あしもと》へちよろちよろとあゆみよる。

助八、見るよりびつくりし、「さては狸の化《ば》けたるか。あら恐《おそ》ろし」と思ふより、逸足《いちあし》だしていそぎしに、この小坊主《こぼうず》も引きそひて、また足もとまで来《きた》りしかば、助八、今はたまりかね、持《も》ちたる傘《からかさ》引きすぼめ、かの化物《ばけもの》の胴中《どうなか》をしたたかに打ちたたけば、

「わつ」

と叫《さけ》びてうつむきにころりと倒《こけ》し、その隙《ひま》に一散《いつさん》に逃《に》げ出して、かの源兵衛が門口の細目《ほそめ》に明きし

を幸《さいわ》ひぞと、内へ飛びこみ、わなわなと物をも得言わずふるひ居る。

源兵衛夫婦《ふうふ》は驚《おどろ》きて、

「なにごとなるぞ」

と尋ぬれば、

「此方《こなた》へ来る道筋にて、化物《ばけもの》に行《ゆ》き逢《あ》ふたり。水一つ」

と乞《こ》ひければ、女房《にようぼう》やがて立ちあがり、茶《ちや》碗《わん》に水を引つ汲《く》みて、

「まづ、気をしづめ給へ」

とて、色々介抱《かいほう》する折から、門《かど》の戸引きあけ這入《はい》るを見れば、かの化物《ばけもの》の小坊主《こぼうず》なり。

助八見るより仰天《ぎやうてん》し、

「また狸めが、たたかれし意趣《ゐしゅ》がへしに来《きた》りしか」

と、方燈《あんどう》の陰《かげ》に立ちかくれ、鼻意《はなゐ》気《き》もせず、すくみ居る。源兵衛は小坊主《こぼうず》に、

「帰りしか」

と声かくれば、坊主《ばうず》はわつと啼《な》き出し、

「酒屋より帰るさに、足元《あしもと》くらく見へわかねば、「先《さき》なる人の灯燈《てうちん》につれ立ちて戻らん」と、やうやうに追《お》いつきしが、何奴《なにやつ》にてありしやら、持《も》ちたる傘《からかさ》取りなをし、背中《せなか》をしたたか叩きしゆへ、真《ま》うつむけに倒《こけ》たりしが、その時ちろりを取りおとし、酒はのこらずこぼしたり。着物も泥《どろ》にまぶれし」

と、大声《おほごゑ》揚げて啼《な》きいだせば、源兵衛これを聞くよりも、

「科《とが》なき小者《こもの》を、何《なに》ゆへにかく打擲《てうちやく》をしたりしぞ。につくき奴《やつ》め」

と怒《いか》れども、逃《に》げたる跡《あと》の事なれば、詮方《せんかた》なくぞ見へにける。

助八、方燈《あんどう》の陰《かげ》よりもこの有りさまをつくづく聞き、思ひまわせば、「今のさき、狸と思ひ叩きしは、この小者《こもの》にてありしよな。さてさて楚忽《そこつ》を仕出《しだ》せし」と、源兵衛夫婦《ふうふ》に打ちむかひ、

「是《これ》は我らが臆病《おくびやう》ゆへ、狸とばかり思ひ込《こ》み、打倒《うちたを》せしは長吉《ちやうきち》よな。さてさて麁相《そさう》を致したり。ま

つぴら御免《ごめん》」

と侘《わ》ぶるにぞ、源兵衛つくづく聞きとどけ、

「我ら、寝酒《ねざけ》をのまんとて、ちろりを持たせ、長吉を酒屋までつかわせしが、折ふし小雨《こさめ》のふりしゆへ、竹の子笠《がさ》をきせたるを、狸《たぬき》と思ふももつともなり。是《これ》、互《たが》ひの間違《まちが》ひなれば、すこしも苦《くる》しからず」

とて、やうやう事は済《す》みたれども、何とやらん気《き》の毒《どく》にて相談事《さうだんごと》も言ひ出さず、手もち無沙汰《ぶさた》に助八は、我が家へこそは帰りしなり。

これらも気強《きづよ》き人ならば、かかる楚忽《そこつ》はせまじきを、臆病《おくびやう》神にさそわれて、その実性《じつせう》をも見とどけず、この小坊主を打擲《てうちやく》せしは、浅ましかりける仕業《しわざ》なりし。

それ、怪異《くわいゐ》の発《おこ》るや、心神虚鬱《しんじんきようつ》の隙《ひま》を伺《うかが》ひ、邪魅《じやみ》の感《かん》ずるところなれば、心魂鬱《しんこんうつ》せし折などは、夜陰《やゐん》あるひは山中《さんちう》などを独歩《どつぽ》するこそ僻事《ひがこと》なれ。されども人に虚実《きよじつ》ありて、天性強気《てんせいがうき》の生得《せうとく》あり、また柔弱《にうじやく》の性質《せいしつ》あり。一概《いちがい》には言ひがたけれども、精魂実《せいこんじつ》するその人には、邪魅《じやみ》も近づく事を得ず。虚弱《きよじやく》なる生得《うまれ》には、狐狸《こり》も妖《よう》をなす物なり。殊更怪《ことさらくわい》にもあらざる事を、此方《こなた》の臆《おく》せし心よりは、怪異《けゐ》と見なす物ぞかし。前にしるす二、三ヶ条《じやう》は怪談《くわいだん》にはあらざれども、正《まさ》しく怪《あや》しき有りさまなれば、怪事《くわいじ》とも見るべき物ゆへ、心得あらむため記し侍るのみ。

怪談見聞実記巻之五大尾

安永九庚子年正月吉辰

京寺町通仏光寺北角
加賀屋卯兵衛開板

解説

近衛典子・網野可苗・高松亮太

『雉鼎会談』解題

1　作者

見返しに「藤貞陸編」とある。藤貞陸については従来、ほとんど知られるところはなかった。『選択古書解題』には藤川氏とし、『近世書林板元総覧』「藤木久市」の項では藤田氏とする。群牛の序文によれば、本書は藤田某なる者が愛娘のために自書自画したものを、後年になって群牛が発見し、出版した作品であると言い、これに従えば、「藤田貞陸」が作者ということになる。

もし「藤貞陸」が藤田貞陸であるとすると、この人物についてはいささかの情報がある。すなわち、川越藩主秋元氏に仕えた貞門俳人で、若い時は浪人して江戸にあり、八百屋お七の手習いの師匠であったという伝承を持つ人物である（近衞典子「怪談が語られる場――『雉鼎会談』を素材として」『怪異を読む・書く』国書刊行会、二〇一八年刊行予定）。この貞陸の墓が川越市の浄土宗寺院、大蓮寺に現存し、墓碑に「老樹翁行誉貞陸居士霊位／延享三丙寅天／七月十日」と刻まれているから、延享三年（一七四六）まで存命であったことは確実である。だとすると、貞享三年（一六八六）刊の井原西鶴『好色五人女』にも描かれる八百屋お七の師というのは、一見、年代が合わないように思われる。しかし、同じく延享三年三月の跋文を持つ貞陸の百歳記念の賀集『鶴のあそび』が出版されていることから、この年から百年は生年を遡ることができる。つまり、貞陸が八百屋お七の師であったとしても、矛盾は生じない。

ただし、『雉鼎会談』が出版されたのは宝暦五年（一七五五）、序者である群牛によってであるが、後述するように、本書は直前の寛延二年（一七四九）に出された都賀庭鐘『英草紙』の影響を強く受けていると考えられる。そして、『英草紙』刊行時には貞陸は既に世を去っているから、これが貞陸の所為でないことは明らかである。群牛なる人物については未詳であるが、本書は貞陸の著作であるとしても、この群牛の手が相当に加わっていると考えるべきであろう。

2 書誌

○底本　立教大学図書館蔵本（九一三・五六／T〇一一）
○体裁　半紙本五巻五冊　縦二十二・三cm　横十五・九cm
○表紙　縹色　無地
○外題　原題簽「中古／雑話　雉鼎会談　一（～五）」（左肩、刷、四周双辺）
○構成　巻一は見返、序二丁、目録一丁、発端二丁、本文十四・五丁。巻二は本文十八丁。巻三は本文十九丁。巻四は本文十七・五丁。巻五は本文二十五・五丁、奥付。
○見返　「藤貞陸編／雉鼎会談　前編／玉海堂梓」
○序　「序」。序末「東都府南蓬廬裡群牛」。
○目録題　「中古雑話雉鼎会談　前集　藤貞陸編」
○内題　「雉鼎会談巻之一（～五）」
○尾題　「雉鼎会談一之巻終」「雉鼎会談巻之二」「雉鼎会談巻之三終」「雉鼎会談巻之四終」「雉鼎会談巻之五畢」
○柱題　「中古雑話」
○跋　なし
○刊記　宝暦五年亥正月吉日

彫工／藤村善兵衛
書林／三河屋半兵衛／藤木久市

○挿絵　各巻に見開き四図。全二十図。画工不明。

○諸本　底本の他、国立国会図書館蔵本、早稲田大学図書館本がある。国会図書館本は立教大学図書館本と同版であるが、巻四の十二丁欠。早稲田大学図書館本は刊本の写しである。

○翻刻　今回が初めての翻刻。

3　内容

本書「発端」によれば、本書は貞享年中（一六八四～一六八八）のある年九月二十六日、武蔵野誓願寺で月待ちをしていた折、やってきた三人の武士が鼎の形に座り夜もすがら語った怪談を、隣室で聞いていた作者が密かに書き取ったものという。三人の武士はそれぞれ帆掛船の紋、折敷に三文字の紋、鷹の羽の紋を付けており、その紋所から彼らが後醍醐天皇に仕えた功臣、伯耆の名和氏、伊予の河野氏、筑紫の菊池氏の子孫であることがわかった。彼らの話は百に及んだが、娘に残すための書なので、異様な話やすさまじい話は除き、主として女のことのみを挙げた、という。各話の内容は次の通りである。

巻之一-一　愛レ鼠失二道徳一《ねずみをあいしてどうとくをうしなう》　寛文元年、名和氏が摂津国芦屋の里に知人を訪問する途中、異様な法師に行き逢った。知人の話によると、この辺りで最近怪異があるという。一音という道心堅固な法師が庵に住む多くの鼠を愛し、鼠もよく懐いて、「鼠法師」の異名を得て豊かに暮らしていた。ある晩、湯殿の天井裏で鳴く鼠の声を聞いて煩悩を起こし、邪淫戒を破ってしまった。その夜、若い女が尋ねてきて我が子を食い殺したこの庵の鼠を討ってほしいと頼み、一音は承諾して一夜を共にした、と思ったら夢であった。一音はもの狂わしい様子となり、翌日、多くの鼠を打ち殺した。その夜の夢に女が現れ、礼を言ったが、白鼠に姿を変え逃げ去った。そこへ俄かに鼠の軍勢が現れた。その大将が、「結婚を約した女が他に嫁いだので怒って女を殺したが、お前はその母の言い分を真に受けて我が一族を殺した、しかも邪淫戒を破った」と言うと軍勢が一音を襲い、梢につるして鎗で突く、と思うと目が覚めた。それ以来、一音は乱心し、自らの庵に火を付け、ついに磔となった。その亡霊が出て人々を悩ます、という話であった。その晩、以前に出会った法師が血染めの衣を着て現れたので矢を射たところ命中、法師は逃げ去ったが、後で見ると、磔になった法師の頭に矢が刺さっていた。法師の霊を弔ったところ、幽霊は出なくなった。

巻之一－二　**夢レ蘭産二美女一**《らんをゆめみてびじょをうむ》　名和氏の故郷、伯耆国大山の佐々木元儀という男の女房は蘭の香を好んでいた。ある時、老尼に蘭を与えられ、その花房の甘い汁を舐めたところ、次第に腹が張り妊婦のようになったという夢を見た。それより懐妊し、女子が産まれ、蘭と名付けた。美しく優雅に成長し、多くの縁談があったが、蘭は受け入れない。ある日、蘭が鷲にさらわれ行衛知れずとなった。両親の歎きは甚だしく、あきらめて菩提を弔おうとした七日後、庭に蘭の姿があったが、病を患っていた。蘭は森の中の巨人に様々にもてなされたが、あまりに父母を慕い歎く様を見て、戻されたのであった。その七日後、娘は世を去った。その墓にはいつの間にか、蘭が一本生えていた。

巻之二－一　**嵯峨野俳仙**　菊池氏が上京し高雄の紅葉を楽しんでいると、山崎宗鑑の亡霊が現れた。誹諧の奥義を語り、今の世の誹諧を批判し、また嵯峨の常盤亭に優れた女性俳人がいると言って菊池氏を案内した。外から窺い見ると、高貴な若い女性五人、女房二人、少年二人が歌仙を巻いており、素晴らしい出来栄えであった。興行が終わると、宗鑑は清涼寺の門前で忽然と姿を消した。翌年、再び上京し嵯峨を訪ねたが、常盤亭は跡形もなかった。北野神社に行くと、一人の美童が現れて一軸を与え、去っていった。開き見ると、去年の嵯峨での歌仙を、それぞれ名を記して書き留めたものであった。

巻之二－二　**武蔵野神童**　武蔵国に住む元徳法師という隠遁者が友だちと四方山話をしていた。世に美童と噂する衛士《えじ》が化物か否かで争論となり、成り行きで佐々木という男が一人で化物退治に行くことになった。

野を分け行くと容貌美麗の児《ちご》に会ったが、それが衛士で、夜もすがら語り合った。衛士は化物を論じて、狐狸の類のみならず、公家・武士・儒者・神職・医師など、また男も女も、本来の姿を失った者はみな化物であると語った。翌朝、佐々木は様子を見に来た元徳法師らにこれを語った。

巻之三－一　男変レ女《おとこ、おんなにへんず》　上杉景勝が奥州に至った時、故あって会津の藤田能登守が一族を引き連れ京都に逃れたが、十四歳の多門だけが取り残された。直江山城守の守りが厳しく跡を追えなかった多門は、知人の法師のもとに身を寄せ、笛を吹いて無聊を慰めていた。ある夜、法師の留守中、靫《うつぼ》のようなものが多門の笛に耳を傾けていた。直江山城守の軍勢が最上攻めのためこの地を通過した時、法師は多門を裏山に隠した。多門が笛を吹いていると美しい女性が現れ、二人は契りを交わした。その晩、多門の局所が痛み出し、数日のうちに落ちて、多門は女体に変じてしまった。法師は女を庵に置くわけにもいかず、縁を頼って安房に行き、多門は里見安房守への目通りが叶った。庵に帰った法師は、多門の笛を飲んで死んでいる靫を発見し、谷底に捨て、笛も砕いて捨てた。賢く美しい多門は里見安房守の寵愛を受けたが、十七歳で世を去った。

巻之三－二　女嚙レ夫《おんな、おっとをくらふ》　木村長門守の家人だった長沼某は上総国に下った。美しい娘は婿を迎え睦まじかったが、数か月後、男はやつれて死んだ。次の婿は七日後に逃げ出した。その後も次々と結婚したが、男たちは結婚直後に出て行ったり、病死したり、出家したりして続かなかった。臼部という八人目の男を迎えたが、婚姻の夜、恐怖で逃げ出した臼部を娘は追い掛け、ついに食い殺し、古井戸に沈んでいた大鐘に飛び入って隠れた。後年、井戸の側を通った少年を美女がじっと見ていたが、手出しできなかったのは、少年が腰に差す名刀に恐れたからだった。長沼の娘は、夜、夫の全身をねぶり、また夜半に庭の池に身を浸し、その水を飲むのが蛇形のようであったため、夫たちは恐れたのだ。

巻之四－一　猿怨猴情　三河国矢矧の里に住む治部太郎は父の戒めを聞かず、神の使者である猿投山の猿を捕らえて苦しめた。妹の律は見兼ねて猿を逃がした。怒った兄は猿を捕らえに山に入ったが、猿に姿を変えられてしまった。父は山で行方不明の息子の衣服を発見、律は兄の生存を信じ父を励ましたが、父は歎きなから死んだ。律はある日、父や兄を思い和歌を詠んで短冊に書き桜の枝に付けたところ、一匹の白猿がその短冊を取って逃げ失せた。白猿は短冊を国司の庭の桜に付け、この筆跡に国司が人知れぬ物思いとなり、律は探し出されて国司の妻となった。端午の節句の時、祝いの猿曳きがやってきた。猿は律を見るなり涙を流し、硯を乞い、自分が治部太郎であり、猿に変えられたこと、律と国司を結び付けた短冊を運んだのは律が逃がした猿であることを書いた。国司は猿を買い取り、猿投山の神を祭り、鳳来寺の僧を請じて仏に祈ったところ、猿は解脱し、もとの治部太夫となった。

巻之四 - 二　蜂楽蜂患　奥州白川の搦目に住む元顒という隠遁者が、親しい満願寺の僧を訪い、長時間昼寝をして、夢を見た。虎の皮のような衣装の上に薄い単衣を着た人が来て元顒を誘い、樟樹の根本の穴から似我国の都に連れて行った。豪壮な城で王に謁見、多くの客に囲まれ、もてなされた上、王の娘と結婚することになった。王子も生まれ、幸せに暮らしていたが、三年後、秋津洲の大軍が押し寄せてきた。敵の大将、山青令が指揮し、鬼蜓の率いる兵が妃を刺し殺し、王子を抱いて走り去った。元顒が怒り、追いかけようとしたところで、目が覚めた。夢に従い歩いて見ると、樟樹があり、根本に穴があって多くの蜂が飛び、「似我似我」と鳴いていた。そこへ蜻蛉の群れが来て、鬼蜻蛉が蜂の子を奪うまで、まさに夢と同じであった。蜂になるところだったと腹を立てた元顒は人夫を雇い、木を倒し、蜂の巣を壊したが、蜂に刺されて皆、無残に死んだ。満願寺の僧は蜂の巣も樟樹も元のように収め、供養したためか、その後は何もなかった。

巻之五　義死孝女　竹河右近将監の娘は陸奥の蒲生五郎左衛門の妻となった。夢で天狗山伏に、和歌を詠んだ褒美に宝の白玉を与えられた。間もなく身籠もり、浅次郎が生まれた。浅次郎が五歳の時、父が総州で千葉新左衛門と口論になり、討たれた。この様子を見た僧侶が蒲生の家に知らせたので、母は歎き、浅次郎に父の敵を討つよう言い聞かせた。一四歳になり、母がみまかった後、浅次郎は敵討ちのため旅立った。白川の関で行き悩んでいると山伏が現れ、浅次郎を笈に入れ、総州佐倉まで運んだ。浅次郎は浄入法師の庵に世話になっていたが、山辺刑部左衛門の娘小勝に出会い、深く言い交わす仲となった。ある晩、浅次郎が敵討ちの大望があることを打ち明けたので、小勝が敵の名を問うたところ、改名していた父の本名であった。小勝は驚いたが、千葉は父の知人であるから寝首を掻くようにと浅次郎に教え、父の身代わりに自らそこに寝て、恋人の手にかかって死んだ。浄入は蒲生の家に五郎左衛門の死を知らせた僧であった。因果の巡るところを知り、新左衛門は自害、浅次郎は出家し、浄鎮と名乗った。

『雉鼎会談』という題名は、この書を入手した序者の群牛が名付けたものという。「雉鼎」の語は中国明代の怪談集『剪燈新話』の瞿佑の自序に見られるもので、怪奇なことの起こる前兆と考えられていた。また「会談」は「怪談」を効かせつつ、「鼎」の形になって三人の武士が「会談」した内容を記録したもの、という意を込めているのであろう。

各話はこの三人が順番に語った話という設定となっており、巻一から巻四までは各巻二話、巻五には一話の全九話を収める。巻四までの各巻の標題を見ると、それぞれが対になった整然とした形を取るという特徴があり、管見の限り、他に例を見ない。

先述したように、「発端」によれば本書は貞陸が貞享年中（一六八四〜一六八八）に聞き書きした百話近くの話の中から数話を選び出し、自書自画した作品であるという。しかし、出版されたのはそれから約七十年後の宝暦五年（一七五五）になってのことであり、本書が貞陸の書いた作品そのままであるかどうかは、疑問が残る。もし延享三年（一七四六）に百歳（過ぎ）で亡くなった貞陸が我が愛娘のために書いたのだとすると、年齢的に考えて、貞享からそれほど遠くない時期の執筆と考えられる。一方、本書出版の六年前の寛延二年（一七四九）には、日本の怪談を一変させたと評価される都賀庭鐘『英草紙』が世に出た。本書の五巻に九話を収める形式が『英草紙』と同じであること、各話が多くの百物語系怪談に比して長編化していること、それに各巻の漢文体の凝った標題の付し方なども併せ考えると、貞陸が執筆した原形があったとしても、出版に際して群牛が『英草紙』を意識しつつ、相当に手を加えたと考えるのが妥当ではないだろうか。

巻四 - 二「蜂楽蜂患」は中国の『南柯記』、巻五「義死孝女」は『平家物語』等で知られる袈裟御前の話に面影が似るとの指摘が水谷不倒にあるが、典拠の探索は今後の課題である。

なお、見返しに見える「玉海堂」は江戸芝浜松町二丁目の藤木久市（『近世書林板元総覧』）。三河屋半兵衛は江戸本芝二丁目の本屋で、狂歌師の浜辺黒人であり、本書が最初の刊行物となった。

4 参考文献

水谷不倒『選択古書解題』（奥川書房、一九三七年。のち『水谷不倒著作集』第七巻、中央公論社、一九七四年）
近衞典子「怪談が語られる場――『雉鼎会談』を素材として」（『怪異を読む・書く』国書刊行会、二〇一八年刊行予定）

（近衞典子）

『風流狐夜咄』解題

1 作者

序文末には「作者　豊田斬　可候（花押）」とあるが、未詳。水谷不倒『選択古書解題』には「江戸の人」とある。その根拠は示されていないが、江戸の書肆から出版されていることや、登場する稲荷が江戸周辺のものであることなどからの推定であろうか。ただし、たとえば巻ノ三‐一「鼻の下の宮殿建立」のうち、秩父観音の台詞「暑いとも寒いとも覚えねば、家に居ても野山に居ても、だんない身なり」にみえる「だんない」は、「大事ない」が変化した上方の方言語とされ、秩父観音の方言としても違和感があることから、作者が上方出身であった可能性も否定できない。

書肆の一「元飯田町中坂　三河屋八右衛門」には本書以外の出版が確認できず、あるいはこの三河屋八右衛門と作者とは同一人物であろうか。

なお「豊田斬」とあるものを水谷不倒前掲書や『国書総目録』などに倣って「豊田軒」と改めた。

2　書誌

○底本　国立国会図書館蔵本（一八八‐二五五）
○体裁　半紙本五巻五冊（合綴一冊）縦二十二・三㎝　横十五・九㎝
○表紙　縹色　無地
○外題　原題簽「新版／絵入　風流狐夜咄　一（～五）」（左肩、刷、四周単辺）
○構成　巻一は序文二丁、目録一丁、本文十五丁。巻二は本文十六丁。巻三は本文十四・五丁。巻四は本文十九丁。巻五は本文十七丁、奥付半丁。
○見返　なし
○序　序題なし　序末「正月吉祥日　作者　豊田斬　可候（花押）」
○目録題　なし
○内題　なし（「巻ノ二」「巻ノ三」「巻ノ四」「巻ノ五」）
○尾題　なし（「一ノ終」「第二ノ終」「第三ノ終」「四ノ終」「大尾」）

○柱題　「巻ノ一（〜五）　一（〜丁数）」
○跋　なし
○刊記　明和四〈丁亥〉年正月吉祥日
元飯田町中坂／三河屋八右衛門
糀町十二丁目／三田屋喜八
○行数等　序　四周単辺無界（縦十七・五cm　横十三・四cm）。毎半葉五行、毎行字数不定。目録　四周単辺無界（縦十六・九cm　横十四・五cm）。本文　四周単辺無界（縦十八・〇cm　横十四・二cm）、毎半葉十行、毎行字数不定。但し匡郭位置のずれが甚だしい（後述）。
○版下　筆工不明
○挿絵　各巻に見開き四図。全二十図。画工不明。
○蔵書印等　旧蔵者の印なし。見返しに消された跡あり。
○諸本　底本の他、都立中央図書館加賀文庫本（八二八四）。但し巻五存、九〜十一・十三丁欠。表紙、題簽ともに後補改装を経ており、三丁裏・十六丁表の紙色が異なるなど、取り合わせ本の可能性もある。また、国会図書館本・加賀文庫本ともに匡郭位置のずれが甚だしく、そのずれは必ずしも両本で一致しない。
○翻刻　今回が初めての翻刻。

3　内容

巻ノ一 - 一　藪の内の順咄　一向宗徒のへんくつ源左衛門は身代詰まって、王子の稲荷に午の日毎に参詣すること三年。ある日道連れとなった神道者が稲荷の縁起を説き、近くの侍を巻き込みながら、「稲荷」の文字は職分によって違う、武士は御威光によって国家を治めるので「威也」、町人は商い名利が肝心であるから「以名利代名人」などと講釈する。尤も至極と興がっていると、藪の中から大勢の声がする。覗いてみれば「世上珍節談」の額を掛け、車座になって様々の世間話をする者達がいた。彼らは扇を廻して、順咄を始めた。

巻ノ一―二　大黒を困らす子待ちの田楽　大黒天とあだ名される福徳稲荷が話し始めた。「武士も町人もみな「富貴にしてくれ」と酒や餠を供えて頼んでくる。できることなら富貴にしてやりたいが、敷物にした俵二俵の他には何もなく、人間は小槌で打てば銭が湧き出るものと思っているようだが、びた一文出るはずもない。彼らの願い通りに打って、もし金が出なければ大しくじり、先生の釈迦坊にも恥を与える。今の人の愚かさは、どれほど貧乏でも我らさえ頼めば金銀が湧くと心得ているところである。七福神の由来をみても、身代を直す相談を我らにするは無益であることがわかろう。富貴になりたいのなら、士農工商皆々家業を大切に勤めよ。福の神や貧乏神は決して外から来るのではなく、各々の心から来るのである。心得ないたわけが坊主に騙され、甲子に大黒をまつるため、なけなしの金を工面し苦しむ不憫さは、神棚から落ちそうになるほど気の毒である。すべて仏神の教訓である方便は驕りを禁ずる手本である。上手くいかずに大黒信仰し、「埒の明かない大黒様だ」と誹られる、詮方ない世界であることよ」と頭をかきながら話し、扇は次へ廻っていく。

巻ノ二―一　拝まれて痛み入る野狐　王子稲荷が話し始める。「小社回りをしていると、六十歳くらいの理屈めいた侍が、自分の供の白狐を見てやおら拝み始めた。何と迷惑なことか、人間は生き物の筆頭であり、こちらは四つ足、格式が違う。かえって稲荷の名題を売っていると誤解されては迷惑である。さて侍の跡をつけゆけば、五六百知行の歴侍のようであるが、主人である侍が帰館しても止まぬ中間部屋の高念仏。侍は中間を呼びつけ、「我が家は代々日蓮宗であるから、念仏は禁じたはず。郷に行きて郷に随うのが道理であるから、主人に弓を引くことと同然である」と偉そうに叱れば、中間は「お話は尤もですが、今日の日本において天子将軍は念仏宗であり、特に公武に仕える人が念仏を誹り題目を尊ぶのは、朝敵謀叛の罪と同じでしょう。国に住みながら国の恩を知らずにいるのは人非人です」としっぺ返し。私がおかしさ紛れに「こんこん」と鳴くと侍は尻餅をついて嬉しがり、鳴き声に無理な理屈をつけて吉凶を説明し始めたが、例えば烏が鳴くのを、家に病人がいれば不吉と気にかけ、健康であれば鳴き声など耳に入らない。全て己の心の迷いであり、烏がどうして人の生き死にを構うものか」。扇は次へ廻っていく。

巻ノ二ー二　見廻ひの重箱　弥惣左衛門稲荷が、相店の釈迦を見舞った時のことを話し始める。「釈迦が長く床についていると聞いて、餅菓子を持って見舞いにいくと、釈迦は「気持ちは有難いが、豚の雉子焼きか鶏の煮染めが欲しい」などと言うので、ぎょっとして「あなたは世俗にまで酒肉食を戒めているではないか」と言えば、「野暮な奴だ。おまえも今では稲荷として崇められているが、小豆飯や鼠の油揚げの味わいは忘れていないだろう。私は天竺ジャガタラで生まれ、肉食で育ったため、その味わいを片時も忘れたことなどない。人々に酒肉食を禁ずるのは驕りを抑えるためである。元来仏法は方便であり、仏法をわかりやすく説明すればあまりに浅く見えすくために、万事を物に擬えて、謎としたものが方便である。例えば『朝観音に夕薬師』という手短い謎は、家業の邪魔にならないよう、朝か晩に参れという意味であり、家業こそが肝要である。私が普通の人間のように女房子供を持ち、心迷って座禅や観法に努めた結果、衣食住を心安くするにはそれぞれの家業に精を出すしかないと悟ったのである。しかしそれを隠居親仁のように平たくも言えず、方便の謎として言い出したのだ。ところが山坊主が方便殺しのやりたい放題。こうなれば方便などうち捨てて、とにかく家業を一心に営むように。このように釈迦が言っていたと、おまえが人間に化けた時にでもどうか伝えて欲しい」と話していたが、尤もなことだ」と話して、扇を次の者に差し出した。

巻ノ三ー一　鼻の下の宮殿建立　次の者が話し始めた。「今は色欲の世の中であるから、俺のところに「板東彦三郎と夫婦になりたい」という十七、八の女やら、「不義の相手と一緒になりたい」という三十過ぎの女やら、様々の縁組み願いにやってくる。江戸中を駆け回った帰り道、秩父の観音に出会ったので「無理な願いには困る。宮殿や本堂を建ててもらえて羨ましい」と言うと、観音は「その建立こそが困りものだ。暑くも寒くも感じず、家に居ても野山に居てもよい身であるのに、本堂を建ててもらっても無益の入れ物だ。今時の建立は、片輪者や病者が頭を剃り、寄進で生活をするための建立であるが、大慈大悲の名代のため罰もあてられない。それをよいことに、若い女房や娘をそやしたてる。隠居や親を敬わず遊ぶのではいけない。家業に油断があれば西方極楽は叶わない。釈迦、阿弥陀、観音、皆教えは同じ。必ず迷うな、と伝えてくれ」と、観音がしみじみ言っていたが、そのようなものでしょうか」と扇を次へ廻した。

巻ノ三－二　思ひ染めた色衣　烏森稲荷が話し始める。「昨日九つ過ぎに阿弥陀が訪ねてきて、談義坊主へ言伝を頼みたいと言う。「俺をだしにして嘘をつくのが稼業ではあるが、『極楽の国でうまいものに飽き満ちる』などとぬかすため愚痴文盲な奴らがそれを信じて念仏し、こちらも仕方なく迎えている。談義坊主は銭が取れてよいが、屁の仕舞いをする我らは迷惑。いくら言いつけても坊主は五辛なまぐさを食べることをやめず、酒色に溺れる道楽修行。高座でも色目を使い、花代にはじまり札や袋、疱瘡よけの名号や安産の守りなど得体の知れない小間物をひろげる始末。わずかに説く談義も仏説はなく、三河記や太閤記、仙台騒動、忠臣蔵などと看板をかけ並べる。十年も過ぎて女太夫を高座に上げなどすれば仏法破滅、ぜひ坊主の身持ちを直させたい。今後は驕らず学問をせよ。たとえ頭に毛がなくとも、お前達は皆俗である。聖賢の教えを学び、色欲を退け、信心せよ」と阿弥陀が涙に暮れながら、くれぐれもと頼んできたのだ」と扇を次へ廻して席を立った。

巻ノ四－一　疱瘡神の迷惑　「近頃は衣服の良し悪しで人の心神の善悪を判断する、愚驕第一の世俗であるが、その心から起こる凶事のために科なき仏神を恨むなどする」と話していると、「ちょっと待った」と話し始めたのは鉄砲洲の橋詰稲荷。「去る年の暮。夜九つに疱瘡神がやってきて「国から追放され、今は無宿の身の上。普段は疱瘡病者の所に居るが、今夜はどこの賤が伏屋にも年徳神が居て相宿もしがたい。どうか正月四日まで置いてくれ」と言う。仕方がないので置いてやり、打ち解けたところで国から追放せられた理由を問うた。すると「ある人の息子が疱瘡を患い守護していたが、疳気持ちであったために終に亡くなった。それを俺の科として、宮も社壇も打ち砕き、追放したのだ。天命の尽きた者から亡くなる世界なのだ。人の命が神仏の自由になるはずがない。自由になるのならば天子将軍に不幸のあるはずがない。総じて人間は母の古血を呑んで生まれるが、それが体毒として疱瘡となって吹き出すから、多く呑んだ者は重くなる。疳気持ちは尚更である。己が信心のなさゆえに様々な凶事を招く。近年は疱瘡のまじないとして張り子のミミズクを荒神の棚に上げるが、笑止千万。神は己が心にあるのだから、あまり目立たぬように信心してほしいものだ」と話していた。道理である」と話して、扇は順に廻っていく。

巻ノ四－二　座禅堂の昼寝の夢　九郎助稲荷が話し始める。「自堕落山道楽寺という似非寺の住職長半和尚は、「人間は陰陽の気が合わさって生じたものであるから帰る道もなく、仏書にあるように死んで地獄に落ちても痛くも痒くもない。よって体が自由に動く内に好きなことをして楽しむのがよい」と悟り極め、賭博場で修行を重ねる、道楽寺の住職としてなるほど相応しい人物である。さて去年の初冬、神はこぞって出雲へ出かけるため、仏の稼ぎ時であるが禅宗は儲けにならず、貧窮していたところ、幸いに一件の葬礼の申し出。喜ぶ色を隠し、博打の元手となる亡者を待ち、引導もそこそこに、持参の小袖や挟箱、長刀を伊勢屋に質入れ、早速賭場へ行くものの大負けし、着物までなくす始末。その夜は同宿の古小袖を盗んで着ていたところ、葬式の施主の使いがやってくる。大振袖を羽織り出て行けば、金子を持参したので長刀と挟箱を請け戻したいという用件であった。そこで和尚はまず金子を受け取り、品は忌中のため返せないと断り、念のため女着物の言い訳もして使いを帰した。和尚はこの金子二分を元手にその晩命の限り戦い、金三両銭八百を得て、諸物請け戻し、何事もなかったように法事の日を迎える。うっかり質屋札付きのまま道具を返してしまうが、勘違いした施主は後日更に金一分を持参した。この施主は長半和尚の旦那にしておくのが不都合なほど律儀な男である」と、持っていた扇を次へ送った。

巻ノ五－一　人見世の神信心　毎年十月に神々が出雲国へ行くが、日本の流行神には唐土・天竺の神も多く、出雲へ行っても言葉が通じず困っている、という話になった。すると飯田町の稲荷世継先生が話し始めた。「旅費がかかるので出雲に行かずにいようと思っていたが、江戸中の若稲荷の説得もあり節約しながら行くこととなった。そこに鬼子母神と七面がやってきて、「日本の神様に馴染みがなく、言葉も通じない我々を連れていって欲しい」と頼むので連れて出発した。ある夜、皆で世俗の間違い話をしていたところ、鬼子母神が、「神は欲などないのに、世俗が己が欲深さから、仏神も欲かくものと心得ている。先日も下手村独庵という医者坊がやってきて、『さる屋敷の隠居婆が一昨年より大病し、色々薬種を吟味し、たくさん与え、ようやくこの夏本復したが、婆は、『法華経を信仰するゆえ鬼子母神様が助けて下さった』と言い張り、鬼子母神へのお礼をするとて薬代を踏み倒され、生薬屋へ丸裸になってつけを払いました』との恨み言。それも道理、私も面目ない。信仰によって立願するならば『この薬で早く治るように頼みます』と願をかけるべきだ。己が心が信心におさまるので薬がよく効く。阿弥陀でも観音でも、狐でも、自分が思いつけた所へ願をかけよ。『鰯の頭も信心から』である。医者の薬代を飲み倒すような悪い心は疫病神でも持たない。恐ろしいこと、今の世俗に油断なさいませぬよう」と話された。なるほど油断すれば尻尾が危ない、ご用心」と話して、扇を次へ廻していく。

巻ノ五－二　貧乏神の酒盛　化物稲荷が話し始める。「去年の十月は我々が出雲の供番として稲荷山のお供をして西国に下った。特に出雲大社にいる間は、日本中の神々の種々無量の珍説を耳にしたが、その中でもここで話したいのは、ある夜、屋根などが崩れ落ちた小社に立ち寄った時のことだ。内では豪華な酒盛が催され、我らに気づくとなれなれしい挨拶で中へ招いてきた。彼らは貧乏神で、「近頃は人間が勝手に貧乏になるから、役儀はあがったり。役替えでもしたいが金もない。知恵を貸してくれ」と言う。そこで、裾貧乏・口貧乏・手貧乏、女狂い・飲み食い・手慰みなどの貧乏の例を出して戒め、正しい勘略のあり方を説明し、しまいに「公天を恐れず、人々を苦しめていれば、天道の憎しみがかかり、貧乏神どころか雪隠神、落とし神やちり神にもなり下るぞ。用心することだ」と説教してやった。貧乏神は「きゃん」と言って飛び去った。さて今夜はこれまで、残りは後日」と皆がその場を立ち去ると、座敷も消えて、そこはただの野原であった。

標題に「夜咄」とあるとおり、狐が夜あつまって雑談している様子が描かれ、そこに居合わせた人間が盗み聞きしている体で物語はすすむ。話者が次の者に移る際、「扇を廻す」とあるが、巻一ノ一「藪の中の順咄」挿絵（第一図〈六ウ七オ〉）に描かれた様子が参考になろう。最後には座敷が消え、ただの野原であったというオチがつくが、狐狸に化かされる話にはよく見られるパターンである。

本作の執筆契機については作者自序文が参考になる。幼い頃は桃太郎の敵討ちや幽霊話などを聞いていたが、そのうち豆右衛門の登場するような下世話な穴探し物を面白がって読み、浮世の様々なことを知ったので、別の穴を探して笑いの種となるような話を編んだという。「豆右衛門」は江島其磧作の浮世草子『魂胆色遊懐男』（正徳二年〈一七一二〉刊）などに登場する豆男のこと。他人の懐に入ることでその魂に入り込み、情事を経験したり見聞したりする話は、当時大変流行った。

また序文に「御笑ひの種」とあるが、笑話というより痛烈な諷刺を効かせた話といえよう。本作は談義本（読本の談義もの）と位置づけられ、狐（稲荷）たちが自身の経験や伝聞を披露するという形を採りながら、作者が世間に対して思う所が述べられており、その批判の矛先は僧侶をはじめとした信心をはき違えた人々に向けられている。全篇を通して同様の説教が繰り返されるきらいはあるが、それぞれが釈迦や秩父観音、疱瘡神、貧乏神といった多様な登場人物の、感情を伴った言葉で語られることで、独特のおかしみが生まれている。この点は水谷不倒も「人心の頽廃、殊に僧侶・武士の堕落を攻撃してゐるが、第一の福神論の如き、嘲罵を極め痛快である」（前掲書）と評価している。

怪異自体が語られるような一般的な怪談のイメージと異なる本作ではあるが、神仏や異類によって語られていくという枠組が談義に利用されうる、という柔軟さを知ることのできる作品である。

4　参考文献

水谷不倒『選択古書解題』（奥川書房、一九三七年。のち『水谷不倒著作集』第七巻、中央公論社、一九七四年）

（網野可苗）

『怪談記野狐名玉』解説

1　作者

本作の作者「谷川琴生糸」については、方言で生糸を「すが」と呼ぶ例があることから、長らく伊勢の和学者谷川士清（宝永六年〈一七〇九〉～安永五年〈一七七六〉）と同定する説が行われてきた。しかし、太刀川清は、『和訓栞』の執筆編纂という多忙な時期と重なっていることや、『享保以後大阪出版書籍目録』に「作者　和泉屋幸右衛門　津村東之町／板元　升屋彦太郎　木挽町北之町」と記されていることから、士清作者説に疑義を呈した。それを承けた前田由香は、「琴生糸」という本名「士清」を連想しかねない号を学問書以外に使用しているという不自然さ、および本作に登場する地名や事物のエピソードと『和訓栞』との間に関連性が認められないことなどを踏まえ、太刀川の見解を追認した。これらの成果により、士清作者説は否定され、作者が大坂津村東之町に住む谷川琴生糸＝和泉屋幸右衛門であることは明らかになったものの、その素姓は依然として知られず、今後の解明が俟たれる。

2　書誌

『開板御願書扣十七』（『大坂本屋仲間記録』第十七巻所収）に「一　怪談記野狐名玉　全五冊　作者　津村東之町　和泉や幸右衛門／（中略）明和七年／寅十一月」、『新板願出印形帳二』（『大坂本屋仲間記録』第十四巻所収）に「一怪談記野狐名玉　全部五冊／（中略）明和七寅年十一月　升屋彦太郎／御行事衆中」とある。

○底本　国立国会図書館蔵本
○体裁　半紙本五巻五冊（合一冊）縦二十二・五㎝　横十五・八㎝
○表紙　改装墨色無地
○外題　原題簽「怪談記野狐名玉」　四周双辺子持枠　表紙左肩
○構成　巻一は序文二丁、口上一丁、目録五丁、本文八丁。巻二は本文十三丁半。巻三は本文十丁半。巻四は本文十五丁。巻五は本文十丁、奥付半丁。
○見返　なし
○序　（1）序題「怪談野狐珠叙」。序末に「明和九辰正月／塩街弄医以抹君履擢／長堀橋北一穿夫文明／揮筆於雨嘯堂書」。
（2）序題「乍憚口上」。
○目録題　「怪談記野狐名玉巻之一／目録」「怪談記野狐名玉巻之二／目録」「怪談記野狐名玉巻之三目録」「怪談記野狐名玉巻之四／目録」「怪談記野狐名玉巻之五／目録」
○内題　「怪談記野狐之名玉巻之一」「怪談記野狐名玉巻之二」「怪談記野狐名玉巻之三」「怪談記野狐名玉

○尾題　巻之四」「怪談記野狐名玉巻之五」

「怪談記野狐名玉巻之一終（二終・三終・四終・五大尾）」

○柱題　「怪談記一（・二・四・五）」（巻三は巻数なし）

○跋　なし

○行数　序（1）四辺単辺有界四行　序（2）四周単辺九行　本文四周単辺十行

○版下　筆工不明。ただし、奥付には「細工人　作者　谷川琴生糸」とあり、「細工人」を筆工を兼ねた意と解せば、あるいは琴生糸自筆か。版元の「和泉屋幸右衛門」が琴生糸と同一人物と考えられることも傍証となろう。なお、巻三のみ目録・本文とも版下筆者が異なっている。その理由について田中葉子は、姉妹編とされる『怪談名香富貴玉』所載の一話がもともと本作の巻三に入るべきものであり、これを削る際に新たに加えられたものであろうと推測しているが、詳細は不明である。

○挿絵　巻一に見開二図。巻二に見開六図。巻三に見開二図。巻四に見開四図。巻五に見開二図。合計十六図。画工不明。琴生糸自筆か。

○蔵書印　序初丁に「□□堂記」の墨陽方印が捺されるも、墨で抹消されており判読不能。また、巻五目録に「唐本／和本／売買／津屋」という貸本屋の墨印がある。

○刊記　奥付に

「　　細工人　作者　谷川琴生糸

明和九辰正月吉旦

大坂心斎橋南江二丁目角

書　　升屋彦太郎版

京都御幸町通御池下ル

林　　　　　　　菱屋孫兵衛版
　　　　大坂御堂筋瓦町南江入ル
　　　　　　　　和泉屋幸右衛門版」

○諸本　底本の他には、東洋文庫岩崎文庫蔵本のみ。底本と同版で、合綴されていない五巻五冊。ただし、国会本の巻五の最終話末尾は「……聞き伝ふと物語」で終わっているのに対し、岩崎文庫本には続けて「しける。傍なる利根成る人ありて生捕にし、此度両国にて見せる。大当り大当り」と墨書されている。後人による書入と考えるのが妥当であろうが、本文が尻切れ蜻蛉のような結末であることを考慮すると、あるいは作者自身による補訂か。

○版次状況　異版はない。

○翻刻　今回が初めての翻刻。

○備考　底本では目録は全て巻之一の巻頭に移されているが、『新板願出印形帳』に「全部五冊」とあること、また目録の柱刻にも各巻数が記されていることなどから、東洋文庫本の五巻五冊という体裁が本来の形と考えられるため、翻刻にあたっては目録を各巻巻頭に配置した。また、目録では、「九州何某の船難風に遭ふ事」が巻之二の目録と巻之四の目録のいずれにも見えているが、本文は巻之四にのみ収められている。版面より巻之四目録の章題が入木と判断されることから、巻之二に収録する予定だったものが、何らかの理由で変更がなされ、巻之四に収録されたものであろう。

3　内容

序文には、暗夜に尋常ではない光を放つ野狐の玉を投げると、人々が剣を手にして怪しむように、本作も数ある怪談のなかから際立って異様なものを選んだため、誰もが怪しむ書になっているであろうから、単なる子供の慰み草ではなく、「阮瞻の輩」に本作を見せることで、無鬼神論を唱えることに対する牽制にもなるだろうということが述べられている。題名にある「野狐名玉」は、姉妹編とされる『怪談名香富貴玉』（安永二年〈一七七三〉刊、本巻所収）の「富貴玉」と同一の名玉とされているが、同じく序文に「むべなるかな、夜光と題せしをや」とあることから、題名の意味するところは、暗夜を照らす夜光の名玉のごとく、無鬼神論の迷妄を払う野狐（怪異）の名篇といったところであろう。「阮瞻」は中国晋代の人で、無鬼神論を主張していたことで知られる。その逸話は『捜神記』巻十六に伝わっており、鬼神に関する議論を戦わせた客人を言い負かした阮瞻だったが、自らが幽霊だと告げ異形の姿に変じて消え失せた客人を見て黙り込んでしまったという。したがって、「阮瞻の輩」は、無鬼神論を唱える人々を指しており、あるいは本作が当代大坂町人の学舎、懐徳堂の無鬼神論を意識して著わされたものかとも思量される。

よって、水谷不倒が述べているように、題名の「野狐」はあくまでも「夜光」のもじりとして出されたものであり、所収話は狐の話に限らず、猫・鹿・狸・幽霊・魚・蛇・猿・天狗・海坊主など、さまざまな怪奇・怪異を対象としたものとなっている。

各編のあらすじは以下のとおりである。

巻之一‐一　八幡の彦右衛門会津下向の事　八幡に住む彦右衛門は、一人で会津に下向していた途次、闇夜に襲ってきた猫一匹を真っ二つに切り捨てる。安堵した後、近くのあばら家に立ち寄って一夜の宿を頼むと、中には老女が一人。寝入った彦右衛門だが、夜中に大きなうめき声で目を覚ますと、老女の肩先からは血が流れ、目が光っている。正体を現わした以前の又猫にとどめを刺すと、まやかしは解け、彦右衛門は喜び勇み本国へと帰った。

巻之一‐二　狐会の太次兵衛事　摂津国灘辺に狐会太次兵衛という大工がいた。彼の先祖太郎兵衛は芦屋の里からの帰路、狐が大屋敷の下女に化けたのを見かけ、主人に知らせるも、却って縄をかけられ芋茎の刀で首を切られる。折れて落ちた芋茎を自分の首と早合点し、死んだものと思い込んだ太郎兵衛は、川で洗濯をしている老女を三途の川の姥に、姫路の鍛冶屋を地獄の鬼に、神主を閻魔大王に見間違え、極楽への道を尋ねるも、神主が鐘を榊で打つと、神鐘の威徳によって狐憑きから解放された。

巻之一-三　伊豆の国何某の事　伊豆国の百姓の娘に産まれた何某は、夜三度昼三度家を走り回るほどの痛みを覚え、痩せ衰えていた。ある旅人が俄雨のためにこの家に宿を借りた際、家の中の有様を見て足早に立ち去ったのだと、語ったのだった。

巻之一-四　泉州堺死霊の事　泉州堺の餅屋のもとに、毎日夕方に三十歳ばかりの女が子を一人連れて餅を買いに来るのを不思議に思い、近所の人に話すと、よく似ている魚屋の内儀が先日亡くなったことを知る。そこでまた夕方に買いに来た女の跡をつけると、寺の墓の石塔の辺りで消え失せる。魚屋に始終を話し、墓を掘り起こすと生きた男児がおり、亭主が連れ帰り育てたという。

巻之二-一　五色鹿伊久要を助くる事　江都奥国の樵夫伊久要は、誤って谷川で流されたところを五色の鹿に助けられる。鹿は自分のことを口外しないようにと頼み、恩義ある伊久要は堅く約して帰る。しかし、地頭の奥方が難病を患い、五色の鹿の生き肝に褒美が出されることを聞いた伊久要は、約束を破り生け捕りにして献上する。その夜、鹿から一部始終を聞いた地頭が鹿を解放すると、奥方は鹿の祈念によって快復した。一方、恩知らずの伊久要は詮議されたのち、罰せられたという。

巻之二-二　阿州津田山の辺りにて怪しき事　阿州に住む何某は津田山の辺りの淵で毎夜漁をしていた。ある晩は不思議と全く魚が獲れなかったが、葭嶋のほとりにいた大男の指図どおりに網を打つと大漁となった。翌日の夜も同じように大漁となり、気を許して大男を家に招待するが、女がいると行けないというので、明晩妻子を別室に隠し大男を招いた。大男の訪問が何日も続いたので、嫉妬した妻が部屋に立ち入ると、大男は何某の首筋を摑んで天井を打ち抜いて飛んでいった。

巻之二-三　上町何某化生の事　上町辺の屋敷で、十年ほど前に主人が夜逃げした空き家があった。怪奇な噂が立っていたため、代官所が吟味するも不審なことはない。ある日上本町辺の高の幸助という人物が、自ら望んで妖物屋敷に一泊する。深夜に小坊主が現れたため、狐狸が化けたものだと合点して切り殺し、満足して翌朝見れば、それは床の間の柱であった。これこそ椿の木であり、世間で椿の木が化けるというのも尤もなことである。

巻之二 - 四　尼崎海道の事　御影辺から来た飛脚は、尼崎東で桃灯から出てきた二つの首に遭遇する。気丈な飛脚が首に話しかけると、かつて尼崎大物の油売り夫婦であったが、枡を誤魔化して儲けた金銀の遺り場に迷い、死後も地獄の責め苦に遭っているので、助けて欲しいという。飛脚は翌晩首の家を訪ね、夫婦の霊の指示によって金の入った壺を掘り出すと夫婦の姿は忽然と消えた。代官所へ届け出たところ、一部は寺に納め、残りは飛脚が彼らを弔う元手とせよとの評定。跡目を相続した飛脚は、油屋として歴々になっているという。

巻之二 - 五　淵主の敵討の事　鎌倉の侍が、度々大坂へ来てすっぽん汁を食べていたが、ある時大坂の川主のすっぽんの子を食べてしまったことから川の主らの恨みを買う。この侍が浪人となり、大坂安治川辺に居を構え、すっぽん汁の煮売りをしていることを知った川々の主ら八人は、一統を組み、屋敷へ向かう。歓迎を受けた主らだが、討手の一人東堀の孫が料理されようとしており、大慌て。主らは煮売り屋の首をすっぽんと打ち落とし、敵討ちを果たした。

巻之三 - 一　狐狸論の事　神崎で摂津国中の狐狸が集まりその優劣を論じていたが、明朝に神崎の堤を通る大名の化かし合いで決着することになった。往来の人々に化けた狸が待つところにやってきたのは狐が化けた大名行列。頭を下げうずくまった狸は、見事に狐につままれる。

巻之三 - 二　蝮蛇塚の事　播州鹿馬辺にある寺には長く蛇が住んでいたが、そのことを知らない寺の下男が、晦日ごとに弱麦を置いてはなくなっている。不思議に思い見張っていると、窓から大きな蛇が弱麦を食べているので、まさかりで頭を打つと、庫裏を破壊し、死んでしまった。蛇は三丈余りの大きさだったため、搗き臼のように切り崩し、蝮蛇塚として今も残っている。

巻之三-三　猿川猿塚猿村三つの因縁の事　摂津国西成郡辺のある里の夫婦に猿が仕えていた。妻が娘を湯に入れているのを見覚えた猿は、ある時妻が蛸を茹でた釜へ娘を入れ、茹で殺してしまう。妻は猿をいたく責めて猿は逃げ出す。帰宅した夫はその猿を連れ帰り、西宮からの帰り道、猿が入水しようとしていたことを話す。二人は猿を許し、娘を葬り床につくと、猿は自ら娘と同じように釜に入り茹で死んだ。翌朝これを見た二人は嘆き悲しみ、身を沈めようとした川を猿川、塚を築き、その里を猿村猿塚、と名づけた。

巻之三-四　室の津八つ橋太夫の事　室の津の八つ橋という遊女は、大坂堺の手代源七と馴染み、起請文を取り交わす仲。ある時源七に不首尾があり、心中しようと二人は逃げ出し、綺麗なまま死ねるようにと源七は丸薬を渡すが、八つ橋は飲むふりをして、源七だけが死ぬ。八つ橋は驚き焦り、急いで廓に帰るが、恨んだ源七の死霊が廓に現れ、それを見た八つ橋は息絶える。

巻之四-一　丹後の大江山の事　丹後の浦のあたりに住む元城州方の浪人の兄弟三人は、武芸をはじめ諸芸に達者な人物であった。尺八の修行に廻っていたついでに大江山に向かうが、行けば行くほど物寂しい道、到着した岩窟には茨が生い茂り、いかにも鬼がすむ山と見える。三人は襲いかかってきた大猿に苦戦するも、三人同時に斬りかかると、猿の肩の瘤玉が落ち、猿は逃げていった。瘤玉を妙薬であろうと持ち帰った三人は近所の者から「その猿と見えたのも鬼形の妄念だろう」という話を聞く。

巻之四-二　一休和尚四国にて危き事　一休和尚が諸国行脚の途上、秋の半ば頃に四国で一宿した際、丑の刻頃にどこからか女が泣きながら水を汲む音が聞こえたので、不思議に思って外へ出てみるが、人の姿はない。宿の亭主に尋ねると、毎晩同じような現象が起こっているという。一休はこの時「掘らぬ井の」の歌を詠んだという。

巻之四-三　和州百姓京郎作の事　大和国牛熊村辺の百姓の一人息子、阿呆の京郎作は、病死した両親の遺産を食いつぶし、山で生き物を食らっていた。人々から仙人と呼ばれ、自身も仙人の志が出てきた京郎作は、仙人を名乗る紀伊国熊野路の五郎作を仙人の師とし、騙されたまま十年奉公する。五郎作はしきりに仙術の伝授を乞う京郎作を海に落として亡き者にしようと、浜辺の柳の木に扇を持って登らせるが、京郎作は様々な曲芸を披露し、棚引く紫雲に飛び乗って天へ上っていった。京郎作の念力が自然と仙術を会得させたのであろう。

巻之四 - 四　九州鬼笛の事　肥後国阿蘇辺の久太夫は笛や詩歌など諸芸に秀でていた。ある夜、笛を調べ楽しんでいたところ、どこからか美しい笛の音が聞こえる。表戸を開いて見ると、官位の装束を召した都人が、久太夫の笛の噂を耳にして訪れたのだという。都人の所望により、持参した杜鵑の笛と久太夫の笛とを交換するも、杜鵑の笛の音色が先程と大きく違っていることを不審に思った久太夫が表に出ると、都人の正体は、黒雲に乗り、髪を逆毛に乱した大男であった。それを見て命を落とした久太夫だが、その時起こった雷雨の天水が口に入り、蘇生し、このいきさつを人々に物語ったという。これが鬼笛と伝わるものである。

巻之四 - 五　山州化生屋敷の事　山城国玉水村のある空き屋は借り手が定まらず、そのうち化生屋敷・妖物屋敷と呼ばれるようになった。家主は格安で借家札を出したところ、井手村の太郎助という大吝の独身百姓が借りることに決まる。近所の人に化物の噂を聞き、気味悪く思った太郎助が翌晩帯刀して便所に行くと、顔や尻を撫でるものがあるので切りつけたところ、妖物ではなく薄の穂であった。太郎助は、世の中の化物は自らの心から出るものであると語ったという。

巻之四 - 六　金花猫《またねこ》の事　佐田の龍万寺では毎晩奇怪なことが起きていた。天井板や椽に残る二尺程の手足の跡から、巨大なものの仕業であると思われたが、合点がいかない。不思議に思った住職が数珠を揉み立て読経すると、飼い猫が恩を忘れ住持の母を獲り殺そうと思っての仕業だったと判明し、「今夜の経文の功力によって人間界に生まれ変われそうである」と一礼して金色の魔物となって消えた。猫を三年以上飼うなというのは、このためである。

巻之四 - 七　九州何某の船難風に逢ふ事　九州の何某の船が江戸に向かう途中の遠江灘で難風に遭い遭難す

る。数日後、壊れた帆柱を修繕し、日本へ向けて漕ぎ戻る道すがら、見つけた大きな島に船を停泊させかねていると、色黒で赤髪の大男が現われ、船を鷲づかみにして陸の岩窟へ閉じ込め、踊り始める。住吉明神へ祈誓すると、大男が寝入ったため人々は難なく脱出し、さらに翁の姿で現われた住吉明神の導きによって、無事に日本に戻ることができた。

巻之五‐一　浮瀬三都大諷の事　昨秋、京都に住む江戸の浪人が大坂天王寺辺で、同じ江戸の何某と出会い、ともに浮瀬某の家で一夜を明かそうと同道した。亭主中居の歓迎を受け、大酒宴となったのち、亭主に言われて見廻せば江戸の何某が見当たらない。探しに出ようとするも、亭主は一見の浪人を手放すわけにはいかないと引き留め、事情も聞き入れず、縄で縛り付けてしまう。夜が明けて気づくと、屋敷と思われたのは墓原であった。

巻之五‐二　肉食入道修行の事　肉食を好む河内国高崎村辺の商人何某は、石見国で女の死骸の肉を口にしたことをきっかけに心を入れ替え、肉食をやめて諸国行脚の仏道修行に専念する。伊勢路の道中、四十九歳になった人を山送りにするという儀礼を持つ四十九村に一宿した旅僧は、その儀礼に興味を持ち、四十九歳の亭主の代わりに山へと向かう。夜明けに何事もなく戻ってきた男は、全て狸の仕業であったことを見抜き、狸を残らず皆殺しにしたと語ったという。

巻之五‐三　加茂川の事　京都日暮通りの何某が加茂川へ鮎を捕りにいくと、十六歳ほどの美女が川を渡して欲しいと頼む。仕方がないので背中に負って渡ると、川の中程で暗雲がたちこめたので、後ろを見ると、女は髪が乱れ眼光鋭く鰐口を開いたおそろしい姿となっていた。岸へ上がろうとするも足が動かなかったが、経を唱えたところ、晴天となり、逃げ帰ったという。

巻之五‐四　庵室にて百物語の事　伏見の里墨染辺に常楽庵という庵室があった。末の月の頃、近所の寺の同宿が寄り合い、百物語を皆で始めた。子の刻になり火を消して化物を待つが何も起きないので、部屋を元に戻そうとすると、炬燵布団から大きく真っ黒な化物が飛び出てきたので、みな驚き、まじないなどを唱えていたが、よく見ると大きな黒犬であった。伏見の墨染桜に因んで墨染犬と名付けたという。

巻之五-五　廻僧昔咄の事　越前国真菰の淵辺の山寺では、ある時住持が行方不明になり、跡目に据えた僧もその夜に行方知れずになった。本寺は物の怪の仕業とにらみ、数万人を派遣して山を取り囲み、驚いて飛び出した化鳥を鉄砲で打ちとった。見ると真っ赤な毛の生えた蜘蛛であった。千年前に唐土に現われたというが、書物にも見えず、誰も知らなかったことから、ただ赤蜘蛛とだけ伝えられているという。

本作の特徴のひとつとして、浄瑠璃やからくりの趣向が利用されていることが挙げられる。序文に続く「乍憚口上」が、浄瑠璃芝居の口上を真似たものであることが、太刀川清によって指摘されており、さらに田中葉子は太刀川の指摘を承け、所収各話から見出される浄瑠璃風の文章やからくりの趣向を提示するとともに、奥付の「細工人」が当時、からくり工の意で用いられていた事実などをも加え、本作が他の怪談集には見出すことのできない浄瑠璃やからくりの趣向で一貫しており、こうした趣向で通俗的な新しみを出していることを指摘した。

また、その「乍憚口上」は、本作執筆の経緯として、百物語系の怪談が多くあるなか、それとは異なる珍しい話や不思議な話、奇怪な話を、聞くに従って数々書き集めた草稿のなかから選び出して五巻に仕立てたということを伝えている。したがって、基本的には各地の説話や巷説を収集して構成したものと思われ、その範囲は上方近辺を中心としながらも、江戸や四国・九州にまで及んでいる。ただし、なかには「五色鹿伊久要を助くる事」のように、既に『今昔物語集』や『宇治拾遺物語』に載る話もあり、全てを当代の巷説から採用しているとは言い難い。また、湯浅佳子によって巻二「上町何某化生の事」の化物屋敷に椿木の化物が現れる場面が、仮名草子『曽呂里物語』巻四の四「万の物年をへては必化事」と類似していることも指摘されているほか、巻三「猿川猿塚猿村三つの因縁の事」で猿が幼子に行水をさせて熱湯で死なせてしまう場面は、井原西鶴『懐硯』（貞享四年〈一六八七〉刊）巻四ノ四「人真似は猿の行水」や『狼に衣』（刊年未詳）、

『江島児淵』（刊年未詳）、『〔にしき木〕』といった黒本・青本にも見える。今後はこうした先行する怪談や同時代の文芸との関連も視野に入れながら、本作の位置付けについて検討が行われることも期待される。

4　参考文献

水谷不倒『選択古書解題』（奥川書房、一九三七年。のち『水谷不倒著作集』第七巻、中央公論社、一九七四年）
太刀川清「『怪談名香富貴玉』――怪談小説の長編化――」（『長野県短期大学紀要』第三十七号、一九八二年十二月）
田中葉子「『怪談名香富貴玉』再考――明和期における怪談集の一動向――」（『語学と文学』第二十一号、一九九一年三月）
叢の会編『草双紙事典』（東京堂出版、二〇〇六年）
湯浅佳子「『曾呂里物語』の類話」（『東京学芸大学紀要　人文社会科学系』第六十号、二〇〇九年一月。のち『近世小説の研究――啓蒙的文芸の展開――』汲古書院、二〇一七年）
前田由香「「谷川琴生糸＝谷川士清」説の検討――『怪談記野狐名玉』『怪談名香富貴玉』から――」（『三重大学日本語学文学』第二十三号、二〇一二年六月）

（高松亮太）

『怪談名香富貴玉』解題

1　作者

谷川琴生糸。『怪談記野狐名玉』参照。

2　書誌

本書は従来、国立国会図書館本のみが知られていたが、今回、初版と思われる大阪市立中央図書館本が見出されたので、これを本文底本とし、挿絵は国立国会図書館蔵本を利用した。

○底本　大阪市立中央図書館本（九一三・五六／S三／一〜五）
○体裁　半紙本五巻五冊　縦二十二・五cm　横十五・九cm
○表紙　黒色　無地
○外題　原題簽「怪談名香富貴玉　五之巻」（左肩、刷、四周双辺）
○構成　巻一は序一丁、目録一丁、本文十一・五丁。巻二は目録一丁、本文十・五丁。巻三は目録一丁、本文八丁。巻四は目録一丁、本文十六丁。巻五は目録一丁、本文八丁、奥付。
○見返　なし

○序　序題なし。「序」のみ。序末「浪華琴紫／安永二年　巳のはる」
○目録題　「怪談名香富貴玉巻之一（四）」、「〈怪談〉名香富貴玉巻二（三、五）」。
○内題　「怪談名香富貴玉巻之一（四）」、「〈怪談〉名香富貴玉巻二（三、五）」。
○尾題　「怪談名香富貴玉巻一終」、（巻二なし）、「〈怪談〉名香富貴玉巻三終」、「怪談名香富貴玉巻之四終」、「怪談記野狐名玉巻五終」。
○跋　なし
○刊記　安永二癸巳歳正月吉日
作者／谷川琴生糸
書林／京都　菱屋孫兵衛板／江都　前川六左衛門
○挿絵　各巻に見開き二図。全十図。
○諸本　底本の他、国立国会図書館蔵本。但し国会本は刊記がなく、巻一の表紙と巻五の裏表紙のみを残し、他の表紙は除いて五冊を合綴する。
○翻刻　今回が初めての翻刻。

3　内容

巻一－一　甲州山家、妖怪有し事　甲斐国のある農家に使われ薪を採っていた八助は、夜な夜な外出するようになり、次第に痩せ衰えていった。八助は山中で美しい女郎に会い、二人の前世からの因縁を告げられ、八助の志を見極めた上で金を譲ると言われ、欲心もあって密かに通っていたのだったが、やがて神気を奪われて死んだ。八助がかつて何心なく狸の穴を塞いだことへの報復であろう。

巻一－二　飛脚、吉野山にて歌よむ事　大和国より紀州熊野の辺りへ毎度往来する飛脚が、花の盛りに吉野山を通りがかり、あまりの見事さに歌の一首も詠みたく思い、下手な腰折れを詠んだ。

巻一-三　江州竹嶋寺僧、幽霊の事　近江国竹嶋のある寺の僧は吝嗇で、密かに金銀を蓄えていた。彼の死後、弟子が後住となった。ある晩宿泊した客が、深夜に幽霊が現れ持仏堂に入って消えたのを見て不審に思い、翌朝、住僧と共に仏壇周辺を吟味したところ、大金を発見した。これに執心が残ったものと思い、供養し、その後は幽霊が出なくなった。

巻一-四　江州百姓、一子を失ふ事　近江の百姓弥五兵衛は、朝鮮人見物に出た帰路、幼い息子を見失った。二十年ほど後、江戸に赴いた村の名主らが米屋で偶然、弥五兵衛の息子に巡り会った。息子はたまたま近江を通りがかった米屋に拾われて大切に養育されており、近々跡目を嗣ぐ予定であった。喜んだ米屋から弥五兵衛にと金十五両を預かった名主らは、万が一の紛失を恐れ、弥五兵衛に代わり村で管理することにした。その晩遅く、弥五兵衛が尋ね来て、息子と思って一晩だけでも一緒にいたいからと、一夜限りの約束で金を持ち帰ったが、翌朝、弥五兵衛は殺され、金は奪われていた。やがて犯人は捕まった。人々は、弥五兵衛が子をわざと捨てたと噂していたが、その天罰であろう。

巻二-一　大のひき蟇出し事　京都新町のある町屋にいつの頃からか毎晩、二尺あまりの大蛙が出るようになった。何も悪さをしなかったが、丹波生まれの丁稚がこれを嫌い、主人の諌めも聞かず、ある時、縄にくくって河原でさんざん打擲し、捨てた。蛙はその日は出なかったが、翌日の夜は姿を現し、丁稚が寝ると寝所に蛙が来て、丁稚にされたことと同じことをして丁稚を責めた。翌日、丁稚は蛙を焼き殺したが、その晩から丁稚は狂い出し、苦しみながら死んだ。その後、蛙は出なくなった。

巻二-二　妾の怨念、妻の一言に服せし語　西国の太守に仕える武士が主人の供で関東に下り、ある女を妾として、帰国の際は妻にすると戯れに語っていた。いざ帰国の段になり、国元には妻がいるので別れを切り出すと、女が怒り狂ったため、男はその場しのぎで国へ連れ行くと約束した。道中、大坂から乗った船の上で若党に女を殺させた。しかし、女の血が男の手の中に入ったと思うと、首の周りが腫れ上がって蛇が巻き付いたような形になり、療治も叶わなかった。一部始終を聞いた妻は夫の首の腫れた所に向かい、女に対して理を説き、刀で腫れた所を切り破ると、血が流れ、痛みも腫れも引いた。

巻二-三　狐、人を殺し、丈夫の一言理に服し、自死したる事　ある儒者が浪人の時、近江国醒ヶ井で馴染みの宿に泊まった。ところがその晩、宿の主人の老母が狐に憑かれて死去した。今夜どうするか主人と話している最中、儒者の顔色が変わり、狐を叱り付け、四方を睨み廻したので、主人はぞっとして勝手へ退いた。儒者は翌朝早く出立した。儒者の供をした男が三年後、再びこの宿に宿泊したところ、主人が喜び、あの翌日狐が一匹死んでいたのは先生が母の敵を討ってくれたのだと語り、その印に狐の毛皮をはいだものを贈った。

巻三-一　狐、恩がえしを致せし事　ある晩、奈良椿井町辺の人が屋根から落ちた狐を介抱した。半月後、ある人から御礼したいと招待され、覚えがなかったが行ってみると、途中で提灯の火が消え、誰に案内されるともなく立派な家に通された。もしや例の狐が化かすかと疑ったが、振る舞われる見事な料理も食器も本物で、すっかり酒に酔い、いつの間にか寝込んでしまった。目覚めると神社の拝殿であった。後日、ある料理人が注文を受けて作った料理がなぜか全て一人分ずつ足りないことがあった、返された食器の数は合っていたと聞き、その料理は自分が食べたものと全て符合した。この振る舞いが狐の礼であった。

巻三-二　魚荷、妄者を助けし事　淀から京都へ魚を卸す人がある晩、墓場を通った。あまりに腹が減ったので、供えてあった葬礼の枕飯を食べ、休んでいたところ、墓の中から呻き声がした。掘り返すと娘が出てきて、黄泉路帰りしたと言う。娘に頼まれ、背負って家に連れ帰ると、家中が大喜びした。その後、娘は息災で、男も京都に行く時はこの家に立ち寄った。

巻三-三　越前の国、大鼠出し事　越前のある人の家で猫を飼っていたが、ある時、家の裏に出て頻りに鳴いている。見ると、座敷の縁の下に何かいると見えて、近所中の猫が集まり、数十匹が束になって縁の下に入っては負傷して出てくる。やがて数万の猫が一度に入ったかと思うと、大きさ三尺もある大鼠を仕留めて咥えてきた。縁の下を探してみると、数多くの猫の死骸があった。

巻三‐四　女の執念、小袖に残りし事　江戸では歴々の家にも古着の商売人が出入りし、奥女中でも古小袖を着ることがある。ある人の大向きに勤める局が、小袖の模様が気に入って購入し、衣桁に掛けておいた。声を掛けられた朋輩の女中たちが小袖に近寄って見ると、その小袖の両袖口から白い手が現れてひらひら動く。仰天したが、本人には言うに言われず、皆しばらく寝込んでしまった。そうとは知らない局は小袖を着ようとして、ひんやりした手が自らの手に触ったので驚き、売人を呼び、即刻返却した。この小袖は、ある武士の家で密通が発覚して成敗された女の持ち物で、その執心が残っていたのだった。

巻四‐一　白髪町辺にて妖生の事　浪華の北浜辺りの人が白髪町辺りに向かい、夜道を歩いていると、大きな火の玉が現れ、近づいてきた。側に来た火をよく見ると、中から若い女の首が現れ、笑ったので、ぞっとして逃げ帰り、しばらく気を失った。

巻四‐二　稲村新蔵、弘師を討取事　浪華北野に住む稲村新蔵はある時、川近くで弘師という山伏に横恋慕され難儀していた若い女を助けた。怒り狂った弘師は新蔵に襲いかかり、遂に新蔵に倒された。女は十六の淵の主であった。その後、結婚し一子をもうけた新蔵は、ある時、犬に襲われた狐の子を助けた。新蔵の妻は、実は弘師の手を逃れた十六の淵に住む春日野という蛇の化身で、救ってくれた恩に報いるため、新蔵の婚約者お里に成り代わり子までなしたが、ある日仏神に追い立てられ、障子に書き置きを残し、子を置いて泣く泣く去ろうとしていた。そこへ新蔵に我が子を助けられた狐、狐藤が尋ね来て、旧知の春日野との偶然の再会に驚く。春日野は狐藤に子を託して去った。帰宅した新蔵にすべてを話した狐藤は、正体を知られたため、身代わりとして懐中より白狐の玉という名玉を与えて去った。これが名光富貴の玉である。

巻五‐一　備中国座頭、狼をくみとめし事　夜更けに備中国の山中を琵琶箱を背負って歩いていた座頭が、大きな狼に襲われた。肝が据わった座頭が狼を締め付けると、狼も琵琶箱の風呂敷包みにかぶりついたが、座頭は固く狼の睾丸を握り締め、ついに狼を締め殺した。これは怪我の功名である。

巻五－二　京の士、枚方にて鬼に逢し事　京都の臆病な侍が、急用で大坂まで飛脚を申し付けられ、夜通し陸路を急いだ。枚方の焼き場の傍らで青鬼が死人を食うのを見て、戻るに戻れず、鬼に向かい大声で怒鳴ると、鬼と見えたのは実は病人だった。この火で焼いた餅を食べると治ると言うので、火の熱さを防ぐため芋の葉を面にして餅を焼いていたのだった。

巻五－三　河内の国あやしき鳥の事　河内国狭山の百姓が鷺に似た大きな鳥を捕らえ、飼っていた。この鳥は不思議なことに夜毎に火を灯し、この火でほかの灯火が不要になる程で、火は次第に大きくなっていき、近所の評判になった。ある時、誤って籠を開け、鳥は逃げて行方知れずとなった。

巻五－四　肴屋、幽霊に逢たる語　八幡から橋本に通う魚屋の話では、夜更けに八幡へ戻った時、向こうから火の玉が二つ飛んで来た。近づいて来た火の玉をよく見ると、一つは火の玉の上に女が髪をさばいていたが下はよく見えず、もう一つは男のように思われたがよく見えなかった。驚いて魚荷も投げ捨て、気絶していたが、夜明け方に通り掛かりの人に助けられたという。

巻五－五　狩人結之丞事幷告《つげ》の事　摂津国の結之丞という狩人が、妊娠中の妻を気遣いつつ猟に出た。夜半、池田の奥山でまどろんでいると、夢の中で妻の男子平産と子が十五歳で桂川の主に取られるという予言を聞いた。帰宅すると、夢に違わず男子が生まれていた。息子亀次郎の将来を案じた結之丞は亀次郎が五歳の時出家し、行脚の末、九年後に家に戻り、正永と改名した。亀次郎は健やかに育ち、常々観音経を唱えていたが、十五歳の夏、正永が寺に参り留守の折、代官所から京都へ急用を言い付けられ、急いで出立。帰宅した父は、今日が桂川の主に取られる日だと母に打ち明け、悲歎に暮れていたが、近所の者たちと後を追うことにした。

巻五－六　亀次郎、桂川の事　亀次郎が桂の里に行き掛かると、美しい娘が現れた。女は桂川の主で、亀次郎を今日餌食にしようと待ち構えていたが、道々の亀次郎の唱える観音経の功徳にて、亀次郎は命を助かり、女は自ら橋となって亀次郎を渡した。川の主は手を合わせて伏し拝み、「今こそ成仏」と言って消え失せた。

本書の題名は、巻四―二の目録題に「稲村新蔵弘師を討取事　幷に名香富貴玉の由来」とあるように、この巻に描かれる、富貴自在の玉によって名付けたものである。全十九話を収める。序文に「海内のあらゆる怪しき話」を集めたというが、怪異譚ばかりでなく奇談巷説、また巻一―二「飛脚吉野山にて歌よむ事」のようにどこが怪談か不明なものもある。また水谷不倒が述べるように、因果応報の理や勧懲を説く話も多い。

太刀川清が指摘する如く、同じ作者によって書かれたこの『怪談名香富貴玉』と本巻所収『怪談記野狐名玉』には、姉妹編とも言うべき強い関連性がある。本作巻五の尾題が「怪談記野狐名玉巻五終」となっていることは、製作過程における両者の密接な関係を明示するものであろう。また題名に関わる巻四―二も、両者の関係を考察する一つの鍵となると思われる。この一話には「野狐の玉」「富貴玉」の両方の語が登場するだけでなく、『怪談記野狐名玉』と同様、浄瑠璃類似の表現が用いられ、また作品の結構も『芦屋道満大内鑑』（竹田出雲、享保十九年十月大坂竹本座初演）の影響が見られるなど、特異な一段である。更に、田中葉子によれば『怪談記野狐名玉』の袋の絵と文章は明らかに『怪談名香富貴玉』巻四―二に拠るものであり、田中はこの巻四―二は本来『怪談記野狐名玉』に収められるはずであったものが、何らかの理由によって『怪談名香富貴玉』に移されたものかと推測している。成立の問題が作品の質とも関わってくると思われ、挿絵や柱刻、両者の出入りの問題も含め、さらなる考究が待たれる。

各話の典拠として現在指摘されているのは以下の通りである。巻一―一「甲州山家妖怪有し事」については『近世怪談実録』（明和三年）巻四―四「古城の怪異」、巻一―三「江州竹嶋寺僧幽霊の事」については『諸国百物語』（延宝五年）巻三―十四「ぶんごの国西迎寺の長老金に執心をのこす事」、巻一―四「江州百姓一子を失ふ事」については『諸州奇事談』（寛延三年、改題『怪談楸笊』明和四年）巻三―一「江州の貧夫」、巻二―二「妾の怨念妻の一言に服せし語」については『近世怪談実録』巻一―二「妾の怨念妻の一言に服す」、巻三―四「女の執念小袖に残りし事」については『諸州奇事談』巻二―八「執着の小袖」。また、巻四

―二「稲村新蔵弘師を討取事」については信田妻伝説、特に先述した浄瑠璃『芦屋道満大内鑑』の演劇的叙述法との関係についての指摘がある。

4　参考文献

山崎麓「江戸文学に現はれたる蝦蟇」（『江戸時代文化』第二巻四号、一九二八年四月）
水谷不倒『選択古書解題』（奥川書房、一九三七年。のち『水谷不倒著作集』第七巻、中央公論社、一九七四年）
太刀川清「『怪談名香富貴玉』――怪談小説の長編化――」（『長野県短期大学紀要』第三十七号、一九八二年十二月）
田中葉子「『怪談名香冨貴玉』再考――明和期における怪談集の一動向――」（『語学と文学』第二十一号、一九九一年三月）
前田由香「「谷川琴生糸＝谷川士清」説の検討――『怪談記野狐名玉』『怪談名香冨貴玉』から――」（『三重大学日本語学文学』第二十三号、二〇一二年六月）

（近衞典子）

『怪談見聞実記』解題

1　作者

中西敬房は京都の人。享保三年（一七一八）生、天明元年（一七八一）没、六十四歳。号、如環、東嶺。書肆としての屋号は加賀屋卯兵衛（二代目）。すなわち、本書の序者、華文軒如環子、出板者の加賀屋卯兵衛は、いずれも中西敬房のことである。

2　書誌

○底本　本文は今治市河野美術館蔵本を底本とし、挿絵は国立国会図書館蔵本のほか、巻三－一の挿絵（五ウ・六オ）、巻三－三の挿絵（九ウ・十オ）については、それぞれ善本である目白大学図書館蔵本、河野美術館蔵本を用いた。

○体裁　半紙本　五巻五冊　縦二十二・六cm　横十五・七cm

○表紙　濃藍色　無地

○外題　原題簽「怪談見聞実記一（～五終）」。刷。表紙左肩、子持枠（角が内側に丸く巻き込んだような形の特徴的な枠）。

○構成　巻一は序文二丁、目録一丁、本文十四・五丁。巻二は目録一丁、本文十六・五丁。巻三は目録一丁、本文十二丁。巻四は目録一丁、本文十三・五丁。巻五は目録一丁、本文十四・五丁、奥付半丁。

○見返　なし

○序　序末に「安永九年〈庚子〉正月良辰／洛東住　華文軒／如環子撰（印）」。

○目録題　「怪談見聞実記」

○内題　「怪談見聞実記巻之一（～五）」

○尾題　巻一「怪談見聞実記巻之一終（～五大尾）」

○柱刻　巻一　序「見聞巻一　序」目録・本文「見聞巻一（～五）」

○跋　なし

○挿絵　各巻に見開き四図。全二十図。

○刊記　奥付に「安永九〈庚子〉年正月吉辰／京寺町通仏光寺北角／加賀屋卯兵衛開板」。

○諸本　底本にした今治市河野美術館蔵本の他に、国立国会図書館蔵本、目白大学図書館蔵本がある。

○翻刻　清水正男・広沢知晴「（翻刻）『怪談見聞実記』巻之一～巻之三」『目白学園国語国文学』7（一九九八年三月）、同「（翻刻）『怪談見聞実記』巻之四～巻之五」『目白学園国語国文学』8（一九九九年三月）。

3　内容

巻一－一　**洛東吉田村百姓六右衛門、狐に怨を報はるる事**　京都吉田村の六右衛門という百姓が茶畑で昼寝していた狐を見付け、杖でしたたかに打った。一年後、祇園会を見物した深夜の帰途、狐憑きとなって十日余も苦しみ、吉田神社の御神符の御蔭で狐が落ちたが快気するまで半年かかった。その後も狐に苦しめられ、遂に空しくなった。故なく狐を打擲したから恨みを買ったのだ。

巻一－二　洛西壬生寺の西辺、宗玄火の事　洛西の壬生寺の辺りに出る宗玄火という火の玉の噂を聞き、見物に行った。深夜、火の玉が出て、移動しながら分裂し、集散を繰り返し、やがてまた一つの火の玉となって戻っていった。これは昔、御明の油を盗んだ科で処刑された僧、宗玄の執心の炎と言われている。人畜の膏血が積もって燐火となることがあり、宗玄火もその一つである。

巻一－三　針医八木元竹、狸に化かされし事　京都建仁寺近くの針医元竹が深夜、雨中に帰宅する途次、死んだ女の声が聞こえ、急に傘が重くなった。そのまま歩いていると、軒の庇に何かが飛び移る音がして急に傘が軽くなり、狸のせいと気付いた。帰宅して寝ていると寝苦しくなり、灯火に幼い小坊主が踊る姿が映ったので、例の狸のせいと思い起き上がったところ、いつの間にか部屋の端に布団が動かされていたため踏み外し、庭に転落してしまった。

巻一－四　古狸、飛礫を打ちし事　建仁寺裏の伊勢升屋某の家で町内の寄合をしていた時、深夜に大きな飛礫が次々に打ち込まれ、前廊戸や襖も破れる有様、人々は驚いて見回ったが、出入り口は戸締まりしてあり、石も見当たらなかった。寄合は中止となった。翌朝にまた皆が訪問し確認したところ、家は全く損傷していなかった。

巻二－一　摂州天王寺辺の百姓、狐の怨にて迷惑せし事　摂州国分村の百姓たちが田畑の中に飛び込んできた狐を追い回し、狐は口に咥えていた雉を取り落として逃げた。百姓たちは喜び、雉をご馳走に宴会をした。半月ほど後、また狐が現れ、今度は鴨を落として逃げたので、また宴会を始めた。ところが偶然来た客が一口食べて異状を訴え、実は鴨でなく墓からあばかれた人間の子供の肉を食べていたことが判明。噂が広まり、子の親が尋ねてきて恨み言を述べるのを、何とか宥め、穏便に済ませた。狐ほど執着深いものはない。

巻二－二　女狐、男狐に去らるる事　大坂船場の隣町の番小屋に深夜、犬が怖いと一人の女が駆け込んできた。番人は無体に女に添い寝したが、夜回りに出ているうち女はいなくなった。数日後、女が現れ、自分は狐で、徒な枕を交わしたせいで夫に去られた、元通りにせよと恨み言を言った。それより女は毎晩現れたが、男が番小屋に札を貼り、犬を繋ぎ置いたため、たいした恨みもなさず女は来なくなった。畜生ながらも夫婦の道は守っていたのだ。

巻二-三　**北国の杣人、山魅の為に害せられし事**　ある北国の奥山で、山住みしながら木を切り出していた杣人らがある晩就寝していると、化物が現れ次々と寝ている者の首の辺りを舐め始めた。一人の杣人が刃物で反撃したところ、化物は逃げ去った。喉を舐められたと思ったのは、実は喉笛を食い千切られていた。化物の正体は杉の古木の精だった。

巻二-四　**信州の杣人、悟といふ怪物に逢ひし事**　木曽の山中で深夜、一人の杣人が囲炉裏に当たっていると、鬼のような者が現れた。鬼は杣人が心に思うことを一々即座に悟ったので恐ろしく思っていると、囲炉裏にくべてあった生木が突然はねて鬼に当たり、鬼は驚いて逃げて行った。これは幽谷に出る「悟」という化物で、人の心が読めるのである。

巻三-一　**摂州能勢郡の百姓、疫神を送り戻せし事**　摂州能勢上杉村の西側の隣村に疫病が流行ったため、この村の百姓が疫神を上杉村に送ろうと決議、藁人形を作り、鐘や太鼓で送り遣わそうとした。上杉村の村人は対抗して「疫病神を返す」と叫び、農具や空鉄砲で応酬。挑み合った結果、上杉村が疫神を送り返した。その後、不思議なことに、西の村には疫病がますます流行したが、上杉村にはまったく流行せず、みな無事だった。

巻三-二　**洛東松原河原、狐の嫁入りの事**　京都宮川町の鴨川に臨む納涼床の二階座敷で騒いでいた客たちが、深夜、ふと河原おもてを見ると、西側に美々しく立派な行列が提灯を連ねて進み、半時に及んだ。人数は千人にも及ぶほどだったが、なぜか松原あたりで不思議に消え失せた。これが世に言う狐の嫁入りだった。

巻三-三　**畳屋何某、古狸に誑さるる事**　建仁寺近くに住む畳屋が深夜に帰宅する途中、若く派手な衣装の女が一人佇んでいた。悪心を起こし女に抱きついたところ、女は夜叉のような形相に変わり、男を強く捕らえたので、ようやく振りほどいて逃げ帰った。それ以来、気が抜けたようになり、時々狂気して女のような振る舞いをして町内を狂い回った。

巻三‐四　洛東建仁寺の古狸、種々人を誑せし事　建仁寺近くに住む古手屋の大徳屋が深夜に帰宅したが、家の近所に忽然と、立派な山門が出来ていた。気がうっとりとなったところへ、馬二、三疋を連れた飛脚が通り掛かり、気付くと山門は消え失せていた。馬の嘶きで正気に戻ったのだった。危うく狸に化かされるところだった。この辺りは享保から宝暦の頃までは狸が化かすことが多かったが、安永の今に至る十七、八年は狸の沙汰がなくなった。

巻三‐五　下京辺の医師、狐に化かされし事　下京七条辺りに住む医者がある晩、急病で呼ばれ往診した。帰ろうとしたところ、甥の診察も頼むと無理に引き留められた。翌朝、化かされて焼き場の前にいたことがわかった。以前、療用のため狐の肝を取ったので、意趣返しをされたのだ。

巻四‐一　古手屋何某、見越入道に逢ふ事　我が町内では毎年春、花見参会と名付けて、東山のある寺の座敷で酒盛りをしていた。ある年、いつものように花見の後、宴会をしたが、古手屋の大福屋が酔い醒ましに玄関に向かったところ、庭の植え込みより大入道が睨んでおり、後ろにも同じような大坊主がいるのを見て、驚いて正体を失ってしまった。古狸が化かしたのだろう。

巻四‐二　諸国行脚の禅僧、狐つきを落とせし事　丹州桑田郡のある禅寺の僧が諸国行脚し、備前の国の百姓の家で一宿した際、狐憑きを落としてほしいと頼まれた。断っても聞き入れられないので仕方なく、ひたすら坐禅していたところ、悪口雑言していた狐が次第にしゃべり止み、遂に狐は落ちた。

巻四‐三　建仁寺中の門前、癇の図子、幽霊の事　若い頃、深夜に帰宅途中、建仁寺近くの癇の図子で、白帷子を着て髪を振り乱した若い女に行き逢った。不審に思って振り返ると、女はいなかった。ぞっとしたが、恐ろしいとも思わず、狸の仕業と心を静め、家に帰った。幽霊と思うのは、みな狐狸が化けているのである。

巻四‐四　青侍、松が崎にて山神の崇りに逢ふ事　堂上の青侍、勘十郎は殺生を好み、ある非番の日、朋輩を誘い、夜明け前に北山松が崎に小鳥狩に行った。網を張り、夜明けを待っていると、下僕がやってきて、主人が急用で探しているので二人のうち一人が帰るようにと告げた。朋輩が帰り、一人でいる勘十郎を百姓がみつける。なんと彼は雪隠の上にいるので網はずたずたにされていた。朋輩も狐狸に化かされ、湿田に打ち入れられていた。無益の殺生を好む二人を山神が祟ったのだろう。

巻五‐一　泉州堺の狐、御影参りをして百姓に送らせし事　江州草津の百姓夫婦は二十歳前の娘を亡くし、意気消沈していた。ある夕暮れ、伊勢参りの帰りに路銀が尽きたという若い女が一夜の宿を乞うた。娘と瓜二つの女に情が移り、夫が故郷の堺に帰る女を送っていくことにした。京都や大阪の名所を廻り、いよいよ今日は堺、という日、女は忽然と姿を消した。女は狐で、親の情に付け込んだのだった。

巻五‐二　轆轤首、間違いの事　建仁寺近くの万蔵院という大男の山伏は、正徳三年の聖護院宮の大峰山入峯に際し、多くの山伏と供に随行、それ以来、髪・髭を伸ばしていた。ある時、鍵屋徳兵衛という酒屋が深夜に帰宅、ふと見ると、向こうに恐ろしげな轆轤首が口から火焔を吹き、辺りを睨んでいるのが見えた。狸の仕業と思って見ていると、やがて消えた。翌朝、親しい万蔵院の家でこの話をしたところ、実はそれが万蔵院の姿であったことが判明した。万蔵院が小用に行き、松明を口に咥えて辺りを見回していたのだ。

巻五‐三　干魚の膏も夜陰には光りを出せし事　茶道を好む雲田屋何某はある茶会で、隣家の塀の上に光り物のあるのを見た。時間とともに光りが増すのを怪しみ、隣家に確認したところ、日中、塀の上に干し並べていた蒸し鰈を取り込み忘れ、その油が夜陰で光って見えたのだった。我が家でもかつて、似たようなことがあった。乾鮭の油が桶にたまり、夜陰に光ったのだ。まして鳥や畜類の生の油は夜光るものである。

巻五‐四　臆病なる人、狸の間違いの事　建仁寺の近くに源兵衛という芝居関係の仕事をする者がいた。同業で臆病者の助八がある時、相談事のため、夜に源兵衛宅に向かったが、途中から七歳ぐらいの小坊主が後を付けてくるので、狸かと思い怖くなって、傘で叩き、急いで源兵衛宅に行った。実は小坊主は源兵衛の所の小者で、使いに行った帰りだった。怪異が起こるかどうかは、その人の心の持ちようである。前に記す二、三条は怪談ではないが、怪しいさまなので記した。

中西敬房の名は『日本諸家人物誌』（寛政十二年刊）の儒家部に、仁斎門の林義端、瀬尾用拙斎に続き、「併せ載す、此外書肆にして学を好むもの」として澤重淵（風月堂）、葛西市郎兵衛と共に挙げられており、「中西敬房　字は如環。暦算の学に精竅す。暦学法数原を著す。三子ともに京師の人なり」という。師承はなく、暦学、算法、天文学などを独学で修めた。一方、書肆、加賀屋は初代が元禄八年（一六九五）から営業を始め、寛延（一七四八〜一七五一）頃までに敬房が事業を引き継いだものと思われる。敬房の出版事業、及び執筆活動は現実経験を重んじる姿勢に貫かれ、実用的な知識の供給を目指したものが多い。

怪談集である本書はその中においては異色の作とも言えようが、怪談の中でも「弁惑物」に分類されるように、人々が恐れる怪談を理知的に解釈しようとする態度で執筆されており、やはり敬房の考え方の方針には一貫性があると言えよう。

ちなみに、敬房には夢占いの書、『〈百怪占法〉夢卜輯要指南《むぼくしゅうようしなん》』（宝暦五年刊）もある。占いは暦法や天文学とは案外距離が近い。この書の序文に「夢の発るや、みな心神思想の致すところに縁る。而も怪異の同じからざることある時は、則ち夢応の験も亦たおのおの異なり。故に周礼に六夢の占有り」と言い、怪談を論ずることと夢を占うことは、敬房にとって同一線上にあったのかもしれない。

秋成の国学の弟子で出版にも従事した池永秦良《はだら》が、この『夢卜輯要指南』を基にして改編し、イロハ引きにして、『占夢早考』（寛政七年刊）と名付けて販売している。後年、これらを踏まえて『夢占早占大成』なる書が世に流布していくのだが、『雨月物語』「夢応の鯉魚」における「夢応」の語がこの『夢卜輯要指南』に見られ、この序文以外にも二例を数えることが注目される。この語は仏典にはまま見られるが、それほど一般的な語彙とは言えないのではないだろうか。秋成もこの敬房の著作を見ていたのかもしれない。

本作には敬房自身の見聞に基づく話が多く収載されているが、巻二－四「信州の杣人、悟といふ怪物は逢ひし事」は前年の安永八年（一七七九）に出版された鳥山石燕の妖怪画集『今昔画図続百鬼』に「覚《さとり》」として描かれた人の心が読める妖怪の話であり、また巻二‐一「摂州天王寺辺の百姓、狐の怨にて迷惑せし事」は本シリーズ第三巻所収の清涼井蘇来『今昔雑冥談』（宝暦十三年刊）巻四‐一「狐の食を取て害にあふ事」と同想の話である。こうした先行作品との関係や怪談史における本作の位置付けなど今後考察すべき課題は多い。

4　参考文献

水谷不倒『選択古書解題』（奥川書房、一九三七年。のち『水谷不倒著作集』第七巻、中央公論社、一九七四年）
高田衛監修・稲田篤信・田中直日編『鳥山石燕　画図百鬼夜行』（国書刊行会、一九九二年）
西島孜哉「加賀屋中西敬房の著述と出版――文化サークル内の書肆――」（『鳴尾説林』10、二〇〇三年一月）
門脇大「前近代における怪異譚の思想変節をめぐって」（『アジア・ディアスポラと植民地近代』勉誠出版、二〇一三年）
近衞典子「『雨月物語』の当代性――夢占と鎮宅霊符――」（『上田秋成新考――くせ者の文学』ぺりかん社、二〇一六年）

（近衞典子）

近衛　典子（このえ　のりこ）

お茶の水女子大学大学院人間文化研究科比較文化学専攻中退。博士（人文科学）。現在、駒澤大学教授。専攻、日本近世文学。

上田秋成の小説や和歌・和文を中心に、近世中期の大坂騒壇との関わりや、京都や河内の人々との交流の中に秋成の文藝を位置づける研究などを行う。

著書に、『上田秋成新考―くせ者の文学―』（ぺりかん社、二〇一六年）、『秋成研究資料集成』（監修、クレス出版、二〇〇三年）、共著に、『上田秋成研究事典』（笠間書院、二〇一六年）、論文に、「秋成・唯心・生駒山人―『鳴鶴園記』の世界―」（『上方文藝研究』第一三号、二〇一六年六月）、「秋成資料紹介―『鳴鶴園記』の世界・続―」（『上方文藝研究』第一四号、二〇一七年六月）、「秋成文藝の魅力―小説・和歌・俳諧―」（『女子大国文』第一六二号、二〇一八年一月）など。

網野　可苗（あみの　かなえ）

一九八七年埼玉県生まれ。上智大学大学院博士後期課程満期退学。専攻、日本近世文学。

お伽草子の近世期受容について、物くさ太郎を中心に研究。

論文に、「物くさ太郎の一代記――『物種真考記』にみる手法としての「実録」」（『近世文藝』第一〇四号、二〇一六年七月）、「『物くさ太郎』享受の一側面――黒本における物くさ太郎像を中心に」（『上智大学国文学論集』第四七号、二〇一四年一月）など。

小笠原　広安（おがさわら　ひろやす）

一九九〇年青森県生まれ。駒澤大学大学院人文科学研究科国文学専攻博士後期課程在籍。専攻、日本古典文学。

梅暮里谷峨に関する研究発表を行うほか、『斯波遠説七長臣』をはじめとした江戸後期読本の研究に従事。

論文に、「〔翻刻〕『斯波遠説七長臣』（一）」（『論輯』四十二号、二〇一六年五月）など。

高松　亮太（たかまつ　りょうた）

一九八五年新潟県生まれ。立教大学大学院博士後期課程中退。現在、県立広島大学専任講師。専攻、日本近世文学。

上田秋成の諸活動や賀茂真淵を中心とした近世和学の研究を行う。
著書に、『秋成論攷―学問・文芸・交流―』（笠間書院、二〇一七年）、『上田秋成研究事典』（笠間書院、二〇一六年、共著）、論文に、「賀茂真淵の実朝研究」（『国語国文』第八十四巻第六号、二〇一五年六月）など。

田丸　真理子（たまる　まりこ）
一九九〇年神奈川県生まれ。立教大学大学院博士課程前期課程修了。現在、啓明学館高等学校教諭。専攻、日本古典文学。
論文に、「『蛇性の婬』における雄黄について」（『大衆文化』第十二号、二〇一五年三月）。

木越治責任編集
江戸怪談文芸名作選　第四巻
動物怪談集《どうぶつかいだんしゅう》
二〇一八年一〇月二〇日　初版第一刷　印刷
二〇一八年一〇月二五日　初版第一刷　発行
校訂代表　近衞典子
校訂者　近衞典子・網野可苗・小笠原広安・高松亮太・田丸真理子
発行者　佐藤今朝夫
発行所　株式会社国書刊行会
〒一七四―〇〇五六　東京都板橋区志村一―一三―一五
電話：〇三―五九七〇―七四二一　ファクシミリ：〇三―五九七〇―七四二七
HP　http://www.kokusho.co.jp　E-mail　info@kokusho.co.jp
印刷所　三松堂株式会社
製本所　株式会社ブックアート
装　幀　長井究衡
ISBN978-4-336-06038-9

木越治責任編集

江戸怪談文芸名作選　全五巻

四六判・上製函入

＊

第一巻　新編浮世草子怪談集

校訂代表：木越治（金沢大学名誉教授）

収録作品＝「玉櫛笥」「玉箒子」「都鳥妻恋笛」

近世怪異小説の鼻祖浅井了意の衣鉢を継ぐ林義端の手になる奇譚集の至宝『玉櫛笥』『玉箒子』と、隅田川物伝奇長編の傑作『都鳥妻恋笛』を収める。

第二巻　前期読本怪談集

校訂代表：飯倉洋一（大阪大学教授）

収録作品＝「垣根草」「新斎夜語」「続新斎夜語」「唐土の吉野」

都賀庭鐘作の可能性が浮上している佳品『垣根草』、早くから名を知られながら紹介の遅れていた『唐土の吉野』、高踏的な内容の『新斎夜語』正・続二編を収録。

第三巻　清涼井蘇来集

校訂代表：井上泰至（防衛大学校教授）

収録作品＝「古実今物語」「後篇古実今物語」「当世操車」「今昔雑冥談」

清涼井蘇来は、後期江戸戯作の成立を考えるためには欠かせない作家である。これまでほとんど紹介されたことのない彼の作品を一巻にまとめ、その精髄を知らしめる。

第四巻　動物怪談集

校訂代表：近衛典子（駒澤大学教授）

収録作品＝「雉鼎会談」「風流狐夜咄」「怪談記野狐名玉」「怪談名香富貴玉」「怪談見聞実記」

殺された鼠が人間に化けて復讐する話、猿に変じた人間がもとに戻る話等、動物が怪異の主体として活躍するファンタスティックな物語を多く収録するユニークな一巻。

第五巻　諸国奇談集

校訂代表：勝又基（明星大学教授）／木越俊介（国文学研究資料館准教授）

収録作品＝「向燈睹話」「続向燈睹話」「虚実雑談集」「閑栖劇話」「玉婦伝」「四方義草」

地域色豊かな多彩な怪談・奇談を一挙に集成して怪談が成立するまでのプロセスを辿り、諸国奇遊の旅へ誘う一巻。